《诗探索》编辑委员会在工作中始终坚持：

    发现和推出诗歌写作和理论研究的新人。

    培养创作和研究兼备的复合型诗歌人才。

    坚持高品位和探索性。

    不断扩展《诗探索》的有效读者群。

    办好理论研究和创作研究的诗歌研讨会和有特色的诗歌奖项。

    为中国新诗的发展做出贡献。

诗探索 ⑫

POETRY EXPLORATION

理论卷

主编 / 吴思敬

2018年 第4辑

作家出版社

主　管：中国当代文学研究会
主　办：首都师范大学中国诗歌研究中心
　　　　北京大学中国诗歌研究院

《诗探索》编辑委员会
主　任：谢　冕　杨匡汉　吴思敬
委　员：王光明　刘士杰　刘福春　吴思敬　张桃洲　苏历铭
　　　　杨匡汉　陈旭光　邹　进　林　莽　谢　冕

《诗探索》出品人：北京人天书店有限公司
社　长：邹　进

《诗探索·理论卷》主编：吴思敬
通信地址：北京市西三环北路 83 号首都师范大学
　　　　　中国诗歌研究中心《诗探索·理论卷》编辑部
邮政编码：100089
电子信箱：poetry_cn@163.com
特约编辑：王士强

《诗探索·作品卷》主编：林　莽
通信地址：北京市丰台区晓月中路 15 号
　　　　　《诗探索·作品卷》编辑部
邮政编码：100165
电子信箱：stshygj@126.com
编　　辑：陈　亮　谈雅丽

目 录

新诗：现代中国的"一个语言身体"

——对百年新诗成就的一种认识

向卫国

诗探索12　理论卷　2018年　第4辑

随着新诗百岁大寿的到来，关于新诗百年成就的评价早已成为众多诗人、诗歌评论家和读者关注的重要话题，相关研讨会也时有召开。两种相反的声音貌似都很高调：一是高度肯定新诗的成就，认为中国新诗名家辈出，尤其是近三十年来，已有相当一批诗人可以跻身国际一流诗人行列；另一种声音持完全相反的论调，认为中国新诗并未形成有效的传统，既无诗人大家，也无足以传世的作品，是一场完全失败的语言实验。还有一些声音当然就处于中间或中庸状态，强调一种所谓一分为二的态度。各种声音的代表人物，关心诗歌的人士都是熟知的，在此不一一列举。

无论是肯定还是否定新诗的各方，往往出于经验主义的印象或某种情绪化的义愤者多。在立论的时候，大多忽视了一个基本前提，即新诗的发明者发明新诗的一个最重要的原因："五七言八句的律诗决不能容丰富的材料，二十八字的绝句决不能写精密的观察，长短一定的七言五言决不能委婉表达出高深的理想与复杂的感情。""形式上的束缚，使精神不能自由发展，使良好的内容不能充分表现。若想有一种新内容和新精神，不能不先打破那些束缚精神的枷锁镣铐。因此，中国近年的新诗运动可算得是一种'诗体的大解放'。"① 一言以蔽之，发明新诗的理由主要就是一条：旧诗的语言形式空间不足以容纳日益现代化的国人生活"丰富的材料""高深的理想和复杂的感情"，尤其是对于现代中国革命时代前后瞬息万变的政治、经济、文化以及日益复杂的日常生活状态而言。不过，关于诗的语言形式局限与社会生活和思想内容丰富性之间的矛盾，并非始自现代，而是中国人自古以来的生活和文化在历史遭遇和发展中一种长期累积的问题。适之先生早在《文学改良刍议》中

---

① 胡适：《谈新诗》，见杨匡汉、刘福春编《中国现代诗论》（上编），花城出版社1985年版，第2—3页。

就已指出："自佛书之输入，译者以文言不足以达意，故以浅近之文译之，其体已近白话。"① 可见，语言的革命不仅仅是诗歌的要求，也是国人生活和汉语文化发展的必然命题。"白话"在新诗之前早已在汉语系统内部存在着，只是它并未发展到需要完全取代"文言"的正统地位，因而未曾被有效地关注和系统地整理以取代文言。

就诗而言，这好像是一个形式问题或诗体问题，但就语言而言，却是一个关涉语言本体的大问题。随着对诗与语言认识的双重深化和深入，今天的诗人和批评家都早已意识到，语言并不只是诗的载体或工具，语言的更新必关系到诗歌本体的更新。反过来，诗的革命则同时带来语言的革命。也许我们很难一下子在所有的层次上或复杂的逻辑关联中讲清楚诗与语言的同根同源或二者命运的同质同步，这里面的关系复杂多变，但经验告诉我们，事实的确如此。正如，当代著名诗人兼批评家臧棣所言，"在新诗的问题上，人们经常会不自觉地从趣味的角度去看待新诗与汉语的关联，总觉得新诗与汉语之间有莫名的隔阂。这里，最根本的情形被忽略了。从文学实践的角度说，新诗给予汉语的是一个新的语言身体。"②(2011年12月12日)"一首诗的诞生意味着一种语言的诞生。"（2012年1月30日）

于是，如果我们谈到百年新诗的成就，就必然要落实到三个根本性的问题上来：一是百年新诗是否真的已经给予汉语"一个新的语言身体"，即一种新的汉语系统是否已通过新诗实践及其他语言实践建立并成熟？二是如果新的汉语系统确实已经建立，那么它是否有足够的空间来表现胡适之所谓"新内容和新精神"或"高深的理想与复杂的感情"？三是新的汉语系统是否与诗或诗意具有存在意义上的互相兼容性？

这三个问题显然又是相互关联在一起的，比如第一个问题的答案就蕴涵在后面两个问题之中，判断一种语言系统是否合理和成熟，必定离不开两个基本的标准：它是否具有足够的表达力来充分地或科学地表达当代人的思想和感情？其语言结构系统是否具有足够的诗意空间与当代人的审美感受心理结构大致匹配？而这一切，都只能来自于观察和体验，没有人能够给出科学和逻辑的有效论证。

就我个人的观察而言，现代汉语体系绝对已经是高度完整和成熟的

---

① 胡适：《文学改良刍议》，《新青年》第2卷第5期，1917年。

② 本文引用臧棣言论均来自"臧棣微博"或作者同步发布的手机微信诗论（下引每条均只注明发布日期，不一一注明出处）：http://weibo.com/p/1005052451603510/home?from=page_100505&mod=TAB#place。

语言体系，尽管它在构建过程中受到西方语言学的影响，牺牲了古代汉语在词汇、句法逻辑等方面的灵活性和自由度，但同时获得了古代汉语所短之语义精确性、结构清晰性、句法复杂性和思想层次性，也就是说，在语言灵活性上失去的空间通过结构的复杂性得到了加倍的弥补。这当然得益于吸收西语之所长，具体地说，得益于对翻译体的有效学习和借鉴。当然，在现代汉语的建立中，新诗只是最活跃的构建力量之一，并非也绝不可能是唯一的参与者。

上述第二个问题和第三个问题需要结合起来看，但在我这里，其答案同样是清楚而明晰的。新诗以最积极和先锋的姿态参与了与古代汉语表现力完全不同的现代汉语的再发明；新诗 / 现代汉语实际上正是由于在多方面表现出古典诗 / 古代汉语所无法表现的内容而获得了巨大的成就和成功。

首先，正如上文所言，诗歌与语言互为"身体"，有什么样的语言才有什么样的诗，反过来，有什么样的诗（此处"诗"应该广义地理解）就意味着创造出了什么样的语言。之所以说新诗参与现代汉语的"再发明"，是因为汉语的白话化早在佛经翻译过程中就开始了，历代文学都有贡献，胡适的《白话文学史》对此有系统之论，而"五四白话文运动"不过是对文言文的最后致命一击。显然，中国叙事文学的成长与走向成熟，从唐传奇、宋话本、元杂剧到明清小说，如果不是因为语言的相对白话化，是完全不能想象的。比如《红楼梦》，如果用上古汉语来写作是难以完成的，其中许多具体生活场景、人物心理等，若改用古汉语，其生动性和精确性都不可能达到现在的效果。比较而言，诗歌由于其语言简练和思维的跳跃性、描摹事物的点状化，文言有其所长，反而不像叙事文学那样迫切地需要语言的白话化，因而白话诗的产生相对于白话小说晚了许多。从实际过程来看，汉语诗歌的白话化不过是汉语白话运动的最后纵身一跃，也就是说，汉语的彻底白话化是在诗歌这里最后实现的。正如各种不同学科的思想者所共同看到的，这一语言的转型关系重大，如果没有汉语言的现代转型，我们将完全不能想象这个古老民族和国家的现代化转型，因为所谓"现代"的最重要标志就是思维、文化乃至生活方式的现代化、"科学"化。而所有现代科学的研究及其知识成果的表达，如果依然放到一个文言文的系统中，将会是何种不堪的局面？汉语必定不堪其重负。

总之，新诗的发明是汉语现代化的完成性标志；而现代汉语的成熟反过来也是汉语诗歌在本体意义上得到重新建立或重新发明的主要证据。之后百年，中国诗歌始终以最活跃的姿态和最有广度及深度的探索走在现代汉语自身"符号－意义－诗意"三重空间拓展的最前沿，充分显示出中国这个世界上最古老、最伟大的文化国度之诗歌"传统"的活力，其中虽有二十世纪四十至七十年代的曲折和跌宕，但也有最富于建设意义的前三十年和后三十年。对于汉语新诗的实践本质和"传统"生成性，认识得最清楚、最深刻的还是诗人臧棣："诗应该有本质。这种想法一直纠结着我们对新诗的阅读。但是，新诗并不依赖于本质。某种意义上，新诗的写作抵达了这样一种诗的骄傲：新诗并不需要一个既成的本质。在诗歌的本质问题上，人们也不妨挪用一下萨特的想法：新诗着眼于存在先于本质。新诗在实践中生成着它的本质。"（2011 年 11 月 8 日）"真正的新诗也属于正在降临之物：不过，它是降临在未来之中的现在。"（2011 年 10 月 29 日）笔者以为，这些话乃是当代诗歌理论中最接近于中国诗歌真相的历史认知。

那么，新诗百年究竟在哪些方面有效地拓展了汉语的"符号－意义－诗意"的多重空间（主要与古代汉语相比，在现代生活和世界的哪些方面实现了古代汉语不能有效实现的诗化表现）？在哪些方面实现着新诗发明者使"新内容和新精神"得到"充分表现"的理想和目标？我个人认为新诗的表现优势主要在如下几个方面：

一、人类理性思维系统和现代哲学思想的"入诗"或诗化处理。随着现代理性主义的世界性传播，中国人的思想和精神世界在新的系统化、知识化的理论和思维方式影响下，必然从古代的感悟性，即一时一地的碎片化感受，走向思维和认知的理性化、系统化，同时要在诗歌中有所反映，因为"文学即人学"的训诫并未失效，诗，也就是人。但这种反映或表现，如果用古代汉语的载体不仅会显得笨拙而且表达会远不及现代汉语来得充分。比如，新诗中最早从沈尹默的《月夜》开篇，到胡适的《梦与诗》、卞之琳的《断章》《鱼化石》、戴望舒的《秋蝇》、冯至的《十四行集》、穆旦的《我歌颂肉体》、郑敏的《金黄的稻束》，再到当代张枣的《镜中》，陈先发的《丹青见》《从达摩到慧能的逻辑学研究》《秩序的顶点》，臧棣的"协会"诗、"丛书"诗、"入门"诗，70 后诗人梦亦非的《儿女英雄传》、80 后诗人高世现的《酒魂》等长诗，其题材、内容和思想的思辨性、结构的复杂性，都是古典诗歌形式和古代汉语所无法传达、无法承受的。

二、当代复杂的社会心理和隐微的个体生命经验的诗化处理。现代人的个体生命体验呈现出极端复杂的态势，既有全球化和同质化的普遍性趋向，又有个体化和私人化的差异性的加剧，每个人都是十分矛盾的综合体，其生命经验的细微之处，很难像古代那样被固化在稳定的形式之中。比如，郭沫若与废名对现代生活的体验竟是如此的不同，李金发与艾青对中国现代历史和生命的体验又何止相差千里，他们之间很难有古典时期的同代诗人之间那种大同小异的生活追求与人生趣味，其诗歌的表现形式自然也难以趋同。置身于中国近四十年改革历史中的诗人，内在的生命感受更加复杂难言，我们无法想象臧棣的诗和伊沙的诗如果放在同一种诗歌格律中会成什么样子？雷平阳《杀狗的过程》、李少君《神降临的小站》中的那种多次递进、层层深入的诗歌思维，如果改用文言文，还会有现在的效果和味道吗？

三、在人类文化学关照下的各种独特的地域性文化和差异化生命状态的诗化表现。古典诗尽管也有类似边塞诗、军旅诗等在一定程度上体现地理空间差异的诗歌类型，但总体生命体验和美学趣味与其他类型并无大的差别，形式上也完全雷同。新诗在表现不同的地域、文化、生活状态等方面具有强大的能力，这种能力就在于对差异性的呈现和保留。昌耀的西部（青海）诗篇绝不会混同于潘维绮靡的江南抒情；雷平阳的云南和沈苇的新疆、发星的彝族神话和梦亦非的水族史诗、张执浩笔下真实的岩子河与东荡子幻想的阿斯加，也都不能混淆，而且正是其差异化的生活、想象和表达，丰富了当代诗歌，呈现出当代世界本身的复杂性和多变性。

四、对现代生活方式和城市文化空间的诗意呈现。此类题材及其诗歌对象决定了它完全异于古典诗歌的审美趣味，因为它们都置身于人工生产的、非自然的另类空间之中，人在其中的生存体验与古代完全相异：高楼、马路、汽车、商场、电影院、咖啡馆、酒吧、混乱的男女、肉欲的身体、股票交易、网络游戏……所有这一切，都必然是以自然美为圭臬的古典诗歌所拒绝的对象，因为它们完全没有"诗意"。但在当代新诗中，它们都得到了表达，成为汉语诗歌的重要部分。这背后显然意味着一件大事，即对"诗意"的本质更新或重新发明。这方面除了早期的城市诗外，九十年代杨克的部分诗歌、近年湖南诗人谭克修的《县城规划》和系列组诗《万国城》等可以说是很有代表性的作品。

五、对当代中国政治、历史的诗化表现。此种题材表现难度极大，很容易犯两种毛病：一是概念化，以抽象的观念入诗，把政治架空为抽象的主题；二是道德化，在抽象的道德判断中不自觉地进行了主题的转移。所以，古典诗中直接以政治为主题的作品极少见，诗人多半站在政

诗探索12　理论卷　2018年　第4辑

治的外面，表现政治影响下的日常生活状态，而新诗却借助白话自由形式的力量，较为有效地开创出这个新的"政治诗意"的空间，比如四十年代的"七月诗派""朦胧诗"群中的北岛、"第三代"诗人中的欧阳江河、当代"工人诗歌"等都有成功的经典之作。欧阳江河的《傍晚穿过广场》那样的作品是一种新型的政治抒情诗，必须依赖具有高度修辞自由的语言形式，与古典语言的审美趣味，在根本上无法相容，如果将这样的诗歌语言替换为典雅的古代汉语，其尖锐的批判性和隐幽曲折的思想皱褶，一定会丧失殆尽。

六、当代长篇历史神话和文化史诗的出现完全有赖于诗歌语言的白话化。早期新诗中的郭沫若、冯至、穆旦、艾青都有长诗的经典之作，当代诗歌更是多不胜数，杨炼、江河、欧阳江河、宋渠、宋炜、昌耀、海子、吕德安、梦亦非、高世现等。他们各自的长诗作品既有巨大的空间体量，也展现了超长的时间经验，其宏大的视野和总体性历史呈现方式，都是用古代汉语难以完成的，尤其是生活和思想的细节方面，古汉语的句子结构方式就决定了它难以承担。

七、语言修辞的不断发明和当代写作中自觉的"元诗"经验，也体现了新诗的优势和活力。古典诗中偶有超越常规的修辞，便会成为人们数百年、上千年津津乐道的了不起的发明，比如杜甫的"香稻啄余鹦鹉粒，碧梧栖老凤凰枝"便被人们惊奇至今。可是，此类修辞在当代新诗中只是一种常态。比如臧棣的诗歌修辞之繁复多变、出人意料，余怒诗歌的反语法、反逻辑思维，"新死亡诗派"全方位超语言或反语言写作等，都是古典诗人所难以想象的。这种创作中的自由修辞意识的自觉通常导致另一个结果，就是诗人对写作本身的自觉。这种自觉性表现在诗歌的具体内容上，就是所谓的"元诗"意识。中国古代虽有"以诗论诗"之说，由杜甫开篇，司空图、元好问等发扬光大，但是他们的"以诗论诗"并非今日之"元诗"。因为他们多半是针对具体对象的评论性言论，而一般不涉及诗歌本体论问题，不是针对自我的诗歌观念和写作意识本身的议论，而当代不少诗人则通常以自觉的反思眼光在写作过程中就凝视着自己的诗歌写作而不是诗歌文本。简单地说，古代诗人写"诗"；当代诗人"写"诗，即将"写"的意识和经验直接作为诗的主题之一。

上述所举，不可能是新诗成绩的全部。但只要我们把这些思考的内容放到一起来看，新诗百年是否有所成就，成就的大小，也许并不难做出判断。更重要的是，新诗的成就绝不只是诗歌本身的问题，在某种意义上看，新诗的发展约等于汉语的发展，新诗的成就不仅是汉语文化成就的一部分，也是汉语文化成就的一个隐喻或象征。如果说现代汉语是诗歌的"一个新的语言身体"，那么作为一个现代国家的语言镜像之一，也可以说，新诗正是现代中国的一个语言身体。如果真有一个现代的中国，它的形象之一，是一个新诗的中国；如果我们承认这个中国，就没有理由不承认它身体的"这一个"——新诗。

[作者单位：广东石油化工学院文法学院]

《无效的新诗传统》及其他

朱子庆

先说说书名的来由——一桩陈年往事。

新诗究竟有没有传统？早在2000年4月，吴思敬与郑敏先生即就此作了一个对话，文章刊登在《粤海风》2001年第一期。两年后，因恼于《外遇》鸡毛吹上天，"为了打鬼，借助钟馗"，我撰写了《无效的新诗传统》一文，投于《华夏诗报》，被编者加了长出两倍不止的编者按，"隆重推出"(2003年5月25日)——当然，那编者按是反驳它的。后来，该编者按被扩充为整版长文，署名"野曼"，发表在北京的《文艺报》上，争论由此升级。再后来，升级版长文又被《华夏诗报》重新转载，经此一番京广线大穿插，一场事关百年新诗成败的争鸣遂被点燃。

再说说野曼和他的《华夏诗报》。野曼先生如今高龄九十有余，二十世纪三十年代即已行走"诗江湖"，堪称资深。他是诗人，诗歌之外另有两大爱好，一是编报（老友黄永玉曾特别言及），二是诗评。还在中山大学读书时，我就曾投稿于他（时任《广州日报》文艺部主任），并蒙惠予发表。这算是我的诗评"处女作"。有此一缘，我对野曼先生自是十分亲敬，即使人们对《华夏诗报》有看法，我仍时或投稿且写得任性。由于野曼先生也是诗评家，他主政的《华夏诗报》有一个特色，重视评论，喜欢发"回应"文字(即"反批评"文章)，他还时常亲自披挂上阵。这就使得论者兴味陡增，"嘤其鸣矣，求其友声"，求是求真的笔战提升写作激情。我后来乐于给《羊城晚报》投稿，也因"花地"鼓励争鸣，见诸本书的就有我"回应"谢冕先生的文章，和黄维梁、杨光治诸先生"回应"我的文章。

侬亦好战，路见不堪挥鞭即击，因有声东击西的《无效的新诗传统》。此文见重于野曼先生者有三：新诗有无传统是个重大问题，此一；拙作主观偏激，有待商榷，此二；其三，文中点了他老先生大名，这无异于裹挟老战士入局。新诗是老人家的身家性命，所以，文章合为其所用，用之难作局外观。《华夏诗报》虽系官办，迹近同仁，野曼先生又极强势，如此便成就了他在评论上的一番作为。事隔多年之后，我曾跟吴思敬先生坦陈："拙作着实浅薄，偏激了一点。"思敬先生风清气正，文章从不夹枪带棒，不似我都把诗评写成杂文了（《羊城晚报》谈"脑残"一篇尤甚）。思敬先生说："确实，借助兄之大作，新诗传统之争已成为新世纪诗学重要话题。"《粤海风》系一风格平实的刊物，"吴郑对话"天生丽质，以小文投石，野曼先生给力，而激扬波澜。无此，则百年新诗纪念亦泛泛耳。

《无效的新诗传统》是个"双黄蛋"，不但吹皱一池春水，涉笔所致，《当哥哥有了外遇》一诗，也被推到风口。北京的《诗刊》和武汉的某报，都推出大版文章群起辩护，作者因此诗名鹊起。这多少也在预料之中，捧它的选本来头颇大，为荣誉而战。

至于说起撰写此文的真实原因，正是阿毛的《外遇》被热捧。我知该诗自有"题材优势"，时值婚外恋、离婚率已成社会问题，而诗坛"私人化"写作正炽，难得有诗人对此染指和发声。但全诗三百余字只宣泄了一通愤怒，作为一首诗，实在说不上高明。

我认同诗是那种一言难尽的东西，虽然它可以短到只有一句。如果一首诗的意思一言可尽，那就不是诗了，更不是它的升级版——最佳诗歌。或许这是古典诗歌的一条美学原则，新诗可以不论？我不知道，但持之以论《外遇》，而且不曾说破，反批评汹涌而来，却大多无的放矢，盖因于此。他们弄不明白我何以说："滔滔四十一行近三百字，那点意思用两句话足以说尽：哥哥成了害群之马／我真想杀了他！"这也是含蓄之妙吧。

捡起两年前的一个老话题，声东击西，我的逻辑是这样的：诗人写作尽可以由着性子，诗歌刊物却应该有操守，标以"最佳"之名的选本，更应有其不易的美学原则。而出现类似热捧《外遇》的穿越，则说明其操守不存、原则无效。很多新诗作品徘徊在诗与非诗之间，"年选""最佳"也鱼目混珠，这颇使人怀疑新诗有无"家法"，即传统。思敬、野曼先生都是"有传统"派，百年新诗件件俱在，侬于是质疑：它有什么"家法"吗？思敬先生说，几个不肖子孙的所为，不能辱没先贤什么。

聚讼"新诗有无传统"，作为一个文艺争鸣的案例，有一个重要的背景性因素，就是适逢来到新诗百年的节点，时间之窗打开，正所谓："天时地利与人和，燕可伐与？曰可。"事情就这么成了。拙作虽短，有关争鸣却被视为 2004 年中国文坛十件大事之一，故名书以志念。

还可以分说的仍多，比如《与诗歌的庸俗和平庸作斗争》，引发的轰动性争鸣亦列当年诗坛两件大事之一（见宗仁发《2002 年中国最佳诗歌·序》）；比如《旧体诗"逆袭"？》，首度摸查并预言了旧体诗"新的崛起"……再说说《诗坛叶公曾是梦"残"人》吧。

　　我欠老朋友、诗人老刀一篇文章，久拖未兑。声言要写时，老刀尚以打工诗歌见重诗坛，我视其"写实"与黄金明的"高蹈"为广东诗坛两个代表。后来老刀"转向"，领衔搞起了"脑残体"，虽有东荡子等诗人称是，我却认为这是一种"策略性"写作，而且是"向下突破"。老刀草拟的"脑残体宣言"有一条："谁表扬我们，我们就操谁！"更使我感到悲哀。于是，当余秀华以《穿过大半个中国去睡你》的"浑不懔"杀上诗坛，使我认出这就是当年老刀们呼唤的"脑残"，是真李逵来也！假的就是假的，写戏剧、写小说虚构各样人物尽可，装疯卖傻写诗却不灵。这不，余秀华一出，真假"脑残"立判！心说："对不住了，老刀！"这多少也算一次欠债吧，于是我写了《诗坛叶公曾是梦"残"人》。至于文中极尽杂文笔法，则因自认笔战乃文人本分，"老刀们"也大可"以其人之道，还治其人之身"。不料由于种种原因，其"回应"文章被拒。老刀很受伤。看了老刀怨而不怒的文字（把我委婉成"光头李进"），心里总有些不是滋味，所以，我把此文附录书中。

［此文系朱子庆诗歌评论集《无效的新诗传统》"跋"，有删节。该书已由南方传媒集团新世纪出版社出版］

［作者单位：广东省社会科学院］

从问题和历史出发的"第三只眼"

——论叶橹诗歌批评的启示与意义

罗小凤

诗探索12 理论卷 2018年 第4辑

当下的诗歌批评生态一直处于颇为尴尬的境地,一些批评家动辄生搬硬套各种理论话语对文本进行肢解,堆砌一批批半生不熟的学术名词而导致诗歌批评的艰涩化、程式化;一些批评家与市场合谋,将批评作为"捧角"、推销、炒作的策略而导致批评走向商业化、庸俗化、泡沫化;还有一些批评家则热衷于在各种网络媒体上灌水,写一些随意性、琐碎化的批评文字。这些批评态势其实是一种"自毁"行为,让诗歌批评离诗歌越来越远,让诗人们对诗歌批评持"敬而远之"的疏离姿态。正如霍俊明曾指出的:"中国二十世纪九十年代后期的诗歌批评已经在工业化乌托邦的幻觉与狂欢的失重中踩空了踏板,大量的批评者充当了喜欢造势的诗人圈子的利益同盟者和权力分享者。"在他看来,"那么多批评者'与时俱进'地加入到娱乐时代的'笑声'和合唱中去","沦落于欲望和金钱的风尘,成了官僚诗人、商人诗人的抬轿者和令人肉麻的吹鼓手",从而让"批评者的身份"显得"格外可疑"①。

在这样的诗歌批评生态中,著名诗歌评论家叶橹先生无论从批评姿态、视角、原则、方法与风格上都是一个独特存在,对当前诗歌生态都具有纠偏的意义与价值。他虽长期身处学院体制中,却一直未被学院话语绑架与束缚,同时亦未做官僚诗人、商人诗人的抬轿者和吹鼓手,而是数十年如一日地秉持知识分子的独立精神和批评家的严肃风范。他有李健吾的感悟式批评之风,但又比李健吾更趋深入,他并不像李健吾那样流于单纯的印象,而是在印象的基础上进行深入理性的分析与思考。李健吾的批评大都是印象式的感悟式的,显得散漫而直观,但叶橹却给予理性的思考与分析,这种理性又不是学院派那种重视文学理论和科学理性分析的批评,而是在审美直觉中渗入理性的驾驭,既非僵化的"学

---

① 霍俊明:《呼唤"纯棉"的诗歌批评》,《南方文坛》2009年第5期。

院八股”，脱却了学院派的学究气，又非粗浅的随笔式感悟。与谢冕的激情相比，他偏于理性、冷峻，与洪子诚的学理性相比，他相对诗性、感性。他一直于理性与感性之间试图寻找平衡点，从而构建起他独特的诗歌批评风格。叶橹诗歌批评最独具特色的地方在于，自1956年在《人民文学》发表《激情的赞歌——读闻捷的诗》《关于抒情诗》等文章[①]开始，他的批评便都是从问题出发，从历史维度出发，以他独特的“第三只眼”对诗人、诗歌和诗潮、诗歌现象做出独到的见解，形成叶橹自己独特的气息和风格，构建了其独特的“标识码”，因而被称为“诗海领航人”“诗海中的明灯”[②]，显然是名副其实的。

一　从问题出发

迄今，叶橹已著有《艾青诗歌欣赏》《叶橹文集》《叶橹文学评论选》《形式与意味》等著作，其中《叶橹文集》分为《诗论卷》《诗评卷》和《随笔卷》，在这些著作中，无论是诗论还是诗评，叶橹都不是对百年诗歌发展历程进行严格理学意义上的描述，也不是以理论为拐杖对诗歌现象、诗作进行分析阐述，而是从问题出发，以问题为起点和向导对诗歌文本、诗人或诗歌理论问题进行细致的分析阐述。即使是对于理论问题的分析，也不是从理论到理论，亦非就作品论作品，而是从问题的分析逐渐过渡引申到理论的探讨与归纳。叶橹的每篇论文或评论几乎就是探讨一个或几个问题，有的标题本身就是问句，如“新诗是一场失败吗？”“主情乎？主智乎？”“历史的昭示，抑或怪圈？”“诗追求什么？”等文章的标题，都是在标题中就亮出一些令人振聋发聩、引人深思的问题，正文显然都是围绕标题所彰显的这些问题展开论述、探讨。同样，在很多文章的正文中，叶橹也是先提出问题，如《形式与意味》一文中开篇便提出问题：“我们是不是有必要反思一下，是不是我们的‘诊断’失误，找错了药方？现代诗如果真正存在问题，其根本原因难道是出在形式问题上吗？”这些“连珠炮”似的问题让文章一开篇就进入问题探讨的中心地带，而非不着边际的泛泛而论。在《分行 结构 意蕴——诗的形式要素试探》中叶橹在文章末尾提问：“世界上难道有没有‘形

①　叶橹发表的第一篇批评文章发表于1955年11月号的《剧本》，内容是讨论讽刺剧的，而诗歌批评则始于1956年。

②　王鑫：《诗海领航者，诗城品诗人》，广陵书社2017年版，第74页。

叶橹诗学思想研究

式'的诗吗？为什么它存在着而又常常被追问在哪里呢？"① 这两个问题属于追问，文章虽然写完了，他却还要追问两个问题，意犹未尽，探索无止境，凸显出他强烈的问题意识。叶橹自己在《形式与意味》一书的"后记"中曾自呈："我针对的大都是一些具体的问题，发表的言论也都是个人的观感，不企图解决什么系统的或所谓终极性的问题。我一直相当顽固地认为：诗论只是一种对现象的解释和阐述，它不太可能成为一种预设的方案或构筑"②。可见，从问题出发，面向问题，已成为叶橹诗歌批评的起点，也构成了其诗歌批评鲜明的特征。

伽达默尔认为："被提问东西的开放性在于回答的不固定性。被提问的东西必须是悬而未决的，才能有一种确定的和决定性的答复，以这种方式显露被提问东西的有问题性，构成了提问的意义。被问的东西必须被带到悬而未决的状态，以致正和反之间保持平衡。每一个问题必须途经这种使它成为开放的问题的'悬而未决通道'才完成其意义。每一个真正的问题都要求开放性。"③ 叶橹的从问题出发，都是指向新诗中悬而未决的一些基本问题，如《诗与非诗》《语言方式的可能性》《心理期待与阅读障碍》《触摸人生的温柔与忧伤》等文章对"诗是什么"问题的探讨，这个问题是自新诗诞生以来便一直存在的。关于新诗的合法性与本体，胡适、郭沫若、闻一多、徐志摩、梁实秋、梁宗岱、废名、何其芳、卞之琳、林庚、穆旦、艾青等一代代诗人、诗论家都进行过探讨。及至当代，这个问题依然被众多诗人、评论家、学者论及与探讨，同样成为叶橹一直在探讨的一个核心问题，可以说，他的诗论文章都是围绕这一问题展开的。"诗是什么"是个非常复杂的诗学本体问题，叶橹将其分解成他对诗歌的语言、形式、意味、意境、结构、灵感、灵视、内在精神、风格、创作手法、表现方式等各个层面的探讨。在《语言方式的可能性》中，他认为他"倾向于把诗看作一种'语言方式'"，"因为在人类的各种形诸文字的语言方式中，诗之所以具有其独特的存在价值，恰恰是它的'语言方式'不同一般"④，在他看来，诗的表现方式取决于诗人用何种独特的语言方式来表现和传达诗人的感受和体验。在《诗与非诗》中他区分什么是诗，什么是非诗；在《视象与心象》《具

---

① 叶橹：《分行 结构 意蕴——诗的形式要素试探》，《形式与意味》，凤凰出版社2017年版，第167页。

② 叶橹：《形式与意味·后记》，凤凰出版社2017年版，第175页。

③ [德] 汉斯·格奥尔格·伽达默尔，《真理与方法》，洪汉鼎译，上海译文出版社2004年版，第471-472页。

④ 叶橹：《语言方式的可能性》，《形式与意味》，凤凰出版社2017年版，第87页。

象与抽象》《结构与层次》《凝练与铺陈》《疏朗与绵密》《充实与空灵》《哲理与玄学》《从灵感到灵视》等文章中则探讨诗的基本质素有哪些；在《形式与意味》《自由·格律·形式感》《意味的增值》等文章中他探讨了诗歌的形式与意味问题；在《略论诗人"自我"的发展方向》《从何其芳的诗看自我》等文中探讨了"自我""大我""小我"之前的关系问题；《阅读：期待与阻隔》《心理期待与阅读障碍》《误读在有意与无意之间》等文章对"懂"与"不懂"问题的探讨。这些问题看起来都是诗歌最基本的问题，大多与新诗变动不居的价值和规范问题相关，是自新诗诞生以来便一直被反复讨论的问题，但却一直悬而未决。叶橹都从自己的立场和眼光出发，进行解答和独到的分析阐述，但并不给予明确的答案或标准，不作价值判断，体现出他作为一个评论家对于问题的"敞开"姿态，这是一种科学的"学术"姿态。

当下有一些批评家喜欢用"裁判"的语气对作品、现象下论断，"捧杀"和"棒杀"成为流行的批评模式，这两种模式都属于一种诗歌价值判断。但事实上，诗歌批评本身并不是一种判断，因为任何文本、诗人或诗歌现象、思潮都有其自身的"真实"，但被阐释、叙述出来的任何所谓"真相"离本来的"真实"实际上都会存在一定距离，都带有阐释者自己的阅历、眼光、志趣、喜好，因而任何评论家对于评论对象的阐释都是一种"敞开"问题的过程，都无法提供一个标准答案或强行设立一个评判标准，因此最好的评论姿态就是"谈问题"，从问题出发进行分析、阐述，将问题敞开来，在分析中领略作品内涵和奥义。李健吾曾指出："我不太相信批评是一种判断。一个批评家，与其说是法庭的审判，不如说是一个科学的分析者。科学的，是说公正的。分析者，是说要独具慧眼，一直剔爬到作者和作品的灵魂深处。"[1] 李健吾认为批评是非判断的，而是"分析"的，虽然其所擅长的印象式和点评式批评亦不无缺陷，但却在此点出了诗歌批评的基本伦理。叶橹同样如此，他在对作品或现象进行分析时，不是一棍子打死，不是以居高临下的姿态先行地下判断、抛出结论，而是鞭辟入里地细致分析，如《略论诗人"自我"的发展方向》《从何其芳的诗看自我》等文中对诗歌"自我"问题的分析，无论是前者的总体论述，还是后者的个案研究，叶橹都是从作品文本出发，从文本中梳理出问题进行分析，不妄下结论；《超越新诗的形式规范》《形式的困惑》《结构与层次》《形式与意味》《自由·格律·形式感》

---

① 李健吾：《李健吾文学评论选》，宁夏人民出版社1983年版，第50页。

《隐喻的方式》都对新诗的形式问题进行了思考，虽然叶橹有他自己的观点，认为形式问题是个伪问题，"诗体建设""诗体重构"都是"伪话题"，应该"超越新诗的形式规范"，认为"如果新诗存在问题，其根本问题绝对不是形式问题""不能用'形式'来'规范'新诗。如果说新诗还有生命力，它就不会为形式所规范；如果新诗真的被形式所规范，它的艺术生命力也就走向衰亡了"（《形式的困惑》），但他在文中都不是先下结论，而是先抛出一个甚至一系列问题，然后对这些问题进行条分缕析的分析，从不同方面进行细致分析后自然而然地得出结论。如在《超越新诗的形式规范》中，全文不过短短千余字，叶橹却用了九个问句："为什么不像诗？""既然写的是'白话诗'，当然就不像旧体诗，否则还叫什么新诗呢？""新诗就不需要讲究'形式'，讲究'规范'吗？""这是不是危言耸听，是不是有意忽视诗的形式呢？""这种努力之所以数十年而不见成效，难道还不说明问题吗？""为什么要反对规范？""旧体诗那么严格的规矩，不也出了许多好诗吗？""不是有一些赫赫有名的新诗闯将、诗坛名家，又回到写旧体诗的道路上去以示'忏悔'吗？""他们的那些旧体诗至今又有多少留在了人们脑际呢？"正是在这些问题的步步追问中，形式问题水到渠成、清晰而鲜明地呈现出结论。即使是在个案评论中，叶橹也是在探讨诗歌问题，是从问题出发进行评论而非就作品论作品，个案只是他探讨问题的凭借，只是借鸡生蛋、借他人之酒杯浇心中块垒的一种论述方式。如他借闻捷的诗探讨了诗人与时代、诗歌与时代精神的关系问题，借公刘的诗探讨了深入生活与诗歌创作的关系问题，借黄永玉的诗讨论了诗与画的关系问题，借蔡其矫的诗探讨了"反映"与"变现"、客观描绘与主观表现之间的关系问题，基本上都是带着问题进入文本阅读、分析和论述的。

米歇尔·福柯曾说："我忍不住梦想一种批评，这种批评不会努力去评判，而是给一部作品、一本书、一个句子、一种思想带来生命；它把火点燃，观察青草的生长，聆听风的声音，在微风中接住海面的泡沫，再把它揉碎；它增加存在的符号，而不是去评判；它召唤这些存在的符号，把它们从沉睡中唤醒。也许有时候它也把它们创造出来——那样会更好。下判决的那种批评令我昏昏欲睡，我喜欢批评能迸发出想象的火花。它不应该是穿着红袍的君主，它应该挟着风暴和闪电。"[①]叶橹的诗歌批评便符合福柯的批评理想，从问题出发，以提问的方式"把火点

① 米歇尔·福柯：《权力的眼睛——福柯访谈录》，严锋译，上海人民出版社1997版，第104页。

诗探索12 理论卷 2018年 第4辑

燃"，不断"迸发出想象的火花"，给作品"带来生命"，从而增加作品的符号和价值。

二 站在历史维度中的阐释

叶橹指出："一个时代有一个时代的文学，不同时代的诗人当然也会有不同的诗情表现……我们的基本出发点应当是既要有历史观点，又要有发展观点。只有从客观具体条件的制约和局限中来衡量和评价诗人的创作，才能比较公正地看待他们诗情表现的内容和特色，而不至于苛求古人，也不会任意褒贬今人。"[①]此话鲜明地呈现出叶橹作为一个批评家的历史感，确实，在他的诗论文章中，他总以历史的眼光看待诗人、诗歌现象和诗歌作品。他的批评都不是就作品谈作品的狭隘的、琐碎的赏析与解读阐释，而一直强调"将诗歌放在当时的语境与历史背景下去讨论"[②]，惯于以一种"史家的眼光"将文本置放在历史维度上进行考察。所谓"史家的眼光"，主要是批评家将具体的诗歌文本放到整个诗歌史发展的视阈下加以考察，这其实便是艾略特所强调的"历史的意识""这个历史的意识是对于永久的意识，也是对于暂时的意识，也是对于永久和暂时合起来的意识"，艾略特认为凭借这个"意识"，批评家能够发现是什么东西"使一个作家成为传统的"，也能准确地把握这个作家在"时间中的地位"，以及作家"自己和当代的关系"[③]。叶橹便携带这种"历史的意识"，将诗人放在暂时的和永久的历史场域中进行阐释，发掘作品中能使他们成为传统的东西，从而把握这个诗人与时代、历史的关系，把握他在历史长河中的位置与重量。

当代诗歌发展经历了曲折跌宕、起伏变化的历史变迁，而且数量丰硕，尤其是新媒体全面介入诗歌领域后，海量诗歌作品以"井喷"方式喷涌而出。如何披沙拣金、去芜存真，发现好作品及其意义与价值，需要批评家站在历史的高度，以穿越历史的眼光，而非以偏概全地进行笼统评价。正如叶橹坦言："同样的历史眼光来看待当今的大批青年诗人，首先应当看到他们的'多层次结构'，不能以偏概全地进行笼统的评价。他们曾受到生活的不公正待遇而造成思想信念上的先天不足。但是，在他们觉醒之后，由于对既往的那一段历史有比较深切的具体感受，

---

① 叶橹：《现实·人生·诗情》，《形式与意味》，凤凰出版社 2017 年版，第 5 页。

② 叶橹、姜广平：《"诗歌体现了人的精神结构"》，《西湖》2015 年第 4 期。

③ 艾略特：《传统与个人的才能》，卞之琳译，《学文》第 1 卷第 1 期，1934 年 5 月出版。

因而对生活本身的复杂性有相当深刻的认识和把握。"① 叶橹总是从文学史维度出发对诗人的独特性及其所具有的历史意义与价值进行诠释和剖析。诗人要想跻身于诗歌史序列中必然有其独特个性,叶橹善于发掘诗人的独特个性。《叶橹文集》的《诗评卷》中收录的文章都是他对来自不同地域、群体、流派的诗人诗作的分析,他不是随意而为的一般评述,而是选取每个诗人身上不同的独特角度进行论述,对诗人们的独特个性进行分析、阐释,而且他在分析阐释时不仅仅挖掘诗人个体创作的诗学意义、审美价值,还将他们放在历史的链条上进行纵横对比,凸显出他们的独特性。如他早期对闻捷的评论《激情的赞歌》中,虽然他当时只是大二的一名学生,他对闻捷的诗歌已经不只是就作品论作品,不是一般的阅读心得,而是探讨"闻捷的这些诗,究竟具备着什么样的特色呢?他的那种惹人喜爱并且引起人们内心共鸣的艺术魅力何在呢?"并将这些探讨置入当时关于抒情诗创作问题的讨论背景中,他指出当时的创作背景:"几年以来关于抒情诗的创作问题,在我们文艺界无论是理论上或实践上都没有得到很好的解决,因而,我们的抒情诗创作是不够旺盛的……其中的主要原因之一就是由于时代正在经历着巨大的变化,而我们的诗人们在思想感情上还远远地赶不上时代的要求,诗人的脚步还未能与我们伟大时代前进的步伐完全合拍"②。可见,叶橹是将闻捷放在时代背景下,放在诗歌史的链条上进行考察与分析的,其宏阔的批评视野与历史感显然在其同龄人中是出类拔萃的。后来他对昌耀的评论同样如此,他将昌耀放进时代语境中进行分析:"从五十年代走过来的那一代诗人,恐怕很难回忆起,当年何曾有哪位青年诗人采用这种方式来表现内心的情思?"他将昌耀与邵燕祥、公刘的诗歌创作进行对照,从而肯定了"在当今中国诗坛上,昌耀的诗应当说是一种相当奇异的现象"③,显然是将昌耀放进整个诗歌史的场域中进行评价,凸显其独特价值。叶橹对洛夫、艾青、李瑛、舒婷等诗人及其作品也都是带着历史的眼光去评论、阐释,挖掘其深层意蕴和审美韵味,并在详细的阐释与分析后标划出诗人在诗歌史中的位置。如艾青是"一位杰出乃至伟大的诗人"④,昌耀则"在中国的诗坛已经成为一种高度的标志",洛夫的《漂木》被他评价为"必将成为中国现代诗历史上具有里程碑意义的作品,

---

① 叶橹:《现实·人生·诗情》,《形式与意味》,凤凰出版社 2017 年版,第 6 页。

② 叶橹:《叶橹文集(二)·诗评卷》,凤凰出版社 2014 年版,第 1 页。

③ 叶橹:《叶橹文集(二)·诗评卷》,凤凰出版社 2014 年版,第 73 页。

④ 叶橹:《叶橹文集(二)·诗评卷》,凤凰出版社 2014 年版,第 311 页。

未来将证明一切"，这些定位其实是对他们进行历史化、经典化的一种表述。可以说，历史维度是贯穿他诗歌批评始终的一条主线。虽然叶橹并未编写或参与编写过任何诗歌史之类的著作，但他一直秉持一种历史的维度对诗人、作品和现象、思潮进行分析、阐释，他在很多文章中都反复提及《新青年》杂志1917年第二卷第六号上刊登的胡适八首白话诗，如《心理期待与阅读障碍》《形式与意味》《艾青论》等，显示出他的诗歌批评一直放在历史维度的参照系中，他的批评思维体系中总有一条诗歌发展的历史脉络，他评价诗歌都是放在历史坐标中进行纵横对比的。即使对于已经功成名就的权威诗人，他不是溢美之词，而是不受既有的强势舆论影响，也不被人情、名利绑架，而坚持一抒己见，坚持坦率直言，既有肯定，也保持清醒，对他们进行了批评，不掩饰，不回避，不拐弯抹角，不隔靴搔痒点到为止，而是直接进入问题的核心，谈问题，指出弊病。他作为一个初出茅庐、小试牛刀的年轻人，却敢于对闻捷的诗提出尖锐而中肯的意见："诗人还应当把自己的视野扩大，从更广阔的角度上来反映我们祖国的新生活""应当更大胆地创造新的形式"，指出其有些诗句有些"一般和空泛"[①]；虽然他是艾青的虔诚读者，但也客观地指出艾青的诗中存在一些服务于现实需要的应景之作，一定程度上损害了他的作品；在评论晓雪时则认为其含蓄蕴藉不足。而且叶橹善于抓住代表作进行分析，认为代表作是诗人的标志性成果。在对艾青进行评论时他指出一些不足后认为在意识形态偏见普遍和强调写作为时代服务的年代，出现一些损害的作品并不奇怪，但无损于其灵魂人物的位置，因为其标志性作品在那里。这是一种以历史的眼光进行批评的姿态。其实，任何一位诗人，其能留下的作品都是其标志性作品，写出个别次品也是在所难免的，不能执其一端而否定另一端，决定其历史位置的都是代表作。这显然也是一种将诗人放在历史坐标上进行客观对待的批评姿态，是一种从历史维度出发的宽容与多元态度。对于经历过极端年代"炼狱"生活的叶橹而言，或许他体验最深刻的是"宽容与多元"，因此他一直怀抱宽容与多元的姿态对待诗人和作品，这显然是一种历史的态度。在极端年代中，"一种声音"控制了整个文艺界，文艺家动辄被扣上各种罪名，而叶橹在1956年便由于为胡风所遭遇的不公正待遇辩论而从此遭受各种莫须有的罪名并被下放到矿山、农场劳改，遭受了各种非人的折磨。但平反后的他不是抨击与怨恨，而是怀抱"宽容与多

---

① 叶橹：《叶橹文集（二）·诗评卷》，凤凰出版社2014年版，第7页。

元"的心态面对人和事，尤其对经历过那个"炼狱"年代的艾青、公刘、绿原、郭小川等诗人在诗中所呈现出的矛盾与困惑，他深有同感、共鸣，因而更能从历史维度对他们的作品做出客观阐释与评价。由于他怀抱"宽容与多元"的姿态，他认为观察文学现象不能简单地用政治的或哲学的模式来生搬硬套，并对现代诗无标准的说法有自己独到的看法："有关古体诗有判断标准而现代诗无判断标准的说法，其实是一个似是而非的观念。""现代诗的所谓'无标准'，恰恰在于它是不能以固定的'量化'为标准，而只能凭一种内在的质地和内心的感受作为评判的价值尺度，因而它具有相当模糊的弹性与可塑性。"① 正因如此，他才在闻捷的诗刚发表时就写评论，成为最先评论闻捷诗歌的评论家；昌耀刚流放归来，诗歌受到冷遇，叶橹率先写文章将其推向高峰，终于让其获得应有地位；洛夫的诗也是被他第一个介绍到大陆，为其长诗《漂木》写了十三万字的《漂木论》。正是因为他怀抱一种"宽容与多元"的批评姿态，他才敢于发现新的诗人，新的诗歌创作动向，而不被某些理念束缚。正如叶橹自己所言："我不是一个智者，但也不愿成为思想僵化的人，所以还是想努力跟随时代步伐前进的"② 正是怀抱一种不愿思想僵化的诗歌批评姿态，正是他一直秉持历史维度进行诗歌批评，他做评论的诗歌对象才能不被时代和历史抛弃，而相应的，叶橹自己作为一个批评家，同样也才能不被时代所抛弃，不被历史所遗忘。

三 "第三只眼"的独到发现

叶橹强调诗人要有"第三只眼"，在《第三只眼与第六感官》中明确指出"有必要正视和研究诗人在创作过程中必然会面对的'第三只眼'和'第六感官'这种特殊的艺术感受和思维方式。"所谓的"第三只眼"，即"说明诗人创作中获取灵感的独特性与超越性的问题"，在他看来，"一般人的双眼所看到的物象和具象，从'形'的意义上说都一样。惟有在运用艺术观察中的'第三只眼'时，才会显现出各自迥异的内涵来"，"诗人作为历史的见证人、生活的表现者、心灵的呵护人，无论在任何时代，都不能让尘垢遮掩了自己的'第三只眼'。一旦这只慧眼被蒙蔽，诗人自身的存在价值也就必失。"③ 其实在诗歌批评中，批评家同样需要"第

---

① 叶橹：《形式与意味》，《形式与意味》，凤凰出版社2017年版，第101页。

② 叶橹：《形式与意味·后记》，《形式与意味》，凤凰出版社2017年版，第176页。

③ 叶橹：《形式与意味》，《形式与意味》，凤凰出版社2017年版，第95页。

诗探索12 理论卷 2018年 第4辑

三只眼"，只有批评家"独具慧眼"，才能发现诗人的独特个性和作品的独特魅力。叶橹便具有诗歌批评的"第三只眼"，为中国诗坛发现与"发明"了一系列优秀诗人。可以说，他的批评话语中清晰地排列着一部"一个人的诗歌史"，艾青、卞之琳、昌耀、舒婷、牛汉、公刘、蔡其矫、绿原、曾卓、李瑛、闻捷、洛夫、晓雪、黄永玉、韦其麟、林莽、韩作荣、子川等诗人都进入过他"第三只眼"的审视与阐释范畴。他总能发现别人不能发现的问题或独特性，并具有前瞻性，比如他对昌耀和洛夫独特性的发现，在他们不被接受或是遭受冷遇时，在诗歌界、评论界对他们未予关注时，叶橹显然是以"第三只眼"前瞻性地发现了他们诗思方式、语言方式、叙述策略、结构、意象等方面独特的诗歌魅力，从而率先对他们进行评论、分析并推向诗坛，后来他们在中国诗坛的位置验证了叶橹"第三只眼"的前瞻性。而且，叶橹不仅以他的"第三只眼"对诗人的独特性进行发现，他在诗歌问题的探讨中，他对于意味、灵视、自我、反传统、误读等观点的阐述都不乏真知灼见，这都是他的"第三只眼"发现的（叶橹对昌耀、洛夫、公刘等诗人独特性的发现以及他关于"智慧个性化"观点的阐述已被多位学者论及，此不赘述）。虽然叶橹没有系统性的学术专著，看似均为单篇散论文章，但在这些散论中，却不难循导出一些具有创新性甚至开拓性的诗论观点。

（一） 意味说

　　叶橹极其强调诗的"意味"，他将其一本诗论集便命名为《形式与意味》，可见其对"意味"的重视。在《形式与意味》中他指出："诗性和意味才是决定一首诗的真正价值的决定性因素。"[①]在《意味的增值》中他指出："诗人所从事的对于语言文字的重新构建，从根本上说乃是对于事物的内在意味的重新寻求"，在他看来，太阳底下无新鲜事，而"诗人所能做的只是对于他所感受和体验到的那种'太阳每天都是新鲜的'艺术表现"[②]。而在《形式的困惑》中他又指出："我们当然不必把贝尔的话当作唯一的真理，但他的聪明之处在于，把'有意味'和'形式'当作了同一性的话语。从反面来理解他的话就是，无意味的形式就不能算是艺术，那么，无意味的形式能算是诗吗？"[③]可见叶橹对于"意

---

① 叶橹：《形式与意味》，《形式与意味》，凤凰出版社 2017 年版，第 104 页。

② 叶橹：《意味的增值》，《形式与意味》，凤凰出版社 2017 年版，第 47 页。

③ 叶橹：《形式的困惑》，《形式与意味》，凤凰出版社 2017 年版，第 41 页。

味"的强调。在他看来，古代很多人都按格式、形式写诗，但流传下来的却是少数，"何以那么多中规中矩的古体诗，形似诗而实际上不过是僵化的学究气与迂腐的奴才相的集中体现"，"平仄、对仗与韵脚，充其量只不过是增强了对诗性与意味的宣泄和感染的力度和强度而已"，因此形式问题其实是个伪问题，新诗从一诞生就破除了形式，不应该再设立诗体，"意味"才是决定诗是否称其为诗的重要素质。由此，他提出要"超越新诗的形式规范"，认为如果新诗存在问题，其根本问题绝对不是形式问题，"不能用'形式'来'规范'新诗。如果说新诗还有生命力，它就不会为形式所规范；如果新诗真的被形式所规范，它的艺术生命力也就走向衰亡了"[1]。在叶橹看来，意味是与形式同样重要甚至更为重要的诗歌素质。在他看来，形式问题是伪问题，新诗就是破除形式后才成为"新"的，因而不必再探讨形式问题，更不必设立诗体，而应超越形式，甚至抛开形式问题。叶橹的"超越形式说"在新诗诞生以来的长期形式问题探讨中，虽然不是他首创的新观点，但凸显反衬出他对"意味"的强调，显然在他撰写该文的当时诗歌语境下是具有一定创新性和开拓性的。

（二） 灵视说

叶橹在其诗论文章《从灵感到灵视》中谈及"灵视"，并给予充分肯定，他认为："灵视的最终审定却是一首诗成败的决定性因素"，灵视"决定了一首诗的境界是否真正达到了诗性的呈现"[2]，可见叶橹对"灵视"的倚重。"灵视"并非叶橹的首创概念，英国诗人布莱克曾对"灵视"有过很多阐释，他所谓的"灵视"英译为"vision"，是其美学、宗教和神话世界的核心，也是其诗歌创作的原动力。布莱克"把诗性的或创造的能力与预言的力量（经常出现于宗教的语境里）等同视之，即那种洞察事物的真实生命、洞察他人的目力所不能企及的事件维度中的事物，谛视永恒先知的能力，即像上帝瞩望其脑海里存在的万物一样的能力"[3]，这就是"灵视"，是一种包罗万象、洞察一切的力量，具有诗性的预言的能力。余光中对"灵视"也有过阐述，他认为，视觉是以

① 叶橹：《形式的困惑》，《形式与意味》，凤凰出版社 2017 年版，第 42 页。

② 叶橹：《从灵感到灵视》，《叶橹文集（二）·诗评卷》，凤凰出版社 2014 年版，第 130 页。

③ John Clubbe and Ernest Lovell, Jr.English Romanticism: The Grounds of Belief (Illinois: Northern Illinois University Press,1983),P14.

此时此地能见的事物为对象，记忆是以异时异地见过的事物为对象，而"此时不见，昔时未见的事物，只有凭借想象去把握。想象作用的对象，有的是肉眼可见的，有的是肉眼难见的。属于后者，我们只能用'灵眼'去观照。这种作用，我称它为'灵视'（psychic sight）"①。他还查阅了《韦氏大字典》，在字典中，灵视是一种"对于感官经验以外仍有客观存在之事物的认知活动或能力"或"对于通常感觉所不及的事物之感受力"②。显然，叶橹话语系统中的"灵视"与余光中的阐释更为契合，叶橹认为灵视是"作为对诗人自身品质的一种界定，包含着他具有'第三只眼'的意味。"③可见，在叶橹看来，"灵视"是人感官以外的一种感知能力。叶橹将"灵视"视为诗歌创作中灵感爆发后反复琢磨、提炼、定型的那个环节中所必需的素质，他将灵感分为"真灵感"和"伪灵感"，并不是所有的灵感都能成型为诗，"灵感有时候也会欺骗人。最初的感受或许以为颇具诗意。可是一旦深入琢磨，便发觉这只是'伪诗'或'旧诗'的因素在实行'误导'，明智的诗人便会弃之而去，而某些'为赋新词强说愁'的人往往不愿意舍弃这种'伪灵感'，以致写下滥竽充数之作。"而从真灵感到凝定为诗的环节上便需要灵视："完成一首诗的过程，大体就是从灵感的爆发到灵视的凝定的过程"，"灵感只是引爆的火花，真正地完成一首诗，还需要灵视的反复琢磨而后使之凝结定型"④。这种"灵视说"在中国诗坛论述不多，尤其是灵感与灵视的关系以及灵视对于诗歌创作的重要性，叶橹的阐述与发现显然是独特而具前瞻性的。

（三） "自我"论

在探讨抒情诗时，叶橹选择了"小我"与"大我"的角度进行论述，"我们在研究和考察抒情诗中诗人的自我形象时，绝不可以陷入抽象地议论究竟应当'表现自我'还是'抒人民之情'，也不应当人为地划分出一条'小我'与'大我'的分界线"，"在复杂万端的文学现象中，任何人都可以撷取那些对自己论点有利的现象来加以阐述，敷衍成篇，从而建立起对自己观点有利的论点，反证出对方的谬误。这样的纸上谈

---

① 余光中：《从灵视主义出发》，《桥跨黄金城》，人民日报出版社2007年版，第106页。

② 转引自余光中：《从灵视主义出发》，《桥跨黄金城》，人民日报出版社2007年版，第111页。

③ 叶橹：《从灵感到灵视》，《叶橹文集（二）·诗评卷》，凤凰出版社2014年版，第130页。

④ 叶橹：《从灵感到灵视》，《叶橹文集（二）·诗评卷》，凤凰出版社2014年版，第130页。

兵的争论，即使继续进行一百年一千年，也不会找不到理论上的佐证的，可是它也不会对创作实践产生什么有利的影响。"[1] 他认为抒情诗中"表现自我"和"表现时代精神"并非截然对立和水火不相容的两个对立面，而是具有同一内涵的不同概念，"表现自我"不过是"诗人应当在创作中表现出自己独特的对生活的感受，表现出自己迥异于别人的艺术个性和风格"，而"表现时代精神"则是指"诗人应当时刻紧密地与社会相联系，倾听人民群众的呼声，从而在诗篇中体现出他所生活的那个时代脉搏的跳动"[2]。叶橹认为二者在诗歌创作中必须结合起来，这种观点在强调"抒人民之情"的五六十年代至七八十年代诗歌，和强调"表现自我"的九十年代诗歌都不同，它不是强调单向地"抒人民之情""表现时代精神"或"表现自我"的写作，而认为人为地将两种倾向划清界限是存在偏颇甚至谬误的，二者其实是同一概念的两个方面，是一体两面，任何执其一端而反对另一端的人为划界都是不对的，关于二者的争论、分歧都是无效的伪话题。这种观点在1956年时发表《关于抒情诗》的时代语境中，相对长期以来的"表现自我说""表现时代说""为人民说"显然是相当尖锐而独到的。在《诗歌艺术的主体性》中叶橹对诗歌艺术的主体性问题进行探讨时也是从"小我"与"大我"、"表现自我"与"抒人民之情"的关系角度展开的，叶橹认为诗歌艺术的主体性跟"小我"与"大我"、"表现自我"与"抒人民之情"密切相关，但其实不过是一个诗人与人民之间的关系问题："若干年来，所谓的'小我'与'大我'，'表现自我'与'抒人民之情'的理论命题被颠过来倒过去地争执不休，说穿了不过是一个如何看待诗人与人民之间的关系问题"[3]，他将大家争论不休的话题简化为诗人与人民之间的关系问题，可谓一眼便看透了问题的本质，直指靶心。这观点显然在众说纷纭中独辟蹊径，富有真知灼见。

（四） 反传统是一种策略

在面对学界盖棺定论地给"五四"时期扣上"反传统""与传统决裂"

① 叶橹：《略论诗人"自我"的发展方向》，《叶橹文集（二）·诗评卷》，凤凰出版社2014年版，第15页。

② 叶橹：《略论诗人"自我"的发展方向》，《叶橹文集（二）·诗评卷》，凤凰出版社2014年版，第15页。

③ 叶橹：《诗歌艺术的主体性》，《叶橹文集（二）·诗评卷》，凤凰出版社2014年版，第39页。

诗探索12 理论卷 2018年 第4辑

的罪名并大加否定、诟病时，叶橹毫不人云亦云，而是怀抱与其他学者不同的观点，拥有自己的独到发现。他认为反传统是一种策略和目标："绝对意义上的'反传统'是不存在也不可能的。'传统'是一种历史的过程，每一个人都生活在一定的'传统'之中，只要你是生活在历史的某一过程，你就必然会受制于这种过程的影响。而这个'过程'也并非从天而降，它是由一定的历史渊源和事实的积淀而形成的。所以，绝对意义上的反传统在事实上不可能，亦如人之欲拔着自己的头发要离开地球一样，只能存在于幻想之中。"① 这种"传统观"是一种以历史眼光对传统的审视，事实上，传统不是一个固体的僵化存在体或封闭的理论体系，而是一个动态的过程，是一直在随时代变迁，并在后人眼光、志趣、喜好、时代背景、心境、阅历、知识素养、视野的变化中而变化的，不同时代的人、同一时代的不同人，甚至同一个人在不同情境下在审视传统时都会对传统拥有不同的"发现"，因而"传统"的面貌与秩序一直处于变动之中，对此笔者曾做过专门探讨："传统并非孤立地被悬置于以往历史空间中的固定实体，而是动态地活动于历史时序之中的具体存在物……传统是一个动态系统，是在一代又一代后人的诠释中建立起来的一个未完成式概念"②。既然如此，"传统"事实上是不可反的，任何处于历史时序中的人都处于"传统"的秩序中，因而"反传统"实际上是一个伪命题，正如叶橹所发现的，绝对意义上的"反传统"是不存在也不可能的。亦因如此，"五四"时期胡适等所宣称的"反传统"其实是一种策略，不过是为了破除几千年来根深蒂固的旧文化、旧诗的形式模型而展现的一种文化姿态与策略，其目标是推翻旧的形式束缚，打碎旧的镣铐。这种观点显然在众多的对"反传统"进行批判与质疑的声音中是独到而新颖的，甚至具有开拓性和创新性，无疑是得益于"第三只眼"的独特发现。

此外，叶橹对"误读"亦拥有自己独到的观点，他认为误读是"难以避免"的，之所以会发生"误读"，"恰恰是因为读者从诗中读出了自己的生活经验和感情体验，以自身的联想力丰富、补充了作者的诗意内涵"③。在他看来，习惯于用"微言大义"的方式解读诗歌的人往往最容易陷于真正意义上的误读和误解诗意，因此他主张用一种较为平和的心境和眼光来读诗，而不必把自己本应具有的艺术感受能力被偏见的

① 叶橹：《反传统：策略与目标》，《形式与意味》，凤凰出版社2017年版，第55页。

② 罗小凤：《古典诗传统的再发现——1930年代新诗的一种倾向》，《文学评论》2012年第5期。

③ 叶橹：《误读在有意与无意之间》，《形式与意味》，凤凰出版社2017年版，第66页。

蒙尘所遮盖，可见，他是将"误读"视为一种合情合理的诗歌解读现象，并且肯定批评家在率性而为的状态之下所做的"误读"，他认为误读可以补充作者的诗意内涵，显然是看到了别人所没有看到的独到之处，如果他没有诗歌批评家的"第三只眼"，是无法发现这些的。

叶橹以敏锐的眼光和独立的诗歌批评姿态，在诗歌批评领域做出了重要贡献，不愧是诗歌批评中的一盏"明灯"，在当下诗歌批评的驳杂生态中，叶橹的批评姿态、原则、方法与风格无疑都对身处当下诗歌批评现场的评论家、学者们具有重要借鉴意义与启示价值，也是当代诗歌理论与诗歌史的构建中一个绕不过去的节点。遗憾的是，叶橹对于诗歌问题的探讨和诗学观点的表达虽然都不时闪现出富有真知灼见的闪光点，甚至具有开拓性和创新性，但都没有形成一个严谨而完整的体系，都是打游击战似的打一枪换一个地方，而未能选择一些核心问题进行更为细致深入的延伸和拓展，因而一直在诗坛上未能广泛传播这些创见，扩大其影响力。

［此文系作者主持的 2015 年国家社会科学基金项目"新媒体语境下诗与公众世界之关系新变化研究"的阶段性成果。（项目编号 15XZW035）］

［作者单位：扬州大学文学院］

诗歌与生命的解读者

——叶橹先生访谈

采访：庄晓明、李青松　受访：叶　橹

问：从一开始，您的评论文字便获得了一种坚定而自信的风度，发表于《人民文学》1956 年 2 月号的《激情的赞歌》一文。谈到闻捷："一年来，闻捷给我们写出了《吐鲁番的情歌》《博斯腾湖滨》等好多首优美的诗篇，我们有理由这样说：我们的国家又出现了一个有才华的诗人。"在发表在《奔流》1957 年 7 月号的《公刘的近作》一文中，这样评论到："从诗人近年来所发表的诗篇来看，无论在思想内容的深度和艺术技巧上，都在原有的基础上提高了一步……而这，正是公刘以往的诗篇所缺少的。诗人一旦把这种敏锐的艺术感受能力和对生活的深刻观察、思考结合起来，他的诗篇就放射出耀眼的光芒。"写这些具有预见性的评论文字的时候，您还是大学中文系的一名学生，我们不能不惊讶于您对重要的诗歌和诗人出现时迅捷的反应、敏锐的判断。自然，这一切应归之于您对生命赋予自己的一种诗歌使命的确认。请问，您是如何与义学、与伴随了自己一生的诗歌命运结缘的？

答：命运充满了偶然，结缘诗歌也是如此。但对于文学，我可谓有着一种天性的喜爱。上小学时，家中的书，哪怕是写了字的纸片，都会让我如获至宝。中学时期，我开始了广泛的阅读，鲁迅、巴金、沈从文，当时能获得的重要作家的作品都读，尽管有些作品当时并不能完全读懂，但这些名家作品中所营造出来的文学味道，让我甘之如饴。因此，中学时代我就有文章在《广西文艺》上发表了。

其实，进入武汉大学时，我是从对戏剧感兴趣而写评论的，曾有一篇关于讽刺剧方面的文章，发表在《剧本》杂志上。但 1955 年时，发生了转机，当时，我注意到一个现象，《人民文学》连续几期刊登了闻捷的诗，那时，诗歌的主流还流于口号的层面、流于跟风写作。而闻捷的诗歌刚好反之，写哈萨克、写苹果树下、写吐鲁番情歌、写果子沟山谣，确实非常好。于是，我便写出了我的第一篇诗歌评论《激情的赞歌》，寄给了《人民文学》。出乎意料的是，编辑部很快就回了信，说写得非常好，会很快编发出来。《激情的赞歌》发表于《人民文学》1956年2月号，之后，编辑部又和我联系，寄来十几个题目，希望我能够就这些题目写一些关于诗歌方面的文章。收到这样的信，自然非常激动，便选择了《抒情诗中的我》，谈"小我"与"大我"的问题，写了约一万字。半个月后，稿子退了回来，我以为是没写好给退了。展开信一看，大吃一惊，编辑部说："这篇文章写得太好了，可惜写得太短太少了，可以再充分发挥一下"。

我写文章从来不打草稿，都是大体的思路先定下来，然后一气呵成。这样的写作过程中，总有灵感光顾我，我也会发挥得非常好。我也曾试过打草稿，但往往拘谨了思路的自由发挥，效果并不理想。譬如，《人民文学》约写的这篇两万多字的《关于抒情诗》所花的四天时间，都是上课之余写出的。文章发表时，是用大黑体字标示的，全国就这么个顶尖刊物，一下子引起了轰动。我的老师程千帆先生也大吃了一惊，为我写出这样的文章感到骄傲。自此，我一发而不可收，沿着诗歌评论这条路走了下去。

问：作为武大的高才生，就在您踌躇满志，考虑毕业后是去《人民文学》，还是《文艺报》工作的时候，一场席卷全国的"反右"运动，将您和您的老师程千帆都打成了"右派"，并开始了您不堪回首的近二十三年的流放劳改生涯。由一个大学的天之骄子，一下子堕落到如此的炼狱，真不敢想象，您是如何熬过来的？

答：这或许是我性格的悲剧，我的性格太耿直且刚烈，为胡风集团说了些话，又不会掩饰自己。这种极端的落差当然不是常人所能承受的，何况我当时还是一个未经世事的大学生。那时，武汉长江大桥刚建成，有一天，我独自走到了大桥上，想一跳了之。可是对着江风的浩荡、江水的不息流逝，我突然明白了一个道理：一个男人来到世上，不是为了得到这样的下场。我狠狠地对自己说，活下去，倒要看看这个世界，到底会怎么样！

我先是被判刑三年，到硫铁矿采石场劳动改造，习惯了那矿井崩塌、人如蝼蚁、瞬间消逝的惨象。刑满以后，被转入到大黄石新生石料场，这样一来，我的劳动可以按件计酬了。我推板车，把石头推到碎石机里，多推就多得，少推就少得。有一次酷暑，我还在山边捡石块，突然前面轰隆一声巨响，半边石壁塌了下来，沟底下拉石头的几十名留场人员整个儿被埋住了。我这条命可谓是捡回来的。

问：您的劳改流放时间，加起来约有二十年，和同样因为"右派"身份，被流放西部的大诗人昌耀的时间差不多。而且，您的生活经历和昌耀还有着许多令人感兴趣的相似处，昌耀在荒凉的青藏高原与一位不懂汉语的土伯特女人结婚而安居寂寞；您则在苏北一偏远的乡村与一位不识字的善良姑娘成家而艰难度日。你们都是在清算了"极左"的路线之后复出，并辉煌于诗坛。是否因为这些相似的经历，使得您更深刻地理解了昌耀先生，成了他诗歌文本解读的权威？同时，您评论昌耀的文字，也使您复出后的评论达到了一个新的高度。

答：可以这么认为吧，算是二十年苦难的某种补偿。我曾一再这样提示昌耀诗歌的存在，如果我们对这样的诗依然保持沉默而不给予应有的肯定，让岁月的尘垢淹没了它的艺术光彩，或是在若干年之后再让人们重新来发掘它，对我们这一代人来说，应该说是一种批评的失职和审美的失误。从本质上说，昌耀是一个沉思者，他的诸如《慈航》《划呀，划呀，父亲们》一类的诗，皆是可以在文学史上留下来的精品。昌耀在二十世纪八十年代初期所写的那些诗篇，我用"峻烈"二字加以概括，就是因为它们具有一种冷峻的热烈。冷峻是其内质，热烈是其外壳。就像一个人长期生活在寒冷的环境里，一旦将他置于亚热带气候中，他最初的强烈感受可能就是温暖；但即使他对温暖已习以为常，他的内心深处和隐蔽的记忆里，寒冷依然会是最刻骨铭心的感受。

我感受到了昌耀的伟大，其他人却不尽然。我的第一篇评昌耀的文章《杜鹃啼血与精卫填海》，其实就是为他鸣不平的。在1987年的全国诗集评奖中，我是为《昌耀抒情诗集》写推荐语的人，结果终评时，《昌耀抒情诗集》偏偏被挤了下来，而且是唯一一本被挤下来的诗集，理由是看不懂。1988年"运河诗会"上，我对刘湛秋表达了我的愤懑之情。由于相似的命运遭遇，我是如此早如此深刻地体味到了昌耀的伟大，深重的苦难感和命运感，来自青藏高原的土著民俗元素和大地气质，现代生存剧烈的精神冲突中悲悯的平民情怀和坚定的道义担当，以及"君子自强不息"的灵魂苦行，构成了昌耀在诗艺和精神上对当代汉语诗歌无可替代的贡献。

或许，要感谢我二十三年的劳改流放的命运，使我与昌耀在精神的脉动中产生了如此的共振。昌耀在苦难生活的大寂寞中，依然寻求一种博大容涵的内心世界，乃是一种被外力所强制和扭曲而不得不另辟蹊径的情感宣泄方式。他能在精神上不被摧毁，很大程度是因为获得了这种精神支撑。尽管这种精神支撑只存在于内心深处的幻想，可是如果没有这种诗性的幻想，他就会在苦难的折磨中日渐变成一个精神猥琐的庸人。这就是一个有诗性内质的人同没有诗性禀赋的人在本质上的不同。

问：但是直到今天，还有许多人认为昌耀的诗难懂，作为研究昌耀诗的专家，您能否给他们一把进入昌耀诗歌的钥匙？

答：昌耀的诗思属于那种潜隐式的诗性思维，现代诗人中，一个废名，一个卞之琳，都具有这种诗思特色。我之所以将昌耀的诗性思维方式概括为"潜隐"二字，正是基于他的令人难以觉察的天马行空和突如其来。他的诗思不是那种按起承转合的方式结构而成，往往是以突兀的方式起句，而后则任情绪之流引向一种散发式的泛滥。这种诗思方式相当典型地体现了潜意识活动的特点。只要读过昌耀诗的人，一定会对他的这种句式留下深刻的印象，突兀有力的节奏感，似乎隐现着诗人内心一种难以抑制的情绪，同时又呈现着散发式的意象表达方式。它们给人的印象似乎是散漫而零乱的，但又是极具生机与活力的。这种诗性思维的特点，不在于引导你循规蹈矩地按某种形式去进入诗境，而是激发你自身的生命活力去充分发挥联想和想象的能力。一些人之所以认为昌耀的诗难懂，除了对昌耀诗的内涵缺少认识之外，很大程度上是对昌耀的那种潜隐式的诗性思维感到陌生造成的。

问：昌耀《慈航》的解读之后，对洛夫晚年巨作《漂木》的解读，是您诗歌批评的另一高峰。长达三千行的《漂木》，是洛夫先生年逾七旬的伟大诗章，是他一生生命的结晶，于2001年出版，虽震惊华语诗坛，但尚未有相匹配的诗歌解读文本来支撑它的伟大——对此，打个不是很妥帖的比喻，爱因斯坦的相对论再富有创造性，但如果没有其他杰出科学家的观察实验成果来与之相呼应，就难以成就它坚实的伟大。而您系统性的《"漂木"十论》，可谓起了这方面的作用。您能否谈谈与《漂木》的相遇？

答：洛夫在古稀之年为华文诗坛贡献出的长诗《漂木》，不仅是他个人创作上的一个奇迹，也必将是中国新诗史上的一个重大的事件。像《漂木》这样的长篇巨著，不要说一般的读者难以进入，即使是专业的阅读，也需要专心致志的投入，才能收到理想的艺术效果。一部长达三千多行的诗篇，既没有故事的叙述，更谈不上以情节动人取胜，那么，它是靠什么来吸引读者的阅读与审视呢？我反复阅读了《漂木》十余次，认定是它的艺术结构和意象经营方面的匠心独运，造就了它独特的艺术魅力。

第一章"漂木"，实际上是人生流浪游走的纵向阅历和观察的艺术表达方式，它所涉猎的海峡两岸种种社会现象和人文景观的部分，是积郁于诗人心中数十年的忧患意识的体现。它是现实的，又是意象化了的诗性观察。这一章是具有"纲"的性质的一次以纵向发展为脉络的宏观性表达。它庞杂丰富的内涵对《漂木》的成功有着奠基石的作用；第二章"鲑，垂死的逼视"，是一次具象化的借题发挥。是对人的生存状态所作出的极具感性和个性的心理层面的表达；第三章"浮瓶中的书札"所含的"致母亲""致诗人""致时间"和"致诸神"诸篇，无疑是一种横向的散发性的人生体悟和寄托。诗人主要表现和传达出站在人生十字路口或曰在海浪的颠簸中发出的人文信息。他对"母亲""诗人""时间"和"诸神"的一系列发言及对话，其呕心沥血的艰辛、苦心孤诣的追求、内外交困的矛盾，乃至相互矛盾的无奈，如此等等，无不真实和真诚地表达一个现代诗人，在面对诸多形而上和形而下的问题时，那种复杂万端又百般无奈的深层次心理活动。第四章"向废墟致敬"，相当于一间贮藏室。在这座"废墟"上，我们看到的是一种历史的遗存。也许其中许多东西对于当今社会现实不一定有实用价值，但它的"痕迹"却是不能从历史中抹去的。这一章在人们面前展示了许多谈不上是辉煌却不乏琐屑的事物和意念，然而，在它那众多的叙述和意象之间，我们却读出了人类生存发展史的真实过程。诗人的眼中和心里并不是没有崇高和辉煌，他只是忧心忡忡地面对着那些使崇高和辉煌日渐变得猥琐和黯淡的事物。

总之，《漂木》可以说是包罗万象，它也许会成为中国现代诗史上一个常议常新的话题，现在人们对它的议论和评说可能才刚刚开始。

问：叶老，如果说，评论昌耀，评论洛夫，代表了您的诗评所达到的高度。而您的一生中，对当代诗坛影响最大的事件，则是1989年至1991年间为《诗歌报》主笔的"现代诗导读"专栏，它产生了广泛的影响，甚至影响了朦胧诗后中国诗歌的走向。能否再请您谈一下"现代诗导读"这一事件的发端与影响？

答：其实"现代诗导读"的发端也很偶然。当时，蒋维扬主编《诗歌报》，一次，我们一同在北京开会，他约我开个导读专栏，每期写个千把字。我觉得这也不是太难的事，就应下了。我还记得，第一篇约稿是让我评车前子的《新骑手与马》。这首诗在传统的审美习惯里，是读不懂的，形式也非常奇怪。我琢磨了一阵子，发现了这首诗其实是表现了诗人对生命的认识，是一种微妙的个性化的表现。写完车前子的诗评后，我请蒋维扬以后寄一些稍微好懂的诗，因为导读《新骑手与马》这样的诗，确实有难度。谁知蒋维扬后来寄来的诗，越来越难懂。第二首寄来的是周亚平的诗，难懂地简直有点故意为难的意思了。于是，我只能殚精竭虑地去思考，解读。这些诗，可能不是经典诗作，但它们却改变了我们对诗歌的认识与看法，改变了我们的诗评角度。实际上，对我本人的评论思维，也是一种梳理与唤醒。确实，《诗歌报》连载的"现代诗导读"专栏影响很大，很多年轻人对诗歌的热爱，就是缘于那个专栏，甚至今天，有些已成名的诗人与我见面，都要提到那个专栏对他的影响。

问：在任何时代，满足于寻章摘句，沉溺于雕虫之技的文学批评者比比皆是，而像您后期这样，以自己饱经沧桑的生命为背景，来解读艾青、解读昌耀、洛夫的批评文字，在某种意义上讲，是可遇而不可求的，它与先生所评论的这些大诗人的作品一般，是一种特殊的时代遭遇、赐予，是个人命运与历史长河的某种神秘交汇。虽然，您一直不愿意将自己的诗学批评僵化于某个理论，但我们想将您的诗歌批评归结为一种"生命诗学"，不知可妥当？

答：我同意这归结的"生命诗学"，因为它更具有一种包容性、一种活力。我在青年时期，其实是一个非常感性化的人，否则不会与诗结缘。直到现在，我虽然被人称为"诗评家"，但却对"理论体系"不甚感兴趣。看我写的诗评诗论，其实都是对具体诗作和个别理论发表看法和观点的。因为我觉得复杂的人生和庞杂的诗歌现象，根本无法以理论规范而不自相矛盾，所以与其去做吃力不讨好的事，不如针对具体现象作些探讨和研究。我不太相信任何一个人有能力对理论的"终极性"问题做出结论。

提到"生命诗学"，实际上在我早期文章中就有着某种孕育，在早期的《关于抒情诗》一文中，我曾引用了别林斯基的一段话，其中有："人们能在诗中的忧郁中认识自己的忧郁；在他的灵魂中认识自己的灵魂，并且在那里不仅仅看到诗人，还看到'人'。"这些文字对我有着巨大的启发，当然，我并未拘于其中，而是由"人"潜入到更具诗意的"生命"，并不断地使之深层，丰富。我在次年的评论公刘的文字中，可谓初绽了"生命诗学"的胚芽："但是仅仅指出这一点，似乎仍然不能把公刘的这些诗篇在艺术上的全部特色揭示出来。这是因为，我们还没有考察到公刘作为一个诗人所具备的那种个人的艺术气质。"

关于"生命诗学"，我更愿理解为是一种不断地以自己的批评文字，

诗探索12　理论卷　2018年　第4辑

呈示着、展开着、发展着的诗学。生命是一个不断发展的复杂的过程，不同的时间、境遇，面对不同类型的诗人与诗，都会有不同的生命反应。因而，在我的诗评文字中，如果出现有不统一的地方，并不奇怪，这正是"生命诗学"的本来面目——将不同的角度、不同的侧面，甚至相矛盾的观点，浑然地包容于一个完整的生命之中。而那些始终迁就一种理论体系的评论，在生命的意义上讲，其实是一种扭曲。生命是一种不断流动的过程，因而，在某种意义上说，"生命诗学"只能是一种对"诗歌生命"不断解读的过程。而如果要有所归纳的话，我认为，"生命诗学"的本质，就是在面对一首诗时，不仅要解读它的语言及语言所呈现的艺术特色，还要深入地解读这一切所展现出来的诗人的生命——而这，才是真正评价一首诗高下、真伪的关键。

问：众所周知，在当代诗坛，您是反对新诗建立所谓形式的最坚决的声音之一。今天，您仍坚持对新诗的这一意见吗？

答：对新诗"形式问题"的指责，一直是一个经久不息的声音。但是，我要说，如果新诗存在问题，其根本问题绝对不是形式的问题。如果说新诗还有生命力，它就不会为形式所规范；如果新诗真的被形式所规范，它的艺术生命也就走向衰亡了。

从诗歌的源头说，最早的诗歌都应是自由体，从《诗经》到《楚辞》，其实都是古代的自由诗。可以说，后来格律化了的古典诗歌在语言与形式上更成熟了，但谁敢说它们就比《诗经》《楚辞》更伟大。所以我认定，诗歌最早的产生，就应当是一种自由情怀的表达和表现。鲁迅说诗写到唐朝已经做尽，这绝不是他认为唐代以后就没有好诗，而是说旧诗的那一套"规矩"已经被人们弄的滚瓜烂熟了，扼制了创造精神的发挥。如果说诗歌创作实践具有无限的可能性，是为了把诗人的创造精神加以充分发挥的话，那么它至少也同时认为，写出优秀完美的现代格律诗，也是这种可能性之一。闻一多的《死水》便是一例。但是，任何试图以此来规范新诗的做法都是不明智的。

自由应当是诗的原始基因，对于今天发展中的新诗来说，其意义更为重大。如果分析当下新诗存在的问题，不妨说"它得了大脑萎缩症"，是诗人生命力的贫弱与衰退所致。所能开出的最好"药方"，就是充分的自由。

问：中国新诗自一诞生，就严重地烙下了西方诗歌的痕迹。"五四"以来的很多东西都是从西方移植过来的。新诗体也是这样，特别是一些西化严重的诗人写出的诗，诗坛上称为"翻译体"，他们用的语言、技巧、修辞方式，好像和翻译过来的诗没什么区别。因此，有必要提出"重新命名新诗，重新构建新诗"。想请叶老师以您的历经沧桑的眼光，谈谈对此的看法。

答：我还是这样的意见，要有宽容的精神。不管你同不同意这种写法，只要是好诗，我们就应该认可它的存在。另外，不要搞帮派门派这一类东西。诗歌艺术流派跟帮派门派完全是两种东西，可我们往往就把帮派门派看作是流派了。所以要提倡宽容精神，只有宽容，才能多元。我是一个好诗主义者，不管传统还是现代，只要是好诗都应该接受它。至于新诗应不应该重新命名，我以为应该在实践中去逐渐探索，但是有一条是肯定的，那就是新诗必须要闯出一条新路来。至于怎么命名它，这都是可以在闯出的新路上来讨论解决的。只要保持宽容的精神和多元化的追求这两条原则，我觉得新诗就大有希望。

问：叶老师，您对年轻诗人们的扶持，在当代诗坛是有口皆碑的。尤其是对于那些有才华的年轻诗人，您可谓是一直关注着他们的成长。这在某种意义上，您已不仅仅是把诗评当作一项工作，而是作为自己的生命的一部分来对待了。能否请您与年轻的诗人们说一些建议？

答：我觉得首先还是要有大量的阅读，特别是阅读一些经典，它们是历史的馈赠、先贤的思想精华。如果你不能接受这些经典，对现实的问题就不可能看得很清楚。精神上的苦难，是每一个有良心的思想家无法回避的，阅读他们，是一种间接的支持，可以帮助你更清楚地看清现实、认识自己，进入到时代的脉搏中去。现在年轻人的最大危机，在于不愿意去思考，不愿意去动脑筋，也不愿意去读书，读那些真正经典的书，而是随波逐流。

我一直坚信我的眼光。我教过的学生，阅过的年轻诗人，只要有些才华的，都不会从我的眼前晃过。我的的确确是想帮助有才华的年轻人冲出来，我也是从他们那儿过来的，知道年轻人要冲出来，做出一番成就的不容易。一个年轻人，如果他写的东西能被发表、认同，与总是被退稿是大不一样的，老退稿，他自己就失去信心了。实际上，他的稿件不是不能用，很多时候是编辑有问题。有的编辑，就是要别人提着礼物登门，才发表作品，这样能发现好作品吗？我一直非常怀念当初《人民文学》的两位编辑，一位叫杜黎均，一位叫苏中，他们给予我的帮助至今铭记。所以年轻人出诗集找我写序，我从来不拒绝，为老、中、青三代诗人写的序合并起来，都可以出一本大书了。当然，给任何人写序写评论时，我都有自己的原则、分寸感，一切从文本出发，该鼓励的鼓励，

诗探索12 理论卷 2018年 第4辑

该批评的批评，从不会胡乱吹捧。

问：叶老，您的批评对象包括了老、中、青的三代诗人，研究的对象范围之广，是诗评家中少有的。能否谈谈对你影响较大的那些诗人，比如艾青。你与其他诗人们也接触很多，能否谈谈他们的作品与人品的关系？

答：老一代的诗人，我接触最多的是艾青，也很受他的影响。记得是八十年代，广西出版社想请我为艾青诗歌写一部评论集。通读了艾青的所有作品之后，我才下笔行文。我感觉，虽然艾青新时期复出后的诗歌不错，但并没有超越他四十年代左右的作品，这是一个遗憾。但不管怎么说，艾青是当时中国诗坛的灵魂人物。一位诗人，影响一代人不难，能够影响两三代，甚至更多人，那就是一位堪称领军的人物。我的《艾青诗歌欣赏》出版之后，艾青刚好卧病在床，他的妻子将我的这部作品读给艾青听，艾青大为赞赏，叫高瑛写了一封信给我，后又写了一幅"春华秋实"的字赠予。

我更喜欢复出后的昌耀的作品，应该说，昌耀的作品代表了那个时代的诗歌高度。我与昌耀并没有什么交往，更多的是相似的生活坎坷引起的精神上的共鸣，我写昌耀的三篇评论都是自我感觉比较满意的，也代表了我那一时期的批评高度。"朦胧派诗人"中，我所推重的北岛、舒婷等的诗歌成就，都已得到社会的公认，但我认为，他们之后有一批诗人也写得不错，往往为人们忽略了。

关于诗品与人品，我曾写有两篇文章讨论这个问题。自然，人们都喜欢诗品好，人品也好的诗人，但现实的状况是，有些人人品很好，但写出来的诗却很平淡；有些人的口碑不好，写出来的诗却有闪光之处。我以为，在批评时，应主要就文本讲话，不可因人废诗。比如当今有些青年诗人，有才华，人品吧，我不非议他，至少不是一个多么受欢迎的人，但我不否认他有作品。对于这些诗人，我们要有分寸感，既不能把他捧上天，也不能说他什么都不行。其实一个人的一生，能够有一首诗给人留下深刻的印象，就是一种成就。

顾城杀妻的事，闹得沸沸扬扬，什么议论都有。但我以为，任何人都没有杀人的权利，尽管顾城是一个著名诗人。顾城杀妻是经过思考的，他的行为无疑是不足取的。当然，我们如果把目光放到一百年两百年之后，他的这些都会被慢慢淡化的，如果他的诗的确好，人们还会记得他。我的批评始终掌握一个原则，你的作品好，我肯定你，你的人品差，我不与你接触罢了，不会因为你人品差，全盘否定你的作品。当代一些诗人，像李瑛，他的诗不是特别好，但人品好，配上他的社会地位，能取得今天这样的影响，是不错的。彭燕郊，他的《混沌初开》很了不得，但如果他一帆风顺的话，是出不了这样的大作品的。

祸兮福兮所倚，福兮祸兮所伏，这一点不假。在物质生活上一帆风顺又大有成就的，恐怕只有歌德一人，而歌德个人的情感生活其实也是遭受了很大挫折的，他才有了那么多爱情诗篇。有天才诗人、勤奋诗人、苦吟诗人，但不管怎么样，如果他的生活太顺利了，也就没有诗了。当然，我不是提倡诗人都去吃苦，但必须要有对苦难的思考、对人类终极价值的思考。用有限的生命来思考无限的世界，任何人都可能在思考的中途倒下，但如果不追求这种终极思考，你的写作肯定是没有前途的。当然，要做真正思考的诗人是很难的，尤其那种面对严酷现实的诗人。现在的电视电影，往往就是掩盖现实，粉饰现状，编造一些幻象来骗人。如果思考真正的现实，情绪再激烈一些，就会将你封杀。真正伟大的作品，在这个时代是发表不了的，或许，那些地下诗人作家已经有了这样的作品，让我们的后人看了，能真正地认识这个时代、认识这个民族，这将是我们的幸事。

问：叶老，记得 2003 年，您曾给洛夫主编的《百年华语诗坛十二家》写了一篇长序《呼唤长诗杰作》，重点谈到了郭沫若的《凤凰涅槃》、艾青的《向太阳》、洛夫的《石室之死亡》、昌耀的《慈航》、于坚的《○档案》等有代表性的长诗，能否请您谈谈长诗于当下的意义？

答：世界上只有极少数的人能写长诗，没有长诗的民族是一个可悲的民族。一般人都认为，诗是短的好，这大概是受了古诗绝句的影响，但屈原为什么能写出《离骚》来，后人写不出来，是因为缺少了屈原那博大的胸怀。任何一个国家和民族都期待和企盼出现能够代表他们优秀文化的杰出伟大的诗人，也希望能够在世界民族文化之林中拥有独树一帜的长篇诗歌。正是在这个意义上，我想每一个热爱诗歌的中国诗人，都不会拒绝长诗的出现而将以十分爱护和关怀的心态来看待它的成长和发展。其实，自"五四"以来，长诗的创作虽然谈不上收获丰硕，但仍然有一些可圈可点的堪称优秀之作。

郭沫若以《凤凰涅槃》这样的长诗显示出他的大气派和大胸襟。《凤凰涅槃》这样的诗，在体现中国新诗的现代性上，应该说是得力于诗人的艺术触角深入到时代变革的深层结构之中的。诗人敏锐地感受并意识到"茫茫的宇宙"中那种"冷酷如铁""黑暗如漆"的现实，需要通过"涅槃"而得到再生。因此，在他的笔下出现的凤和凰，以及群鸟，无疑都是具有象征意义的寄托物。作为实现诗人的艺术目标而展开的戏剧性叙事方式，在气氛渲染和情绪张扬上所呈现出的热烈中的沉郁，沉郁中的期盼，使我们在八十多年后的今天，读来依然为之怦然心动。

与郭沫若的抒情和叙事风格截然不同的诗人艾青，是"五四"以后出现的另一位杰出诗人。他的长诗《向太阳》，不仅是在抗日战争的历史时期中曾经产生过巨大的影响。时至今日，当我们回顾新诗发展历程中那些真正有价值的长诗时，《向太阳》仍然是为数不多的篇章之一。它独特的熔抒情与叙事为一体的表现方式，不但记录了一位诗人在那个年代的心路历程，而且作为诗歌艺术的一件珍品，将永远是后人学习吟诵的诗歌文本。艾青作为"太阳的歌者"的诗人形象，是因为他毕生把"太阳"作为光明的象征而讴歌，而他则是以光明的追求者而现身诗坛的。《向太阳》则是他在诗歌艺术上一次最集中而又最有力度的表现。

彭燕郊的《混沌初开》展示一个特殊的文本。或许可以称它为"散文体长诗"。任何一个仔细地品读了此文本并且真正能够入乎其内地体察其深厚蕴涵的人，无论他对"语言"的认同程度如何，但在"气质"的感受和敏悟上，我想都只能是真正意义上的诗的体验。诗人的那种"精骛八极""思接千载""视通万里"的思绪和灵视，已经超出了一般人所理解的联想和想象的范畴。《混沌初开》目前虽受冷遇，但我对它的历史地位存有信心。

曾经在二十世纪六十年代轰动台湾诗坛并引发众多争议的《石室之死亡》，是洛夫以现代派诗风推出的一枚重磅炸弹。时至今日，众多的评说均无法对它做出确定的阐释。甚至洛夫本人，恐怕亦不能对它做出明确的释义。因为它本来就是一个混沌的文本。诗人究竟是在一种什么样的心境和心态下创作出这样的诗歌文本，局外人恐怕难以入乎其内。然而作为读者，人们依然不妨以自身的艺术触角去对它作一些或深或浅的探究。因为"潜意识的探险"和"内心世界的奥秘"往往是出现在瞬间性的时空之中，而当时过境迁之后，又往往难以清晰地回忆和捕捉的。这也就可以解释为什么洛夫自己后来试图修改此诗而终于未能成功的原因了。《石室之死亡》作为诗歌文本的艺术价值，将会在人们的疑惑的目光中日渐显露出它的庐山真面目，自然，这只能是人们的艺术气度日渐宽容之后才能实现的。

昌耀的《慈航》从发表后所受到的冷遇而逐步成为备受赞誉的诗篇，证明了真正有价值的诗总是不会被埋没的。如果只是从表现上的叙事形式看，《慈航》似乎可以称为叙事诗，但是单纯就叙事的角度来看待它，最多也不过是在重复一个三流的故事而已。昌耀之所以把这首长诗命名为《慈航》，显然是从精神超度的意义上来构筑他的艺术殿堂的。"慈航"这一宗教词语的运用，在某种程度上显示出昌耀心灵深处的一种宗教精神。他正是从对宗教精神领悟的角度来回顾那场给数十万知识分子带来灾难的运动，从而避开了一味倾诉个人苦难经历以博取同情眼泪的俗套。

北岛的《白日梦》1986 年在《人民文学》发表之后，几乎是悄无声息地被诗坛所遗忘。当然，这并不是说没有人重视和记住它。只是在公开的刊物没有对它的评论和阐释罢了。也许这正是一种历史的短暂性的休克吧。《白日梦》既不叙述一个完整的梦境，它也不可能成为配合某种政治需要的解说词。它是一个清醒的但却又是破碎的梦境残片。或许还可以说，它是理想主义破灭之后对历史废墟的断壁残垣做出的剖视与反思。它并不是一时的政治需要的产物，而是生活在某一特定历史时空中人的一种朦胧觉醒。一个"白日"的梦，具有梦幻的性质，但又是真实的现实的倒影。唯其如此，它才是既可以感知又难以把握的。

与《白日梦》所遭受的冷遇不同的，是于坚的《○档案》。它的公开发表在诗坛所引起的震动，不仅引人瞩目，更是令人深思。由于它在诗歌形式上的大胆尝试，更由于它的那种极度呆板乏味的陈述内容，使得一些人甚至宣称，于坚这样的诗也能算是诗的话，世界上没有什么不可以写成诗的了。事实果真如此吗？诚然，用传统的诗歌观念乃至有关定义来衡量《○档案》，它的确不符合标准。然而，当我们排除陈见，试图改换一种阅读方式来权衡一下它的表现方式及其深层内涵时，或许会发现它的价值所在。《○档案》作为诗歌文本，它的实验性与创造性，恰恰在于它的一次性和不可重复性。如果有人在阅读它时产生了一种厌恶乃至憎恨的感情，这正是它的极大成功。如果有人对这样的"文本"产生了困惑和质疑，那么，请不要归咎于"文本"，而要首先反思一下这种"事实"的是否真实和合理。当年哥伦布发现新大陆后遭到一些绅士们的轻慢时，他曾让那些人把一只鸡蛋站立起来，结果没有一个人能够做到。于是，哥伦布拿起鸡蛋在桌上轻轻一敲，它就站立起来了。这也是同样简单的事，但是，当你再像哥伦布那样把鸡蛋敲破之后站立起来时，除了证明你的愚蠢，还能说明什么呢？《○档案》正是哥伦布那轻轻地一击，它是一次极其简单却又十分大胆的创造，后来者不必再试图如法炮制。

其他长诗，如杨炼的《面具》，西川的《厄运》，李青松的《我之

诗探索 12　理论卷　2018 年　第 4 辑

歌》等，都是值得关注的有分量的作品。

问：在您那一代的几位杰出的诗歌评论家中，谢冕先生更具有旗手的气魄，孙绍振先生涉猎的范围更广，李元洛先生古典诗歌素养更出色，任洪渊先生的文笔更具诗意激情，吴思敬先生的触角更为敏锐丰厚。与他们相比较，我们认为您的特色在于对诗歌一往情深的圣徒式的奉献，用自己的生命与丰富阅历来与诗人和诗歌文本对话，这保持了您的终生，并已构成了一种象征。能否请您谈谈您对诗歌的这种执着、热爱，其源泉何在？如果没有顾忌，想也请您谈谈您对同时代的几位杰出的诗歌批评家的认识，以及你们之间的交往、友谊。

答：我是在高中时偶然在《人民文学》上读到石方禹的《和平的最强者》而深受震撼的。我们这一代人，从小都是读古诗古文，对新诗几乎无知。我在《和平的最强者》中读出了一种同时代和现实相呼应的气息，感受到它震撼灵魂的强度。特别是进入大学中文系，因为学习新文学史而增加了对新诗的了解。对当年有关新诗的争论中，各种观点的阐述，有了自己的一些判断。遗憾的是，从当时发表在刊物上的那些诗歌中，我逐渐感受到一种"僵诗"的味道。大量的"口号诗"使我逐渐丧失了对诗的兴趣。后来读到了郭小川的《向困难进军》《投入火热的斗争》，特别是闻捷的《吐鲁番情歌》，使我再次感受到诗的魅力。并且因此而有笔直书写下《激情的赞歌》寄给了《人民文学》。不料因此而同"诗评"结下终身之缘。坦率地说，在此前的阅读中，我大部分精力是放在中外小说的阅读，读诗只是偶尔为之。因为评闻捷的诗而受到《人民文学》的鼓励，又写下《关于抒情诗》一文，从此似乎决定了我全身心的投入缪斯的怀抱。

说我"圣徒式的奉献"，那是太抬举我了。我是一个在苦难和不幸中苟活下来的人，唯一的优点或许在于，我并不因此而丧失了基本人性和判断是非的基本能力。这也许就是所谓的诗性之所在罢。

至于你提到的那些诗评诗论家，我同他们都并无深交，这是我个人的生活经历所造成的。我非常尊重他们并从他们身上学到很多东西。由于我长期的被"流放"造成的生活偏居于一隅，我从不主动联系他们，力避攀附之嫌。不过每次在会上见到他们，都是交谈投机的。

问：先生长达二十年的劳改流放，无疑是一个时代的悲剧。但对于因您的流放而最终落脚的扬州来说，却未尝不是一件幸事。今天的扬州诗坛，在历史上的多年沉寂之后，又一度出现了兴盛的局面，应该说，是与您的存在分不开的。能否请您谈谈当下扬州诗歌的状况？

答：民刊《扬州诗歌》的创办，"虹桥书院"和"扬州诗歌学会"的成立，标志着扬州诗歌正迎来又一个黄金时代。真正诗歌的兴起，一定是从民间发起，并成熟起来的。扬州历史上的"虹桥修禊"，其实就是诗人们自发走到一起形成的雅集。这样一种纯粹发生于诗人内心的活动，如今在扬州重新出现，证明了扬州诗歌的活力、凝聚力。

扬州优秀的诗人还是不少的，比如庄晓明、张作梗、陆华军、曹利民、蔡明勇、朱燕、莫在红、王嘉标、卞云飞、张庆、傅强、崔小南、苏若兮、钱素琴、芳兰、汪向荣等，这些诗人的表现形式各异，但都从中国古典诗词中汲取营养，又广泛吸收西方诗潮，最终形成了自身的特色，这些扬州诗人的未来，是可期的。

问：在诗歌界，只要一提到"叶橹"这个名字，就令人联想到一种权威的诗歌文本解读。请问，您是如何想到以叶橹来作为自己的笔名的，并伴随了您的一生？

答：这个笔名是我在广西读高中时取的。我的母亲姓叶，这是叶的由来。橹嘛，当时都在讲奋力划桨开社会主义航船，你是一叶桨，我是一支橹，名字就这么来了。谁知这只橹竟是摇入了诗海，不知不觉摇到了今天。我想，只要还有一息尚存，这只橹还会继续摇下去的。

[作者单位：叶橹，扬州大学文学院；庄晓明、李青松：诗人]

【编者的话】

　　青年诗人张二棍（本名张常春），1982 年生于山西代县，系山西某地质队职工，常年跋山涉水，游走在荒凉与清贫的社会底层。这是一位有厚重的生活积累，又对诗歌表达方式有深刻理解的诗人。他的诗来自生活，却不是对生活现象的照搬，深厚的人文情怀与机智灵动的构思结合在一起，使其在诗坛异军突起。他已出版诗集《旷野》，曾获《诗刊》2015 年度青年诗歌奖、2016 年度"诗探索·人天华文青年诗人奖"，并被遴选为 2017-2018 年度首都师范大学驻校诗人。在张二棍即将结束在首都师范大学的驻校生活之际，为了对张二棍的诗歌创作进行充分的研究，总结他的创作经验，以推动和繁荣当下的诗歌创作，首都师范大学中国诗歌研究中心于 2008 年 7 月 4 日在北京举办了"首都师范大学驻校诗人张二棍诗歌创作研讨会"，四十余位知名学者、诗人以及首都师范大学部分研究生出席了此次会议。现从研讨会收到的论文中遴选出孔令剑、刘年、孙晓娅、景立鹏、王永、吴惜文等人的论文五篇，以及霍俊明对张二棍的访谈，希望引起读者对这位有深厚潜力的诗人的关注。

张二棍诗歌的智与质

孔令剑

　　张二棍是全国青年诗歌创作的代表诗人之一，更是山西优秀青年诗人的代表，近两年二棍的诗歌在全国产生了具有广泛意义的影响，各种奖项对他的创作、作品进行了肯定，首都师范大学中国诗歌研究中心聘二棍为驻校诗人，既是肯定也是鼓励和鞭策。作为同龄人，作为诗歌写作的同路人，能来参加本次研讨会我感到十分荣幸。为了能够承受起这份荣幸，我想，我还应该代表山西文学院，因为张二棍是我们刚刚签约期满的"第五批签约作家"，还获得了"优秀签约作家"称号。同时，我勉强代表一下山西的诗人们，二棍个人的诗歌创作，对略显"封闭""低调""沉默"的山西一域来说，具有独特的意义。

在对二棍的诗歌"说三道四"之前，首先说明两点。一是，要对诗人的作品做出更为全面和准确的评价，应该建立在对诗人的了解、知晓的基础上，既包括诗人社会身份——他的经历、生活状态、思想背景等，也包括他的诗歌观念、创作追求等方面的明了、认定。就是在对作品做出认知之前，要有对诗人本身的认知，但我呢，在这一点上还不具备。其二，我个人不是专业的诗学研究者，没什么理论，更不成体系，只有一点诗歌阅读经验、编辑经验和写作经验，而且也好不到哪儿去。所以，有了这两点，我的发言就很好办了，对各位大方之家来说，面对我的发言就会变得更加大方、更加宽容了。其余不多说，以上算一个开场白。

简要论之，二棍诗歌最为鲜明地体现了"智"与"质"的特征。第一个"智"是"智力"的智，"智慧"的智，这也是我所谓的"智"的两个层面，有高下之分。因个人喜好，我坚持认为诗歌应该是诗人在"智力"和"智慧"上的语言行进。从一首诗的表达来说，要有新意，要有写作者个人的独特关照，能把什么纳入到诗歌写作的范围，如何处理一个选定的题材，从哪个角度和途径进入和离开等；从语言上来说，写作者要从语言的"公路"上走出个人之路，还要不走偏，要走出艺术性走出风格，没有语言上的"智力""智慧"是不成的；当然，还包括意象的捕捉、架构，一首（组）诗歌的整体结构、安排，对现实的思索，对生命的追问……包括对诗本身的探寻等，这本身就是智力的挑战、智慧的结晶，靠蛮力、靠一厢情愿是解决不了的。

举上一例。《入林记》，不只是写入林，还写出林，我又看了看题目，没问题，是入林，这时我就想到，我要问二棍的话，他会说："哎，有进就有出，反正都在林子里。"这样一对比，就看出了二棍比我聪明，心胸也比我大。而且，一进一出，诗的结构就出来了，上下两段。但"入林记"写什么呢？二棍上段写鸟巢，下段写荆棘。有鸟巢，说明曾有鸟儿"入林"；鸟巢的倾覆，又说明了那些鸟儿先他而去（最起码不再以这个鸟巢为生活"中心"）。在入林时，先写了一个"入"与"出"，而且他还从"鸟巢"中看到了"唐朝的布局"。这个"唐朝的布局"厉害，让我一震，即扩大了诗中的"时空"，也准确达到了诗人所达之意，意味丰富，十分高超。下段写出林，被荆棘拽了一下衣服，接着笔锋"回想"，入林时同样有荆棘，一是与上一段建立了联结，二是又写出了一个"入"与"出"的小循环，三是在入与出时荆棘对诗人的同质行为，而产生出诗人对荆棘的不同观照，而营造出第二段的结构之图。最终，诗人从荆棘的同一性上找到了平衡，也平稳地结束了一首诗。

这是我从这首诗中看到的，我的表述可能不是十分准确，而二棍在写这首诗时，也并不如我这不准确的表述所描述的这样，是如此思考如此操作的，但二棍确实有"将诗意和神秘赋予身边事物"，捕捉和保留"存在的丰富细节和鲜活气息"的高超能力，如前所言，这种能力不是体力，而是"智力""智慧"，是一种"心智"在诗歌中的突出体现。

二棍不善言谈，甚至属于沉默寡言型的（喝酒和不喝酒似乎差别不大，面对男人和面对女人也基本保持一致，就我所见），但他说一句是一句，有他独特的致密性（要和我对比的话，他称得上"一句顶一万句"）。从人到诗，二棍确实有言说的大"质量"特征（相对而言）。质量有两层意思，一是表示重量、分量，二是有品质、有质感。这就是我要表达的第二个"质"。

这种"质"的成因，我想，首先来源于前面说到的"智"的因素，有一种表达的力量感在里面，有一些描摹的线条在其中；这也是他的气质——沉默又幽默，在他的诗歌作品中的灌注。沉默不多言，诗大多是短诗，句大多是短句，短而有力，说的大概是这个意思；而幽默，本身就是高超的艺术性和技巧性的合体，尤其在语言上，能幽默、会幽默的人，都是高智商、高情商的人，是有质感的人。这个不多说，我想侧重说的，是二棍诗歌的"质"，更多体现在他对诗歌的本质把握上。这种本质把握，不是说他把握住了诗歌的本质，而是他有从根本上考量诗歌的倾向和尺度。

据我所知，二棍写诗算是"半路出家"，颇有戏剧性。我记忆不错的话，据他的描述，大意是：他突然有一天想写诗了，但不知道怎么写，甚至之前都没有认真细致地观察过"诗"这个高贵的存在，然后他就到书店买了几本诗集，一边看一边写，几年时间就从"地质勘探员张二棍"变成了"诗人张二棍"。我想，张二棍的"诗歌之路"或者说"诗人之路"，期间隐含了两层意思：一是地质勘探员张二棍被"诗神"所召唤，即使不是如此被动，他后来的主动向诗歌走近，也是被曾经某一刻"诗"的闪电击中过，这个我没有从二棍那里考证，这个比喻也不确切，他的诗歌之路与其说是"走向"，不如说是"回归"；二是二棍"半路出家"就在出发点上多了一层局外人、旁观者的审视，"诗"到底是什么？他要写、能写什么样的诗？有这个审视和没有这个审视，本身就是有着"质"的差别。

话再继续往下说。那么二棍诗歌作品的"质"还体现在哪些方面？以我看到，和给我明显感受的，是对现实的"实质"把握。实质，是指

诗探索12 理论卷 2018年 第4辑

某一对象或事物本身所必然固有的性质，或事物的内在含义。从事物"固有的性质""内在含义"来说，二棍并不是也不完全能把握住这个"固有的性质""内在含义"，但他从"生命"的意义上把握他的诗歌所涉及的事物，就已经构成了这种"实质"把握的特征。同时，"现实性"也赋予了这种"实质"把握以落脚的地方。二棍的诗歌充盈着生命的气息，生活的影像，这是许多写作者所不具备和不能达到的，许多诗歌作品中呈现的"现实"其实都是现实的影子，而没有具体性、实在性，我想这也是二棍的诗歌之所以被大家所认可、所喜欢的独特魅力。《入林记》最终落脚荆棘"渴望被认识的一生"；《与己书》把自己安放世间，"已经不能更好了"；《太阳落山了》中，落日谦逊，"从不对你我的人间挑三拣四"；《消失》中，"说起从前，我就消失了"等等，具体的例子就不一一列举了，在二棍的作品中，这样的例子到处都是。

[作者单位：山西省作家协会]

在他手里，诗歌成了一支狙击步枪

刘　年

一

坦诚，是张二棍给我最深的印象。我认为，这是一个优秀诗人的先兆。坦诚，不仅需要过硬的品质和宽厚的胸襟做支撑，还需要有同充斥谎言的堕落的世俗对峙的信念。诗写到最后，技术经常会显得不够用，需要用自身的品质、胸襟及信念，给词语注入生机和力量。

二

非要分类的话，我会把目前的汉语新诗，分为两种。一种是西方式写作，一种是中国式写作。前者的根在西方，但垄断了诗坛很长时间，其特点是自我、深邃、高蹈、复杂、耐品，缺点在于晦涩、隔膜、难以传播。后者是走了很多弯路后，新近成熟的，继承了《诗经》《楚辞》、唐诗宋词的传统，但又汲取了西方诗歌的优点，它们入世宽广、关照现实、悲悯众生、好读好懂、感染力强。张二棍的诗，就是比较典型的中国式写作，虽然他对待世界和生命的态度，带着西方的哲学背景，但题材完全是这片土地上土生土长的现实，意象的选择与组合、意境的营造、比赋兴的运用，甚至遣词造句的方式，都摆脱了翻译诗的阴影，既有其现代性，又自然、亲切、鲜活、走心。诗的本质是生命，对生命的理解有多深，对诗歌的理解就有多深。张二棍读完初中后，只念过一年技校，但他读透了天地人寰这本大书，因此在诗歌写作上，才能如此通透。……与纸上的不同，见识是第一手资料，没有被别人加工过的，是最接近于真相的东西。接近了真相，往往就接近了真理。六祖慧能，不识一字，能勘破天地，便是如此。

三

"好诗人应该是个狙击手。隐忍，冷静，有一击必杀，然后迅速抽身的本能"，张二棍如是说。《清晨的噩耗，黄昏的捷报》《黄石匠》《林子大了，什么鸟都有》《我用一生，在梦里造船》《我不能反对的比喻》《太阳落山了》等诗，就是这种观点的身体力行。《拒绝》一诗，是其中的典型。精确，简洁是这首诗最大的特质，像一支轻型的狙击步枪一样，几乎没有一个多余的零件，语言贴切新颖，蜻蜓与弃腿、蠕虫与隐士、母亲与溺婴、病人和拒医等词语与意象的碰撞与摩擦，有了金属的质感与声响。尤其，将蠕虫比喻成隐士，两种反差极大的事物，组装在一起，却又严丝合缝，表达了隐士（我认为也是作者自身）的无奈、痛苦与挣扎，体现了诗人魔术师般的想象和手法。其实，整首诗亦可看成一次成功的狙击行动。前面三件事，在读者看来是铺陈，在狙击手看来是埋伏。到第四件的时候，"——村妇已耄耋，白内障多年/看谁的脸，都一团模糊"，子弹上膛了。"拒绝医治"四个字，是作者扣动扳机后飞出的子弹。读者惊魂未定，思考"村妇为什么拒绝医治？因为怕痛？因为缺钱？因为看不惯谁？还是看不惯这世界"的时候，他已经拆下狙击步枪，像提着琴盒的小提琴师一样，离开了。

四

"给诗人一间KTV包厢，也许他会变成庙宇"，张二棍如是说。诗，到了最关键的时候，和禅一样，不可教，只可悟。《某山，某寺》就是诗与禅的合一。这首诗的意境，很像金基德同题材的电影《春夏秋冬又一春》，但金基德的电影刻于精致了，艺术和木匠活还是有区别的。张二棍在野外工作的时候，曾因大雪封山，与世隔绝了半年，也曾在山林中迷路三天，几近绝望。这首诗，算是山野给他的回报。诗中，作者一洗怒目金刚的做派，成了一尊拈花微笑的低眉菩萨。比之金戈铁马、怒发冲冠，我认为举重若轻、春风化雨，方是诗之上善，就如同"爱"，永远大于、高于、强于、长于"恨"一样。这首诗耀眼之处，在于细节，诗人独到的发现，赋予了庸常如"光缆""倒车镜""牛仔裤"这些毫无诗意的事物以光芒，如同点石成金一样，这是一种巫术，如同让一群麻雀恢复呼吸与体温一样，这又是一种功德。尤喜第七节，"那个褴褛

的朝圣人啊 / 为什么在庙门外 / 徘徊那么久，才肯进去 / 为什么在寺庙中 / 拜了那么久，还不出来"。这节诗中，语言只简单地写了朝圣者在庙里庙外的两个场面，但朝圣者的虔诚、苦楚、委屈甚至绝望，以及作者的同情、尊敬，都在语言之外被语言送进读者的内心。这首诗，除第十二节的表达，真实性自然度稍弱之外，其余都能做到水到渠成，瓜熟蒂落。此诗，我认为是他迄今为止的写得最为宽广厚重的一首，并不像文字表面上的那样消极，文字背后，破纸欲出的"敬畏"二字，正是这个时代紧缺的事物。"世界是越来越残缺的，而一个诗人的一生都要在内心中竭力恢复完美。这很虚无，也很实际。……我们在完成上帝遗留的工作"，张二棍如是说。

五

死亡，是所有的宗教、哲学和艺术都想解决的终极命题，是所有生命的归宿。一个人对生命的理解有多深，往往体现在对死亡的态度上。《冬日公墓》一首，在死亡这个主题上，作者四两拨千斤，去写一些被常人忽略的细节。首尾两节，"一只只蝴蝶 / 在微风中 / 努力靠近 / 一朵朵花圈 /"和"路过一个男子的墓地 / 他和我同年，却不在了 / 是意外？是疾病？还是其他？ / 我与他墓庐上的荒草一样 / 对此都一无所知"，轻拿轻放，怕惊醒了死者似的。对他人死亡的尊重，对自己死亡的淡泊，这是对死亡彻悟的态度。全诗哀而不伤，悲凉中又给人间留有希望，做到了一个好诗人应该做的。大多数时候，诗是一种平衡的艺术，过犹不及。同样涉及死亡的《乡村断章》，虽有"悲伤应该是乌鸦的样子 / 快乐应该是喜鹊的样子 / 只有，贫穷和屈辱 / 有时是麻雀的样子 / 有时是耕叔的样子 / 有时，是被耕叔打了一顿 / 瘫在墙角的耕婶的样子"这样让人心动的诗节，也有"你看看，这人间太过狰狞 / 如一面哈哈镜"这样概括性很强的"豹尾"，但整诗下手太狠，而显得张牙舞爪，面目可憎。

六

"野，应该是一个诗人必须保持的精神状态……哪怕磕磕绊绊，哪怕无人喝彩，诗歌就要那种虽千万人吾往矣的野味儿"，张二棍如是说。始终保持着写作的冒险精神，放松地写，放下架子去写，光着脚板来写，像没成名一样，这是他难能可贵的地方。他写过如《六言》这种没有任何细节，全篇"大"词的"大"诗，但又能把"大"词按住，而呈现出苍茫浑厚的意境，还写过玩世不恭、带着颓废和冷幽默的《一辈子总得在地摊上买一套内六角扳手》，还有仅仅两句但张力十足的《我已经和这个世界格格不入了》和《勘探者耳语》，这些诗别开生面，增加了他作品库里的层次感。犯错不要紧，写烂不要紧，李白、杜甫都写过烂诗，平庸才是诗歌的癌。冒险，往往意味着冒犯，而对俗世的冒犯，往往又是一首优秀诗歌的先兆。

七

"大部分诗人用轻狂，扼杀了诗歌。但我们欣慰的是，每个时代总有一少部分人，在坚守。我想靠近那少部分，我在努力"，张二棍如是说。在几次长达深夜的交谈中，我能感受到他对诗歌越来越多的虔诚。虔诚，世间重器也。欣赏那些身负虔诚的人，如苏格拉底，如梵高，如贝多芬，如曹雪芹，如冈仁波齐山下的那些朝圣者，他们就像身负巨石的西西弗斯一样，其生命本身，就是一首首充满力量的诗。

[作者为诗人]

悲悯的焦虑

——张二棍诗歌中的底层书写

孙晓娅

新世纪已降，"草根诗人"大量涌现，越来越多的作家、诗人关注打工群体及底层人民的生活，日渐形成一种写作生态，与社会发展密切关联。这一创作症候的兴起因于相关的社会问题，关联着一大批被当代文坛忽略的弱势群体的生活现状，内中境况无须虚构，无须点染，始终真实地存在于诗歌史之中，不增不减地在岁月中流淌。

在市场经济语境下，随着城市化进程的加快，那些被迫从乡村走向城市的底层人民不断感受着城市给他们带来的生存冲击。白连春、谢湘南、郑小琼、郭金牛、曹利华、许立志、余秀华……等底层诗人逐渐登上了诗坛，显露出独特的创作才华。此外，部分在八九十年代有影响的诗人在进入新世纪以后，逐渐关注底层人民的生活，批判与揭露社会的阴暗层面，用人文关怀的光芒去照亮世界的暗处。丁可的《卖肾的人》、翟永明的《老家》、沈浩波的《文楼村纪事》等作品，捕捉到那些由于贫困无出路被迫卖肾卖血的撼人情景；王小妮的《背煤的人》和蓝蓝的《矿工》，则"在词语的废墟和熄灭矿灯的纸页间"，《矿工》透过矿工匍匐的身体、浑浊的眼睛揭示出他们卑微的生存姿态和黑暗中闪烁的灵魂；荣荣的《钟点工张喜瓶的又一个春天》、尹丽川的《退休工人老张》、王单单的《卖毛豆的女人》，写出了底层生活的艰苦境况对劳动者造成的多重蚕食。诗人们关注底层的生活状态，不是仅仅停留在底层生活场景上，而是把生活中原生态的东西加以提炼，将悲剧场景、窘困的生活予以意象化或象征化的处理，从而使平凡的场景和意象散发出诗的光芒与凄悲的疼痛："一只微弱的萤火虫要出卖它的一半光亮 / 一只艰难飞翔的小鸟要出卖它的一面翅膀 / 墙的表情木然 / 我走出医院的大门 / 又是春天了啊 / 春天里两个字刺疼我的眼睛 / 春天里的一只肾已经或就要离开它的故乡？"（丁可：《卖肾的人》）

底层写作的范围和视域非常宽泛，不同诗人因为生活经验的差异，呈现出不同的写作面向。在这一领域中，近年极具影响力的关注底层写作的诗人张二棍是一个善于统摄不同题材的极具代表性的诗人，他将笔触伸向生活在城市中的底层人民的生存现实，以及他们的困惑、挣扎与无奈。而诗人自身的焦虑体验又将底层书写的精神场域和文学空间最大化，生动地撕扯出生活本真的面貌，在看似平淡无奇的语言中引发读者对所描写者的心理与生存状况进行还原、对社会现实进行反思和探问，在不动声色中包孕着诗人深沉的悲悯情怀和精神关照。

一　底层处境与心理焦虑

　　在诗人张二棍的笔下那些平凡人的身影总是闪亮着晃动在我们眼前，他们或是工厂里的矿工、石匠又或者是无名的路人……。张二棍的目光始终自觉投向这些生存在社会最底层的普通人，时刻关注着他们的生存困境以及与之相伴的精神焦虑，后者是独属于他的写作视域。比如《流浪汉》一诗中，诗人所描写的正是一个蜷缩在城市角落里的流浪者，在我们眼中流浪汉的形象固然是与这个城市格格不入的，甚至我们时常对他们产生一种排斥的心理。而当诗人看到这样一个"斜倚在银行的墙角 / 赤裸着上身，翻捡着 / 秋衣线缝里的虱子"的流浪汉时，关注的则是他纯粹的眼神与专注的神情，并透过流浪汉的一举一动相信"工作着是幸福的"。在诗人眼中流浪汉清理褴褛时认真严肃的样子俨然是"治理着这座城市"，仿佛在一瞬间他变得那样的高大。而流浪汉的现实处境却又将诗人的目光引向另一个极端："而他挤在高楼的缝隙间 / 那么灰暗，渺小 / 又很像这座城市的 / 一只虱子"，从流浪汉延及一个城市，这微弱孤独的具象与浩大的城市形成极为不对称的反差，却让我们深深反思。《矿工的葬礼》叙写的是一个被砸断双腿，终日在轮椅上艰难度日的矿工与他的母亲相依为命的故事。整首诗没有过多铺叙关于葬礼的细节，却将这一对母子生存的艰难处境淋漓展现出来：在矿工经历了妻离子散之后只有老母亲一直无微不至地照顾着他，即使他们的家庭生活拮据，他又患了新病，母亲却从未放弃过他。诗歌仅在最后几行描写了葬礼上的场景："现在，他死了 / 在葬礼上 / 她孤独的哭着 / 像极了一个，嗷嗷待哺的女儿"，寥寥数语，如木雕深深刻绘出这位母亲孤寂与痛苦的形象，辛苦操劳的母亲只有在此时才无法抑制地将内心的脆弱倾泻无余，仿佛生命中最后一根稻草也随着苦命孩子的离逝飘散了。从一个坚强的母亲到"嗷嗷待哺"的女儿的形象转换，这样的比喻反差很大又极富对冲效果，将她所代表的一类弱势群体的心酸与无奈跃然突显出来。这首诗与王单单的《寻魂》在关注对象和写法上都有同类项，但是张二棍的收笔却明显更胜一筹。

张二棍诗写的精彩之处是他总能在诗歌收尾之句给予我们意想不到的结局[1]，那种前后对比产生的巨大反差不仅体现着生活在底层的个体对于生存苦难的呐喊，也真切地揭示出他们内心瞬息的颤动和灵魂无望的挣扎。张二棍以敏锐的洞察力书写着这个时代中那些"小人物"的生存处境，他们跻身于大城市，努力地为自己挣取一锥立足之地，然而他们却始终如城市中的"一只虱子"，渺小微不足道，整日被围困在灰暗的角落里而不知所措，他们为生存而忙碌也为生存焦虑。

张二棍的诗是现实生活的真实写照，《一个人没有首都》《娘说的，命》《束手无策》《穿墙术》等诗作写出了作为生存个体在命运面前的孤独与茫然的心境；《兼职记》《夜车上》记述着在城市中奔波忙碌却又一无所得的打工者生活中的艰辛。这些诗表现着底层人在现代化进程中所产生的生存焦虑，其中有对于命运的抗争也有社会转型过程中给他们带来的精神阵痛。蔡翔曾在 1995 年的《底层》一文中写道："底层仍然在贫穷中挣扎，平等和公平仍然是一个无法兑现的承诺"[2]。今天贫穷、疾病、失业等生存问题依旧在困扰着这些底层人，当我们翻开张二棍的诗，十年前被纳入写作热点的底层人的生活困境依然清晰可见，所不同的是，张二棍尤为关注、探视这些人的心理状况：《卖了，卖了》一诗写的是为了给女儿治病，夫妻二人不得不变卖家产，他们卖掉了房屋、结婚时的首饰、家里的牛羊，甚至丈夫一遍又一遍的去卖血。然而即便如此他们依旧无法支付高昂的医药费，也依旧无法缓解女儿疾病的疼痛。"她的小女儿啊／还是疼，还哭／她也跟着，一边哭／一边说，再哭／就把你／卖了"。疾病与贫困给他们带来的不仅是身体上的疼痛，更多的则是心灵上无法言说的创伤。这里我们看不到撕心裂肺的哭喊却在母亲说出："再哭／就把你／卖了"时感受到他们心中那种深深的绝望以及刺入骨髓的疼痛。又如《穿墙术》中在县医院里以头撞墙小男孩，"似乎墙疼了／他就不疼了／似乎疼痛，可以穿墙而过"，坚硬的墙壁和男孩身上无限蔓延的疼痛在诗中形成一种相互对立的关系，墙壁无法

---

① 张二棍在 2018 年春季与首师大研究生对话中说，他的很多诗都是先想好最后一句话，再开始营构全诗的。

② 蔡翔：《底层》，《钟山》1996 年第 5 期。

吸纳他的疼痛，他的痛苦也不能穿墙而过。但是诗人却给予了这面墙以人性的温情，并将自己对于底层人民的悲悯全部灌注到男孩身上，在张二棍每一首诗的结尾我们都可以听见那一声声坚定而无言的反抗，这些反抗有的来自那些底层人对于命运遭际的呐喊（《娘说的，命》《穿墙术》）；有的则是作为亲历者的诗人对于自身的追问和对人性的思考。

　　诚然，诗人张二棍是这些苦难的见证者，他的目光关注着这些在生存边缘苦苦挣扎的人们，作品中那些原生态的描写将底层人的生活图景一幕幕在我们面前展开，原生态的诗写刺痛我们麻痹的神经：在我们享受着城市中的优质生活时，他们的精神家园又在哪里？从张二棍的诗歌里可以看到诗人对于底层人的生命本体和生存方式都表现出强烈的人文关怀。他站在与底层人的立场去关注他们的生存状况，以及他们在现代社会中的普遍心理——焦虑。弗洛伊德在《精神分析引论》中指出："人的潜意识、本我、本能追求满足的强大心理能量，即同超我的控制相冲突，又与外界现实相矛盾，从而产生内在的张力。在这种情况下，只有得到部分释放或完全释放，张力才能减少，矛盾才能解决，身心才能恢复平衡。但是，往往不能如此，因而压抑与抵抗之间的矛盾就会形成焦虑。"① 这种焦虑表现在底层人身上就变成了自身生存需求与城市供给之间的冲突，他们所面对的是一个迥异于乡村世界的现代城市，他们因无法真正适应城市的环境而表现出了忧虑、不安等情绪，因此他们的焦虑也是多方面的，既有生存方面也有精神层面。张二棍将底层人的焦虑心理作为书写底层的一个视角体现了他在整体时代情绪下的审美自觉。

二　城市境遇中的乡村忧郁

　　底层诗写作对于张二棍既是旁观讲述者又是亲历见证者，他的诗歌写作从自身的体验出发，真实地再现当代社会城与人之间的紧张关系。城市在现代化进程的推动下快速发展，也不断地诱惑着无数原本生活在乡村中的人们纷纷走向城市，渴望在城市中立足。但城市并没有为进城的乡下人提供足够的生存和发展空间，更多的是在拥挤的城市中挣扎着前行。于是，相对于城市而言，乡村依旧是他们赖以生存的精神支柱。张二棍的诗歌中，大量描写了这些在乡村长大的人们如何在城市中艰难生存。如《兼职记》不断兼职又不断失业的打工者，他渴望在城市中找

---

① 弗洛伊德：《精神分析引论》，高觉敷译，北京商务印书馆1984年版，第314页。

到一种归属感，但又无法摆脱这种漂泊的命运。从他身上我们隐隐可以看到巨大的城乡差异使他们无法真正地融入城市，与城市间始终是一种像"兼职"一样"在而不属于"的关系。《小城》一诗将这种"兼职"身份细化，那些在街头流浪的人，他们背后都有着不为人知的故事：那个穿着旧军装的糟老头，没有人知道，他在等一枚子弹，还是寻找一个战友；小面馆里涂着廉价脂粉的老板娘也没有人懂她的喜怒哀乐；甚至是啜泣的妓女、胡言的疯子、喊疼的小偷，在他们暗淡的外表下又隐藏着多少心酸与苦楚。而这些在每一个小城都随时可见。就像有一只命运之手在暗中操控着一切。而习惯了城市生活的我们却对他们的命运视而不见，更不会像诗人一样将目光转向那些"下跪的膝盖，颤抖的肩膀，摇晃的背影"。在《夜车上》一诗中，诗人坐在一群疲惫的民工中间，他们白天在工地上挥洒着血和泪，夜晚也在做着属于他们的美梦。对于他们而言城市也许能够给予他们一些维持生计的场所，但"被城市鞭挞的乡村"却始终是他们心灵赖以栖居的港湾。从这里看到了那些进城民工身上难以割舍的"乡土情结"，似乎这也是诗人最为熟谙的精神领地。

张二棍在表现底层人在城市中艰难生存的同时，也用大量笔墨表现乡村的质朴以及对家乡的留恋。《在乡下，神是朴素的》这首诗中，诗人用最质朴的笔调描写了乡下人对于"神"的虔诚。而"神"不再是以一种高高在上的姿态俯瞰众生，而是变成了"比我更小更木讷的孩子"，他们"坐在穷人们中间，接受粗茶淡饭"，这里诗人将"神"的形象平民化，当我小脚的祖母"不管他们是否乐意就端来一盆清水，擦洗每一张瓷质的脸/然后，又为我揩净乌黑的唇角"，显然，张二棍笔下的"神"更平民化，更接近普通人。诗人在这里表现了乡间生活的质朴，它们与城市拥挤繁忙的生活形成对比。他显然不会止于此，在描写乡村的和谐景致的同时，也注目于乡村中的苦难、随时都在上演的人生悲剧。在《乡村断章》中写到站在戏台上吊嗓子的"刘疯子"，她同那些麻雀们一样叽叽喳喳的呼喊而疾病与死亡却依然降临到她的头上，这些叫喊声不管是来自"刘疯子"还是麻雀都象征对于既定命运的反抗，无外乎以这样一种方式来宣告自己存在的意义。此外诗人还写到春天里在田地为耕种而累弯腰的老农民、乡村中的换亲习俗和因贫穷而无亲可换的老光棍以及在贫穷、疾病、死亡边缘苦苦挣扎的"瘸子""瘫子""痛失亲人的白发人"。从这些人身上我们看到了苦难乡村的真实面貌，诗人怀着对于乡村的最痛切的感悟还原乡村最真实的生活本相。于是，诗人在结尾写道："你看看，这人间太过狰狞/如一面哈哈镜"。

诗探索12　理论卷　2018年　第4辑

或许正是由于乡村的贫穷才使得大量农民走向充满幻想的城市，而"故乡"对于在城市中漂泊的打工者来说却变得既熟悉又陌生，他们在城市中遥望着自己的故乡，当真正回忆起自己的故乡时却变得更加茫然无措。正如《故乡》一诗中诗人所写："我说，我们一直温习的这个词，/ 是反季节的荆棘。你信了，你说，/ 离的最远，就带来最尖锐的疼 / 我说，试着把这个词一笔一画拆开 / 再重组一下，就是山西，就是代县，/ 就是西段景村，就是滹沱河 / 你点了点头，又拼命摇起来，摇得泪流满面 / 你真的沾了一点点啤酒，在这个小饭馆 / 一遍遍，拆着，组着 / 一整个下午，我们把一张酒桌 / 涂抹得像一个进不去的迷宫。"故乡对于长久漂泊于城市中的人而言既熟悉又有一种"陌生感"。城市在不知不觉中影响了这些异乡人的生活方式和情感态度，也使他们的价值取向变得复杂而多元，但即便如此乡村都是维系他们生存的唯一源泉。江腊生指出："人们不再有共同的善恶、是非的评判标准，传统的伦理共识和道德规范纷纷失效，却无法真正与乡村社会割断。土地、邻居、亲人，包括乡村的人情冷暖、山水生态等，无论他们走得多远，都像风筝一样维系着广大进城民工。"[①] 张二棍的诗歌里也充满了诗人对于故乡的人情风物的关注。他时刻心系着山西，他用自己的笔写下对于故乡的无言之爱，那里也许会有许多陋习、许多愚昧，但也有许多温暖人心的东西。正如诗人所言："故乡横亘在我们的生命中，是一个悖论般的存在"。[②]

三　对现实的直面对人性的反思

　　作为真实生活在底层的诗人，张二棍在描写底层人的生活状况的同时也时常在黑夜中自省，在黑夜中品味人情的冷暖。他的众多诗篇如《天黑了，而我的出租屋里没有了灯光》《黑夜了，我们还坐在铁路桥下》《黑暗中，我摸到了空》《一生中的一个夜晚》中，诗人于黑暗陷入沉思，只有在黑夜才能更清晰的感受内心的声音，在白天诗人看到的是种种残酷的、无奈的现实。而在黑夜当诗人也同那些底层人一样，在一间黑暗、狭小的出租屋中度过漫长的夜晚，那一切苦难与悲剧便被希望与憧憬代替。黑夜里，"悲剧，尚未进行到底"。诗人面对现实也时常陷入沉思，《静夜思》中，诗人由天上的星星想到娘，想到自己在乡下的

　　① 江腊生：《新世纪农民工书写研究》，人民出版社 2016 年版，第 83 页。
　　② 《张二棍：以诗歌的方式拆迁底层的苦难与疼痛》，诗网络：2016-11-10,http://blog.sina.com.cn/u/3672223535,2016-11-10

穷亲戚，天上那些微小的光就如同人间那些脆弱的生命，在目睹众多世间的悲欢冷暖之后，诗人便对光明怀有一颗憧憬与敬畏之心，即使它再渺小却象征着生命的真实。因而现在的"我"愧疚于一切微细的光。如此，诗人常常怀着一颗忏悔之心在自然万物之间不断自省。《局外人》中，诗人列举了"蝴蝶""野猪""狐狸""山鹰""松鼠"等自然意象，而"我"在这些自然景物之中就像是一个破坏了这一切和谐的"局外人"，于是"我"一次次的奉劝大惊失色的自己："该下山了 / 该转世了 / 该向身后的人间 / 鞠躬了 / 该对此间的恩赐 / 谢罪了"。又如《恩光》里，诗人怀有一颗感恩的心赞美着"抚养我们长大"现在又"替我们安抚着母亲"的光，诗人从一束光中思考人情，当我们"白日里，与人钩心斗角 / 到夜晚，独自醉生梦死"的时候只有光陪伴在母亲身边，成为比我们还孝顺的孩子。这里诗人思考的是在物质利益的驱使下人们日益变得麻木和冷淡，从而忽略了亲人的存在。

在书写城市与乡村二元对立的世界时，诗人描写一切城乡苦难的背后都深藏着对于人性、人情的最温和思考。诗人书写苦难不仅仅在于揭露城市的物质利益的诱惑对于精神的异化，更重要的是深入底层人的内心世界以唤起人们对于自身的反思。张二棍没有停留在对苦难表象书写的维度，而是将个体命运与人性的复杂结合，反思苦难中人性的微光，期望唤醒和保留人们内心的良知和温情。如《不一定》中由一只受伤的小鸟，被伤害过的猫、狗写起，写它们为了生存"拖着残躯四处 / 爬着，蠕动着，忍受着"，从这些受伤的动物身上我们方能看到那些在街头流浪的人们，相对于我们而言他们是残缺的，他们无法过着像普通人一样有尊严的生活，但诗人说"为了活着一只鸟不一定要飞，不一定要像正常人一样行走，甚至不一定要有呼吸、心跳，但是需要的是一颗有温度的心。"于是在诗的结尾处诗人把目光移向街头的流浪汉："那个冬天，那个流浪汉敞开 / 黑乎乎胸膛，让我摸摸他的心 / 还跳不跳。他说，也不一定 / 非要摸我的 / 你也可以，摸摸自己的"。是啊，我们的内心是否早已变得冰冷？对于世间的苦难习惯地投以嘲弄、冷漠的态度，相比在街头为生存而不断挣扎前行的流浪汉，我们又有何资格空谈高尚？《我的侏儒兄弟》中张二棍以平等的目光看待侏儒，并把他亲切地唤作兄弟。在诗歌里可以看到作者对于他的理解与同情，在诗中诗人没有渲染侏儒兄弟在社会中所遭遇的具体苦难，而是集中笔墨以亲人的口吻表达自己对于他的关怀。这体现了诗人内心的悲悯情怀，站在平等的高度看待这些社会中的"小人物"，并给予他们真诚的尊重。正如诗人所说："我

诗探索12 理论卷 2018年 第4辑

生活在他们之中，我看见他们繁复的日常，感受他们的爱恨情仇，生老病死。他们之中藏有大善与小恶，藏有欢愉与忧伤。他们走在街头，慢慢老去，我怎能看不见，又怎能不记录啊。我们这个时代，许多人是闭口不谈价值观、人生观和信仰的，这多么可怕。我们活在我们的复数里，活在对自己的恐慌、怀疑、攻讦和不义里。我们最大的敌人其实是自己，而我们不自觉，我们把全世界当成敌人，我们的不安是四面楚歌的不安，草木皆兵的不安。"①

张二棍的诗歌不乏对底层人苦难或不幸生活的描写，但是他并不是简单地罗列现象或事实，他善于在不动声色间刻绘苦难背后浸润的人性的冷暖，叹息黑暗中他们无助的茫然与挣扎。无论以怎样的视角、心态书写他所熟悉、始终忧虑的底层人的生活境况，无论捕捉到了什么，他始终以感同身受的爱，以无私的宽容，以渴望帮扶的亲人姿态，介入底层人的现实和心性之中。看的多了，经历的多了，哭的多了，爱的多了，所有的悲悯就滋生出无法纾解的焦虑，这黑夜的焦虑，阳光下的焦虑，如一条暗流，潜隐在他的笔端心口。

[作者单位：首都师范大学中国诗歌研究中心]

张二棍诗歌创作研讨会论文选辑

---

① 《张二棍：以诗歌的方式拆迁底层的苦难与疼痛》，诗网络：http://blog.sina.com.cn/u/3672223535,2016−11−10.

试论张二棍诗歌中的宗教情怀

景立鹏

雷平阳在谈到诗歌写作时，曾引用刘文典的"观世音菩萨"说，"观世，看世界，悟世界；音，语言的音韵之美；菩萨，诗人都应该有慈悲心肠。"[①]从表面上看，似乎是对诗歌写作的一种修辞性认识，但是其中包含着对写作维度的多重触及和内在揭示：对世界的观照与体认的现实维度、诗歌语言本体维度和诗人精神主体维度。而所谓"菩萨"心肠，显然居于基础性地位，它不是一种宗教信仰层面的简单指认，而是提示了宗教与文学之间内在的美学关系。在这个社会和文学不可避免的世俗化过程中，对于诗的宗教性特征的强调的观念，诸如"神性写作""整体性写作"[②]等，一直存在着。虽然其准确性、可能性和有效性有待进一步探讨和完善，但无疑强调了诗歌与宗教之间的关系的重要意义。艾略特在《宗教和文学》一文，首先明确指出"测定一种读物是否是文学作品，只能用文学标准来进行"[③]，另一方面他又强调，文学的价值又不可能单纯以文学标准进行衡量，它与宗教标准之间不可能完全分裂，"一部文学作品必须同时放在文学审美、社会历史、宗教伦理的多重维度里综合评判"。[④]具体而言，文学不能仅在题材层面分享宗教经验，而是要将宗教精神转化为现实的感受力和想象方式。他从文学批评的角度提出在现代文学世俗化的时代，神学立场对于文学和人的灵魂救赎的重要性。回到中国当代诗歌的语境中，宗教对诗歌的影响并不主要表现

---

① 朱彩梅、雷平阳：《在神示之前，一切都只是尽人事》，引自杨昭编《温暖的钟声：雷平阳对话录》，中国青年出版社2017年版，第84页。

② 世宾、黄礼孩、东荡子等提出过"整体性写作"的说法，陕西的刘诚、贵州的南鸥，北京的蝼冢、白鸦等对"神性写作"多有论述。参见林季杉、荣光启《艾略特的"宗教诗歌"观念与当代中国诗歌》，《中国文学研究》2008年第3期。

③ [英]托斯·艾略特：《艾略特文学论文集》，李赋宁译注，百花洲文艺出版社1994年版，第237页。

④ 林季杉：《T.S.艾略特论"文学与宗教"》，《西南民族大学学报（人文社科版）》2008年第7期。

诗探索12 理论卷 2018年 第4辑

为作为一种信仰的影响，（当然也存在一些具有宗教信仰的诗人，关于他们的创作命运在此不是本文关涉的重点），而是主要作为一种宗教情怀和宗教精神。它在一种更广泛的层面上表现在一些诗人的创作中。它强调的是一种带有普世价值的宗教感受力和想象世界的方式。张二棍就是其中之一。他的诗歌中不管是对底层生存命运的悲悯，还是对自我精神的反省开掘都表现出典型的宗教情怀。这种宗教情怀与信仰无关，或者说是对生命和生存的信仰，是一种源于生命感性的认识论，具体表现为一种外向的体谅、内向的自省和宗教情怀与世俗生活的统一。这为丰富汉语新诗话语提供了某种启示。

一　生命本体论下的悲悯与体谅

众所周知，宗教从发生学上讲，给人类提供的就是一套超越性的认识论。它使人类在一种体谅与理解，继而接受的过程中实现人类主体与存在的和解。在世俗化的现代语境中，宗教的"祛魅化"带来的人的精神危机呼唤新的精神自处形式，而诗歌在某种程度上扮演了这一角色。但是它又不是简单的代替，而是以一种更加灵活、包容的审美形式和宗教情怀弥合诗人内在情感和外在生存之间的裂痕。张二棍诗歌中的宗教情怀就很好的践行了一种宽容与体谅的宗教情怀，以此完成对现代生存的某种揭示和自我的安顿。这有别于当下广泛存在的所谓"底层叙事""草根写作""下半身写作"等各种立足社会、伦理和道德立场的诗歌观念所表现出的反抗性和意识形态性企图。体谅，并不是简单地认同，而是基于对生命内在处境的深刻体认与把握。在这一"共情"的前提下，人本主义基础上的关怀与怜悯，比意识形态性的伦理道德立场站位和表态更深刻、准确，也更加具有动人的诗学特征。艾略特认为，真正的诗人"所从事的工作只不过是把人类的行动转化成为诗歌"[①]。这种转化，在宗教性的体谅与悲悯中获得某种永恒性与普遍性。这一点在张二棍对底层生存的书写中得到了很好的展现，诸如《原谅》《矿工的葬礼》《我的侏儒兄弟》《巴掌沟祈雨图》《穿墙术》《哭丧人说》等。最为典型的是《原谅》一诗：

> 原谅少女。原谅洗头房里十八岁的夏天的呻吟／就是原谅她田地间

---

① [英]托斯·艾略特：《艾略特文学论文集》，李赋宁译注，百花洲文艺出版社 1994 年版，第 161 页。

佝偻的父母／和被流水线扭断胳膊的弟弟／原谅嫖客。原谅他的秃顶和旧皮鞋／就是原谅出租屋的一地烟头／和被老板斥责后的唯唯诺诺／也是原谅五金厂失业女工提前到来的／更年期。以及她在菜市场嘶哑的大嗓门／原谅窗外越擦越多的小广告／还要原谅纸上那些溃疡糜烂的字眼／这等于原谅一个三流大学的毕业生／在一个汗流浃背的下午，／靠在城管的车里，冷冷的颤抖／也等于原谅，凌晨的廉价旅馆里，／他狠狠地撕去，一页去年写下的日记／原谅这条污水横流的街道吧／原谅生活在这里的人群／原谅杀狗的屠夫，就像原谅化缘的和尚／他们一样，供奉着泥塑的菩萨／原谅公车上被暴打的小偷，就像／原谅脚手架上滑落的民工／他们一样，疼痛，但无人过问／是的，请原谅他们吧／所有人。等于原谅我们的人民／哪怕我们说起人民的时候／他们一脸茫然／哦。原谅这座人民的城市吧／原谅市政大楼上崭新的钟表／等于原谅古老的教堂顶，倾斜的十字架／它们一样怀着济世的情怀／从不被人民怀疑／哦。原谅人民吧／等于原谅《宪法》／和《圣经》／它们，和人民一样／被摆放在那里／用来尊重，也用来践踏

诗人以"原谅"的精神姿态打开的不是一个孤立的个体或单一事物，而是与此相关的一系列事物构成的一幅幅生存图景。"原谅……就是……""原谅……等于……"的句式暗示的是现代生存中普遍性的生存状态和绝望的命运，"他们一样，供奉着泥塑的菩萨""他们一样，疼痛，但无人过问""它们一样怀着济世的情怀""它们，和人民一样／被摆放在那里／用来尊重，也用来践踏"。之所以"原谅"，不是从单一个体存在的社会伦理道德角度进行界定的，而是从一种普遍性和整体性的生存境遇考量的。这些底层生存背后包含着时代整体性的矛盾、悖论、荒诞和无奈。此时的"原谅"除了充满宗教情怀的对底层生存的同情、悲悯和理解，更深层的是对现代普遍性境遇的无声勘测与揭示。它比站在社会、历史、伦理等层面的反抗性呐喊更深沉，也更有力。宗教性的体谅与同情是从生命的本真性出发的，在现代语境中，源于生命本体的体验与认知似乎比社会伦理道德反抗更有普遍性，也更可靠。[1]同时，它也更接近诗歌本身对生命的承诺。张二棍对于底层命运的关注虽然表面上并没有摆脱社会伦理

---

① 艾略特在《宗教和文学》一文中，之所以强调神学立场的重要性，也在于其认识到了道德伦理判断的不可靠性。因为相比宗教而言，道德伦理更容易受社会影响，"道德伦理是变化的，这个时代所不为人接受的伦理关系，极有可能被下一代人轻而易举地接受。可见人类道德伦理判断的基础是多么地不牢靠。"转引自林季杉：《T.S. 艾略特论"文学与宗教"》，《西南民族大学学报（人文社科版）》2008 年第 7 期。

道德的维度，但是在其宗教情怀的浸染下表现得更加深沉、内敛，获得更大的超越性和普遍性。在宗教精神中，对于事物的理解是顺向的，疏导的，而非对抗性（诸如政治和社会性认知在权力操作下的整合性）的。因此，它对疼痛的理解也就不可能采取直接对立性的反叛，而是在正向顺导中获得和解与释放。例如在《穿墙术》中，对"疼痛"的书写没有采取一种控诉、愤怒、激越的方式，而是通过"墙"这一形象进行疏导，"似乎墙疼了 / 他就不疼了 / 似乎疼痛，可以穿墙而过"。一面墙对疼痛的吸纳不仅仅是修辞层面的简单想象，而是包含着诗人潜意识中充满宗教精神的体谅与抚慰。

对张二棍的这种写作，有的评论指出其"远未抵达深刻的层次，可以勉强承认诗歌创作有照相式的临摹现实的匠人本领，但无法承认其对中国人性做过'鲁迅般''林语堂般''李敖般'，甚至'当下网民般'深刻广泛的思考与提炼，仍然是略通文字稍涉文学的小文化人，在传统文化的基础之上添加了些许近现代思想意识，进而对某些人浅薄的所谓同情忧患，一丁点也不具备当代社会的公民思维，仍然是极其愚昧落后的思想意识。"①这样的评价似乎有其道理，但依然是站在社会伦理道德层面对诗歌的绑架。对此，诗人有着清醒的认识，也表现出宗教性的宽容，"诗歌，承载不了太重的东西，比如匡扶正义，比如济世救民。我更愿意把诗歌当成一个拐杖，或者一瓶去痛片，或者一把伞，等等。"②可见，张二棍的底层书写本身就不立足于一种社会功利性的外在拯救与反抗，而是基于生命存在和自我生存的灵魂救赎。如果说他承担了什么的话，那就是承担着对自我和他者生存的深情体认与准确表达。

二 自我的泅渡："我用一生，在梦里造船"

在张二棍的诗歌中，宗教情怀除了表现为对苦难的平静宽容与一种超越性的生命体谅之外，从内向的维度看表现出明显的主体自省意识和内在的紧张感。宗教一方面处理的是精神主体与客观世界的关系，另一方面还包括精神主体与自我的关系。张二棍的诗歌中处理自我的作品更多体现为一种宗教式的自省，表现出与外在世界的张力关系。例如《独坐》《六言》《我用一生，在梦里造船》《一辈子总得在地摊上买一套

---

① 张二棍：《张二棍：用诗歌记录卑微》，《山西晚报》2016 年 12 月 23 日。

② 张二棍：《张二棍：用诗歌记录卑微》，《山西晚报》2016 年 12 月 23 日。

内六角扳手》《庭审现场》《茫然书》《失眠》《与己书》《大马戏团》《消失》等作品，均表现出鲜明的自我审视与自省特征。

我是自己的炉／也是自己的渣／我是那个催促自己／添柴烧火，喊"炼"的人／也是那个失足，掉进炉火的人／来不及喊出一声，"水"

——《钢铁是怎样炼成的》

窗外哀乐，丝丝缕缕／越要拒绝，一些事物就会越清晰／仿佛每一件乐器，都是冲着我来的／仿佛我就是出席葬礼的人／却不知该向哪里参拜／禁不住，对着镜子／鞠了一躬

——《茫然书》

在宗教性的认识中，个体存在必须按照宗教秩序生活才能自我保全，实现人生的完满，而事实上，正是现实生存与理想的矛盾性促使宗教性认知成为一个梦想的目标。人的存在是不完善的，就需要不断地磨炼、反思、自省，通过罪与罚的"炼"的过程抵达至善。它既是"炼"的动因（"我是自己的炉"），又是"炼"的结果（"也是自己的渣"），这种悖论性使得个体永远是"那个催促自己／添柴烧火，喊'炼'的人／也是那个失足，掉进炉火的人"，对自己的"炼"成为基本的生存状态。也正是在这种生存的紧张、焦虑中，个体更加需要宗教性的情感抚慰茫然的灵魂。当诗人拒绝死亡的恐惧时，实际上也是对自我生存不完满性的恐惧和内在焦虑，由于"不知该向哪里参拜"而"禁不住，对着镜子／鞠了一躬"。"镜子"提示的是内在焦虑的释放过程，似乎只有通过对死亡的镜像式的审视，内在焦虑才能得到缓解。当然，更多的时候，人是处于一种内在的自我辩解、自我审判、自我检视的过程中的。这一过程，赎罪、忏悔构成宗教精神的基本特征。如《庭审现场》所表现的那样：

这才是招供的好时辰。独坐山顶／整个地球，像一张掉漆的老虎凳／雾气滚滚，每吸一口，都是呛人的辣椒水／我用身后的悬崖，反绑住自己／并换上一副苍老的嗓子／历数今天所犯的罪过／一声声，越来越严厉。一声声／像不断加重的刑具……／也有另一个声音，免不了，一而再／为自己开脱，说情。并试图让／身体里的律法，一点点松动／——就这样，我一边逼供，一边喊冤／——就这样，我押送自己，也释放自

诗探索 12　理论卷　2018年　第 4 辑

己 / 我说，兄弟，你招了吧 / 我又说，哑，你看看他们…… / 我的陪审团，清风或明月 / 想要个水落石出 / 我的陪审团，虫豸和蚊蝇，却还在 / 掩盖着蛛丝马迹 / ……

两种声音的缠斗将诗人的自省推向深处，这一过程既揭示了个体生存的现实层面，同时又暗示了超越性的精神维度的必要性。张二棍正是注意到了个体存在的这种矛盾性处境，才试图在一种宗教关怀中寻求某种安慰。虽然饱受"失眠""怅然"的困扰，但他始终没有放弃自我度化的努力，虽然不免梦中造船，而梦中"永远欠着 / 一片，苍茫而柔软的大海"的惆怅，但是更多的时候是通过对世界的端详、拥抱和深情体认实现对自我的精神抚慰。他通过对客观世界平等的观照与认识，将自我客体化、对象化，从而抚平精神主体与世界之间的断裂。这在他的《与海书》这组诗中体现得尤为明显：

当我转过身来 / 那时，潮水刚刚退下 / 整个人间，用烟墩山下 / 缓缓升起的一缕缕灯火 / 接纳了我 / 我不喜欢说谢谢 / 我喜欢，对迎接我的万物 / 报以一缕微笑

——《登高·望海》

只有大海，不会满目疮痍 / 只有大海，不会繁花似锦 / 它用昼夜不息的沸腾 / 来表达它亘古如一的平静 /——你看，每一座小岛 / 用它们小小的，羞怯的样子 / 来展现，大地的品质 / 只有洞头，才能独立在 / 这沧海，与桑田之外

——《只有大海》

我始终认为，入定的高僧 / 也不如大海这样有道行。连海风 / 都遁入空门般，纯粹、干净 / 你看，风蹭过我的头皮时，那么庄重 / 仿佛在为一个俗人剃度

——《海风度我》

在这里，"海水"成了"平等的海水，共产主义的海水 / 没有任何添加剂的海水，反对所有象征的海水"（《大海物语》），万物齐一的宗教情怀使得内在的精神焦虑得到安慰，内在的孤独与怅然也在与万物的相视微笑中得到释放，正因如此，诗人将自己的理想设定为，"我将耗尽

一生，做一个无用之人／我将耗尽一生，修炼对大海的敬意"（《我的理想》）。正是宗教情怀的浸染，使得张二棍的写作不管是对自我精神处境的挖掘，还是对客观世界的表现都呈现出一种沉静、温和、庄严与深情的特点，摒除了各种世俗观念驱遣下的愤怒、反抗、控诉的情感特征。宗教情怀让诗人摒除了各种偏狭的情绪抒发，更多的是在一种理解与体谅的心境中获得自我与世界的统一。

三　宗教的世俗化："在乡下，神是朴素的"

如果说，宗教信仰侧重集体性精神认识论的自足性和现实生活对宗教秩序的自觉服从的话，那么宗教情怀则更侧重一种宽泛的个人精神认知方式，它不指向具体的某种宗教信仰，不必遵守严格的宗教仪式，而是渗透在对世俗生活的人本主义体认之中。张二棍的宗教情怀就表现在，它始终是与人的世俗生活紧密相关、融为一体的。或者说，这种宗教情怀主要不是来自于信仰层面，而是基于现实世俗生活的真切性体验。这种情怀不来自天空与梦想，而来自大地与人间：

因为拥有翅膀／鸟群高于大地／因为只有翅膀／白云高于群鸟／因为物我两忘／天空高于一切／因为苍天在上／我愿埋首人间／

——《六言》

在一个不断飞升的维度中，事物之间的界限在一种超越性体验中逐渐模糊，融为一体，这是宗教信仰所追求的体验。但是对于诗人而言，这不是终点，与"飞升"相比，他追求的是"坠落"，一种"俯首人间"，扎根现实土层的"坠落"。而这种"坠落"又是以"苍天在上"为前提的。可见，张二棍对人间的沉迷不是一种反映式的对现实的世俗体验与表达，而是有着宗教性、超越性的精神认识前提的。只有在这个前提下，对于世俗生活的体认，对人间经验的把握才能在人性与神性之间保持平衡、相互浸染，既没有单纯的超越性的凌空蹈虚，又避免沉溺于世俗的烟火气和庸俗趣味。宗教情怀的诗性体验渗透日常体验中，创造了一种朴素而充满精神感性的诗歌质地：

在我的乡下，神仙们坐在穷人的／堂屋里，接受了粗茶淡饭。有年冬天／他们围在清冷的香案上，分食着几瓣烤红薯／而我小脚的祖母，

诗探索12　理论卷　2018年　第4辑

不管他们是否乐意／就端来一盆清水，擦洗每一张瓷质的脸／然后，又为我揩净乌黑的唇角／——呃，他们像是一群比我更小／更木讷的孩子，不懂得喊甜／也不懂喊冷。在乡下／神，如此朴素

——《在乡下，神是朴素的》

在诗人的日常生活和个人记忆中，神仙们的生活与穷人们的生活是一体的，同样吃着粗茶淡饭，住着破败的屋子。人们像照看孩子一样供奉神灵，寄托着卑微的世俗生活愿望。在乡下，乡亲们并不把神灵作为一种宗教信仰的对象，而是世俗愿望的寄托。当他们在世俗生活中遇到困难和不幸时，神灵带给他们的是无限的安慰与想象。神灵构成他们世俗喜怒哀乐的表征方式。此时的神灵摆脱了宗教的神秘与超越性，或者说绝对的他在性，而是渗透在世俗生活之中。"人—神"关系在这里不是或者并非主要是建立在严格的宗教仪式、规范和禁忌基础上，而是建立在生命感性与世俗诉求的精神想象上。它们之间是一种更宽容、更灵活、更贴近的精神联系。神，从神秘、神圣到"朴素"的转变，正是宗教信仰世俗化为一种宗教情怀的过程。宗教情怀的世俗化让精神主体与客观世界在一种平等的精神空间中对话、沟通，继而和解（当然，这也只能是一种相对的平等）。它们不是表现与被表现、言说与被言说的过程，而是情感与精神的共契。只有在这一前提下，个体生存才能在一个更广阔自由的精神空间中解放自我，进而在广阔的"旷野"中飞翔、奔跑、歌哭：

五月的旷野。草木绿到／无所顾忌。飞鸟们在虚无处／放纵着翅膀。而我／一个怀揣口琴的异乡人／背着身。立在野花迷乱的山坳／暗暗地捂住，那一排焦急的琴孔／哦，一群告密者的嘴巴／我害怕。一丝丝风／漏过环扣的指间／我害怕，风随意触动某个音符／都会惊起一只灰兔的耳朵／我甚至害怕，当它无助地回过头来／却发现，我也有一双／红红的，值得怜悯的眼睛／是啊。假如它脱口喊出我的小名／我愿意，是它在荒凉中出没的／相拥而泣的亲人

——《旷野》

"草木绿到／无所顾忌。飞鸟们在虚无处／放纵着翅膀"，这是一种自由、自然和自性的生命空间。而当"我"以一个"怀揣口琴的异乡人"身份面对这自由的旷野时，内心是充满惶恐、害怕的。"我害怕"的不是来

自一种邪恶的震慑，而是自己对这神性空间的打扰，自我内心冲动的失控和"那一排焦急的琴孔"的告密。但是这种害怕背后却又暗含着渴望。正因如此，诗人并不避讳自己的假设性的愿望，"假如它脱口喊出我的小名 / 我愿意，是它在荒凉中出没的 / 相拥而泣的亲人"。"旷野"在这里既是对"我"而言具有拯救意义的神性空间，另一方面又成为"我"打开自我内心世界的背景。二者之间的张力通过"相拥而泣的亲人"这一形象得到最终和解。"亲人"提示的是一种世俗血缘伦理关系，它把个体与宗教之间的充满神秘感和恐惧感的精神等级关系，转换为充满人间温情的世俗伦理关系。这再次表明了，在"上帝死了"的现代世俗社会中，个体生存在神性向往中获得拯救的可能。张二棍的写作中，宗教信仰的神秘之"魅"，被对生活的信仰所取代，他把一种宗教性的关怀与体验渗透在生活的土层中，抚摸着那一张张鲜活的面容。

四　宗教情怀与汉语诗歌新感性的可能

当我面对一个诗人的时候，习惯性地会问"他给当代汉语新诗带来了什么？"因为只有在这个前提下，诗人其他方面的特征也好、风格也罢，才能有所附丽，才能作为诗歌发挥有效性。对于张二棍的写作而言，宗教情怀的凝神静思和深情体谅，对汉语新诗摆脱琐碎的世俗遣兴，粗陋的日常随感和矫情的道德宣喻提供了一种新的精神姿态：既保持在场，又保持一定距离的新的感受可能。它既拒绝粗浅的滥情，又避免社会伦理负担过重的现实承担，而是审美与生命体验的层面激活新的感性。宗教关怀的意义不是将世俗生活重新赋魅、神秘化、崇高化，而是在一种更宽容、慈悲、自由的空间中进行观照，它更多的是一种存在主义层面上的体验性认知。它以生存感性为基础，追求人与世界的和解与相互映照。艾略特主张通过写作的神性立场"或许可以挽救文学的世俗化并阻拦其继续给人们带来负面的影响，或许可以重建文学存在的价值，这种价值体现在文学至少是要超越自然生活，而不是任由自然生活或世俗不良之风掳掠"[①]，但是，问题是这种神性立场如何落实到现实的写作中。尤其是在当代汉语新诗的语境中，宗教信仰的缺失（当然，存在一些具有宗教信仰的诗人进行了相关的尝试与探索，诸如鲁西西、宋晓贤、黄礼孩等）和神性写作概念的含混不清和实践上的滞

[①] 林季杉、荣光启：《艾略特的"宗教诗歌"观念与当代中国诗歌》，《中国文学研究》2008年第3期。

诗探索12　理论卷　2018年　第4辑

后，使其逐渐沦为一种贫血的口号。事实上，在我看来，现代社会的世俗化趋势不可逆转，诗歌的可能性不在于道德化的挽救和扭转，而是如何介入，如何提供新的感受形式对之进行体认与言说。在这个意义上，宗教情怀的包容性与超越性就提供了新的可能。它旨在通过"'宗教的感受力'感受自我、用'宗教精神'在想象世界"[①]，进而为现代汉诗提供一种新的感受形式，增强新诗语言的感受力。简言之，宗教情怀的意义不在于在信仰层面扭转或挽救现代生存的世俗化趋势，而是通过提供与拓展当代汉语新诗的感受力，创造一种新的感性形式，以此来实现对个体经验和现代生存的准确把握与回应。在这个意义上，张二棍的写作似乎为我们提供了某种启示。

[作者单位：首都师范大学中国诗歌研究中心]

·张二棍诗歌创作研讨会论文选辑·

---

① 林季杉、荣光启：《艾略特的"宗教诗歌"观念与当代中国诗歌》，《中国文学研究》2008年第3期。

"它们选择站在一场大风中，必有深深的用意"

——张二棍诗歌论

王　永　吴惜文

　　工作于山西某地质队，80后的晋人张二棍常年在野外行走，跋山涉水，游走在荒凉与清贫的社会底层。他熔铸体验的诗歌也透溢出现代都市包括农村都已经失却的野味。荒凉意象和底层真实集结为生命深处的苍茫体验，始终是他笔下的一股"隐流"，饱蘸着沉重与深厚。"旷野"既是他在现实中的途经地，也是对荒凉世事的呈现意象，更是诗人关于生存的思考场域。他用诗歌的方式记录下生活，而粗糙的生活所磨砺出来的诗意，包藏着诗人的卑怯和骄傲、妥协与坚持。本文从四个方面展开他在"旷野"里遭遇或感知到的困境以及提供的突围方式，尝试着去揭示诗人诗歌中蕴含的生命哲学和他的诗歌写作伦理。

一　苦难与疼痛的生存困境

　　诗人置身于生命的旷野，首先揭示了其中的苦难与疼痛，具体表现为对苦难"原罪"性的描写以及潜在隐痛的抒发。翻阅张二棍的诗歌，可以看到一个很明显的特征，即对苦难的大篇幅书写，诗人在探讨这些苦难产生的原因时又往往归咎于无从知晓的"命"。他的笔下，多是朴实本分的底层人民在拼死挣扎，一力承担着重压，这些描写使他诗歌里的苦难带有"原罪"性——"原罪"本指传说中人类始祖犯的过错，这里指命运无故施加的苦痛。

　　以诗歌《此时》为例：

　　不知疲倦的入殓师，修改着 / 坠楼者僵硬的面容 / 年迈的钟表匠，双手颤抖。他修改着 / 瘫软的时间 / 一个患上孤独症的医生，在月光下 /

一遍遍，修改着人们的病历／七岁的哑巴，彻夜对着深邃的镜子／修改口型，直到绝望。此时，我在徒劳地修改／这首，一开始就漏洞百出的诗／可我们能怎样？哪怕我什么都不做／神，也会坐在黑暗中／无聊的，修改着手里的布偶。①

　　沉重的绝望迎面而来，人在黑暗里被无端且随意地操纵。他们的抗争并没有得胜，反而使他们如西西弗斯般徒劳地滚动着巨石，承受着"神"的玩弄，尤其是"无聊"二字，更显出"被抛"到世上的人生命的轻贱和无常。"神"虽然是虚的，但陈述的事却是真实的，而且"神"的虚更加突显人对命运的难以把握，唯有承受。

　　评论界很早就注意到二棍诗歌里"真实"和"痛感"的一面，曾敏锐地指出"他的诗歌文本具有质朴、忧郁、沉痛的审美品格，字里行间充满着生命的痛感与灵魂的哀伤。"②诚然，无论是单个事件描写（如《春天，姐姐失手打碎了心爱的小镜子》《醒》《束手无策》）还是片段式组接、拼贴（如《我应该怎样死》《咬牙》），都以真切的现场感、流畅完整又曲折多变的情节直指现实中"受苦者"群体的生存场景，突出表现了苦难的"原罪"性，还原着"痛感"。

　　在《尧峪，尧峪》一诗中，诗人写道："天空背弃印象／九月初一。愤然挥下大量的风雪／金黄的修辞就此被割断，被掩埋／窗外白皑皑的……现在，他们摁着一把把柴，往各自的灶膛里／现在，他们反串着一群疲倦的乌鸦。唇角乌黑／那机械的动作，仿佛／衔接一枚枚粗粝的石子／试图添满命定的杯子。"诗歌的背景是九月里尧峪卜着大雪，穷人们在漏进风雪的土坯房里烧柴。"白皑皑"割断了"金黄的修辞"，——在人们的印象和书写中，九月原本应该是收获的季节，秋高气爽，遍野金黄，然而异常的天气使丰收的愿景幻灭，穷人们安静下来了，不聒噪，不诅咒，只是无声地添着柴火。可以想象，他们烧柴是为了取暖，因为锅里很可能没有粮食，只有水。诗人在这里巧妙地运用多重比喻，传递出丰富的话语信息，"穷人"如"乌鸦"，"柴火"如"石子"，"灶膛"则如"杯子"。让人痛心的不是他们的机械，而是比乌鸦还惨的命运，杯子是有底的，总有一天可以填满，而柴火进了灶膛，会燃烧会消逝，灶膛却不会满，这似乎是在暗示穷人们现在手头有的东西也会很快

---

　　① 出自张二棍诗集《旷野》，漓江出版社2015年版。文中所引诗句除标识出的近作之外，皆引自该诗集。

　　② 《张二棍当选〈诗歌周刊〉2013"年度诗人"授奖词》，谭五昌执笔，《诗歌周刊》第104期。

地被消耗掉，而他们的悲苦永无尽头。苦难与疼痛的生存困境由此可见。

更为典型地对这一困境加以表述的是诗歌《娘说的，命》，不仅有"命"施加的疼痛，还隐隐显现出人的精神层面的异彩，初露诗人突围之路的端倪，即人可以靠自身力量抗争以求突破：

> 娘说的命，是坡地上的谷子 / 一夜之间被野猪拱成 / 光溜溜的秸秆 / 娘说的命，是肝癌晚期的大爷 / 在夜里，翻来覆去的疼 / 最后，把颤抖的指头 / 塞进黑乎乎的插座里 / 娘说的命，是李福贵的大小子 / 在城里打工，给野车撞坏了腰 / 每天架起双拐，在村口公路上 / 看见拉煤的车，就喊：停下，停下 / 娘说命的时候，灶台里的烟 / 不停地扑出来 / 她昏花的老眼，流出了那么多的泪，停不下来 / 停 / 不 / 下 / 来

该诗保持生存的原生色调，三段式的场景组接铺开命运的悲痛无奈。虽然走笔朴素，悲愤的哭泣却力透纸背，在"停"与"不停"中不断推进。口语词"停下，停下"是对命运的反抗（控诉）也是无用的哀嚎，笔锋一转，叙述戛然，回到"娘"的诉说。又另起意象，灶台里的烟扑个"不停"，连通叙述与现实，既是对前面的回应，又和后面构成反差。这里体现了人与物在某种程度上的对立，或者说人与外界（命运）的对立，构成独特的审美意蕴，即对人的主体精神的肯定。人被车撞伤，车扬长而去，车胜；人喊"停下"，烟"不停"，烟胜；娘的老泪"停不下来"，一方面凸出人的无力与可怜，另一方面却闪耀着人的不肯屈服的光芒，"停 / 不 / 下 / 来"这里一字一行的形式对此种苦难和苦难中的坚忍精神作了强调。

尤值一提的是，诗人对结构与情感的安排极具象征意味。他精心构建圆形结构又用蓄势的情感撞击这种结构，结尾圆满收纳，情感却呈现出直式的、向下倾泻的态势。"停 / 不 / 下 / 来"与上一个"停不下来"构成反复，绷紧着情绪张力，三方的"不停"汇成一股强化着控诉的力量，娘的眼泪、实际讲述人"娘"、最终讲述人"我"，一字一顿造就的悲痛感深刻地敲击着读者的心灵。

二 突围：借助原始生命力量

必须要明确一点，诗人绝不是在"展览"疼痛，而是在介入现实中力图探求突围的可能。诗人张执浩对张二棍诗歌的特点有过精准的评断，

"和许多底层写作者一样，这位终年行走在户外山野之地的地质钻探工，也把写作主题集中在了'苦难叙事'上面，但我们从中读到的不仅仅是对苦难的展示和控诉，更多的是苦难背后人的承受力和忍耐力，以及那种近乎荒诞的原始的生命欲求。"[1]归纳起来就是原始的生命欲求可以有效激发人的原生力量，这股力量是至刚的生存意志与至柔的谦卑，他希望人们能依靠这股力量，自觉地应对现实困境。

因工作的缘故，张二棍常年奔走旷野，自然界的原生力量令他震撼，也许触目所及的多为孤独而苍凉的景象，他笔下的常见意象是红眼睛的野兔、孤独而睥睨众生的鹰、倾覆的鸟巢、荆棘、寺庙、山巅……也正因为孤独而苍凉，其间的生命更显纯粹与刚强，生命没有被扭曲，以本真的姿态呈现。诗人在诗歌里对此有诸多描绘，主要借对物的摹写传达出对人的关怀与期待。在《让我长成一棵草吧》中，哪怕平庸、单薄、卑怯、孤独，"我"也坚守草的底线，保持生命一贯的青，直至死亡。在近作《入林记》里，"拽了一下我的衣服的荆棘"，它们长着"谜一样的脸"（我想，诗人如果没有低眉菩萨的心，是看不到荆棘的"谜一样的脸"的。附及，在《故乡》一诗中，诗人把离开故乡的人称作"反季节的荆棘"），生长在树林里，"过完渴望被认识的一生"。《成为一片海》里"我只要棱角分明的礁石，一遍遍 / 抵住浪涛。就像一个倔强的人 / 抱着命定的苦难，像拳头锤击心脏 / 再养一只高傲的大鲸吧 / 游荡在自己的海域，吞吐着 / 卑微的鱼虾"。"我"用胸怀包裹苦难，纵使扎心的刺痛在神经中蔓延开来，也要不卑不亢地用力生活，尽显生命的不屈与尊严。《听，羊群咀嚼的声音》："没有比这更缓慢的时光了 / 它们青黄不接的一生 / 在山羊的唇齿间 / 第一次，有了咔咔的声音 / 草啊，那些尚在生长的草 / 听，你们一寸寸爬高 / 又一寸寸断裂。"草沿着命定的轨迹，不停地生长与破碎，没有终极的死亡，只有前赴后继的代代如此。时光缓慢，蕴含着生命的悲哀，在这永不止息的终极绝望里，它们认真且勤恳地奔赴生命的旅程，承受着苦难，在泥淖里绽开绿芽，给生命带来润泽的亮色。

诗人笔下的这些草木山川，又何尝不是人的写照？这些人生活在广场的长椅上，生活在火葬场、化工厂的气味中，生活在记忆中模糊的图片里，生活在没有止境的无边黑夜。他们如同瘦弱却坚韧的弦，在命运的一指弹拨间，震跃着生命的张力。"那些 / 单薄的草，瘦削的树 / 它

① 张执浩：《把每一个死者都想象成你我被寄走的替身》，《神的家里全是人》，江苏文艺出版社 2017 年版，第 306 页。

们选择站在一场大风中 / 必有深深的用意。"是的，既然不可更改，何不将命定的苦难理解成主动的选择？

坚韧的生存意志是一方面，谦卑的人生姿态则为另一方面。"谦卑"不是顺从，不是卑下，而是"谦和"，人和外界除了对立关系，还有和谐统一。张二棍自身是个谦卑的人——"因为苍天在上，我愿埋首人间"。他的很多诗歌都能说明这一点。在《比如"安详"》一诗中，老两口说笑着给棺材刷漆，棺木同时光一起慢慢加深色彩，"去年 / 或者前年，他们就刷过 / 那时候，他们也很安详 / 但棺材的颜色，显然 / 没有现在这么深 /——呃，安详的色彩 / 也是一层一层 / 加深的。"有时候不必彰示明显的硬气，安详也是一种力量，对死的认识的层层加深，就是对生的理解的层层深化，这种平静与从容在时间的坛子里发酵，酝酿出生命的实质与真味。《伤口》里，"现在，我的内心 / 摆好 / 棺椁。密密麻麻地，盛放着，我仰望过的 / 尸骸。我还将在自己的肋骨间 / 刻下铭文。让白天 / 等于原谅。"还有《我用一生，在梦里造船》，"为了把这个梦，做得臻美 / 我一次次，大汗淋漓地 / 挥动着斧、锯、刨、錾——这些尖锐之物 / 现在，我醒来。满面泪水 / 我的梦里，永远欠着 / 一片，苍茫而柔软的大海。"人的一生如困兽如囚奴，永远期盼着解放，殊不知真正的解放是自我原谅，宽恕不可更改的生死规律，宽恕自己的无能为力，卸下心头的压力与沉痛，融化在心海的烟波浩渺，享受那一片柔软苍茫。"俯下身来吧，在这磅礴暮色里，成全自己的小与软弱。"这里的"柔"并非软弱，而是一种生存的智慧，是柔韧，是谦卑，是容纳与消解。既不展锋露芒又不自暴自弃，避开正面刚烈的战场，在心灵处实现救赎与自我解放。因此，在某种程度上，"柔"也便是刚。

"在群山之巅 / 我们是一块石头的儿子 / 抚摸着古朴的裂纹 / 是一朵野花的父亲 / 亲近瘦弱的笑容 / 要时而坚硬，时而柔软 / 要做一只蜜蜂的情人 / 有着一触即伤的甜蜜"。跌宕世事，浮沉人海，有人选择刚强地直面惨淡的人生，有人选择成全自己的小与软弱，有人选择刚柔并济任方圆，无论哪一种，都因着对生命的热爱，都显现着生命本能的原始偾张，引着灵魂超越沉重的躯体，曼妙地向上飞翔。

三 悖谬叙事中的孤独与荒诞

"悖谬"在二棍诗作中表现得淋漓尽致，不仅是显而易见的用词上的相反相悖，更是内部交错的意义上的对抗和平衡。这里，悖谬指的是

诗探索12　理论卷　2018年　第4辑

将相反层面、相反维度、相互抵触的东西进行结合同时进行消解。"我没能望见那只大鸟 / 只是惊愕于 / 它灰色的翅膀 / 在天际，低低垂着 / 沉重，呆滞 / 脱下的，却是无数 / 白色的羽毛 / 轻柔，妙曼 / 哦，万物不无悖谬"（《大雪书（二）》）。鸟带给诗人惊愕，是因为它滞重的灰翅膀，飘落下轻曼的白羽毛。而诗人带给我们惊愕，是因为他用语言给我们展现了一个悖谬得近乎荒诞而又无比深刻的生命真实。二棍曾说，"我们要避免向语言献媚，要努力为生活致敬。现实远比所有语言所能繁殖的东西更悖谬，更狗血，也更精彩，更具歧义。"[①] 他的诗作证明了这一点，悖谬化的背后是极致的对比与落差，讲述着生命的孤独与存在的荒谬。先来感受一下悖谬在他诗歌中的运用：

越是靠近火焰的人 / 越冷。六月，冰冷的 / 人，睡进了火化炉 / 而所有的亲人 / 也必将经历一场——雪崩。（《那火焰，那冷》）
这是最低等的杀戮场，也曾是口吐莲花的不二法门。（《寺庙》）
要做一只蜜蜂的情人 / 有着一触即伤的甜蜜。（《在山巅》）
在我的乡下，神仙们坐在穷人的 / 堂屋里，接受了粗茶淡饭。/……/——呃，他们像是一群比我更小 / 更木讷的孩子，不懂得喊甜 / 也不懂喊冷。（《在乡下，神是朴素的》）

明显能感知到的是，悖谬的使用极大丰富了诗歌的表现力度，语言的机警俏皮、联想的贴切生动、语义的岔路迭出，表面看似矛盾，如针尖与麦芒，锐利得直逼人眼球，内在的属性却被巧妙地置换，然后发现置换过后的才是要表达的真正意蕴。简单以"要做一只蜜蜂的情人 / 有着一触即伤的甜蜜"为例，如果将整体的句意视为一个蕴含丰富的结构，那么"蜜蜂"是框架，"情人""一触即伤""甜蜜"则是其中流动的元素，"一触即伤"和"甜蜜"构成对立。可进行如下置换：一是联系生活带来的实际指代，"情人""一触即伤""甜蜜"很自然生发出"爱、善与美""蜂针""蜂蜜"的意义。二是"情人"对"蜜蜂"的置换，"蜜蜂"是蜂针与蜂蜜的统一体，"情人"的涉入，使得"情人"兼具"一触即伤"与"甜蜜"的双重属性。三是"甜蜜"对"一触即伤"的置换，"一触即伤的甜蜜"能看出诗人的感情倾向是偏于"甜"的，一方面写感受之敏锐，另一方面突出甜的程度之深，将生理的刺痛转变为

① 《二棍随笔》，http://bbs.ngnews.cn/forum.php?mod=viewthread&tid=587226。

心理的巨大享受。经过以上置换，再结合诗人的特点，能得出这样的推论：要始终秉持一颗"爱、善与美"的心灵，葆有敏锐的感受力，感受世界的任何温良善美之物带来的点点暖意。

读这样的句子让人不得不拊掌称奇。诗人对悖谬的使用并不是在夸大，而是在扩大诗歌的意蕴，内在的矛盾包孕着巨大的反差，置换得合乎情理，深化着潜在的情感态度。需加以注意的是，悖谬叙事只是一种表现形态或者说是一种手段，"孤独"和"荒诞"才是他要揭示的根本。

生命的本质是孤独的。《老大娘》中糊涂羞涩的老大娘穿着寿衣"仿佛出殡 / 也好像出嫁"，没有人哀悼或欢庆，她在内心上演着婚丧嫁娶，这是一个人的孤独。《三生有幸》里两个人聊天由三生有幸聊到了倒了八辈子的霉，本以为两个孤独者找到了依托，却因同困于世俗而不欢而散，这是人与人之间的孤独。《尧峪》中最疲惫的人种出最轻飘的庄稼，苦涩的人咽下甘甜的作物，这是人与物之间的孤独。"他祖传的手艺 / 无非是，把一尊佛 / 从石头中 / 救出来 / 给他磕头 / 也无非是，把一个人 / 囚进石头里 / 也给他磕头。"（《黄石匠》）把佛"救"出来，把人"囚"进去，这是悖谬，也是生与死的孤独。在《大雪书》中，诗人写道："我一直仰着头 / 想要咏颂一句 / '美正在诞生' / 却在低头的刹那 / 看见雪委身于地 / 不由得倾吐出 / 这样的谶语 / '死亡如此浩荡'"。孤独的极致就是死亡。这首诗也用悖谬的方式表达了诗人的写作伦理。

生命的存在是荒诞的。"他清理着一件褴褛时 / 庄重，严肃 / 很像治理这座城市 / 而他挤在高楼的缝隙间 / 你们灰暗，渺小 / 又很像这座城市的 / 一只虱子。"（《流浪汉》）"他们一个个，顶着 / 这显赫的称谓，过着 / 辱没的一生"。（《他叫曹操》）两首诗均环环相扣，用圣词形容卑微，用诙谐折射庄严，又在庄严里突出悲哀，他们的存在是格格不入又不可抹杀的，这即是荒诞。

孤独和荒诞在存在主义哲学中是生命存在的两大核心问题，既形而上又与生活联系紧密，这两种感觉揭示着我们的生命真实，是不可或缺的生命之重。恰如刘俐俐教授所说，"确证孤独感是个体有生命体验和生命意识的表征。但是如果不能超越这种意识，生命的完整性就得不到依托，孤独与忧郁就会以其巨大的魔力吞噬我们，人在它面前不再有抵抗的能力。"[1] 同样，对于荒诞也有类似的阐述。刘小枫先生对荒诞人的信念作过这样的概括："以荒诞感超越荒诞，固然生活世界仍是荒诞，

---

① 刘俐俐：《外国经典短篇小说文本分析》，北京大学出版社 2004 年版，第 216 页。

但在荒诞的超越中，可以获得生命的欢乐和自由，并证实了人的唯一真实的力量，荒诞由此变成了人的存在的真实价值。"① 孤独和荒谬本身就是生存的困境，更让人困扰的是，它们的存在反而印证人的存在的价值，显示着完整的生命，这不能不说是又一大悖谬。

四　沉入生活，坚持写作伦理

张二棍曾说"写诗当开门见山，还要去看山的风骨，性情，山巅缭绕的云雾，大雾中走动的神与兽。"② 如果说，对孤独与荒诞的书写是开门见山，那么大雾中走动的神与兽是什么呢？诗人既然已经为我们打开了山门，断然不会让我们无获而归，面对生命的孤独与荒诞，他是如何消解或者说是应对的呢？

《旷野》一诗中，他沿着命定的纹理用笔锋缓缓划开，层层剖析孤独，直到浓得化不开的孤独盈满内心。他写道——"五月的旷野。草木绿到 / 无所顾忌。飞鸟们在虚无处 / 放纵着翅膀。而我 / 一个怀揣口琴的异乡人 / 背着身。立在野花迷乱的山坳 / 暗暗地捂住，那一排焦急的琴孔 / 哦，一群告密者的嘴巴 / 我害怕。一丝丝风 / 漏过环扣的指间 / 我害怕，风随意触动某个音符 / 都会惊起一只灰兔的耳朵 / 我甚至害怕，当它无助地回过头来 / 却发现，我也有一双 / 红红的，值得怜悯的眼睛 / 是啊。假如它脱口喊出我的小名 / 我愿意，是它在荒凉中出没的 / 相拥而泣的亲人"。草木、飞鸟、风如同主人，无所顾忌。"我"一个异乡人，在陌生的环境里深感突兀，其他生命越肆意，"我"就越局促窘迫和孤独，所以"害怕"。在荒凉之中，"我"和灰兔同样凄楚无助，而"我"可能更加孤独，至少它可能懂这里的语言，或许它常来这里，或许它的窝在不远处。"我"却举目无亲，完完全全的外来客，所以"我"会期待听到喊"我"的小名，和它相拥而泣。

从中可以解读出两层意味：一是以孤独对抗孤独，从而消解孤独。灰兔无疑不会喊出"我"的小名，"我"也不会是它相拥而泣的亲人，正是由于这两个不能，从而呈现孤独，当孤独到了极致，便不存在孤独，便消解一切。二是在主客对立模式瓦解的情形下，可通过平等的性灵的相互沟通瓦解孤独。互相凝视红红的、值得怜悯的眼睛是第一层沟通，

① 刘小枫：《拯救与逍遥》，上海三联书店 2001 年版，第 356 页。

② 《二棍随笔》，http://bbs.ngnews.cn/forum.php?mod=viewthread&tid=587226。

·张二棍诗歌创作研讨会论文选辑·

找共通点；喊"小名"是语言层面的沟通，打破顾虑；"相拥而泣"则是精神层面的沟通，融化孤独。

第一点听起来行之有效，却因人的社会性而少有人能承受，孤独到极致来瓦解孤独很可能是以死亡为代价，所以我们着重探讨第二种解决路径，可引入"主体间性"（Intersub jectivity）的概念作为注解。主体间性也可称交互主体性，体现了现代西方哲学对生存关系问题的理解的不断上升。它由胡塞尔最早提出，海德格尔以"交谈"的范畴来规定主体间性；拉康则从自我概念的形成过程出发，认为主体性是一种在对话中并通过对话而构成的主体间性；哈贝马斯在他的交往理论中也将主体间性纳入。以上所述简要概括就是"人类的生存不是处于主体构造、征服客体的主客体二分状态，而是主体间的共在，也就是自我主体与对象主体间的交往、对话状态。"①

张二棍很多诗作里呈现了这一点，不知道是有意地运用还是无意地生成，总之，他关于存在问题的思考和主体间性理论相近。下面随便举两例来说明："唉，失败的我们共用着／这一个悲怆的姿势。就像被慢慢／撂倒在田埂上的两个影子／靠在一起，共用着／一团黑。就像／被码放成一捆的柴禾。""如果黄昏消耗得再慢一点，我还将看见我与这落日，这幼鸟，共用这一面湖水／一颗不再深绿，不再蔚蓝，不再澎湃，渐渐乌黑的心脏。"与上述理论相近的是他在诗中屡屡用"一同"与"共用"来构建主体间的关系，以生存的孤独作为沟通的基点，就是说设置了一个沟通的场域。他的景物的设定都不是单纯的景物，而是具有灵性、能和人沟通的美好生灵。但这种关系只是他的假象，他想象笔下那些孤独的人们和孤独的物们在沟通，在彼此慰藉。但实际上是否能沟通和达成沟通还未必，只能说诗人给我们提供了路径，他也对此有文学上的尝试，但这更多是诗人的一种期待，期待主体间的合一，一起手拉手对抗孤独，"就像，我常常把／一地槐花，错看成／手拉着手的您和我。"再回到《旷野》一诗，人生来孤独，旷野无处不在，它可以是陌生的精神领域，更深层次的"旷野"则是生命意义匮乏的"空白荒地"。而消解旷野里的孤独，则需要心灵的同一，或者直面孤独。

至于荒谬，加缪在《西西弗斯的神话》中写道："荒谬即不存在于人之中，也不存在于世界之中，而是存在于二者共同的表现之中。荒谬是现在能联结二者的唯一。"以《他叫曹操》为例，"他们一个个，

---

① 杨春时：《文学理论：从主体性到主体间性》，《厦门大学学报》2002 年第 1 期。

诗探索12 理论卷 2018年 第4辑

顶着／这显赫的称谓，过着／辱没的一生"。正是因为将"曹操"这一称谓符号化，和世俗眼光联系，才使得其他叫"曹操"的普通人显得辱没，名叫"曹操"的人和"曹操"的称谓结合在一起构成荒谬，二者的对立是显赫与辱没的对立。面对荒诞，加缪提供了解决方式——接受荒诞，即接受人生无既定意义的同时，该怎么生活就怎么生活。刘小枫先生在《拯救与逍遥》中对此的理解是"加缪的荒诞哲学提供了一个答案：在荒谬的世界中，人最终能够坚持一种信念——担当荒诞。"① 即为主体发挥内在性，使心灵适应所有现实本身的倾向。可以理解为是主体的内缩，是其对环境、现实、创造的内在适应。城市里的流浪汉和所有的"曹操"们，当他们接受人生的无既定意义，按照自己所能够的方式生活，便能突破荒谬，生存得自由快乐。还有《花狱》，"让我惊悚的是，一朵花既然／做不了自己的主人，那么／它肆无忌惮的芳香／是不是来源于，一个高贵的殉难者／自身的，急迫的，悲剧性使命"，在悖谬叙事中，孤独与荒谬显示出了极大的张力。在语义层面构架出交叉的意蕴，形式上的机巧吸引着读者的注意，使之加入对诗歌的内在肌理的探究中来，正是这些要素使得诗歌生成震撼人心的艺术效应，加深对困境的感知。

至于化解这一困境，总的来说，就是回归到日常，思想经过漂浮重新沉淀于实在的生活中。在阅读感受中，张二棍在大量诗作中均涉及禅机、禅意和禅趣，我想，二棍就是在用禅思来消解人生困境，希望在平常的生活中溶解孤独与荒诞。而禅并非是对于现实的逃避，恰恰来自于生活体验中的渐悟或顿悟，它强调"平常心即是道""担水挑柴无非佛事"。佛法贯穿于日常生活之中，是从世俗的平凡小事中体现出来的，而非那些逃避现实、躲进深山苦修之类的宗教狂热行为。因而禅师们关心穿衣吃饭、挑水搬柴等寻常生活小事，对那些远离生活的谈玄说妙往往当头棒喝。故此，张二棍诗歌中的意象虽源于旷野，却没有崇高的有威压感的高山流水，也没有隐逸的野鹤闲云，而都是质朴至极、低到生活里去的事物，甚至在如前所引的诗中，诗人发现"在乡下，神都是如此朴素"。对此，我们从他以"二棍"作为笔名（他的本名叫张常春，更文雅也更"诗意"）就可窥见一斑。他拒绝了传统的诗意，也拒绝了高雅的招募，而是沉到生活的深处，探摸到现实的骨头，这体现这位晋人的固执和执拗，也体现了这位诗人的写作伦理。所有形而上的思考终究要回到日常生活，不管二棍是否有以禅意抵御困境的想法，禅在他诗

① 刘小枫：《拯救与逍遥》，上海三联书店2001年版，第40页。

中确实有体现的，而这也可以激起我们对突破人生困境的进一步思考。

　　"须是北风，才配得 / 一个大字。也须是在北方 / 万物沉寂的荒原上 / 你才能体味，吹的含义 / 这容不得矫情。它是暴虐的刀子 / 但你不必心生悲悯。那些 / 单薄的草，瘦削的树 / 它们选择站在一场大风中 / 必有深深的用意"（《大风吹》）粗粝的生活容不下矫情，面对生命的苦难和生存的困境，张二棍也如一切有着博大胸怀的诗人一样，用诗句构建理想栖居地。他的笔下，屋子小而具体，一如他有关生命的书写，深入又明晰——"要有间小屋 / 站在冬天的辽阔里 / 顶着厚厚的茅草 / 天青，地白，/ 要扫尽门前雪，洒下半碗米 / 要把烟囱修的高一点 / 要一群好客的麻雀 / 领回一个腊月赶路的穷人 / 要他暖一暖，再上路"。（《要有间小屋》）在人生的旷野地，我们都是两手空空的穷人，二棍的诗歌就是那碗烫好的烧酒，在天青地白的荒凉与空旷中，给予我们诗性的温暖与灵魂的沉思，让我们在他用心搭成的小屋里暖一暖，再继续赶路。

[作者单位：燕山大学文法学院]

无非是，把一尊佛从石头中救出

——张二棍访谈

张二棍　霍俊明

霍俊明：二棍兄（王单单在写给你的诗里半严肃半玩笑地称你为"棍君"），作为首都师范大学第十四位驻校诗人，作为诗刊社的兼职编辑，还是谈谈一年多来在北京的感受吧！

张二棍：谢谢霍老师，十分高兴能用文字的方式，与兄来一场畅谈，恰如夏日午后有友来访的惬意，没想到你还带着一盒精美的点心，美哉。

回顾自己这一年多的时光，驻校诗人和兼职编辑这两种临时身份，都与诗有关，甚至背负了一点儿小小的责任与使命。"驻校诗人"，不是简单的"住校"，更不能"蛀校"，要一边与前辈们求索，一边与后生们分享，要坚持创作更要时刻反省自己的创作。而"兼职编辑"的要点，则是"兼"这个字，兼听、兼容、兼济天下，所以我时刻提醒自己，兼职也需专心，临时更要恒思，所以这一年我都在努力去掉"兼职"这二字的副作用，努力让自己显得一本正经又专又红，可能让大家失望了，抱歉啊。我这样一个野诗人，突然从散养变为圈养，突然从天马行空的地质队员变成斟词酌句的兼职编辑，突然从一个上学时候都逃学的劣币，变成一个在讲台上一二三四地与学生们分享诗歌的金光闪闪的张诗人。这三个转变，就像万恶的三座大山啊，让我明白了自己在学问和诗歌面前的"矮矬穷"，唉，谢谢大家的担待吧。现在这个无知而有畏的张二棍驻校结束了，让我们一起敲锣打鼓吧。

霍俊明：对兄来说，北京的这段经历尽管短暂但却有些意味深长，说起来轻松，但一个个细节勾连起来的这一年多的时光也必然是五味杂陈啊。很多人看到你名字的时候都会感受到某种兴奋、诧异和戏剧性，而极其接地气的"二棍"又曾经是极其民间和乡土化的称呼。在我早年的老家，叫二棍、二蛋、二狗、二傻、二愣、二坏、二头的非常多。每次想到"二棍"，我就仿佛回到了早年的乡下，仿佛你就是村里隔壁的那个蹲在墙角抽烟的玩伴。由你的名字、你的诗歌、你的精神背景，自然会联系到你的老家代县，联系到你现实和诗歌中的家乡和亲人，谈谈他们吧！在一个乡愁式微的年代，谈论他们也许并不轻松。你同意别人所说的你诗歌中存在着"乡愁"吗？你认可一些评论者说你是"新乡土写作"的代表吗？

张二棍：兄，欢迎你跟随"张二棍"回到乡下，回到童年，这里是你的"还乡河"，我们一起来练一套你的霍家拳吧（据悉，你苦练三年霍家拳，某天，被低年级晚辈一招覆灭，自此兄弃武从文，终有所成）。

霍俊明：呵呵。那时乡下孩子都爱耍。

张二棍：名可名，非常名，给自己一个奋不顾身的笔名，其实就是往自己脸上涂抹一些大红大绿的油彩，让自己在写作的时候，暂时游离那个既成事实的肉身的"张常春"，去开辟或者塑造一个也许永不可能存在的幻境中的"张二棍"。大家对于"张二棍"的兴奋、诧异可能是源于"张二棍"与"诗人"之间的割裂和悖谬。是的，这个"张二棍"恰恰也是我诗观的表现。如果以古诗的审美来看，现代诗主动背弃了结构与音韵，独自找寻反诗意的诗意，这多像"张二棍"啊，没有"江梅伴幽独"的高冷，也不具"吴钩霜月明"的侠气。"张二棍"也是反诗意的……

霍俊明：说到这个"反诗意"（甚至还包括"反诗歌"），确实点中了一部分现代诗的要害。"反诗意"在一定程度上代表了现代人的复杂经验和同样复杂的诗歌观念。

张二棍：关于乡愁，兄说得很对，这确实是一个乡愁坍塌的年代，许多我们传统意义上的那种农耕文明的乡村，早已消耗了或者变异了。而人口的迁徙，通讯的发达，交通的快捷，也让"乡愁"越来越显得矫揉和陌生。但我们的愁并不会减少，我们的乡愁转移了，变异了，乡愁里的"乡"变得更加微妙和不可言说，也许乡愁扩大成了县愁、省愁、星球之愁，也许乡愁萎缩成了对一间旧房子、一个土瓷碗的房愁、碗愁。但愁仍然砥砺着也折磨着我们，每个人都是寻觅归宿的游子啊。至于那些乡亲们，现在因为篇幅所限就不说了，他们存在着，幸福着，无奈着……而我的写作，从来都是在他们看不见的地方，所以我还不配"新乡土写作代表"这几个滚烫的字眼，我会努力。顺便想提一下，我心中真正的新乡土写作的代表，他们是集市上说顺口溜的卖货郎，葬礼上一声声把自己唱哭的哭丧人……是他们的声音，还响彻在那一片片大地上，是他们用最质朴的语言，为乡土保留着最后的元音。

诗探索12　理论卷　2018年　第4辑

霍俊明：兄说到这，我想到的是"诗人在野"。二棍兄，顺便谈谈你的胞弟张常青吧！他的性格和他的诗歌与你有哪些区别呢？

张二棍：这个"安能辨我是雌雄"的名字背后，也暗藏着一个和我近似的人。长着同一副吓死古人不偿命的面孔，被同一个平凡的母亲拉扯大，接受同一个父亲的拳打脚踢与耳提面命，念同一所已经衰败的小学、中学，我俩天天撞衫，撞到连补丁的位置都几乎一样，我俩在同一个地质队……算了，不举例了。说说他的诗歌吧，就像一个人呵斥或者训诫自己的影子一样，我怎么忍心说他诗歌的坏话呢，可也不能因为我俩挺熟，就盲目赞美。我始终认为性格与胸襟，决定着一个诗人的作品姿态和写作方向。他的诗歌，空灵一点、轻盈一点、薄一点、脆一点。

霍俊明：你十八岁就进入了地质队，当了一名钻工，你却在工作十年之后，也就是二十八岁时才开始写诗。那么，在十八到二十八岁之间，你经历了什么？这段经历对你意味着什么？"钻工张常春"与"诗人张二棍"之间存在着怎样的关系？或者说生活和写作存在着怎样的共振或龃龉的关系？最初第一首诗是在什么情境下写出来的？为什么选择了诗而不是其他文体？你是一个孤独的人吗？一个人和自己争辩，产生的往往是诗。你的内心里是不是存在着一个与现实中不同的另一个"张二棍"？

张二棍：十年弹指一挥，十年荒野行走，十年孤灯阅读，十年风餐露宿。这十年，我看到了最底层的良善和幸福，也目睹了他们的挣扎与污浊。我见过三个被贩卖的缅甸少女，困在晋冀交界的山村里，相互梳着头，鬓角插着采来的野花，那一刻她们是幸福的；我见过一个将死之人，跪在田埂上，捉住几只奇怪的虫子就往嘴里塞，他相信这偏方里的神虫能让他活下去，那一刻他是满怀憧憬的；我见过一对困厄的夫妻，扭打在一起，满脸血迹，最后又抱头痛哭，那一刻他们是悲壮的；我在山顶上见过一个老迈的牧羊人在风雪中行走，深一脚浅一脚去寻找他丢失的小羊，他和我说起他一生都没有吃过鱼虾的时候，那一刻他多么无助……

霍俊明：这些冷凝的画面，我坚信只有诗人能够真正去正视和发现他们最幽微不察的部分，人间的贱命让人不得不在写作中也咬紧了牙啊。

张二棍：我曾长久经历着这一切，一件件微不足道的小事，都像极了一根根稻草，往一个叫作"张常春"的人身上压迫着，我越来越重越来越害怕，我希望寻找到一个"张二棍"和我一起来背负这些要命的东西，我希望这个"张二棍"能够用字句把这些稻草运送到纸上，这样我会轻松一些……

因此，在某天，我开始了自己的记录，起初是一些小散文，小日记。再后来，我把这些文字分行，这大概就是诗了。

霍俊明：我看到你用极其省略的方式谈到了生活、工作和写作的关联，但我感受到的是紧张和不轻松的一面。也许可以说，你已经与诗歌相依为命了，张常春和张二棍是一个灵魂的不同侧面。我知道你是天蝎座，对星座和性格、命运的关系，你怎么看？每个人都会累积自己的精神肖像。每次看到微信和刊物上你的照片（大多都是黑白色的，大多是蹲着或者坐着），我都会端详很久，有一种异样（包括亲近）的感觉。也许，面貌、形象上的特异反倒是刺激了阅读者的口味，"一月中旬的一个午后，记者见到了这位自称只会'爬大山、喝烈酒、写破诗'的'80后'诗人。'看到二棍的照片被逗乐了，怎么会有被晒得这么黑的诗人？'有粉丝在网上打趣道。站在记者面前的张二棍，肤黑眼细，恰如他的名字一样接地气。"记得张执浩曾这样评价过你——"这位有着'异人'面相的年轻写作者也有着异于常人的天资禀赋"。此时，我想到一段余秀华评价你的话，"唉，怎么说呢，说外貌和才华成反比吧，好像打了自己的耳光，说外貌和才华成正比吧，肯定打了张二棍的耳光。"余秀华甚至还开玩笑地说你和她是诗坛的"绝代双骄"。

张二棍：哈哈，当一个人的长相被无数次挑剔，只能说明此人除了面孔之外已无其他任何缺憾了吧。这个人肯定灵魂饱满、人格健美，万事俱备只欠窈窕了。而我恰恰是那个被无数次挑剔过的，我骄傲了吗？霍兄，我没有……我一点儿也不盼望自己长得多好了，我害怕别人嫉妒。

霍俊明：哈哈！异人异相，天赋异禀吧！

张二棍：说到星座啊、手相啊、生辰八字啊，我几乎都是不相信的。但我深深知道，有一种冥冥中的东西，一直如影随形，默默加持着或者改变着我们。有时候我会想，我们的这条命，其实从来都是在懵懂和混浊中独行。当我们回首，往事并不是"悠悠"的样子，我们的记忆中永不会存在有一条线或者一个面，它是一个一个小点串起来的。我们五岁、十岁、二十岁，到头来都只会剩下某一天的某一件事的某一个瞬间，比如我清楚记得某个黄昏中，我和弟弟坐在门洞下等着母亲归来，远远望见母亲的衣衫被秋风吹动的样子，我忘了后来的母亲说什么话，做了什么饭，甚至望了她当时的样子，她手里拎着什么……我只记得那衣衫被秋风吹着，远远地被秋风吹着。所以，我们活着，活在一件件小事的一个个节点里，我们的命运被这些小点改变着、修饰着、支撑着。也许一次浅浅的阅读、一次深深的交谈、一只蝴蝶在雨中的窗台上垂死的模样，这些微不足道的小点，会改变我们的一生吧。

霍俊明：对，生活和记忆就是由小事、斑点、片段和细节构成的。你的诗歌中一部分处理了乡村、底层和苦难现实，那么，当有媒体和评论者称你为"中国诗人底层写作的传奇""在生活的深渊中写作""以诗歌的方式拆迁底层的苦难与疼痛""用诗歌记录卑微"，你是什么感觉？由此引出的问题是，你如何看待所谓底层的问题、伦理写作（比如题材和主题的社会性、阶层性和伦理化，痛感写作、苦难叙事等）和写作伦理（写作的功能，为什么写作，写作者与社会和公共生活的关系）问题？诗选集以及纪录片《我的诗篇》中着力突出了我们时代诗歌写作者的社会和阶层属性，那么，你觉得社会身份和写作之间存在着什么本质关联吗？

张二棍：霍兄列举出的那些引号里的话，其实对我个人而言，毫无意义。那是"他言"，而我需要"自证"。一个严肃的写作者，应该不断主动放弃自己的身份、名誉、过往的作品。一首诗一旦写成，它就是一条独立的生命了，在每个阅读者那里，它拥有了自己的呼吸、心跳、腔调，它已经背弃了作者。所以我认为，"底层""深渊""苦难""卑微"可能是某些诗歌的要义，而不是写作者的符号。我也可以写天使、殿堂、发动机、大学。我觉得，可能因为我生活在山野中太久，睁眼闭眼就是穷乡、野店、泥泞小径，所以我写了一批那样的东西。就像兄提到的《我的诗篇》，我不关心是谁在写下那些作品，我只在乎那些作品写了什么、写得如何。诗歌说到底，不必附加什么题材、流派、年代、区域，只有好或者坏。霍兄，我是不是又跑题了？

霍俊明：没有跑题，说得好啊！评价一个诗人最终只能落实到文本上，诗歌会自证清白。还有一点，自然、山野、旷野（荒野），在你的诗歌空间中占据了非常突出的位置。它们在你的语言和精神内部意味着什么？在我的阅读印象里，你的诗歌姿态很多都是俯身向下的。2017年5月，刘年和你骑马向北，"打算耗时一个月，从林西县，经东乌珠穆沁旗、阿尔山、呼伦贝尔，到额尔古纳河右岸。未必成功，但已成行。"你和刘年骑着马的内蒙古之行，成了这个时代的特例和反证。这肯定不是一个骑士的时代，我想到的倒是与风车大战的孤独骑士堂·吉诃德。这次行走是怎么产生的？对你以及你的写作产生了什么不一样的影响吗？

张二棍：也许是在野地里徘徊太久了，我现在只要一想到旷野这个词，就能够很具象、很迅捷地出现一个个画面。初春的、深秋的、寒冬的，什么花摇曳在什么树下、什么鸟在我身后怎样叫着、山泉穿过什么形状的乱石、大蘑菇在腐烂而小蘑菇在生长……我诗歌中的旷野，是众多荒野的集结，是相对于城市、大厦、铁轨的亘古，是诸多生命平静的等待，无数场风雪浩大的掩埋，是一头山猪与另一头山猪欢愉的婚床，是一条毒蛇迅疾地分开草丛返回巢穴，而蛇蜕在风中无助地晃动。因此，我常常觉得，旷野中的万物，过着比我们精彩一万倍的生活，旷野中也有温情、秩序、抚慰、号令、推诿……当我懂得这一切，我怎么会趾高气扬，怎么会不卑微、不俯身啊。和刘年老师的骑行，是兴之所至，是几句简单的沟通。"走不走？""走！""啥时候？""明天或者后天！""去哪里？""出发前再说！""怎么走？""有马骑马，无马骑驴！"其实诗人的行动，就应该这么简单嘛。

霍俊明：现在，诗人中的行动派肯定是越来越少了。每次看到刘年骑着摩托车天南海北地跑，你不能不羡慕他有一大把的时间和一股子狠劲。你的诗总是给人隐忍和悲悯的感觉，觉得你的精神承受能力和抗击打能力很强大。这是性格使然，还是你认识世界乃至诗歌话语的特殊方式？

张二棍：想通了，就能承受一些东西。想不通，一个白眼就会毙命。庄子说过："其嗜欲深者，其天机浅。"这就告诫我们，一个人的欲望和他内心的承受力是成反比的。君不见，亿万富翁一旦投资失败变成百万，他就觉得穷苦不堪，就要跳楼，多傻啊；君不见，一个高官一旦失权就要服毒，多傻啊；君不见，诗坛来来往往，一些人为了发表为了得奖，弄了多少笑话。如果每个人记得自己的本心，那么我们每一天的写作，就会是一场胜利，我们也会获得无数幸福。我希望获得那幸福……

霍俊明：很多人的本心早就污浊得面目全非了。我曾看到一个有些偏激的看法，把诗人分为西方派和本土派。你的诗受到过西方诗歌的什么影响吗？或者说在你的阅读中是否喜欢过一些异域诗人？

张二棍：现代诗肯定绕不开西方，我阅读的西方诗歌并不少。但作为一个读不懂原文的人，不可能逐字逐句去研读被动过手脚的经典。我更乐意看看它们的结构、情绪等等。我喜欢的国外诗人不少，当然也有一些大师不在我的阅读范围里。以后有空儿，慢慢读吧。具体说到影响，我估计我自己是看不出来的。要不，兄帮我看看我有没有被潜移默化过？

霍俊明：阅读和写作的关系是很微妙的。以前你的诗几乎都是短诗，近期写了一些较长的诗，比如《敖汉牧场·羔羊·雪》《山野书》。这是出于何种考虑？你觉得写了十年之后（这时候的写作也往往容易出现惯性），自己的诗歌到了一个什么阶段？现在的困惑在哪里？

张二棍：年轻的时候，身上会有暴烈之气，想着速战速决。喜欢咔嚓一声，不喜欢叮叮咚咚。其实这一直也是我个人的局限，我无法把诗歌写得绵延、浩瀚、悠长。而近期的几个小长诗，说到底也是短诗披着长诗的外衣，我不过是让它们在行文之间，互相关照一下、推动一下。写作时间已经不长不短了，在十年这个节点，困惑会越来越多。我也反省过总结自己的问题，比如有技而无巧、象动而意滞、情郁而词浮等，无法解决。只能留给时间，用写作去推动写作吧。

霍俊明：写作，只能靠时间去检验，一个诗人的自省能力肯定是特别重要的。我发现，近期你诗歌中的"元诗"（以诗论诗）倾向逐渐突显，比如《元神》《徒留〈衣冠冢〉》《我不能反对的比喻》《对一首诗歌的统计学》等。这是一个诗人文体自觉能力的强化。实际上，很多重要的诗人都写过这种以诗论诗的元诗。这涉及一个人的诗歌观念和文体意识。那么谈谈你对诗歌这一文体的认识吧！

张二棍：当我无法完成一首作品，或者说内心想要的诗歌和业已成形的诗歌之间，总有深深的鸿沟与敌意。每当这时候，我就去写点东西，对自己鄙视一下，或者提醒一下。我把它们分行，相当于切割一下自己，就有了兄说的那些元诗歌。

霍俊明：这种写作意识是很关键的，这种"诗歌中的诗歌"会显现一个诗人的语言能力和写作观念。你和刘年、王单单无论是私交还是诗歌阅读上，彼此认识都很深。比如刘年写给你的《致张二棍》："都喜欢远离人群，都喜欢低头的稻穗／我乐水，你乐山／／在南溪，我水獭一样翻滚的时候／你白眼青天，蹲在石头上／像八大山人画的一只苦斑鸡／／北京又下雪了／覆盖了皇宫，想必也覆盖了你深山的帐篷"。王单单则给你写了一首长篇献诗《闲话诗，兼与二棍书》。谈谈你对他们两个诗歌的印象吧（可以说的狠一点，哈哈）！王单单在写给你的献诗中有一节谈到了你诗歌的特点（诗歌与传统和现实的复杂关系）以及潜在的危险（"棍君作《五月的河流》，传统的比兴／对于诗意的维护，仍然牢固、可靠""短句的优势，在于瞬间凝聚起／抒情的力量，短促急切的节奏／暴风骤雨般，将个人情感／推至喷涌状态，但也容易／陷入模式化的泥淖，二棍啊／你要警惕！"），你认同吗？

张二棍：有句古话"非我族类，其心必异"。话虽然有点绝对，但如果反过来想，是我族类，其心不异。此二人产于僻壤，长于柴扉，久居人下，未丧其志。作为自己心里认可的兄弟，真的欣喜他们对写作的态度。刘年勤奋、踏实，憨厚的外表遮掩不住半颗动荡不安＋半颗随遇而安的内心。所以他的诗歌，大多语焉不详，三言两语之后就戛然而止，仿佛他只是个跑腿的邮差，只负责把一个简短的电报送来一些微言，留给我们去体悟那些辛酸苦辣。而王单单勤奋、踏实，继续憨厚的外表掩盖不住……昂，这组词汇形容过刘年了。

霍俊明：嘿嘿！此处适合有各种表情包！

张二棍：重来哈，而王单单，有着傲人的心气与发型，不拘小节又深明大义。他的作品，时而壮烈如夕阳，时而勇猛似死士。他有一种打破砂锅还在锤击不已的刨坟精神，写诗步步紧逼，所以读他的诗，有黑云压城的感觉，这就是所谓诗歌的力量吧。今天就夸他们这么一点点吧，不能夸太狠了，要不然他们会让我喊老师的。批评的话更不说了，大家还要相见，留待酒过三巡，我好脱口而出。刘年、单单和我，其实私下里经常展开自我批评和互相批评的。当然，我们的批评是三言两语读后感式的。假如有一天，我们的修养能够与霍兄比翼齐飞，大家再来一场详尽的地毯式的询问与质疑。

霍俊明：这点我倒是很惭愧，得向你们这三个狠角色多取经。我越来越发现当下我们的诗歌现场，存在着一个极其突出的问题，即很多诗人拥有很高的知名度但是却没有一首代表作。我觉得，你肯定有代表作，因为很多人对你几首诗谈论的频率非常之高，比如《石匠》《穿墙术》《在乡下，神是朴素的》《旷野》。如果让你列举最认可的你个人的几首诗，它们是哪几首？（千万不要说我还没有写出好诗，好诗在以后啊，哈哈）

张二棍：连霍兄这么挑剔的批评家都觉得有了，那我岂能妄自菲薄。可我还是觉得，代表作不是自己说了算，还需要读者经过长期的肯定和赞许，产生相对广泛的影响。我自己满意的作品，其实也和大姐大嫂们谈论的那些差不多。当然，如果我此刻脸皮厚一点，我完全可以再举出《静夜思》《水库的表述》《某山，某寺》《黑夜了，我们还坐在铁路桥下》《我用一生在梦里造船》《太阳落山了》《默》等一些自己满意的，但我能说么？我不可自吹啊，所以我还是听从自己内心的召唤：好诗在以后！

霍俊明：有时候写诗会有虚无的感觉，尤其是在人生变动的转捩时刻。我们的对话就此打住吧！山高水长，希望日后可期，再次饮酒相聚！

张二棍：诺!

霍俊明：哈哈! 这次对话非常开心、会心!

2018 年 7 月，北京大雨中

[作者单位：霍俊明：中国作家协会创研部

张二棍：山西省地质队]

中生代诗人研究

关于新诗传统问题

叶橹诗学思想研究

张二棍诗歌创作研讨会

论文选辑

结识一位诗人

姿态与尺度

新诗理论著作述评

诗歌翻译研究

语言修辞与古典性的诞生

——古马诗歌语意辨析

苗　霞

诗探索12　理论卷　2018年　第4辑

　　新诗，当初在胡适等人手中发轫时曾以决绝的反传统面目出现，其《文学改良刍议》的"八不主义"中"不模仿古人""不用典""不讲对仗"，即是有力证明。但截至今日，在新诗发展的一个世纪历程中，对传统的因袭与传承、创新与改造仍是其一个显著的艺术特征和审美形态。现代史上的闻一多、徐志摩、朱湘、戴望舒、废名、何其芳等的诗作飘荡着浓郁的古典气息。关乎此，早有废名的《谈新诗》，后有李怡的《中国现代新诗与古典诗歌传统》、吴晓东的《临水的纳蕤思：中国现代派诗歌的艺术母题》、孙玉石的《中国现代诗歌艺术》等，皆有精到全面的述及。再放眼当代诗坛，柏桦、张枣、钟鸣、石光华、宋渠、宋炜、古马、陈陟云、李少君、陈先发、赵野、杨键、黑大春以及台湾省的洛夫、余光中、郑愁予、周梦蝶等人皆对古典诗歌有浓厚的艺术情怀，并转而使传统在自己的创作中带着个人化的体温与形态呈现出来。当然，中国古典诗歌文化传统也不是铁板一块，而是以色彩斑斓、形态各异的四大板块构造成的集结体："以屈骚为代表的自由形态，以魏晋唐诗宋词为代表的自觉形态，以宋诗为代表的反传统形态和以《国风》《乐府》为代表的歌谣化形态。"[1]其中，思想观念，艺术风格各个不同的诗人词家更是多如繁星。所以，当代诗人对传统的继承与创新也呈现出各个不同的特征。

　　古马，在当代诗人群落中，对古典的继承与创新尤其独异。试拿古马和张枣做一比较：张枣的诗歌在抒情上整体呈现出一种哀伤郁悒、秾郁艳丽的唯美色调。而古马走的是纯净澄澈、明净真淳的本色路，古马诗之世界是一个宁静和谐、明亮透彻的美之天国。再看古马和黑大春的艺术差异，古马的音乐性体现在短句式的民谣体上，黑大春的音乐性追

---

　　① 李怡：《中国现代新诗与古典诗歌传统》，中国人民大学出版社2014年版，第55页。

求绵长句式的歌行体。古马诗歌的独异性来源于浑成的诗学渊源上。从精神谱系学来看，古马诗歌的美学促成和艺术精神构成十分复杂，包括三种不同的文化血缘。首先是受传统诗歌的影响，对传统文化的眷恋作为一种凝固了的审美心态反映在诗人的创作中。其次是民歌民谣的影响，古马诗歌具有原始健朴的力之民谣特色。最后是西域文化的浸润，古马许多以特定地域标识为题目的诗歌都是在给西部以诗歌的名义命名。这三方面相互濡染并最终浑然一体的和谐美，致使古马诗歌古典性的表现是那么特异不同。古典性在不同诗人身上有不同的表现：语言的、母题的、意象的、意境的、形式的、声律学的……。接下来笔者主要从语言修辞方面来阐发探究古马对古典的继承和改造是如何进行的。

一　继承："用君之心，行君之意"

　　诗是由语言和语言的运动产生美感的一种文学形式，诗以语词确立存在。可以说，言说的方式是诗歌的基本伦理之一，言说的方式甚至要大于言说的内容。故对诗的感受性首先来自于语言层面的冲击。对古马诗歌语言修辞的分析是沿着两个路径来展开的：一是语义内容；二是语法组织和声律学。

　　从语义内容来看，古马诗中有许多古典"语码"，何谓"语码"？俄国符号学家劳特曼对之做出这样的界定：某种语言的某个词汇在它的文学传统中常常被使用，于是就成了一个语言的符码，当它出现的时候，不仅仅使读者感受到语言表面的意思，而且会感受到许多往日被使用时的意味，引起一片丰富细致的联想。从古马诗歌语词的织锦图案进行分析很容易看出传统诗词的影响。"水碧沙明／草木惊心"（《春秋》）、"青丝白雪""萧萧班马""春衫翠袖"（《赋别》）、"灯飘残荷""人瘦墨淡""一心难托／杜鹃巴山"（《皮影》）、"铁马入梦，天下大愁"（《西凉短歌》）、"蝴蝶捧杯""娇莺夸口"（《杜甫草堂》），这些诗句由于曾经在古典诗歌的历史时空上频繁出现，身上衍生出大量的义项，不仅有直义，还有转义、引申义、比喻义等，已成为劳特曼所认定下的"语码"。在对诗歌语言乌托邦营建的过程中，古马借用、引用了大量的古典"语码"。古典诗歌，可以说是他的一个语义模型。

　　具体的古典"语码"是如何在古马笔下蹦跳着、跳跃着，可以《小桥》示例：

你可怜芍药不安，小桥边／蛙声起劲／要移种她到月亮上去／／你可怜桥影／在黄昏水面不停发抖／花衣楚楚／蜉蝣造句／／你可怜你／你可怜我

　　该诗中一个最关键的情感动词是"可怜"，一并出现了四次。我们知道，"可怜"在古典诗词中非常用且被运用得极其灵活，形成其繁复驳杂的意义链。如白居易《卖炭翁》中，"可怜身上衣正单，心忧炭贱愿天寒"，"可怜"径作"同情、怜悯"意；白居易《暮江吟》中，"可怜九月初三夜，露似珍珠月似弓"，"可怜"作"可爱"解；在李商隐《贾生》中，"可怜夜半虚前席，不问苍生问鬼神。""可怜"乃"可惜"；在白居易《长恨歌》中，"姊妹弟兄皆列士，可怜光彩生门户。""可怜"谓"可羡"。而古马笔下的这个"可怜"，似乎把上述几种意义一并囊括进来，意味丰厚，氤氲着一种传统文化的意蕴和流彩，保存着一些重要的价值：诗意、忧伤、敏感和脆弱。

　　"花衣楚楚／蜉蝣造句"一句，直接就把我们的审美视线牵引到《诗经》中的《国风·曹风·蜉蝣》，这首古老的叹息生命短暂、光阴易逝的诗是这样一唱三叹的：

　　蜉蝣之羽，衣裳楚楚。心之忧矣，於我归处。
　　蜉蝣之翼，采采衣服。心之忧矣，於我归息。
　　蜉蝣掘阅，麻衣如雪。心之忧矣，於我归说。

　　至于"芍药"，更是古典诗中寻常的审美意象，寄寓着多种的审美情感，有离情、爱情、吊古伤今等多种情感。随同它在这里的出现，它曾经的文学情感和情境画面也在扑闪回放着，而离此处最切近的古典意境和历史画面是："二十四桥仍在，波心荡、冷月无声。念桥边红药，年年知为谁生。"（姜夔《扬州慢·淮左名都》）

　　不唯如此，古马诗歌的深沉"古意"还来自于这样一些词："西凉、阏氏、焉支、鸠摩罗什寺、巴丹吉林、敦煌、青海湖、祁连山、哈拉库图、河西走廊、丝绸之路"等众多西域地名。由于西域在古代历史上战事频发、政治风云常变，可谓"玉垒浮云变古今"。历史文本多有记载，这些词语被深植在历史的沉积岩中。而今再读到它们，浓厚的历史烟云会裹挟而来弥漫你双眼，让你沉浸于古意的高远之美。

　　从语法组织和声律学上看，古马诗语喜用双音节词，我们知道，古

诗探索12　理论卷　2018年　第4辑

典汉语以双音节词为主，现代汉语以单音节词为主。双音节为主的语词应用会带来极强的音乐性，再加上诗人善用双声叠韵，试图通过短句和单纯的词，以及主题的变奏重复，有意识地追求声律，很重视排比、复沓、韵脚等因素。如《生羊皮之歌》："白云自白 / 白如阏氏 // 老鸹自噪 / 噪裂山谷 /"，他采用了一种"趁韵"的艺术手法，下句起首数字和上句收尾数字相同，下句所取的方向完全是由上句收尾字决定。"咱俩个好 / 上山割青草 / 你割得多 / 我割得少 / 老兔子，咧嘴笑 // 就这么好 / 白云水里飘 / 短镰刀挥 / 长镰刀搂 / 水有时低，草有时高 // 草上露 / 粘我眉毛湿你衣 / 野花儿紫 / 紫簌簌 / 蝶飞东，又飞西"——《割草谣》，韵式整齐，韵脚严谨，"好""草""少""笑""飘""高"等一大串模样相同的音调像滚珠倾水似地一直流注下去。这种特点在童谣和民歌中十分突出，快感就存在于韵律和重叠手法，以及一些稀奇古怪的形象之中。同一维度的作品还有《西凉谣辞》《西凉短歌》《粗麻纸上：花押字》，诗人有意地把换韵和换意交叉起来，以避免或断或续的简单推移，造成一种断中有续、跌宕起伏的效果。韵脚不仅只是制造着声音的和谐，与整个作品的语义也有复杂的关系，关于诗韵的作用，我们还可以说，通过声音的反复回环，韵脚使押韵的词得到了强调。韵脚是在韵律单位所规定的位置上出现的声音相同而意义不同的单位。这个定义既包括同音异义的韵脚，也包括同语反复的韵脚，韵脚的本质就是将不同者拉近和于相同中揭示差异。同音异义型的韵脚尤能体现韵脚和意义之间的这种辩证关系。

在诗的形式上，古马诗以自由体为主，但部分诗也吸收了《诗经》四字诗句的文字组织形式，"落雪落雪 / 求偶于野 // 雄鸽转圈 / 冷风如割 // 雌鸽咕咕 / 关河明灭 // 前凉抱灰 / 后凉跟随"（《西凉谣辞）》。整齐的行列和押韵形成的回环和语调的起伏还带来了一种轻快的听觉节奏，如行云流水，显现出流畅的音乐美。"富有韵律的组织使语言得到智慧的掩护，并且使它能牢牢地镶在机械的记忆之中。"①诗真成了文字变成的音乐。

与其说古马是从语义、形式、韵律上对传统有独到的传承，毋宁说古马恢复了诗的一种古典抒情传统，恢复了诗偏于感性的古典诗美。在当今诗和哲学是近邻的写作语境中，诗歌的古典抒情传统越来越被罢黜乃至批判。欧阳江河曾说："我是几乎不写抒情诗的人。"西川更是把

① ［美］乔纳森·卡勒著：《文学理论入门》，李平译，译林出版社2008年版，第83页。

抒情诗人呼之为"文学嫩仔"。梁晓明说:"情感,这是一柄两面开刃的利刀,幼稚与不成熟的诗人很容易受伤害。为什么我国的许多诗人和许多诗,都把情感当成了生命的归宿?诗歌的唯一家乡和泉涌?这恰恰是一种障碍、一块挡路的巨石。在此,多少人将诗歌转向了发泄(正面的和反面的)?又有多少人青春的才华一尽,便再也写不出像样的作品?这也是我国的诗人为什么诗龄短,给人造成只有青年时代才是诗的年龄的错误的传统认识。"[①] 他们皆认为,将抒情视为诗的本质,是古典的浪漫主义诗歌观念,早已过时。因为,现代主义诗人艾略特曾铿锵有力地宣告过:"诗不是放纵感情,而是逃避感情,不是表现个性,而是逃避个性"。里尔克说过:"诗不徒是情感,而是经验。"在这种种观念倡导下,诗越来越成为一种哲学化的心智活动,重知性与智慧,轻感性与情感。诚然,诗的本质从主情到主智的乾坤大挪移,是世界诗歌史上不易的现代潮流和趋向。但我们不应忘记,一切文学都是从诗开始的,诗是一种母体,是文学之所以作为文学存在的根据,它不应与小说、散文,而应与宗教、哲学相提并论。而抒情诗似乎又是最原始、最基本的艺术。人类抒情的姿态因为其永恒的迷人力量从来不会被忘却。关于这一点,我们还可以视阈拓宽些,从古马身上游离出来把目光投注到其他诗人身上。2010 年流传在互联网上的《诗坛英雄座次排行榜》中,郑单衣入选的理由是,"在一个抒情逐渐萎缩的年代,一个诗人用力于抒情的勇气、毅力、信心就足以让我们尊敬"。"当诗界的风向转到以'叙事''反讽''互否'冷静(或放纵)等修辞方式来应对新的经验的时候,古典式的'抒情'是否仍具有生命力?"[②] 郑单衣的回答自信而坚定。蓝蓝说过:"和冰冷的智力相比,我更相信温暖的心肠。"所以说,当代的古典型抒情诗人尽管不多,但还是不乏同声相应同气相求的同道者,比如蓝蓝,比如李少君,比如黑大春,他们都是古马古典抒情维度上的款款同道者。

就古典诗美而言,诗人古马就是收魂摄魄的香水瓶,而后又把古典诗美的芳香兰泽在款款抒情中发散出去——

香水瓶传奇

花的水晶牢,打破时 / 三魂飘飘,七魄出窍,精气不知高低 / 到处

---

① 梁晓明:《开篇》,世界知识出版社 2008 年版,第 1-2 页。

② 洪子诚、刘登翰:《中国当代新诗史》,北京大学出版社 2005 年版,第 272 页。

诗探索 12　理论卷　2018 年　第 4 辑

乱撞 // 这飞魂散魄乃是花的言语，前生月下吟过 / 凉风粗鲁，无心听解。客官休要嗔怪 / 此际倒来冲撞于你 // 冲撞。冒犯。/ 就拿这长久压抑的言语，给你文身 / 让你当回九纹龙史进，认清娼妓姓甚名谁 / 让你是浪子燕青，满身花绣，走一遭东京 // 客官，花说 / 你是有血有肉有情有义敢爱敢恨 / 快活也紧烦恼亦甚，不枉度此生 / 珍重吧客官 / 言语文身，花的妖气芳泽 / 你已深藏于心 // 用君之心，行君之意 / 客官，你是收魂摄魄的香水瓶 / 你对未来尚有托付

　　阅读其诗作的过程就是该香水瓶启封的过程，花（古典诗词）之精魂飘飘袅袅，游弋而出，读者的精神也会得到一场淋漓尽致的古典美沐浴。
　　一方面，诗人用古典诗的言词纹身，"用君之心，行君之意。"另一方面，古马又把古典的语码、言词熔炉再造，在现代性视阈下进行创新改造。一时代有一时代的文学，当代的诗歌创作必须要寻求变化，寻求更新，寻求与现代性乃至后现代性调谐呼应的先进理念与知识体系，以之反视回顾古典才会"取法乎上，得其上"。

二　创新：熔炉再造，灰烬之花盛开

　　古马借用古典诗歌中那些至今仍有生命力的语码，并不是对传统的单纯模拟，而是把它们镶嵌在当今时代语境中进行熔炉再造。诗人与语言搏击的主体性一如那只"眼珠高挑"的"螃蟹""挥舞着钳子"与一个"磨损的汉字"搏斗，一场与语言之间的短兵相接的搏斗，并对之进行有力的改造——

　　　守

　　潮来天地青 / 退潮的梦里 / 一只螃蟹眼珠高挑 / 挥舞着钳子 / 与破云之月搏斗 // 与一个 / 磨损的汉字 / 搏斗 // 沙鸥飘过 / 置天地于不顾 / 置他仍在 / 对抗的梦里 // 伤痕累累 / 保持礁石 / 冷落的形象 // 闪电的五线谱 / 被风吹乱

　　从小处讲，改造的必要性在于，语言在历史长河中发展出来的多种文化意味如同被人为设敷上的重重油彩，掩盖了其原初真貌。诗人把之描述为"磨损的汉字"正是这个意思。譬如月亮，在我们的语言中已经

成为一个"自动修辞"（敬文东语），读到这个词，我们就想起一系列它在历史上的意义，比如乡愁、女性、时间、自我鉴照。但在古马笔下，它彻底抛弃了月亮身上的文化负载，把月亮意义的指称全部消解于福利院一位垂死老人的生理、心理中，在这位老人的眼中，月亮就是"一只被猫舔光的碟子"，上面还"有些残剩的水渍"（《福利院》）。在这里，月亮成了一只猫的肮脏的食盘，再想想被我们从年幼时当作儿歌唱念的李白《古朗月行》："小时不识月，呼作白玉盘。又疑瑶台镜，飞在青云端。"从洁白的玉盘到肮脏的食盘，距离何其遥远！诗人不拘囿于以往的旧有意象，大胆刷新我们对月亮的新认知，激发出新的语义潜能。

从大处讲，改造的必要性在于，唯有创新才能守成，否则，守成将变成守旧，文化守成的立身之本和诗学基点无新滋养将会慢慢枯死，正如《守》诗的内容展示的是创新，题目却是"守"所寓含的辩证关系。

改造的方法途径和思维术是借助于语境的压力来实施的。"凡词，依句辨品，离句无品"。"语言只有在具体的诗学结构中才具有诗学的特性。这些特性不是属于作为语言学对象的语言的，而恰恰是属于结构的，不管这结构的样子如何。"[1]古典诗词的"语码"被植入当代语言结构，陷入一个新的语义环境的重重包围之中，它会重新燃烧，会增生出新的语义——明确的当下指向和现实意义，新义和旧义纷然杂陈，甚至新义会压倒覆盖旧义。或者，用诗人诗话是这样表述的：古典"语码"在现代性语境中与周围词语摩擦发热发光，这种光和热会使语言被反复焚烧，在灰烬中留下的光辉就是语言新矗立的形象——

> 于彻底毁灭中 / 语言形成 / 我钢铁的骨架
>
> ——《外白渡桥》

以详尽的文本分析才能更有力地指出这一切，试看《旁白》——

> 什么时候我们才能相见啊 // 闪电对河流说：/ 我说出的全部的黑暗才是木兰的躯干 / 他要雕成独木舟——渡河而去

"河流"，是古典诗歌中最经典的意象之一，自从孔子在川上曰"逝者如斯夫"，常寄寓个体生命流逝不在的叹息，也指历史洪流滚滚向前

---

[1] 巴赫金：《巴赫金集》，张杰译，远东出版社1998年版，第295页。

诗探索12 理论卷 2018年 第4辑

裹挟一切的生生不息。在这首诗中，作为"河流"对应物而出现的是现代性意象"闪电"，说"闪电"是现代性意象，是因为它在现代诗歌中频繁出现，表征着日行千里、风驰电掣的现代性经验。现代性意象"闪电"和古典性意象"河流"在同一个语境中摩擦发热，升华出新的智慧。"闪电"既指个体白驹过隙的弹指一挥间的一生，又指该过程中绽放出的光辉灿烂的人格魅力，"河流"乃历史长河。历史不在别处，而在我们每一个个体的身边，每个个体都在历史之河中漂浮，但却并不是每个个体都能与历史相见，唯有成为"闪电"人物，意识到生命的木兰舟（独行舟）要穿越漫漫黑暗，绽放出生命的活力，才能捕捉到历史的真谛，与历史相见。正是在现代生命意识、历史哲学的烛照下，"河流""木兰舟""渡河"这些古典意象又焕发出崭新的意义。

剁冰取火、击石取火是古马诗中的一个动作，表征着一种于无希望处觅得希望的情感诉求，"诗歌是一种意外"，意外出现时，"我描画的一颗洋葱／它能够说出你栽种在地球以外的水仙的品性"。（《忘记》）这些，用来旁证古马诗歌的语言锻造观恰切不过。古马总以思维之火去击穿语码的硬壳，尝试着建造新的"形象之维"。他称谓自己的诗作是"灰烬之花"：

白发令
——仿博尔赫斯

我爱我的灰烬之花／／它忧患的根／分裂我心脏的闪电／一遍遍告诉你们／包围我的黑暗，和包围上帝的一样密实／我的清贫和充实，同样和上帝的一样耀眼／／我爱我日日夜夜热血浇灌的灰烬之花／我爱我的诗篇／被你们在困苦失意的时候从心底里叨念

对语言的深入其实是对存在的深入，海德格尔的"语言是存在的家园"观，此所谓也。诗歌写作是语言和存在同时打开的过程。现代文明的存在和农耕文明的存在对语言的要求是判然有别的，因为，现代性经验不同于传统的农耕社会。在单一、单调、滞缓的农耕社会，耳得为声、目遇成色是其根本的审美方式，思想和意念受孕于一切声色，诗人用感受性、描述性的语言深情地抚摸这个世界上的一切人、物、事、情，就能达到"天人合一"的至境。而在今天网状的、立体的、不透明的现代性经验面前，古老的"目击道存"的审美方式已经失效，纯粹感受性的语言不足以勘探存在的深渊，必须加入分析性能。"词的任务不是照抄事物和模仿它们，而是相反地炸开事物的定义、它们的适用范围和惯用的意义，像撞击的火石那样从事物中得出无法预见的可能性和诺言、它们本身具有静止的和神奇的意义，把最为平庸的现实变成一种神话创作的素材。现实包含着比日常直接行动从其中获得的更多的东西、包含着比已经在其中开辟的更多的道路、比习惯所赋予它的令人放心的勾结和默契更多的东西。"[1] 不敢说古马已经取得了这样的效果，但他已走在这样的路上，企望着这样的目标则是无疑的，这一切都是时代所赋予文本的现代性使然。

古马是一位不断探索语言潜能的人，正如许多优秀诗人一样，他们必须重新塑造语言。当初"朦胧诗"涌出地表时，在经历了"十七年"的政治抒情诗和十年"文革"的文化沙漠后，大学教授都皱眉直呼"看不懂"这批诗歌，"朦胧诗"遂被反对者当作恶谥赠送给那一群革新者。而今"朦胧诗"的代表性作品已进驻中学教材，中学生接受起来应是直接无碍。可见，时代对诗歌语言的创新要求是多么紧迫不待！

三　新古典主义

通过上述对古马诗歌语言修辞的阐释，可以看出诗人对传统既传承又对抗、既"返"又"反"，这一双重视角恰使古马诗歌的语言文辞富含古典的描述性又增进了现代的分析性。如果唯有前者，在保持文字感性情态的同时却不足以勘查现代性经验的黑洞，诗歌也就丧失了诗性，什么是诗性？诗性是对存在的勘探，是对神性尺度的采纳（海德尔格语）。如果仅有后者，语言诚然具备了勘破解蔽存在的力量，但却丧失了感性的水分和润泽，变得干巴坚硬。诗歌又丧失了诗意，什么是诗意？"诗意并非什么缥缈之物，它就置身于淳朴的感性和清新如初的感觉经验中，置身于如雨后的晨曦一样的目光中。一部作品或一种生存状况之所以说它没有诗意就是说它的可体验的感觉经验的匮乏。"[2] 诗性和诗意是诗歌的两翼。独居一端偏废一方的语言操作在当代诗坛上并不是没有案例。但古马出于良好的艺术感觉努力把二者结合了起来。只是在我看来，结合体中词语的分析性能稍嫌不足，但不管怎么说，诗人早已经在努力，

---

[1] 罗杰·加洛蒂：《论无边的现实主义》，吴岳添译，百花文艺出版社1998年版，第98页。

[2] 耿占春：《观察者的幻象》，上海文艺出版社2007年版，第36页。

他的语言营造的诗歌艺术既有根脉深厚、元气酣畅的古典美，又有一定程度解蔽显真的现代性力量，这一切也成全了古马诗歌在当代诗坛的独异面貌和不俗成就。我称之为"新古典主义"殊堪玩味。

当然，古马对古典的继承与创新远非仅此一斑，譬如还表现在题材——咏史怀古诗、边塞诗上，咏史怀古和边塞诗可以说是诗歌史上的两个母题，在文化传承中不断被后世延续和袭用。古马的继承却每每能风格独特、独树一帜，如《过华清宫》《赤壁》。除此之外，还表现在古典意境上，如《罗布林卡的落叶》：

> 罗布林卡只有一个僧人：秋风
> 罗布林卡只有一个俗人：秋风
>
> 用落叶交谈
> 一只觅食的灰鼠
> 像突然的楔子打进谈话之间
> 寂静，没有空隙

试把此诗与韦应物的《咏声》相比较："万物自生听，太空恒寂寥。还从静中起，却向静中消。"二者的神韵和意境何其神似！都追求着一种禅境，"禅是动中的极静，也是静中的极动，寂而常照，照而常寂，动静不二，直探生命的本源。……静穆的观照和飞跃的生命构成艺术的两元，也是构成'禅'的心灵状态。"[1] 大自然的一动一静乃天籁，本身散发着天然禅意。这禅意与人心境沟通，可使人悟，可使人通，可使人空，可使人透。诗人聆听之并入化其中，以自己心灵的歌唱加大自然的和声。并且对大自然的聆听，都采取着仰视的姿态——一种抒情的姿态。看来，今古并无二致！

无论题材还是意境都是借助于语言修辞的语义构成和句法组织得以实现的，所以对古马诗歌古典性的探析首要解决的一个问题是语言修辞上的古典性，唯有廓清这个问题，方能在此基础上言及其他并有综合认知。

[作者单位：河南大学民生学院]

· 中生代诗人研究 ·

---

[1] 宗白华：《美学散步》，上海人民出版社1981年版，第76页。

生猛民谣，孕育"新诗经"

——读古马《生羊皮之歌》

陈仲义

有人说，古马最重要的品质，是"将自然和人类情绪密密挤压在一起"（人邻）。这话说得不错。当他以现代意识统领大漠戈壁时，写出了"肋骨，圈不住火的马厩"，以及"落日如妻"这样摄魂动魄的诗句；当他回望古老源头，歌喉里便充满朴真的原音，朗朗上口——"森林藏好野兽／木头藏好火／粮食藏好力气"（《大雨》）"羊的圈草去修／草的家水来当"（《银手镯》）。

在当下诗坛到处充塞假唱、伪唱、洋式鹦鹉唱的混乱中，他用歌谣、俚语、武威民歌的精华，鞣制出了像《生羊皮之歌》这样久违了的"真唱"，虽然只有二十几首，却意义重大，影响不可小视。

《生羊皮之歌》有自然、历史、民俗的深厚内蕴，充满浓郁的生活气息，尤其在四个字的形式里，流转自如，纵横开阖，很见气象。

显然，古马于吸收消化《诗经》的表达形式。《诗经》以四字为主，间或有三、五、六、七字的，《诗经》注重起兴，多采用复沓回旋。《生羊皮之歌》基本也是四言式，强调节奏感，乐于用叠字双声（如"离离"叠字，"长城"双音），尤其使用"以韵呼韵"的手段："白云自白／白如阏氏∥老鸹自噪／噪裂山谷／"——首句的尾字就是第二句的首字，因重叠匀称，让人重温浓厚的歌谣味道。

从内容上看，《诗经》多反映现实日常生活。话语朴实，无斧凿之气。古氏则更多接收《国风》中的"风味"部分。他对西部壮阔不乏细节的描写（雪水北去／大雁南渡∥秋风过膝／黄草齐眉），简直神了；他对游牧民族精神与文化迹象的追忆（拜月祭日／射狐猎兔∥拔刃一尺／其心可诛），让人再次触及生命的原初和苍凉。

而其中一重大区别是，《诗经》多为讥刺或赞美，所谓"美""刺""讽""谏"兼备，且呈温柔敦厚之相，但似乎对人性的思考有所欠缺。古氏的民谣，则不顾忌四言的镣铐，热烈地跳起人性之舞蹈，其一招一式，让人强烈领教灵魂与精神的自由奔放。如"羊皮"中所表达的——时代的悲悯与慨叹、生命的壮烈与伤痛，或许还隐隐散发着，"一种强大的精神力量，能够挽救一个时代和一个民族灵魂的强烈愿望"呢。这，大概是《诗经》的无名氏们，所没有料想到的吧？这，自然要归功于时代的进步，同时也是古马返回源头的新收获。

他用最原始的金木水火土，创造了许多奇佳的意象，这些意象浸透人的血汗、闪烁人性的盐粒，带着野性和燃烧的酒气，撞击着我们的心扉。滋味独特、久散不去。

为了让读者进一步认识古马，有必要再附上另外一种不同风格的《鹞子》。这种清新的谣曲，表明民间文学依然有着采掘不尽的资源。可惜被严重忽略了：

七月在野 / 葵花黄 / 鹞子翻身 / 天空空 / 雀斑上脸 / 井水清 / 抱着石头 / 青苔亲 / 铁丝箍桶 / 腰扭伤 / 鹞子眼尖 / 花淌汗 / 鹞子冲天 / 天下嘛，白日梦里一个小小的村庄。

既然，有了新鲜生猛的文人民谣，为什么我们不敢奢望新的"诗经"呢？！

[作者单位：厦门城市大学]

【附诗】

生羊皮之歌

古 马

白云自白
白如阏氏

老鸹自噪
噪裂山谷

雪水北去
大雁南渡

秋风过膝
黄草齐眉

离离匈奴
如歌如诉

拜月祭日
射狐猎兔

拔刃一尺
其心可诛

长城逶迤
大好首宿

青稞炒熟
生剥羊皮

披而为衣
睡则当铺

羊皮作书
汉人如字

诗探索12 理论卷 2018年 第4辑

有缘的人，有根的草

——古马诗歌《青海的草》赏析

白晓霞

诗人古马素喜广袤壮阔的青海大地，多年来多次徘徊往返，情意绵绵，哲思激荡，既想挖掘其中的多民族文化底蕴，又试图超越地域性局限，以从宗教原点出发而生的仁心和慈意考察茫茫人世的冷暖苦乐。1998 年，《青海的草》创作完成，1999 年 1 月首次发表于期刊《鸭绿江》。这首诗是诗人"青海情结"的一次总爆发。诗中，青海的植物之草茂盛，青海的文化之草淡雅，完成了一次美妙风景与美好意境的栽植。从其传播情况看，《青海的草》被多种诗集选载，被多个角度阐释，被多种声音褒扬，被翻译成不同国家的语言，通过网络和纸媒广为传诵，对一个诗人来讲，这是一种幸运，更是一种幸福。应该说，是诗人用自己的慧眼对与大地相连的无名小草进行了灵性观察，可谓人有缘，草有根。

有缘的人："俏吟"和"苦吟"的双重挣扎

"佛法虽广，不度无缘之人"，诗人行吟青海，终得佳作，可谓有缘之人。这缘因其心至诚而让一首十行短诗充满了魅力，两种不同甚至相悖的吟诵口吻恰如黑白两色的对比，带来了冷艳的美感：《青海的草》是"俏"的，有骏马轻腾、蝴蝶翻飞、阳光暖丽的实景之美（"二月啊，马蹄轻些再轻些""青青的阳光漂洗着灵魂的旧衣裳 / 蝴蝶干净又新鲜"）。但是，《青海的草》又是"苦"的，西部粗粝的风沙依旧在吹，美只属于文学，活在其间的人们依旧要为战胜严寒酷暑、取得丰衣足食而奋勇向前、勇猛精进："青海柔嫩的草尖上晾着地狱晒着天堂"。青海有大美，却也风雪迷离，有缘就爱，有缘也苦，诗人在"俏吟"和"苦吟"的双重挣扎中努力辨认着路的方向，捧出一颗红心来，在既美又苦的流风回雪中一路前行着。

有根的草：道德题材的巧妙处理

《青海的草》表面散淡轻灵，用空的意境表达情绪，实则有着严肃的道德思考，内核实而坚硬。这种思考，也许是对西部开疆拓土过程中无数普通逝者的致敬："别让积雪下的白骨误作千里之外的捣衣声"；也许是对茫茫草原上穿越风雪乐观生活的有情众生的致敬："一朵爱唱歌的云散开青草的发辫"；也许是对自我价值的苦苦追寻和对天地万物的深深敬畏："和岩石蹲在一起 / 三月的风也学会沉默"。诗歌的高妙之处在于直面道德问题却无一字直接说教，边走边唱，边唱边痛，边痛边爱，却又美得内敛节制："我苦，我不说；我爱，我不悔"，回眸间皆是风景，低眉处都是风情，可谓成功的"寓教于美"，正如布鲁斯克所说："文学处理特别的道德题材，但文学的目的却不必是传道或说教。"[1]

万根草种植在诗歌里，一颗心生长在大地上，是远山含翠的绿，是近人怀善的红。

[作者单位：兰州城市学院文史学院]

---

[1] 转引自夏志清《中国现代小说史》，复旦大学出版社 2005 年版，第 34 页。

【附诗】

青海的草

古　马

二月啊，马蹄轻些再轻些
别让积雪下的白骨误作千里之外的捣衣声

和岩石在一起
三月的风也学会沉默

而四月的马背上
一朵爱唱歌的云散开青草的发辫

青春的阳光漂洗着灵魂的旧衣裳
蝴蝶干净又新鲜

蝴蝶蝴蝶
青海柔嫩的草尖上晾着地狱晾着天堂

思无邪

古 马

"诗三百，一言以蔽之，思无邪"（孔子）。

思无邪，就是世道人心，就是诗。诗，就是饮食男女自觉自发的生命诉求，发自内心，不虚伪，无矫饰，天真烂漫，纯然无邪。所以，从这个意义上讲，写诗就是写心，读诗就是读心。

言为心声。语言不仅是心灵的面貌，还是心灵的血肉，心灵的飞翔。

心的飞翔都是带有背景的，社会背景、自然背景、历史背景。"进不入以离尤兮，退将复修吾初服。制芰荷以为衣兮，集芙蓉以为裳"，屈原的飞行，是逆转，从社会现实转向诗中，带着无奈和悲愤。初服，就是诗歌，就是温暖和庇护。

诗歌是用来安顿灵魂的。

不读诗，无以言。读诗骚，读《楚辞》，读《古诗十九首》，读三曹，读陶渊明，读唐诗宋词，觉得汉语真好，真美，真空灵。飞动的语言，能够带人飞行，超尘脱俗。生为中国人，不读诗，不知中国文化的精髓，不知民族心理中积淀的深层次的情感。

"其为人也，温柔敦厚，诗教也。"诗可以改变心灵，让心灵变得丰富，怜惜，悲悯，有爱有趣，有情有义。

天地人心。诗有庄重美，有仪式感，诗人郑重其事，对天地说话，对神灵说话，对自己说话，说一粒尘埃的悲喜，说一粒尘埃的家常。说者有心，听者自然有意。

诗是生命的节奏，情感的节奏，语言的节奏。诗从诗骚、《楚辞》到唐诗宋词一直都在追寻节奏。"高尚是高尚者的墓志铭 / 卑鄙是卑鄙者的通行证"（北岛），"黑夜给了我黑色的眼睛 / 我却用它寻找光明"（顾城），这是新诗中有节奏的语言，或多或少都继承了古典诗的某些传统质素，如对仗，押韵等等，韵律容易侵占记忆，富有韵律和节奏感的诗句往往容易传诵。有个老诗人质疑海子的"面朝大海，春暖花开"，何

诗探索12 理论卷 2018年 第4辑

以成现代诗名句，质疑是有道理的，"面朝大海"和"春暖花开"都并非新奇的词，但它们组合在一起，却形成了一个完整的概念，一个有韵律和有节奏的句子，朗朗上口。这从另一个角度说明，现代诗的一个显而易见的缺憾是，缺少音乐性、节奏感产生的明快感，佶屈聱牙的晦涩冗长的句子当然不容易入心入脑，以致稍有点意味的现代诗句竟然成了广为传诵的名句，这确实需要写诗的人反思一番。

时代在发展，生存环境和人们的语言习惯、生活方式都在不断发生变化，我们当然不可能回到唐诗宋词，也不可能回到《诗经》《楚辞》的写作道路上，新诗让我们好不容易了摆脱旧体诗的束缚，在自由的道路上上下求索，但不要以新为名阻断我们脉管里流淌的流传的血液，只有激活这些血液中优秀的基因，我们的诗歌才会创造新的神话，变成活的传统。

特朗斯特罗姆说，凝练是诗歌的灵魂。诗歌的语言，应该是以少胜多的文字，少而又少，再少些，让一颗星说出整个天空，让一粒沙说出大漠、骆驼、野店，或更多的事物。放弃饶舌，放弃雄辩。

为了欣赏，为了进入空灵的世界，我们要读古典诗。读古典诗，也会让我们创作或欣赏新诗，在一个深远的时空和传统当中，找到有效的坐标和参照系。

"为人性僻耽佳句，语不惊人死不休"，写诗得费琢磨，得呕心沥血。一首诗句句俱佳，有句有篇，很难，做到者很少，但一首诗若无一二佳句，光有篇无句，怕也像刀无锋刃锥无利尖，很难惊人。老杜作诗是沉迷的，长吉也是，深深沉溺、迷恋到诗的想象中，身体力行，钩沉意象。

提取诗意必得耽思，如蚊子吸血。诗若蜻蜓点水得来，往往浮浅。

"不薄今人爱古人，清词丽句必为邻"，老杜是兼容的，今人古人中优秀者都为我欣赏，今人爱古人在我看来也无可厚非，诗似乎只有一个标准：清丽。"清水出芙蓉，天然去雕饰"，李白也追求自然清奇。清丽，清奇，都和晦涩唱反调，"总为浮云能蔽日，长安不见使人愁"（《登金陵凤凰台》），李白清新飘逸，但不妨碍还有沉郁，老杜自然是深沉厚重的。

陈寅恪讲，一首诗要有两个以上意思才好。此言甚是。我在《古鸡鸣寺》里写道："蚂蚁是台城饿不死的王／爬向木鱼 声声不已"，有饿不死的王，当然有饿死的王，我诗句的触角自然指向了崇佛的梁武帝萧衍，他晚年因侯景之乱被囚于台城，活活饿死，"爬向木鱼 声声不已"，一谓蚂蚁爬向木鱼，发出声响，惊心动魄，一谓僧人敲响木鱼，如召唤，如超度。诗人作诗要懂得利用汉语的模糊性，丰富语言的触角，加大信息的承载量。

一位美国的诗人翻译家对我说："你再给我一些你的诗吧，有些诗像《白马歌》，以音韵为长，翻成英文后会失落大半味道，能翻译的诗最好是那种"故作高深沉思"的诗。可见，汉语诗音韵翻译真难，只能翻译意思。但失去了韵味的意思究竟还有多少意思呢。相比于新诗，古典诗的翻译大概更是难于上青天吧。

古典诗之美，音律分其一半似不为过。老杜说，"晚岁渐于声律细"，他对声律的追求是毕生的，声律无疑是诗极高的目标。杜甫是严谨的，求工求稳求出奇。李白无拘，如他歌行中的长短句，长则气贯长虹，短则寸兵杀人。

一挥而就，或推敲再三都可得来好诗。不过"三年得两句，一吟双泪流"，也是作者少才寡思的表现。作诗不过气血二字，气血充盈，文采飞扬，气血不足，雕虫费事。修改润色是必要的，再一再二再三可也，但一首短诗，不过十行、二十行左右，如果有人说要修改七八十遍，要么故作高深沉思，骗人哄鬼，要么真无才，搜肠刮肚，除了把诗弄得晦涩，搞些障眼法，真无甚惊奇之处。鲁迅说，"那些了不得的作家，谨严入骨，惜墨如金，要把一生的作品，只删存一个或三四个字，刻之泰山顶上，'传之其人'，那当然听他自己的便……"。写作，应当沉浸在愉悦的境界中，其苦不堪，那苦处定然会妨碍文字的灵性和光辉。

子建真有才，反应迅捷，七步为诗，"萁在釜下燃，豆在釜中泣"，胸中有积郁，脱口是诗。

读孟德，读其境界知其襟怀，"日月之行，若出其中。星汉灿烂，若出其里"。

子桓论诗曰，"文以气为主，气之清浊有体，不可力强而致"。气与诗人的性情、修养、见识有关，与生命的活力有关，血旺气盛，则诗意充沛。气涵养文，犹如森林涵养水源。气度，气量，均与见识，与胸襟有关。"天地有正气，杂然赋流形"，气通血脉，活泛诗的经络。

以顾随之学问，尚且说："我不敢说真正了解陶诗本体。读陶集四十年，仍时时有新发现，自谓如盲人摸象。陶诗之不好读，即因其人之不好懂"。"颂其诗，读其书，不知其人，可乎？"（孟子）。可惜不仅读者，绝大多数的诗歌评论家也不能做到知人论世。我们需要好诗，更需要知音。知音稀缺，杜甫在他所处的时代就是阳春白雪，《河岳英灵集》《国秀集》都不选他的作品。每一个时代的掌声，当时下里巴人

诗探索12　理论卷　2018年　第4辑

往往获得最多，曲高和寡是必然的。

语感是要命的。有人作诗刻苦，却语感很差，像左嗓子爱唱。语言缺乏音乐性和节奏感也罢了，关键是拧七拧八会虐人，有人深情地对你表达却语音中带个胡乱转动的粗砂轮，你怎么受得了？

李商隐《端居》："远梦归书两悠悠，只有空床敌素秋。阶下青苔与红树，雨中寥落月中愁。"青苔红树，闲静而热烈。义山作此诗，或有孟夫子诗句掠过脑海："欲济无舟楫，端居耻圣明。"其实，古人大抵不甘端居，终南捷径，不过仍是进身的手段罢了。

有诗友说，平铺直叙就好，抒情的句子，都像多余的枝叶。我说，若就事论事，任何诗也许都比不上报告文学有力和直接，客观呈现细节对作诗而言是简单的，不费力气，但诗还要讲究些作法，比如《上邪》："上邪，我欲与君相知，长命无绝衰。山无棱，江水为竭。冬雷震震，夏雨雪。天地合，乃敢与君绝。"此诗若客观呈现，如何表现情的浓烈，力的奔流，难道咕咕哝哝或呼天抢地，说老天爷呀，我想和他相亲相爱，一辈子也不分离，死也不分离。舍去山棱、江水、冬雷、雨雪、天地这些抒情意象，内美不得外美助力，此诗如何成功？

口语诗也有好诗，如二战时一个犹太小女孩在纳粹集中营被逼上刑场活埋时，面对行刑的刽子手说："叔叔，可以把我埋浅一点吗，要不，我妈妈来找我的时候，找不到我了"。这是生命和希望的诗，自然流淌，让死神也永远惭愧。

诗人，诗和人怎能分开？诗有"人"支撑才是有力的诗，要其中有信。写作和生活的经验也如是佐证，诗与人不分，是真声，诗与人分离，乃假唱。

阿信的《黑陶罐》是他生命的容器，陶匠陶罐诗人，可谓人罐一体，人诗一体：

> 一只长颈黑陶罐在你身体中慢慢成型／我喂给你水喝同时也需要从你的民歌中汲取／从雪中汲取从暴雨中汲取从颤抖的叶茎／和含毒的唇舌间汲取

此诗结尾，更有一个出人意料的转折，仿佛导弹突然变轨，把你从陶匠（创造者）、陶罐（作品）变成了潜在的渴饮者（读者），而在诗中一直旁观或帮忙的"我"既是创造者又是作品本身又是生命能量的奉献者和领受馈赠的对象，在此，阿信似有神助，收身为一，一朝之间完成了多重意象的复合——

> 我从你眼眸深处的火焰中读出绝望和焦渴 / 我喂给你水喝用这古老又新鲜的 / 器皿

此诗可入神品。

消灭诗中的废字废句，不是从米粮中捡掉砂石，而应是刮骨疗毒。泥沙俱下可以是诗的气势，不可以是诗中的漂浮物和垃圾。

一般来说，小诗人爱膨胀，下意识装大，尤其胡乱吃上几杯酒时，见泰山都一口一声：小泰。写作方面，又爱蚂蚁写天下，挣着说话。大诗人倒是低调，如博尔赫斯在《一位小诗人》中写道："终点便是遗忘，/ 我已率先抵达。"

人在历史与自然当中实在太渺小太孤独，小到泪水之于洪荒，孤独到只有风声只有泪流无声。陈子昂敏感，有大觉悟，"前不见古人，后不见来者。念天地之悠悠，独怆然而涕下"（《登幽州台歌》）。

情之于诗，犹如地力之于庄稼，地力强，庄稼旺，地力衰竭，庄稼枯索。放翁在其生前最后一年春天，八十四岁仍旧情感浓烈，情真义切，其《十二月二日夜梦游沈氏园亭二首》其一："路近城南已怕行，沈家园里倍伤情。香穿客袖梅花在，绿蘸寺桥春水生。"梅花在，人早已不在。春水生，玉骨成土又岂能复生。真是伤心到老，伤心到头。放翁诗用情深厚，故能感人至深。

诗要见心。走哪写哪，即目直取可以，然文字须经血液煮过，要吸收点人生经验和情感的血色素，否则容易中空，空瓶无酒。

吟咏古迹或写历史题材的诗，联系到自身处境，有些感怀才好，才不落虚。杜甫《咏怀古迹五首·其二》：

> 摇落深知宋玉悲，风流儒雅亦吾师。
> 怅望千秋一洒泪，萧条异代不同时。
> 江山故宅空文藻，云雨荒台岂梦思。
> 最是楚宫俱泯灭，舟人指点到今疑。

怅望洒泪，理解宋玉，同情宋玉，敬仰宋玉，实则是说自己萧条，也有千秋悲凉。义山《贾生》：

宣室求贤访逐臣，贾生才调更无伦。

可怜夜半虚前席，不问苍生问鬼神。

可怜，也终归是对自己流落不遇的可惜，怨叹。"修辞立其诚"，借古是手段，说今才是目的。说古是古，等于闲言淡语。

诗忌油滑。油滑会使诗的语言堕落为二话。口水诗多油滑，学院派也不少，炫技的油滑，看似深奥，实则与戏说无异。油滑如冰溜子，滑倒的只是爱丢二话的诗人。

"野旷天低树，江清月近人"（孟浩然《宿建德江》）、"细雨鱼儿出，微风燕子斜"（杜甫《水槛遣心》），尽是小细节，都显大生机。诗的境界与诗人的学力与觉悟有关，与题材大小无关。

汉语的生机里有自然的生机。

"雨中山果落，灯下草虫鸣"（王维《秋夜独坐》）。雨大，山果小；灯暖，草虫寒。体察入微，自然处处有我，山果是我，草虫是我，雨也是我，灯也是我，我也有我，我也无我，无我无生，"应无所住而生其心"（《金刚经》语）。

木秀于林风必摧之。风，带来古老的敌意。风中，潜藏着幽深的眼睛。而在那些斜视和排斥当中，你反而走得更直更稳了。

文学家最应该懂得人情世故，曹雪芹若不懂，写不出《红楼梦》。懂得，却不世故不圆滑，保持赤子之心，方为真文学家。

诗不可无情趣。人若无情趣，也不好玩。无趣之人，让鹦鹉啄他脚趾，在梦里。老杜严肃而活泼，其有趣好玩时时在诗中体现，如："香稻啄馀鹦鹉粒，碧梧栖老凤凰枝。"他偏不说鹦鹉啄香稻之馀粒，亦不说凤凰栖碧梧之老枝，颠之倒之才有味，才有别有香味，别开生面。

昌耀有一首诗，题目叫：《头戴便帽从城市到城市的造访》。他戴的这种便帽，大概就是鸭舌帽，在西北农村也叫"牛吃水"，过去有些文化或有点钱的农民朋友尤其爱戴，觉得很洋气很时髦，我从他跟评论家燎原的合影照片中见他戴过。老昌耀戴着"牛吃水"从城市到城市造访，能吃上什么样的水呢！光看这题目，就觉得他庄重而又滑稽，恓惶得很。但他诗歌的庄重之美、仪式之美真叫人肃然起敬，如读《慈航》，真该净手焚香而读。

有闲才有诗。宽余是美，是有诗意的生活。忙碌，压缩着我们的生命。

打开石榴，解放星星。不，解放太阳和大地。

没有自己算什么诗人，在这一点上，于贵锋近乎偏执狂。他的偏执是可爱的。他在《山水课》里告诫自己也告诫别人：

> 如果根不是云杉／请别学云杉说话

"他一直站在那儿"，如同"山一直站在那儿"，这是他的坚持他的原则也是他的自信，有点岿然不动的意思，他说"是月亮移来移去""是溪水来了又去"。可他为什么指说"是月亮过于自恋／在夜晚成为中心"呢？难道月亮打发他去打酒，他有点不高兴了？诗人要向大自然学习，向山水学习，山不转水来转呀。

诗要有文采，要骨骼清奇，反对华丽。文采不同于华丽。文采是视觉、听觉、嗅觉、味觉、触觉经心灵调和得来的音乐，是生的色彩，力的表现。这几种感觉又是可以相互变通的，通感产生变异，产生诗的幻象，如义山诗："沧海月明珠有泪，蓝田日暖玉生烟。"又如李贺《李凭箜篌引》中："昆仑玉碎凤凰叫，芙蓉泣露香兰笑。"

智利诗人尼卡诺尔·帕拉在《睡在椅子上的诗人来信》中写道：

> 太多的血在桥下流逝而去／依然要相信——我相信——／只有一条路是正确的：在诗里，你可以随心所欲。

随心所欲，是的，这是写诗对诗人的诱惑。孔子说，七十从心所欲不逾矩。是说到了这把年纪，就可以想干什么就干什么，因为修养到了，干什么都会控制在规矩之内。诗人在诗里便有所不同，可以无所顾忌，天马行空，思想出轨。但现实是坚硬的，在现实中必得如履薄冰，如临深渊。

尼卡诺尔·帕拉说，"性交是文学行为"。中国人习惯反说，用一个文雅的词便是：意淫。宋玉作《高唐赋》，楚王神女，高唐云雨，好好意淫了一把。曹植作《洛神赋》，对宓妃迫而察之，"延颈秀项，皓质呈露"，也大有意淫成分。宋玉、曹植都是神游，帕拉是裸奔，是反诗歌。帕拉的诗是与政治、文化、宗教和现实的短兵相接，白刃见血。如：

> 用胆汁饲养蜜蜂／把精液射进嘴里／跪在一汪血泊中／在殡仪馆打喷嚏。／给奶牛挤奶／又把牛奶泼在奶牛的脸上。
> ——《睡在椅子上的诗人的来信·10》

又如《通货膨胀》中：

笼子中有食物。/ 不多，可是有食物。/ 外面，只有广大无边的自由。

气氛是诗的活性因子。诗无气氛，若画无烘托，戏曲没有舞台音乐。王维《山居秋暝》中："竹喧归浣女，莲动下渔舟。"一"喧"，一"动"把气氛弄得有声有色，摇曳多姿。气氛是意境当中情思的现场感、情景的流动感以及神秘感和传染力。杨小滨的《裸露》，利用人物对话增强气氛效果，也很成功：

她走进旧照片洗澡，把水搅混 / 像表层的泛黄。我 / 用雾气擦亮镜框，但看不清 / 是谁，藏在浴帘背后。//"一个少女，"她解释说，/"但不是我。"她扔出 / 更多的鳞片、污垢、内衣 / 婚礼上的歌谱。"是美人鱼吗？" / 我问得她大笑，水珠 / 溅在我脸上。"让我念一段 / 诗经，"她声音宛转而空洞 // 我听不懂。我捂住耳朵 / 我飞逃，撞在她身上 / 才从梦里醒来："原来 / 你在这儿。"她漂在玻璃上 / 默许："因为 / 你在梦中跑得太快。"// 擦干，一边哼歌 / 一边打喷嚏。远远地 / 她下颌的倒影 / 悬挂在春天的颈项。"那是一件礼品，"她喃喃而语，/"我遗忘已久。"// 她脱去无数冬天的积雪。/ 我给她点烟。照片在火苗里 / 弯曲。"对不起，"我说，/ 而她消逝无踪。

诗当然是不可以解释的。诗是原样。

耐读的诗，像耐看的人，你看了，忍不住还想看。看了还想要看，就是好诗的标准。

禁止大哭。禁止大笑。禁止梦里变化成鸟、鱼、一株花草或别的事物，禁止白日做爱，禁止梦里通奸。禁止做梦。人之初，性本无。写无诗歌。无诗歌写出无时代的作品：无人。

诗要一字一句写，要咬清咬准咬稳每一个字，每字每句都在心里掂量过，咬出韵味。天若有情天亦老，诗味不过是人味。

陶渊明《饮酒》诗，其五："结庐在人境，而无车马喧。问君何能尔？心远地自偏。采菊东篱下，悠然见南山。山气日夕佳，飞鸟相与还。此中有真意，欲辩已忘言。""此中有真意，欲辩已忘言。"老陶追求真意，真意真有，在"此中"，在大自然当中。老陶真能远离喧闹，真能做到心远，心远故能心大，得大境界、大自在，天人合一，老陶可谓真人，身体力行，说到做到。当代人写诗，追求真意者无多，追名逐利者如过江之鲫，紫陌红尘，思辨称雄，言多，空话多，废话多，鬼话连篇，不知所云者更多。

当代诗人还有自然可写吗？农村包围城市，城市反包围农村，城乡融合发展越来越快。尽管如此，从飞机上往下看，人类的据点在地球表面也是渺小的，占据有限。我们虽然用航空航天技术，互联网等一切现代技术手段把地球缩小成了芝麻粒那么大小，但个体的人又是在这"无限小"中依然可以拥有广阔的活动空间。诚实地讲，生活在城市的人谁的活动半径没有超过几十公里上百公里，谁没有到过郊区或更远的地方，现代的田园难道不再是田园，被开采破坏过的山林难道再也不是大自然的一部分？"归去来兮，田园将芜胡不归"（陶诗《归去来兮辞》）。心灵被物质逼仄了，不是我们失去了自然，只是我们不愿思考自然，亲近自然，和自然疏离了。自然，不再是更多诗人的乡愁，许多诗人已经完全丧失了在诗歌中表现自然的能力。但毋庸置疑的是，互联网也不能把大自然一网打尽，高速公路和航空道路也不能把人类与大自然完全切割开来。城市中的人们还能见到月亮，我们确切知道月亮中没有桂花树，但不等于说月亮上永远没有可能放置一张咖啡桌，或者说永远别想在月亮上挖井，等等。

诗是人类意识的据点，是我们借以对抗工业和现代科技对人的异化的有效手段。诗是人类的情感和记忆的密码，是人权神授。科技把神权从神的手中夺走了，不能把诗从人类的爱心里夺走。

小诗写出大气象，于坚的《恒河》，即是一例：

恒河呵／你的大象回家的脚步声／这样沉重／就像落日走下天空

恒河，不仅是流淌在印度的地理意义和文化意义上的古老的河流，也还是时间永恒之河流。大概老于和大象一样有些体量，他的诗也愈加呈现出开阔、沉雄的品质。此诗意境圆熟，语言稳定，没有丝毫做作，大有落日走下天空的从容和王者的气度。

"相看两不厌，只有敬亭山"（李白）。其实找人倾诉，还不如对山说话，多说还不如少说，少说还不如不说。不说，不等于没说，不等于一座山看你还不够高，还不知你心里的尺度。山敬重你的淡定，你欣赏山的妩媚。寂寞是诗的天然氧吧。

大约二十年多前，我曾过碌曲草原到玛曲，黎明见藏人骑乘走马，倏忽没入草浪，不见踪影，颇为惊奇，其情景一直不能忘怀。马呢马呢，草原上有草，有风马、念经的石头……欲说。不可说。《草原》自然呈现：

马呢
草

草匿天驷

你呢
草

草上露

草呢
草

草根土

隐姓
埋名
成佛

诗的结尾，原为：

隐姓埋名
三世成佛

诗友舍姆斯说，看不太懂哦，写得太紧了，索性再紧些呗。好吧，从善如流，三世都不要了，草也马也你也，一世成佛。此诗兼赠舍姆斯，他落落寡合，遣词造句如雕虫，如水洗白银。

读于坚长诗《小镇》，"每有会意"，被诗人带到这里，带到那儿，在"他人之乡"，见"月光在钢琴上升起"，也还眼见耳闻"像一颗碧玉钮子／湖被钉在青山衣襟／外祖母的针线活／线头藏在黑暗里／只闻流水淙淙"。老于是掌握了飞行术的诗人，是轻盈的，也是深沉复杂的。他的深厚在于他的文脉始终扎根在古老汉语的传统里，如他自己所说，"我的写作是退后的，与这个时代背道而驰"，退后是一个诗人的文化自觉，"蓬莱文章建安骨"，老于是为恢复汉语的血气和尊严而努力不懈的极少数的诗人之一。

昌耀硬实，他汪洋恣肆的想象力有着双重的基础：生活与命运。他的诗正是从生活与命运的高炉中冶炼出的钢铁。《雪。土伯特女人和她的男人及三个孩子之歌》《慈航》作为昌耀诗写自传的缩略，读之，"三月不知肉味"。

诗有先声一法，先声夺人，先造气势，先有气氛。如王维《观猎》起首两句："风劲角弓鸣，将军猎渭城"，便先是风声和弓弦羽箭之鸣响，人物随后出场。戏曲人物出场也有此一法，先有穿云裂帛之声，未见其人，先闻其声。宋朝诗人柳开的《塞上》也是声音在前，后有画面：

> 鸣骹直上一千尺，天静无风声更干。
> 碧眼胡儿三百骑，尽提金勒向云看。

新诗中，昌耀《斯人》也曲尽先声之旨：

> 静极——谁的叹嘘？／密西西比河此刻风雨，在那边攀援而走。／地球这壁，一人无语独坐。

静极，是无声之声，胜似有声。非静极，不能听见谁的叹嘘，不能感发。

顾城有仙气，兼有阴柔气。阴柔气近似女儿气。阴柔调和，产生温暖。阴大于柔，心灵失调。他后期的诗《新街口》，已阴柔失调，变态了：

> 杀人是一朵荷花／杀了　就拿在手上／手是不能换的

手用来掌控，男权，君权，专权，"手是不能换的"，不极端都不行了。顾城的语言一直具有单纯的复杂。

李贺是空想的天才，"遥望齐州九点烟，一泓海水杯中泻"（《梦天》），想象力有凌空拔山之势，遗憾早夭，诗中缺少生活经验，难以沉雄。海子诗中也缺少生活沉淀，也是幻想的诗人，幻想如痴如醉，以情生力，如，"日光其实很强／一种万物生长的鞭子和血！"

在文学上寻求人身依附的现象依然普遍，拉虎皮作大旗替自己出场造势是潜在的奴才心理，与女子"傍大款"谋利并无本质区别。真文人应具独立自由之精神，真文章应具独立自由之精神。

对语言须要吹毛求疵，冷酷决绝，此非镂刻文采，而是要消除一切

诗探索12　理论卷　2018年　第4辑

雕饰和无用的字词。

绝不妄自菲薄。骨子里藏有一个齐天大圣，要在玉帝和佛祖面前称："俺老孙……"，要立自己的志气，抖天地的精神。

让他们日思夜想去做大诗人的梦吧。我要小些，再小些，小到一根芒刺，长在黑暗的背上。

[作者为诗人]

时间的骊歌与灵魂的谣曲

——读方石英的诗

张立群　陈　曦

一

"逝去的是岁月，留下的是真情"。这句在我高中时代同学们由于青春期焦虑常常莫名感怀的句子，已经很多年不再提起了。随着时间的延展，它早已化作回忆青葱岁月的一个音符，潜藏于内心深处某个角落并在某一特定时刻被唤起。当再次阅读浙江诗人方石英的诗选，这个音符至少在心头回响了一次，并使我明白当年多少带有点"强说愁"滋味的句子同样适合于眼前这位诗人的创作。从 2010 年初阅读方石英的第一部诗集样稿，到 2018 年夏季再度拿起方石英的诗，我感觉方石英的诗歌就诗艺层面来看，显得更加深刻、内敛、成熟了，并使人在阅读过程中聆听到了来自记忆和灵魂的谣曲。

方石英的诗始终和他的经历有着密切的联系，这一点可从他诗中不断出现的"迁移"和"返还"的结构谈起。"对我而言，2000 年是个值得纪念的年份。因为从此前的二十世纪八十年代起，我一直生活在台州的十里长街；进入二十一世纪，我大部分时间则是飘在省城杭州。这个以 2000 年为界天然形成的'双城记'，给了我所有的爱和勇气，也给了我刻骨铭心的'故乡'与'他乡'。"① 以 2000 年为界的生活迁移，显然使方石英的生活发生了重大变化，同时也影响到了他提笔不久的诗歌创作。"天黑下来了／黑下来了／只剩下我独自一人／在他乡的水边／感受凉意／那些倒背如流的诗篇／让我想哭"。这首写于 2004 年的《天黑下来了》，真切且饱含深情的描写出"迁移"到他乡之后的漂泊与孤独，想起"那些倒背如流的诗篇"，想起那些历历在目的昨日故乡，想起那

---

① 方石英：《独自摇滚》，浙江文艺出版社 2010 年版，"自序"第 1 页。

诗探索12　理论卷　2018年　第4辑

些永远刻在生命中的岁月，不禁让诗人泪流满面。"但我清楚／出门是为了回到心底的家"（《在冬天》）；"为了生存，我将身体交给他乡／但是请相信我从来未曾离开故乡／我的父母妻儿以及家谱里的祖先／他们都在等我回家／我无时无刻不是走在回家的路上"（《孩子已会开口喊爸爸》）。虽然身体"迁移"到他乡，"在各自的他乡／倔强地漂着"（《辛卯年正月初五与辛酉对饮》），但是诗人的心却是扎根于故乡之中，于故乡的"十里长街"中，于故乡的父母妻儿及整个世界中。往返于杭、台两座城市，在"迁移"和"返还"的结构中不仅凝聚着诗人对理想的坚守和对故土的思念，还体现着诗人这一代"80后"在追寻梦想的过程中，身体和心灵错位的困惑和焦虑，正如诗人所说"我不是逐鹿人，却为何／深陷中原，离故乡越来越远"（《我想你》）；"我必须写下检讨书／并且时刻提醒自己／我还欠故乡一首不长不短的诗"（《在他乡》）。尽管，故乡从未远离，杭州、台州皆属于浙江，但只要看看这些诗结尾处标明的写作时间，就能发现诗人似乎从未释怀。也许，他本就需要这样一种感受滋生诗意，直至将"两代人的双城记深深嵌入"自己儿子的名字。

在"迁移"和"返还"的大结构之下，在"返还"故乡的途中，诗篇中还不时会闪现亲人和过去的踪迹。他曾在诗中提到过"姐姐"，"你和我一前一后／在雨季的廊檐下轻轻走过／一遍又一遍，所有的故事重叠在一起"（《姐姐，我又在想你了》）；"把手放在我高烧的额头上／姐姐，我知道你会为我唱歌／轻轻地，一首接着一首／直到我睡去，睡去／我把所有的幸福都写在梦里"（《姐姐》）。"姐姐"对于诗人来说是童年不可抹去的记忆，姐姐承载了他的幸福和快乐，也抚摸着他的疼痛和悲伤，每当想起"紫云英般的姐姐"，诗人都会"拼命向前奔跑"。如果说姐姐是诗人成长路上的陪伴者，那么父亲则是诗人的引路人，"三十多年前的绿车皮知青专列／在黑白照片里拉响汽笛／所有的窗口都是告别的窗口"（《老照片》），"经过五天五夜，这个消瘦的南方知青／知道了什么是远方，也知道了／大兴安岭，命中注定的第二故乡"（《父亲的大兴安岭》）。当年，二十多岁的父亲离开了南方的故乡，离开了"还是少女的母亲"，一个人来到凛冽的大兴安岭，这无异于从无形之中给了后来的诗人离开故乡独自闯荡的勇气，父亲的经历像大海中的灯塔，让诗人不断地去找寻自己的方向。"父亲在北方的土炕上／做了多少有关南方的梦"。诗人和父亲很像，在故乡与他乡的游弋间，依然都忘不了温柔的故乡，于是江南的风物也开始呈现于读者的面前。

是西泠之坞畔苏小小墓前的感怀，是白堤两侧被吹成一堆碎银的湖水，还是那轮"运河里的月亮"？无论方石英走了多远，都未走出江南的地理。他喜欢这样的氛围，醉心于柔软舒适的生活，直至以此穿行于上下千年——

> 梅花开了，我就想起江南
> 想起和靖先生、姜夔与潘维
> 他们一起喝茶，各自写诗
> 我就想起江南，梅花开了
> 等待再下一场不大不小的雪
> 疏影暗香是胎记里的回声
> 宛若一枚松针轻轻扎了我一下
>
> ——《梅花开了》

诗人一直以感悟的方式书写着他现实生活和心中的江南，那里有他对生命的体验、对自己的理解和无尽的回忆之源。尽管，方石英清楚地认识到"回忆""是一把忧伤的锄头，翻地时难免会把心弄疼。"[1] 但他依然偏爱通过回忆完成一次次诗意的想象、构建起一道道语言的现实。如果说时间是诗人在写作中必然要面对的问题，那么，方石英的"时间"往往是"向后的""过去式"直至"忘记时间"（如《在白堤》）。通过诗歌活在过去，活在"纯真年代"，方石英的写作有着走不出的回忆、通过记忆讲述时间骊歌的魅力！

二

阅读方石英的诗，可以感受婉约且又简约的气息，在柔美而又纯情的叙述中，我们不仅可以领略江南才子的风流气韵，而且还可以感受到一种淡淡的忧伤。江南是方石英生活的现实，也是其诗歌的现实，这也可以通过所谓"诗歌地理学"得出的主题与风格之间的关联，有助于我们理解方石英的诗艺特征。

"多少次我是一张洁白的宣纸"——从某种程度上说，《运河里的月亮》中的首句就传达出诗歌本身的风格，轻盈、透明、柔软的宣纸落

---

[1] 方石英：《独自摇滚》，浙江文艺出版社 2010 年版，"自序"第 1 页。

诗探索12　理论卷　2018年　第4辑

向水面，那种缓慢滋润的感觉如梦似幻。"即使烂醉如泥 / 也无法挽回，各个朝代的瓷片"，透过水、月亮、宣纸以及小巷等"挽回"历史的记忆，可以看出方石英不是一个写实的诗人。他只是在写一种属于江南的意绪：他爱如古时人物般的"对饮"，也不时在诗中流露出带有伤感情调的字眼儿。像旧时江南的诗词走入现代，然后再由现实回到过去，方石英的诗有古典诗词的身影。即使在《陆秀夫》这样的作品中，他也只是轻描淡写，并通过一句"我们将从海底返回故都"将一个悲壮的故事转化为故国的眷恋和"返乡"之情。

　　没有绚丽的色彩，没有突兀的节奏，方石英的诗追求一种平淡的色调和所谓安静的美学。像一幅幅恬淡的江南山水画，无论是近景还是远景，方石英的诗讲究情境的营造和画面的线条，"微山，微山，空空的城 / 荡荡的月光洒在微子墓前""微山，微山，微小的山 / 不就是寂寞石头一块"（《在微山》）。显然，在方石英心中，一直有关乎他自己的诗歌律令。在《往事》中，他通过九岁孩子的儿童视角，写下了对于一个女人的印象："直到很多年以后 / 我依然觉得 / 她是那么的美 / 像一个谜语"。诗人一直憧憬着美好的事物，并将其赋予未知的意义。而在《让我们永不相见》中，诗人则期待将刻骨铭心的印象永远保留："即使要见，我更愿意见你的女儿 / 把鲜花直接送给她，我相信 / 她和你年轻时长得一模一样"。通过镜头的"定格"来留住记忆和时间的消逝，方石英写出了诗歌特有的"珍藏"。

　　是江南氛围影响了风格，还是观念决定了外在表象？在这种难以说清、相互交织的过程中，方石英以特有的方式向人们展现了自我。他渴望将美好的事物留驻，并在未来某个场景"再现"；他将最真、最深的体验写进诗行，并在其中融入内心的愿景；他是一个追求诗性生命意义的抒情诗人，在记忆回环往复中诉说着具有江南格调的真善美。

三

　　"个人化写作"的提法已经流行多年了，在这个容易引起理解上歧义的命名中，"个人写"还是"写个人"恐怕是很难辨析的两个方面，而"个人化写作"在诗意和诗艺方面究竟产生怎样的意义和价值，也会成为人们评价一个诗人创作的重要方面。多年来方石英的诗歌风格变化不大，始终坚持自己的美学追求，这一既属于观念又属于创作层面的实践方式，不仅确立了方石英诗歌创作的独立性，而且也成为人们认识方石英诗歌的重要线索。

方石英曾经把自己的第一本诗集命名为《独自摇滚》——"作为一个诗人，我选择了'独自摇滚'，这和我的经历有关。更重要的，是因为我始终坚信只有灵魂的书写与歌唱，才能深入骨髓，才能真正完成一个人的精神还乡。"[1]可以说，"独自摇滚"是一种状态，也是一种理念——

> 一切似乎都是预先设定
> 我带着自己的影子
> 游学四方
>
> ——《独自摇滚》

"独自摇滚"让方石英拒绝了诗坛的流行风格，犹如"风吹动白云"的轻，"风吹动菊花"的清，使他从未沾染媚俗之气，在平静的抒情中娓娓道来，在理性的沉思下诉说着坚强与脆弱。他的诗中只有自我并在逐渐熟悉这种方式的过程中形成了自己独立的品格。

也许，在很多情况下，方石英将自己当作了"一块石头"，这是诗人的自喻与自况，"他们都唤我石头 / 哑巴般沉默的石头，彻夜不眠 / 手指在黑暗中逐渐透明 / 我不敢相信，我居然还活着"（《他们都唤我石头》）。这块"石头"温和而且坚硬，预示着性格和人生的两面性——

> 石头变成一堆不合时宜的文字
> 种在远方荒凉的山坡
> 石头从此隐姓埋名
> 不再愤怒
> 不再忧伤
> 但是忍不住绝望
>
> ——《石头之歌》

> 我是一块漂泊在他乡的石头
> 一把年纪依然痴心妄想
>
> ——《漂泊的石头》

---

[1] 方石英：《独自摇滚》，浙江文艺出版社 2010 年版，"自序"第 1 页。

诗探索 12　理论卷　2018 年　第 4 辑

正如他希望自己的诗"像一块宿命的石头，呈现作为个体的人在时代与命运的迷局里所应该持存的生命的尊严。"① 尽管"石头站在荒诞的边上""石头目睹了这个世界的疯狂"，但是沉默的"石头"依然坚硬的"有棱有角""石头把我的梦垫得很高很高""石头"渴望"摇着滚着上天堂"，面向外部世界的石头倔强且坚定，坚硬且寂寞。而在某些时候，面对家庭，面对孩子，"石头"又是柔软的，他曾为儿子写下《纯真年代》："我和你，茫茫人海中的两块石头 / 你喊我爸爸，我的心就软了"。在《孩子已会开口喊爸爸》中动情地写道："如果有人在秋天的黄昏看到我双眼通红 / 那一定是我想起在故乡 / 有一个刚会走路的小男孩 / 他朝我跑来喊着：'爸爸！爸爸！'"。父亲的角色让坚硬的石头变得柔软且温暖，每当以坚硬示人之时，咿呀的儿子总能把父亲从外部拉回内部，回归到内心中最柔软的角落里，又曾在怀旧的过程中走向"可以生长的过去"。

方石英在近作《开关》中写道："隔着一整个太平洋 / 我南辕北辙 / 醉酒归故乡"，我认为故乡已经深入其骨髓，成为其生命的一部分。也许是现实的故乡，也许是精神的故乡，但更多时候可能是两者兼而有之，连他自己也说不清楚。无论在何处把酒临风，方石英都希望返回故乡，也许返回故乡并无限抵达正是滋生其诗意的想象之源。方石英在江南的故乡写诗，诗意古典而灵动，总体格局不大但满载灵气。他的写作充分证明了任何一种个人化的写作方式都可以取得成功，而成功的关键不在于所谓写诗的招式，只在于写诗者本人对诗歌的热爱程度和形成怎样的观念，至于通过执着和自我修炼的方式发出属于自己的声音、形成独特的个性，正是方石英多年来一直坚持并提供给我们的经验！

[作者单位：辽宁大学文学院]

① 方石英：《独自摇滚》，浙江文艺出版社 2010 年版，"自序"第 1 页。

古典的韵味

——读《在微山》的二三感受

王　珊

方石英的《在微山》充盈着一种古典的韵味。

首先值得注意的是诗歌的结构。全诗分为四小节，浅吟低唱中，第一小节和第三小节，"可是我还在喝酒"构成了诗歌的第一层反复。第二小节和第四小节中，"微山，微山……"两声呼唤亦是如此。反复手法的运用，使得诗歌始终回荡着一股悠扬的调子，也造就了诗歌循环往复、一唱三叹的诗经之美。

《在微山》之中，古典意象俯拾皆是。古人云："何以解忧？唯有杜康。"在诗人笔下，喝酒这种行为本身往往就充满了古典式的情调。在微山，诗人始终保持的一个姿态便是喝酒。尽管诗中一再申明"重要的是我还醒着"，但恰如现实之中那种"我没醉，没醉"的声音——在半梦（醉）半醒之间，诗人成功实现了时空的穿越。空空如也的城里，一枚古典的荡荡的月亮洒落在微子和张良墓前，瞬间将读者带入一种悠远的生活情境之中，空旷而凄凉。荷花，曾经那么生机勃勃，象征着一种旺盛生命力，而今"万顷荷花已败"。夏去秋来，光阴逝去，满眼都是衰败的情境，但诗人不直言内心感受，只道是"秋天深入骨髓"，内心荒芜和沧桑已跃然纸上。

在酒精的作用下，月亮、坟墓、荷花这般古老的意象与秋天交舞着。舞台上，叹知音难觅，孤独寂寞，一把断了弦的古琴，弹奏的仍是古典的故事——驴鸣悼亡。相传，魏晋时期的王粲喜欢听驴叫，在他死后，曹丕为了寄托对王粲的眷念之情，号召其生前好友在送葬时学驴叫送行，死亡的重大、沉重、庄严在这里被消解，潇洒、旷达、轻松的魏晋风流呼之欲出，同时淡漠表象之外，别有一种深情。诗人沉浸在这种独特迷人的幸福之中不愿睡去。随着两声"微山"的呢喃，诗人又回到了现实的时空，贤人逝去，空留石墓，诗人忽然明白了自己也不过是一块寂寞石头，结尾部分的"石头"意象让我们看到诗人内心的坚硬、激烈与尖锐。这时，陷入沉思的诗人，抬头望见谜样的星空，低头喝光了杯中的酒。就这样，诗人以酒始，以酒终，在清醒和迷醉、现代和古代之间随意切换。

如此，可以说《在微山》的情感也是相当古典的。当小城里面的人们只能选择"在梦里做一个好人"时，诗人选择"醒着"，颇有一种"众人皆醉我独醒"的遗世独立感。选择即痛苦，醒着，需要不断地喝酒，诗人目之所及都是残败，世态炎凉，佳音难觅，孤独寂寞。即便如此，诗人还是充满幻想，幻想一种从容、一种幸福，或许这种从容是迫不得已，这种幸福与世俗不容。诗人在清醒之中，深深明白了自己的本质，漂泊的状态，寂寞的时刻，谜一样的人生，参透后的诗人反而释然了，在醒着的时候，在活着的时候，做一颗坚硬的石头，承受命运的打击，笑着走完人生。这种遗世而独立的傲气，这种心凉后明澈的智慧，这种"知其不可而为之"的悲壮，不也是很古典的情感吗？

[作者为长沙理工大学文法学院硕士研究生]

【附诗】

在微山

方石英

可是我还在喝酒，尽管整座小城
都睡了，都在梦里做一个好人
那又如何？重要的是我还醒着

微山，微山，空空的城
荡荡的月光洒在微子墓前
也洒在张良墓前，万顷荷花已败
秋天早已深入骨髓

可是我还在喝酒，幻想一把古琴
断了弦，高手依然从容演奏
弦外之音，驴鸣悼亡也是一种幸福

微山，微山，微小的山
不就是寂寞石头一块
异乡的星把夜空下成谜一样的残局
趁还醒着，我喝光，命运随意

精神的还乡

——评《父亲的大兴安岭》

漆　昕

　　《父亲的大兴安岭》是方石英第一部个人诗集《独自摇滚》的开篇之作。诗歌往往与人最深的爱、最难忘的记忆紧密相连，《父亲的大兴安岭》抒发的就是一种最单纯的爱：历经磨难、苦楚，却依旧真挚如初的爱。

　　它可以被看作是一首小叙事诗，但故事仅简要交代了时间、地点和人物，甚至即便是这些都是模糊的。时间在"三十多年前"，父亲在"大兴安岭"的"塔河"，家被概括为"南方"。父母的音容笑貌、衣着服饰，诗人也一概未提。全诗语言质朴，没有太多的修饰和渲染，一切都显得那样单纯——但并不单薄：单纯叙事的笔墨渗透着纯美动人的情思，父亲离家十年，是真挚的爱与思念，填补了这一空缺，简单纯粹的表达蕴含着深广的情思。

　　全诗分四节，为四个场景。第一节写的是分别："三十多年前"，知青插队的年代，二十出头的父亲坐列车北上，母亲还是少女的模样，但脸上却因别离挂满了泪水。这里我们还不知道父亲去哪里，为什么要走，要去的地方又有多远。第二节转向路途："知道了什么是远方"——父亲要去的地方叫大兴安岭，距离是五天五夜。第三节写的是父亲在大兴安岭的具体位置，塔河，他手上不再是手风琴而是斧头，眼前不再是故乡的海，只有银白的雪地。环境的反差，使得思念愈加深厚。"劈下的每一斧都是如此深刻并且多情"——斧子原本是没有情感的物品，尤其在寒冷的冬天，锋利的斧头更为冰冷，但却因为思念的融入，劈斧这样的重体力劳作也饱含着特别的温情。第四节是相思，"直到北方的雪全都成了南方的雨"，父亲离家十年，日日牵挂家中，写信是他唯一的情感寄托，写啊写，屋外还是北方的雪，屋内却成了南方的雨，夜晚也都是南方的梦，思念贯穿全诗——诗人以母亲的泪开头，以父亲的泪结尾，中间的距离就像是这十年的不能相守，但却因为爱，在思念与泪水中相互依偎。

在诗集的自序之中，方石英谈到"我是个温和且坚硬的人，也许这是受了自己名字的潜移默化。"① 至少从《父亲的大兴安岭》一诗来看，有理由相信这温和与坚硬的另一个重要来源便是他的父母。全诗语调柔和，情感的浓烈程度合宜：在描述母亲面对父亲离开的时刻，用了两个形容词，"泪流满面"与"度日如年"。这里不是号啕大哭的场景，浮现的是一个坚韧的母亲形象——当然，也可能是因为这位年轻女性对于历史的茫然与未知，不知未来会有那么远的距离，如此，"度日如年"方才有了切实的含义。

诗歌对于父亲形象的表达也是委婉的、克制的，他把那份苦楚在劳作中排遣、在写信中释放，给人一种温润如水的感觉。对于这个来自浙江台州的年轻人而言，大兴安岭不同的气候、植被、风土人情无疑都会加重一种异乡人的感觉，但最终这里却被他视作"命中注定的第二故乡"——对于人生这样的一次重大变动父亲最终是坦然接受，笃定前行。不是每一处待过的地方都能称之为"第二故乡"，大兴安岭享有如此的待遇，不仅因为十年光阴，更重要的是父亲在这片土地抛洒了热情与汗水，投入了青春与情感。父亲没有因为别离之苦一蹶不振，而是在这陌生的地方实现了价值，收获了感动。这是父亲的坚韧。

全诗用的是回忆性的视角，而且，在回忆过程中，着意淡化乃至剔除了"文革"（知青）题材写作中惯常出现的各种严酷的时代因素——也就是说，诗人试图表达的就是那份单纯的爱：诗中的十年，是相思、相爱的十年，忧伤却温暖。而在这种回忆性的视角之中，三十多年了，历史早已经远去，父母之间的那份纯粹而真挚、唯美而感人的爱最终消抵了曾经那并不算短暂的离别与苦难，各种时代因素也终将化作模糊的面影，惟有爱本身存留下来。有理由相信，时至今日，这份父母之爱也是他们现实生活中幸福的源泉。

如此，读者也就能真切地体味到诗集之中《父亲的大兴安岭》所在第一辑标题的含义——《幸福，那是我出世》，借助单纯而诚挚的父母之爱，诗人穿透历史的尘埃，实现了精神的还乡。

[作者为长沙理工大学文法学院硕士研究生]

---

① 方石英：《自序》，《独自摇滚》，浙江文艺出版社 2011 年版。

诗探索 12 · 理论卷 · 2018年 第 4 辑

父亲的大兴安岭

方石英

三十多年前，二十出头的父亲
乘列车北上，故乡的海越来越远
远到还是少女的母亲
禁不住泪流满面

经过五天五夜，这个消瘦的南方知青
知道了什么是远方，也知道了
大兴安岭，命中注定的第二故乡
青春在手风琴上一次次回荡

东北再往北，一个叫塔河的地方
父亲怀抱斧头走向雪地
想起南方，想起度日如年的我的母亲
他劈下的每一斧都是如此深刻并且多情

十年哦，父亲在北方的土炕上
做了多少有关南方的梦
于是写信，源源不断地写
直到北方的雪全都成了南方的雨

诗是活着的证明

方石英

我喊儿子方路杭叫"小石头"。

小石头曾在他五岁的一个黄昏很认真地问我："爸爸，你是做什么的？"

"我写诗"，我告诉他，"爸爸是一个诗人。"

从此，小石头经常会把我介绍给他认识的人，然后告诉对方："我爸爸是个诗人。"

我写诗，似乎和少年时代深埋下的孤独有着某种隐秘的联系。待到年纪稍长，我读到清人杨晨编著的《路桥志略》，发现故乡历史上两大诗歌社团——清咸丰十一年创立"月河吟社"及民国时期复举的"月河诗钟社"，都有家族先人参与其中。仿佛宿命在召唤，也许这是一种心理暗示，我成为诗人如同继承了一项无用之用的祖业。

每个诗人都有自己的写作背景，对我而言，我最大的写作背景就是"故乡"。更具体地说，我曾生活过整整十九年的台州路桥让我的诗歌写作拥有了永恒的背景。在我每天经过的十里长街，每一块青石板都是我写了又写的草稿纸。这岁月的底片，记录了我的童年和少年时光。而一个人真正拥有故乡，是他离开故乡之后。在他乡，是漂泊、是动荡，是不确定的无限可能；我的他乡，始于杭州，后来我有了孩子，便取名"路杭"。故乡是真实的存在，也是虚构的源头，每一次回忆都是虚实之间雕刻时光。在他乡，我对"温度"日益敏感。是的，我要写有温度的诗，直抵人心深处。

我是个温和且坚硬的人，也许这是受了自己名字的潜移默化。当年祖父冥思苦想很多天，终于给我取了一个很像笔名的真名——方石英，他是冀望我能学习古人刚柔相济的品性。而选择写作的道路后，我同样希望自己的诗是质朴的、坚定的，并且是感人的，像一块宿命的石头，呈现作为个体的人在时代与命运的迷局里所应该持存的生命的尊严。

诗探索12 理论卷 2018年 第4辑

正如布罗茨基所言："艺术与其说是更好的，不如说是一种可供选择的存在，艺术不是一种逃避现实的尝试，相反，它是一种赋予现实以生气的尝试。"我想，诗歌正是我存在，并且依然活着的重要证明。所以，我一直信奉并坚持独立写作，追求对美、对良知、对真实内心负责到底的写作状态。

新诗的"自由"常给人一种当代汉语诗歌写作门槛较低的错觉，事实上，诗歌绝非简单的文字分行术，一首好诗的诞生也并非易事。它要求诗人具备高度综合的能力，所谓"诗有别材"，是写诗的料才有可能写出好诗。写诗又如挖井，一个诗人唯有心无旁骛地深挖，才有可能获得属于自己的生命之水。

一个自觉的诗人，会选择有难度的写作。这个"难度"应该建立在纯粹与真诚的基础上，在我看来，任何故作高深的装腔作势或不知所云，其实都是虚弱的表现。

十八岁那年，我在路桥小镇唯一的新华书店里发现了波德莱尔。当我读完《恶之花》，顿时有一种被电流击中的感觉。也是在那一刻，我才真正意识到新诗的题材是如此自由广阔——诗是诗人与世界发生关系的秘密通道，诗人用诗歌回应或还击世界是一种天性本能，而世界的复杂性也注定诗歌题材的无限丰富。诗无禁区，什么都可以写，但如何写出佳作则需要琢磨推敲。从语言、腔调、形式、细节、肌理、滋味……诸多方面一一去关照，最终淬炼出具有独特个性的作品。我觉得一个诗人是否优秀，关键还看他的诗歌文本能否经受时间的考验。大浪淘沙，岁月只会把好诗留下。

当然，诗人也要吃饭。这些年为了能自由自在地写诗，我也在不断增强自己的生存能力，十几年间辗转多方横跨数个行业。很多时候，我有一种强烈的感觉，仿佛有两个方石英生活在我的体内——向往爱与自由崇尚个性的诗人方石英，和置身庸凡人海坚持世俗劳作的隐者方石英。分裂又统一，幸福又煎熬，因为写诗，我拥有了两条命。

写创作谈是我的弱项，我想和世界说的话其实都已在诗中。如果非谈不可，那我坦白——诗歌是孤独的事业，我向往诗与人合而为一，努力写好诗、做好人是我毕生的追求。

[作者为诗人]

姿态与尺度

张烨诗歌的哲学浸润

褚水敖

许多年前，文学评论家骆寒超先生曾在一篇评述张烨女士诗歌创作的长文里，有过这样的评价："在百年中国新诗的女性诗人队列中，张烨已确立起了坚实的领先地位。"这一评价，张烨应该受之无愧。此后岁月如流，作为一名真正诗人的旺茂的创造势头与炽热的追求热情，张烨始终坚守不渝。她不断以锐意的发现和深沉的思索，通过新颖别致的意象捕捉与意境营造，又写出了不少堪称优秀的诗篇。

张烨的诗歌创作成就，有多方面的呈现。从评论界已有的对她诗歌的评论来看，比较注重她的意象世界的精心构建与情感空间的悉心拓展。自然，这不能不说是张烨诗歌创作的重要特色。但我认为，张烨诗歌更重要的创作特色，是她在诗歌思想层面的开掘，尤其是难能可贵的哲学浸润。

诗歌是一种拥有特殊意义的精神追求。诗歌追求的最高层次与哲学合而为一。诗歌的最高境界，常常是哲学的最高境界。著名法国诗人、文学评论家布瓦洛曾在他的名著《诗艺》一书中，特别强调理性对于诗文的作用："请接受理性吧！务使你的一切诗文，仅凭着理性获取光辉和价值。"他认为理性是艺术创作的出发点和归宿，理性是诗文作品的思想和灵魂。而哲学，则是理性的巅峰。

本文试图就张烨诗歌的哲学浸润作一番分析。

一 本体论的隐性渗透

玫瑰是人类文化与生活中最重要的花卉之一，张烨对它情有独钟。她不时地将自己诗的触角伸向玫瑰，既向玫瑰散发深情，又对玫瑰寄寓至理。哲学是阐释至理的学问。张烨的不少诗篇把反映哲思的本体论，巧妙地蕴藏在玫瑰的形象里。这一探究世界本原与基质的重要哲学理论，

诗探索12 理论卷 2018年 第4辑

成为玫瑰形象的隐性渗透。

早在张烨步入诗坛之初，她就把玫瑰引为自己诗中的钟爱意象。在《给我爱我也许能长成一株玫瑰》一诗里，她直抒胸臆，把玫瑰的美丽与芬芳，作为自己爱的热情向往。此后数十年，玫瑰的意象不断在张烨的诗中显现。诸如《绿色皇冠》《燃烧的玫瑰》《世纪末的玫瑰》《在茫茫春水上放一朵玫瑰》等不少诗，她激情充沛，诗语奔跃，让玫瑰的意象在诗的字里行间熠熠生辉。

张烨对玫瑰如此情浓，这与玫瑰的特征很有关系。玫瑰的特征不但奇妙，而且复杂。它花形宛若心脏，令人遐想无穷；它花瓣质感柔滑，让人爽快欣悦；它气息无与伦比，将芳香迷醉人间。而它的枝干利齿布满，又不得不使人在欣赏它的时候小心翼翼。由于它的高贵吸引与艳情诱惑，以及她的不容亵渎，人们常把它与人的生命的许多方面联系起来。而其中的情感象征尤其是爱情象征，最能激动人心。可以说，没有哪一种花卉，比玫瑰更能点燃我们心中的愉悦、激情与想象力。于是，它往往成为诗歌与艺术的灵感源泉。

玫瑰的自然特征与人文特征，激发了张烨诗中情感空间的张力。她的数首玫瑰诗情感取向不同，情感深度有别，情感所包含的内容也因此而五彩缤纷。在《给我爱我也许能长成一株玫瑰》里，通过对玫瑰的期盼，抒发的是对爱的期望与可能。在《绿色皇冠》中，根据玫瑰的生存变化，暗示着爱的死亡与重生。《燃烧的玫瑰》，表面燃烧的，是玫瑰反抗邪恶势力的怒火，而实际燃烧的，是对玫瑰的遭遇涌起愤怒之心的深情。《世纪末的玫瑰》则是因玫瑰而生发的情感积聚，其中有希望与绝望，挚爱和深恨，有对灵与肉的解析，对生和死的感悟……而在作者许多年后写作的《在茫茫春水上放一朵玫瑰》一诗中，玫瑰又以一种优美绝伦、至高无上的形象出现，诗的意象表达分明融汇了一些特殊的精神元素，诸如向往、憧憬、守望之类。

以上诗篇，由一些恣意活跃的玫瑰意象为核心，与其他各种相关意象组合成一处处特别的理想意境。在这一过程中，显而易见的是作者抒情状态的饱满与高涨。而不易看出却既缜密又逻辑地存在着的，是作者笔下同时施展的理性手段即哲思工夫。

燃烧的玫瑰，玫瑰为什么会燃烧？怎样燃烧？是在什么样的境遇下燃烧？围绕世纪末的玫瑰，为什么会涌现那么多的似乎与玫瑰毫不相干的物事？玫瑰的内里与周边，怎么会有如此众多的现象发生？作者究竟在诗意深处寄寓着一种什么样的理念？一朵玫瑰与茫茫春水，到底是一种什么关系？玫瑰如何会在茫茫春水之上？内里埋藏着什么玄机吗？凡此种种已经不能光凭一般意义上的诗歌情感效应之类能够找到答案。只有在情理浑然一体之际，当情感和思想共同丰富和延伸的时候，玫瑰诗篇才能透出自身理想的生命绽放。

情理浑然一体的诗歌格局，根源于诗歌写作过程中哲学的参与。冷静地将诗人渗透在玫瑰深处的审美理性认识剥离出来，首先见到的是这些玫瑰诗里本体论的存在。说得更确切一些是本体论对这些玫瑰诗在思想上进行了把握。

且来剖析《燃烧的玫瑰》。十分明显，诗人对一种处于燃烧状态的玫瑰深情洋溢，诗语的每一处挺进，成为抒情的每一步展开。与此同时，伴随着玫瑰激烈的愤怒情绪，理性效果悄然前行。诗人所要表现与维护的人的生命尊严，它所闪现的斑斓色彩，足以和玫瑰的美丽色泽相媲美。这时候，作为抒情主体的玫瑰，由自然状态的世界进入人文色彩的世界。于是，玫瑰所体现的精神抑或灵魂，成为一种以自身为存在的标准和根据，也就是主体。在这首诗里，生命尊严由于玫瑰意象的充分活跃而得以诗化，而诗化过程本身，又成为一种促进本体化的过程。这种本体化过程，实现了玫瑰作为本体的建立。即是说，当诗篇通过诗语向前推进的时候，一方面由玫瑰而生发的情感空间在拓展过程中，使诗情诗意得到张扬；另一方面，玫瑰的理性生命因为文学与哲学的双重作用而提升到本体的地位，使玫瑰成为一种自本自根的存在体。

这种本体化过程，在长诗《世纪末的玫瑰》里体现得更为明显。对于这首堪称张烨代表作的长诗，评论界有不同的诠释。在我看来，这是一首对壮美生命的颂歌。长诗想象诡奇，意象纷纭，意境鲜活。诗的字里行间不曾提及人格独立、生命尊严等字眼，却无处不蕴含着对于生命独立精神的捍卫与尊严意识的维护。

诗的题记中的话语很深情："亲爱的世纪末，你是我生长的沙漠……"。作者笔下的玫瑰，对这个特定的时代充满情爱，但美好的时代也有"沙漠"，也有"生存的阴冷与险恶"。诗中列举的"歧视""辱骂""冷漠""龌龊贫乏"等，使"失宠的玫瑰"感受到生存的无比艰难。生存的无比艰难，必然酿成生活的无比痛苦。这种痛苦既是物质层面的，又是精神层面的，而精神的痛苦首当其冲。精神的痛苦则以尊严的丧失与自由的崩溃作为标志。而且，诗篇还以一些指示鲜明的字眼，诸如"当代""人间""世界"等，显示着生存痛苦的现时性与普遍性。正是面对着这样复杂的层面与特殊的境遇，作者凭着几乎振聋发聩的诗行，发出了雷鸣般的呐喊与拷问："我原是一朵青春的红玫瑰，在赞美声中生长的爱之花，美之花，上帝让我变成一匹丑陋的红骆驼，该不会是叫我体验，世上最伟大的灵与肉的苦难，悟出爱的真谛，生存的全部意义？"

在雷鸣般的呐喊和拷问之后，作者十分热情而又异常冷静地写下这样的诗句："走出沙漠！由此稳住我的根。"这里的"根"，自然是生命之根；这里的"沙漠"，自然是生命的敌人了。

长诗在这里抵达了高峰。这高峰，尽管是四围风雨肆虐，顶上云烟诡谲，它却总是巍然屹立，纹丝不动。就在这高峰之上，作者念兹在兹的玫瑰意义得以高扬，而玫瑰作为本体的地位与作用也得以确立。那么，在这首诗里，张烨又是如何把作为抒情主体的玫瑰，来自然地使它导致本体的身份与地位的呢？

长诗在玫瑰意象的腾挪过程中，作者自然十分关注玫瑰的既作为出发点又作为归宿的情感空间。但与此同时，她的诗心又以判断与抽象概念的方式，盘旋着一些带有哲理性的东西。玫瑰大都是红色的，红色的玫瑰是感觉对象，它本来是形象的物体。而在诗篇里，这种形象的物体又在抽象的概念上，衍生一种与玫瑰相关的意思。这意思包括诗中蕴藏的生命之爱，生存的尊严与生存的自由等等。

于是，玫瑰的形象中就包含了抽象概念，或概念的抽象性、普遍性、一般性。而这种带有抽象性、普遍性、一般性的东西，乃是本体赖以存在的根本条件，也是本体的效用所在。具体的东西不能统帅万物；只有抽象的、普遍的、一般性的东西才能包揽万物。当玫瑰既以具体的诗的意象感动读者，又以抽象的哲理内容启示读者的时候，玫瑰的本体效用就跃然而出。哲学也就从本体论的角度沾溉了这首以玫瑰为主体的诗。

二 动静说的深度流布

张烨玫瑰诗里的哲学蕴含，不只是本体论，还有动静说。

张烨实现自己诗歌创作主张的手段很多，其中之一是含蓄。含蓄手法在张烨笔下有时表现为局部，有时则表现为整体。《在茫茫春水上放一朵玫瑰》即是整体十分含蓄的一首。诗的题目表明的是水上放有玫瑰，可是在诗中却见不到玫瑰二字。然而透过"浩浩荡荡向我流过来了"的春水之影，可以窥见那若有若无时而朦胧时而清晰的一朵玫瑰，正静静地绽放在水流之上。这一动一静，具象的意图已经不易把握，抽象的意义同样难以琢磨，于是造成了含蓄的特殊效应。含蓄手法的组成结构，得益于动态与静态的巧妙配置。茫茫春水始终处于动的过程，一朵玫瑰却始终静无声息。动与静在含蓄的雾纱里显得颇为微妙。

更为微妙的是，显现为茫茫春水的动，以及显现为一朵玫瑰的静，又各自起着神秘的变化。

先说春水。春水作为万物之一，在这首诗里的情状是"水之流动，百折不回"，它"茫茫苍苍，冲刷掉多少历史与现实……"这春水大气磅礴，横冲直撞，动感特别强烈。然而作者不光是要浓墨重彩地描摹春水的动态，还要透过春水的不断变动，揭示春水的不变即静态。什么是春水的静态呢？"春水春水，问君能有几多愁""恰似一江春水向东流"，春水成了不变的愁怨。只要春水不断，愁怨也就不息，这便是不变，是静态。"春水，春水，哪里去？海里去'奔流到海不复回'"，春水藏有永恒的规律，永恒的规律也是静态。"春水，春水，看似无情却有情，看似有情却无情？无即有，有即无。"春水会变，而控制和主导春水情感的冥冥之中的力量不会变，这不变的力量又是静态。即是说，当春水是自然物的时候，它是动态的；当春水化为精神元的时候，它是静态了。

再说玫瑰。在行进不息的春水上，玫瑰也随着春水行进不息。但安放着的玫瑰本身是不动的，处于静态。玫瑰对于春水，直观地看去，乃是动中之静。在这首诗的具体内容里，虽然没有玫瑰的字样出现，但仔细寻觅，可以察见玫瑰的影子。这影子体现在两句诗里，一是"花朵变成五颜六色的水晶杯"，二是"让花蕾永远是花蕾"。前一句，其实暗示着玫瑰的生存状态是变化的，于是体现静中之动；后一句，其实玫瑰的生命过程又有不变的一面，于是显出静中之静。这是玫瑰作为自然物的状态。与春水一样，玫瑰又有作为精神元的一面。这精神元的一面，粗心的读者在接触这首诗的时候可能不容易发觉。而细心的读者可以通过统观全诗，窥见诗作者良苦的用心：安放在茫茫春水上的玫瑰，不能用通常的意义来理解；它其实是独立在水中央，高踞在自然中。而且它不是一丛玫瑰，而只是一朵玫瑰。春水茫茫而玫瑰一朵，说是"放"，实际上是引领与统帅。在这样的意象组合面前，玫瑰已经不是一件物的展现，而是一种精神的设置与安顿。宁静的玫瑰当它呈现为精神的时候，既然这种精神是引领，是统帅，它就不可能是宁静的状态，而是变化不断、十分活跃的。于是，静态中的动态油然而生。

综上所述，《在茫茫春水上放一朵玫瑰》这首诗里，分明有哲思盈盈的动静说在起作用，是动静说的深度流布。由此追溯到西汉时期董仲

诗探索12 理论卷 2018年 第4辑

舒的动静学说。董仲舒倡导的是"天不变道亦不变"的以静为主的形而上学。而被誉为道学开山之祖的周敦颐，反其道而行之。他的动静论充满了辩证法，将动静分为物的层次和神的层次。这里的关键是"神"。周敦颐在《通书·动静》里这样解释"神"："动而无静，静而无动，物也。动而无动，静而无静，神也。动而无动，静而无静，非不动不静也。物则不通，神妙万物。"这就是说，事物有自己的动静，精神也有自己的动静。事物运动时，不存在静，静止时不存在动。神却不一样，它在运动时，不脱离静止；在静止时，又包含着运动。正因为这样，事物有自己的局限性，不能相通；而精神却可以引领万物，处处皆通。

《在茫茫的春水上放一朵玫瑰》一诗，在物质与精神的两个层面，把春水和玫瑰或动或静、时动时静的状态描绘得细致入微而又精深不已。值得注意的是，这首诗的最后又归结为"一腔心事写于天地间"。这"心事"，无疑是作者的内心独白。她显然是站在人类生命与宇宙生命的高度，通过茫茫春水与一朵玫瑰的动静，将精神对于物质的感召力与反作用力推到了极致。

三 生死观与真善美

当诗人炽烈的诗情与深沉的哲思互为交融时，往往会诞生奇妙瑰丽的诗章。张烨的抒情长诗《鬼男》就是如此。张烨写于早年的这首长诗，一直没有被评论界充分关注。未经披露而确实存在的说法是，这部作品以带有灰暗之嫌的鬼蜮世界为活动舞台，有众多神态诡异甚至阴森恐怖的意象活跃其间，主题又似深妙难测，可能与主流要求多有不合。就连作者自己，也因为生怕有人把这部诗曲解为怪诞离奇，于是心中不安。

但骆寒超先生很早就高度评价了这部作品。他认为"张烨大规模地采用外象助推内省以求得内在世界开掘的深透的，还是《鬼男》一诗。"骆先生以毕具深度的笔墨，对张烨在这首诗中省察生命存在的透彻，作了细致的分析，指出了作品在开掘思想意义层面上的难能可贵之处。其实，这部作品的最为难能可贵之处，是作者在诗中实现了一种特殊的不易被发现的思想寄托，即遍布在字里行间的哲学浸润。

细读《鬼男》，情不自禁地会联想起但丁的《神曲》。《鬼男》自然及不上《神曲》的博大精深，但就诗的题材和内里的哲学寄寓而言，《鬼男》很明显地有与之相仿的地方。《神曲》在描绘地狱、炼狱和天国这三个境界的过程中，渗透了强烈的哲学意识。比如它特别强调现世生活的意义，认为现世生活实际的价值，远超于对来世永生的准备价值，由此而彰显生死哲学的精神内涵。《鬼男》的哲学浸润，也经常反映在生死观上，与此同时展示一种真善美的探寻和掌握方式。

《鬼男》是叙事诗，虽然具有浓烈的抒情色彩，但以抒事为主。在一则则极其奇特的故事里，埋藏着极其深湛的象征内容。这一则则故事，是非常荒诞不经的，却又是相当真实的；是完全出人意料的，却又是合情合理的；是十分光怪陆离的，却又是简洁明净的；是特别揭示生死之内的，却又是表明远在生死之外的……。诸种色调驳杂、精神错纵、既惊心动魄又感人至深的故事，除却发挥了新鲜突出的形象作用，还蕴含了深沉内敛的哲学思考。

诗篇中，鬼男这一塑造十分成功的形象，在百年新诗中极为罕见。他与抒月刻骨铭心的生死之恋，围绕这生死之恋而展开的各种故事，极为稀奇。在罕见的形象与稀奇的情节里，流动着无论是阳界还是阴界的对真善美的追求，陈列着生死哲学对生命存在与死亡状态的诠释。这种追求极为执着，这种诠释又极为深刻。

说诠释极为深刻，可以从诗篇的题记说起。作者的题记引用了奥地利哲学家维特根斯坦的话："凡是不可以言说的，对它就必须沉默。"这容易使人想到老子的"道可道，非常道"，在可以不可以言说这一点上，维特根斯坦的说法与之雷同。那么，"不可以言说"的，究竟是什么呢？诗篇开头一章题为"死亡很深很远"，说明死亡是可以言说的，至于生存，诗篇里也展现了许多。如此看来，不可言说的，应该只有诗的结尾所显示的内容：

> 仿佛一切都未曾发生，白茫茫的大地。没有丝毫痕迹表明，一个负荷着生与死双重苦难的鬼男，曾悄悄地来过这世界，突然又永远地消失。生命、死亡、自然、历史，爱情与社会、宿命与科学，谁能解开这永恒之谜？谁？欲问苍天吗？一片永恒的空白。

显而易见，"一片永恒的空白"乃"永恒之谜"。既然是永恒之谜，应该是不可言说。

然而犹如不可道的"常道"常在被人们津津乐道，所谓不可言说的、与鬼男的生死遭际密切相关的"永恒之谜"，也不是一定不可言说。我们先假定不可言说，那就言说可以言说的内容。足可据实明言的是：诗篇以带有玄虚色彩的题记，起到引领的作用，造成虚幻化的氛围；然后，

诗探索12 理论卷 2018年 第4辑

以变化多端的诗语来排列生与死的故事,引发针对着生与死的奇思妙想。

《鬼男》的核心思想,我认为是通过生死场上形象画廊的展示,进行生死观的演绎,主旨在于对一种价值标准的设立,对生命存在及其价值的探索。具体的表现,则在于对真善美的追求和掌握。

在阳界,对真善美的追求和掌握自不必说;在阴界,同样也存在着对真善美的追求和掌握。在真善美这一价值标准上,《鬼男》倡导生死相依,生死与共。诗篇第一章的"死亡很深很远"到此后关于死亡的种种叙事与抒情,无处不在作这样的明言或暗示:有条件的生存与无条件的死亡,各有意义。体现生命意义与生命价值的真善美境界,是至高无上的境界。死亡之后的情状实际不存在,通过诗篇令其存在,是为了昭示死亡的意义与价值,是为了对至高无上的真善美境界加以最终的评定。

汤一介先生从哲学视角看待真善美境界的时候,曾经概括成"三个合一":天人合一、知行合一和情景合一。这是汤先生在《瞻望新轴心时代》一书中提出的对于新世纪的哲学构想。他认为,"天人合一"是讲人与外在世界的关系,牵涉到认识论,是解决一个"真"的问题;"知行合一"是一个道德实践的问题,亦即"善"的问题;而"情景合一",是一个"美"的问题。由此而对照《鬼男》诗情诗意里的哲学蕴含,会生起顿然会心、豁然开朗之感。

关于"真"和"天人合一"。张烨在《鬼男》的构思过程中,一定精心设想了叙事主体与外界主要是自然物的关系。主张"天人合一",就是倡导人与物回归自然,珍贵本真。但很有意思的是,细读《鬼男》可以发现,这首长诗的每一章,无论涉及的是阳间抑或冥界,都有大地自然物出现,或推出环境,或映衬情感。且看诗中许多天地自然物,生动逼真地一一推到我们跟前:如"死亡很深很远"章中的"海潮退尽,沙滩埋葬记忆和欲望";"九九归原"章中的"我凝立在水边,看见水中的荷花的微笑";"忘川"章中的"沙砾击面,狂风将冥河吹得翻黑翻白";"火腌"章中的"我们站在一个巨大盆地的边缘,俯瞰一盆地火的蝙蝠";"月啼荒郊"章中的"天空是一个大丧钟,月亮是银色圆润的钟锤";"盂兰盆节"章中的"天空是一个断头台,太阳已身首相离,血淋淋的头颅飞速旋转滚落海底";"狂笑的屋脊"章中的"暴风雪在七月之夜飞旋,与城市扭成一团,发出地狱的哀嚎";最后一章"空白"中的"神秘、白炽的佛光,超越宇宙夜空的极限,从未知的出发点,轰鸣而来",等等。

诗篇通过这些天地自然物的展现,与人物的心境密切地结合起来,由此而寄寓作者的"天人合一"思想。并且，中国哲学基本精神之一的"真"，也因此而得以暗合。人怎么对待天地万物，是个认识问题，是求真的问题。求真的过程，也即是认识和掌握真的实质的过程。这"真"的精神与"天人合一"思想的关系，早已由庄子在"渔夫"篇中道明："真在内者，神动于外，是所以贵真也"，"真者，所以受于天地，自然不可易也。"

关于"善"与"知行合一"。善本身是一个释读"知行合一"的词。知道了什么是善，一定要去实践善，所以必须"知行合一"。这一思想，鲜明地贯穿在《鬼男》之中。"骷髅舞"一章，作者借用尼采的一句话："我的时代还没有到来，有的人死后方生"，来作为已在地狱受尽磨难的主人公鬼男的认知。这是他的"知"，他把"知"付之于"行"。他"死后方生"的"行"，则是他和众鬼魂的实践："将拧紧的地狱旋开，将巨创的灵魂释放，让僵死的欢乐复苏"。他们的实践首先是破坏，在一阵破坏之后，他们用"欢歌、狂舞、嬉笑"，来表示他们对于自己仇恨的世界在破坏之后的欢乐。就鬼男来说，他表达欢乐的舞姿是"模糊扭曲"的，因为在欢乐的同时又蕴藏着别样的心情。他心灵深处翻滚着对生的怅惘和对死的哀怨，还特别翻滚着对于跨越阴阳两界的爱情的执着和痴迷。造成这一切的根源，是因为"整部灵魂是一种苍凉的感知"。心情集中的发泄，最后还是在爱情上。诗中这样描述："叮咚……我爱抒月，我演奏抒月……舞啊，不生不灭，不灭不生，喧闹着无声之声，喧闹着红蒙蒙的混沌初开，白茫茫一片终结，欢乐啊，天上人间，欢乐啊，碧落黄泉。"

诗篇更为感人的"知行合一"，是鬼男和抒月在爱情理想和爱情行动上的特殊显示。鬼男和抒月的恋情，绝对惊心动魄，既密切联系阴阳，又注定超越阴阳。"暗伤"与"空白"两章，将他们的恋情推向高潮。内中的"知行合一"，从他们的生死对话中得以清晰体现。体现"知"的是带有哲理性的诗句："人生是一个悲剧，但是，人类的全部智慧与努力，不就是战胜悲剧？超越悲剧？"内中的"行"，则是抒月实现爱情理想的行为，是一种特殊精神指导下的行为：即模仿西西弗斯的推巨石上山。抒月有几句惊心动魄的自白："我成了西西弗斯，巨石是我的依托，推石上山是痛苦的辉煌。"而鬼男的回答是："抒月，亲爱的，永远的抒月，越过我，越过你的爱情，将目光投向更高更远的境界，继续推你的巨石上山吧！每一次抵达顶峰就是一次胜利。"

在这生死相依、永不离弃的爱情画卷里，求真求善的精神仿佛旌旗

诗探索12　理论卷　2018年　第4辑

高扬，"知行合一"的思想完美实现。下面的两句诗，以摄魂夺魄的气度，表达了对生命存在向内的探索和把握："没有一种力量能量出灵魂的深度，没有一种力量能制服灵魂的力度。"于是达到诗篇所期望的生命境界：无论生死，永远拥有一颗对永恒生命不断追求的心。

关于"美"与"情景合一"。《鬼男》的美，主要的实现目标是诗篇的审美效应。具体表现在诗的展开和合拢即收放方式，时常"情景合一"。诗的思想感情与天地的造化之功，能够水乳交融、相得益彰。仔细看待，又分为三种形式：情在景中、景在情中，以及情景互动。

一、情在景中。如"忘川"一章有这样的诗句："我艰难地将手指捅进喉管：一连串呕吐，阴雾舔着我的泪，我站立，同远山对峙，河水以平静的心情缓缓流动，流过我的足踝，流过三千鬼魂丧失了记忆的睡眠。"在这里，鬼男因为自己的心"浸泡在最可怖的时刻"，当他听到情人抒月向他呼唤时，他心情异常复杂，甚至有些变态。这时候，他的面前出现了阴雾、远山和河水。阴雾在舔他的泪，远山在和他对峙，平静的河水则在他足下缓缓流动。如此铺排布置，给人以这样的感觉：鬼男此时十分剧烈和诡异的情感，由于这特定的景致的渲染，更加显示并加强了剧烈与诡异的程度。

二、景在情中。如"盂兰盆节"一章中十分煽情的诗句："她一手提着白袍，一手捧着花束，穿过阴暗的楼底，穿过一个精神病患者凶狠猜疑的目光，沿着吱嘎作响的楼梯，积满灰尘的扶手，把我领进一间幽雅孤寂的闺房。就这样这个生活中的蒙太奇，永远铭刻在我的灵魂深处。呵，抒月，我死后你一定会向众多追求你的傻小伙子，赞美我，提及我的种种好处……"。又如"空白"一章中很清美的诗句："佛光消失了，月亮刚从银河出浴，穿着紫袍，斜倚在漆黑的悬崖峭壁，静静回忆惊心的一幕，神情冷漠，这类事她已司空见惯？"这两段诗，前者的情景，表述鬼男在地狱里的想象，他与抒月会面的场景：抒月一手提着白袍一手捧着花束的场面、幽雅孤寂的闺房等。这场景铭刻在鬼男的灵魂里。鬼男想象中的奇特景象，造就一种氛围，成为鬼男紧接场景抒发自己情爱的烘托和加强。后者的情景，通过对消失的佛光以及刚从银河出浴的月亮的描绘，促使之后抒写的抒月的隐秘内心活动，更显得深沉厚重。

三、情景互动。张烨牵动诗语推送意象、营造意境的功夫，有时还才气纵横地有如下表现：在一段诗里，既有情在景中，又有景在情中，景不离情，情不舍景。在情景互动中，既把情感空间构筑成光华璀璨的状态，又不露痕迹地加进了哲学元素。这在"白屋恋痕"一章中表现得最为明显。此处，遭逢生与死双重苦难的鬼男，与作为永恒之爱的化身的抒月，共同绘出了一幅爱情之水融入天地之乳的美妙画图。这幅画图，由以下诗句组成线条和色彩：先是出现了西班牙现代诗人希梅内斯的名句："你与我之间，爱情竟如此淡薄、冷静，而又纯洁，像透明的空气，像清澈的流水，在那天上月和水中月之间奔涌。"紧接着，是作者自己优美的笔触："她倚在窗口低声吟诵，长发轻拂月亮。他觉得她的纯美是月下的百合。莫扎特圣乐的流水，沿着月光的白色长堤，从小屋涌向月亮。他们深情相视，在月光下面感觉到时光的流逝。"仔细品味这些诗行，不难从中感受到情景互动的奇妙效果；也不难通过以上情景合一的诗句，隐隐窥见哲思的动静。

四 有无之思的默然潜行

有无之思或曰空无论，是东方哲学本体论的有机组成部分，甚至有学者认为东方哲学即无的哲学。古今中外的哲学家，大都存在进行有无之思包括有无之辩的癖好。具有思想深度的诗人，也常把有无之思引入自己的创作思维。在张烨的诗歌里，不时有这种有无之思的默然前行，于是深浓了她的诗章的哲学意味。

前文曾经提及的《在茫茫春水上放一朵玫瑰》一诗，主要谈了诗中所实现的动静说。这首诗所含的哲学元素是多种的，除了动静说，还涉及有无之思。诗中第四章"春水十二弄"，很值得细细玩味。十二弄，十二处情感空间，涌动着十二眼思想的甘泉。茫茫春水荡漾不息，春水之思卷腾不已。春水之思主要是有无之思。特别耀人眼目的是其中一段："春水，春水，看似无情却有情，看似有情却无情。"春水的有情与无情，相混相融，难分难解。若说无情，它是带着天意来的，含有高天对大地的深情。有诗为证："春水，春水，哪里来，天上来，'黄河之水天上来'。"若说有情，它却对周遭毫无恋情，才来即去，也有诗为证："春水，春水，哪里去？'奔流到海不复回'。"即是说，不能凭着表面现象，就轻易地判明春水究竟是有情还是无情。春水作为一种自然物，它象征性的生命存在，探究其最终意义，它的本质属性在哲学层面上九九归一。作者从春水的生存状态抽象出一种哲学意义："无即有，有即无。"这种诗句，如果单独存在，就不能成为诗句，而是哲学用语。但处在特定的诗句群体里，这种诗句反而有了特别的滋味。关于有无问题，中国传统哲学的儒释道三家，有很多透彻的论述。就道家说，比如作为道家的庄子，从"齐万物"而提出"齐有无"，在"秋水篇"里他这样说："以功观之，因其所有而有之，则万物莫不有；因其所无而无之，则万物莫不无。"即在一定条件下，有与无是可以相互转化的。就儒家而言，比如王夫之，他在他的《船山思问录·内篇》里阐明了这样的观点：有与无的概念是相对的，事物在特定意义上可以被称为"有"，但如果换一个角度，强调了它的隐幽与变动，又可称作"无"了。就释家说，释家对此所论很多，拿《心经》里的"色即是空，空即是色"，以及一些高僧常挂口头的"有为无时无即有，无为有时有还无"，就很明显的是"无即有，有即无"的另一种说法。

张烨的有些诗篇，蕴含的不光是有无之相，而且是有无之变。即根据不同条件，有与无会向着各自相反的方向转化。比如《刘公岛》，这首诗的序曲是一首旧体诗，诗中景象有动无静："滴血夕阳炮火在，国魂依旧惊寒潮。"诗的开篇所描绘的状况，也是有动无静："好大的风呵，生命之狂想，从肉体的深渊逃遁，周游。漫无目的挥霍强盛精力。落叶幽门逍遥，闪烁着自舞……"在这里，显然只有无静，不曾有静。接下来，无静变为有静，即无变为有："海面冷若绝望，静若凝望，风突然被记忆击中，久久不敢前行，无声徘徊于惊恐的一瞬……落叶向海面默默致哀，带着秋天最辉煌的痛苦，最深沉的情感。"这里有静，在此后的诗行里继续前行，刘公岛的静态，被静静的诗语勾勒得淋漓尽致。然而，很快地，有静又转入了无静，诗句成了这样的感叹："静逼你动，人生没有静人世间没有静啊。"此后，诗篇在经过一番显示惊心动魄的场景的抒写之后，无静又变成有静了："月亮出来了，海潮更静、更静，这是世上最孤独的音乐家奏出的一朵银白色的忧郁与清幽，世界更添一抹宁静。"此情此景，与唐诗"鸟鸣山更幽"的意境正相仿佛。无静转为有静，有静转为无静，无静再转为有静。亦即无转为有，有转为无，无又转为有。在有与无的反复变化中，作者为《刘公岛》设定的思想主旨得到了充分的发挥。

有无之思，还在张烨的不少诗篇里变幻成多种色彩。上述诗中的有与无，是诗中实际发生的事、真实存在的情景。而张烨有的诗，诗中的有与无不是实际发生，不是真实存在，只在诗的想象空间产生。《原野》这首诗，凸现出多样的兴味。诗中以"原野"比喻"心儿"。"原野"与"心儿"这两种本来没有丝毫关联的意象，因为情的黏合，"原野"的四季变化便与"心儿"的变化发生联结。这样，两种不同的意象跳跃为本质上的同类。春日"含笑的原野"是"少女时代"的心，盛夏"疯狂的原野"是"青年时代"的心，秋日"萧瑟的原野"是"中年时代"的心，寒冬"苍白的原野"，则是"生命残年"时的心。"原野"四季由春而冬的转换，象征着"心儿"代表的人的生命的由强而弱，暗示着这一过程的由有至无。这里的有与无，在诗人成诗过程的想象中发生。有是相对存在的，无则是最终的归宿，是绝对的。说这首诗兴味多样，还在于它还可以围绕着有与无，和宋代词家蒋捷的《虞美人·听雨》进行有趣的比较。"悲欢离合总无情，一任阶前点滴到天明"，是蒋捷这首词里的名句。在蒋捷的词里，无论少年、中年与晚年，三个人生不同阶段的情感体验，以"总无情"作结。这首词也道出了"无"是最终存在的唯一可能，而且这种"无"也是在诗人成诗的想象中发生的。然而，因为蒋捷的词缺少了张烨诗中那种有与无的比较，所以在思想的展现上，前者没有后者深刻。

只在诗的想象中存在的有与无的现象，还可见之于张烨早年创作的另一首诗《车过甜爱路》。这首诗的审美感觉显得有点虚无缥缈。从表面上看，一切清晰可辨：诗中的"我"在初春的一天，想到要乘车经过自己当初留有相恋情结的甜爱路，行前特意把自己打扮一番，包括"在衬衣的领口，悄悄地别着一朵清馨的春兰"。车子行进途中，我感觉到"梧桐枝头跳跃着的嫩绿的希望"，甚至还听到"一个声音在车后追赶，呼唤着我的名字"。但这都是表面。实际上，"我"心中希望的能引起情感满足的人与事，并没有发生。"心中的天空正在下雨"，暗示着"我"的期待，是一个虚无的期待。这虚无的期待，即是诗人想象中的"无"。这首只有十八行的短诗，不仅活跃着一个很大的情感空间，而且蕴含了以想象中的"无"为标志的深沉思想。

潜行于张烨诗篇里的有无之思，在她的长诗《鬼男》的结尾里，体现得最为彻底。出于诗的情理相互作用的需要，这结尾的有无之思几乎已不是潜行，而是晓畅明了近乎直白了。前文对这结尾的诗曾经引用，需要强调的是末句"一片永恒的空白。"这是基于此前一些诗句的相关氛围营造，尤其是"一个负荷着生与死双重苦难的鬼男，曾悄悄来过这世界，又突然永远地消失。"于是由一个人的遭遇而扩充到"生命、死亡、自然、历史"等等，突出"永恒之谜"的存在。这一尾声，不由让我想起很有名的印度古典诗歌《无所有歌》中的一段："彼时，无有非在，亦无有在；无气，亦无超越于彼之天，何物隐藏？何处隐藏？谁人隐藏？彼处可有无底之渊？"《鬼男》的尾声与这《无所有歌》中的诗句，蕴含的哲学思想是同一的："一片永恒的空白"是无，"无底之渊"

诗探索12 理论卷 2018年 第4辑

也是无。无是一切有的源泉。大乘佛学的哲学思想把"无"理解成存在的本质，而把"有"理解为存在的表象。无论是中国的哲学包括佛教哲学，还是西方的哲学比如海德格尔的哲学，在阐释无与有的关系上，都是不无令人惊讶地取得完全一致。

张烨的《鬼男》等诗歌，因为具备有无之思的潜行，使这些诗歌的审美价值实现得更为圆满。

五　哲学浸润的启示意义

张烨依仗哲学浸润提升了自己的诗歌品质。于是她的诗歌每每因为哲学的隐性介入，加强了使自己的诗境得以展示无限风光的可能。但是，"无限风光在险峰"，哲学浸润在本质以抒情为主的诗歌里，自身的趋势往往充满险情。

我们面临的时代和当下生活，需要诗歌有更高的精神格局与责任担当。我们的诗歌如果匮缺诗意内涵的钙质与硬度，在思维层次上短少思想言说尤其是哲学意识，就可能使诗歌的内容苍白无力，最终失去了诗歌。然而思想哲学方面的浸润又必须是渐次渗透而得到润泽的效果。倘若不是润泽而是僭越甚至替代，诗歌又会因此而改变了质量。据笔者对张烨的了解，作为诗人的她，从一开始写诗的时候，就同时喜爱和关注哲学，不断有意识地对诗与哲学的关系进行思考。她的许多诗作，将诗思与哲思紧密结合，在审美品格上因为潜在的哲学因素而显出特殊的光芒。

张烨诗歌的哲学浸润，也经历了许多风险。因为这种浸润过程，必须要面对中外诗歌史，关注那些有关诗情与哲理处理问题的利弊得失。就国内说，中国文学尤其是诗歌的抒情传统，一向得到充分的重视。但由此引发的争议也不少。千百年来不断争论的焦点之一，是诗与"情""志"的关系。"诗缘情"说自然无可争辩；"诗言志"说则演绎不一。所谓"志"，常与传统的儒家的"诗教"观念联系在一起。"诗教"里难免有理性成分，包括哲学渗透。而且诗歌的实践也证明，"志"常与理性连同哲思所寄，往往难舍难分。优秀的古典诗歌总是情理相融。情理关系的误区，在于偏重于理性沉思而轻视了诗性激情，比较典型的是魏晋时代玄学盛行之后的玄言诗。玄言诗虽然也有抒写性情和阐发玄理有机交融，但大多以诗为体式直接摊开哲理，如同箴言有韵，有意境枯槁，味同嚼蜡之嫌。在中国现当代诗歌的创作中，也不乏理性有余而情感不足的例子，阻碍了作品质量的提高。

就国外说，诗性与哲理的关系，是西方文化史与文学史的一个热门话题。经常的说法，比如会说到莎士比亚的戏剧是诗的哲学，贺拉斯的《诗艺》是哲学的诗。诗歌作品则会举出但丁与艾略特等人的诗。然而，诗性与哲理可以成为兄弟，也可以成为仇敌。从希腊、罗马时代起，"情"与"理"的矛盾常在诗歌及其他文艺作品中显现，西方美学这方面的思想争辩则被归纳为"诗与哲学之争"。许多西方有成就的诗人常为"情"与"理"的处理方式而苦恼。不过有一点可以肯定，思想的存在尤其是哲学的渗透，必然是诗歌作品的成功要素。但因为"情"与"理"在如何精准把握上的难度，诗人们不得不时刻正视其中存在的危险。这方面，海德格尔的诗歌实践颇有趣味。他是大哲学家，却也喜爱写诗，他对诗性与哲思的关系，在阐述上很清楚，比如他在论尼采时，认为诗意性的哲学思想并不就是诗歌，而思想性的诗歌也绝不是哲学。他自己的理论实践与诗歌实践证明了他自己的言语。就写诗而言，他对自己的重要作品《暗示》一组诗进行了定性，他认为自己的这组诗不是诗，也不是哲学，而是一种思的话语。

张烨当然十分熟稔以上所述的中外诗歌史上的这些情形，于是十分注意利弊得失的衡量和借鉴。在诗歌实践上，她既抓住情，即竭力使自己的作品张扬情感氛围，使情感的张力尽量扩展充盈；同时又抓住理，努力使自己作品具有思想深度，造成哲学浸润的可能。这可以用张烨自己在《诗的情感空间》中的两句话来证明。一句是："现代诗过分张扬理性，轻视或排斥情感已成为一种先锋象征，这样走下去只能使现代诗变成一束束抽干了水分的干花……"另一句是："诗情的知性化使诗的情感空间具有横向的广度与纵向的深度，具有深潜的哲理内涵。"既要造成情感空间的广阔开张，又要具备哲学思想的透彻浸润，使诗歌力求达到情理圆融的审美极致：张烨多年来的诗歌创作，由此而显示了自己清晰而坚实的脚印。

诗歌的品质最终是思想的品质。在我们当今不断洪波涌起声势健旺的诗歌大潮中，不能不看到这样一个突出问题：诗歌创作在思想品质方面称得上卓越上乘的精品，依旧为数不多。而一些精神层面乏善可陈、思想苍白无力甚至格调低俗卑下的所谓作品，仍然不时浮现于诗坛。因此很有必要花大气力提升诗歌作品的哲学高度与精神高度。在这个意义上，分析张烨诗歌的哲学浸润，从张烨的创作经验中得到启示，一定会对促进我们诗歌创作的发展繁荣带来裨益。

多余的柔情

——论从容的诗

西　渡

一　从内心生长

从容是当代诗人中一个特殊的存在。在很长一个时期内，她的写作几乎隔绝于所谓诗坛。这不是因为从容缺少进入诗坛的通道，而是她有意用这样一种方式为自己的诗营造一个特殊的生长环境，一个独立的、与俗心隔断的空间。从容的诗完全是从她的内心生长起来的，几十年来一直不受诗坛时尚的左右，也不受文学史和声名的诱惑。

瑞典诗歌评论家扬·乌拉夫·于连在评论女诗人安娜·吕德斯泰德的时候，揭示了女诗人身上存在一种植物性的"卑贱的力量"，这种力量具有一种"单纯的美和丰富性"，体现了"坚忍不拔的生命的非凡奇迹"。[①] 我曾经据此区分了两类诗人，一类是喜欢迁移的、具有类似动物习性的诗人，他们的生活空间不断变化，喜欢漫游、迁徙，写作的题材、风格、主题变动不居；还有一类是倾向于定居的、具有类似植物习性的诗人，他们一生很少离开一个地方，写作的题材、风格、主题也相对稳定。惠特曼可以作为前一类诗人的代表，狄金森可为后一类诗人的代表。后一类诗人题材相对狭窄，风格也不那么多样，但他们却能在有限题材和主题的挖掘上显现出无人匹敌的优势。

从生活空间的变迁来讲，从容似乎是一个具有迁徙性的诗人，她出生在长春并在那里度过童年，少年时期生活成都，青年时期到上海求学，最后定居于深圳，其生活活动的范围远比狄金森这样足不出户的诗人要广阔，但其写作却体现出某种植物性的偏执。其实，从容的迁徙更多受

① 扬·乌拉夫·于连：《哦，现实：安娜·吕德斯泰德诗歌中围绕一个母题中的编织物》，见《在世上做安娜——安娜·吕德斯泰德诗选》，杨蕾娜、罗多弼、万之编译，上海文艺出版社2001年版，第81页。

· 姿态与尺度 ·

制于一种时代和家族的命运，而其本身的个性气质则倾向于植物性的持守——深深扎根于某个地方，以持久的忍耐和坚韧捍卫自身的天赋秉性，直到命定的枝繁叶茂的一刻。在情感的执着，对有限的主题、题材的偏执等方面，从容显然与狄金森这样的诗人有更多的相似之处。从容的诗歌主题主要集中两个方面，一个是爱，一个是信仰。前者处理以家庭为中心的情感主题，涉及爱情、亲情；后者主要处理基于其佛教信仰的宗教体验；还有一类诗则是爱的主题和信仰主题的交集，或者说处理两者的关系，有时候是两者和谐的合奏，有时候则是两者的斗争、冲突、纠缠。事实上，从容的题材和主题很少越出上述三大主题的范围。当然，从容也会处理像孤独、死亡这样每个诗人都必然处理的主题，但她在表现这类主题的时候，总是结合了爱和信仰的主题。这样，她在处理这类主题的表现上也就与众不同，呈现出鲜明的个人特征。例如，《那是死亡也夺不走的花园》表现死亡主题，但也是对孩子的生命教育。此刻，"又有一位朋友死去 / 这双死亡的巨手 / 喜欢捉住与他拔河的人 / 世界选择你，他选择我们"，这似乎是在表现死亡，但很快从死亡的表现转入对孩子的叮咛："他从你手中抢走野马，还给他！ / 他扮成一位耍蛇的艺人逗引你 / 远离他！ / 他用海啸掀开你的屋檐 / 请收回你的愤怒。 / 他用迷迭香扮成一位天仙 / 请紧闭呼吸，转身"。[1]《在云端》《拉斯佩齐亚的街头》处理孤独主题，同时表现了对爱的渴望和寻求。把精力集中于有限的题材和主题，或许是从容给自己的一个限定——这样的限定也是她关注内心的一个具体的表现。这一种近乎戒律的限定，就像她自觉隔绝诗坛的时尚一样，使她能够坚定、专注地回返自身，为其独具个性的诗歌风格的生长提供内在的养分。

从容诗歌最大的特征，正是情感的饱满、深邃。我把从容流溢于诗歌中的这种深情称为多余的柔情。这个多余的意思，首先就是它是充溢的，满得盛不下、随时要溢出的。从容在诗集《我真心爱过一个人，叫：》序言中说，她对孩子是很溺爱的，在女儿出生之前，就为她买了一墙的玩具。[2]这面满溢的玩具墙可以看作从容那种满溢的情感状态的一个象征。然而，这种满溢的感情在实际生活中往往是一种累赘，因为生活总是功利的甚至势利的，需要用理智的甚至是算计的心去应对。因此，过

---

① 本文所引从容诗作除有说明外，均据从容诗集《我真心爱过一个人，叫：》，花城出版社2016年版。

② 从容：《我为自己建一座花园》，从容诗集《我真心爱过一个人，叫：》序言，花城出版社2016年版，第3页。

多的柔情往往让诗人成为生活中的弱者。这种柔情让诗人"把遇见的每个人都当成礼物 / 想象着拆开包装后的惊喜"（《台风的名字》），然而它们却常常像拥有美丽名字的台风带来出其不意的灾难。所以，感情丰沛的人不得不把这种溢出的、多余的感情倾注到生活以外的事业、艺术中。在我看来，无论是从事理智的事业——科学家、学者、思想者所从事的工作，还是感情的事业——诗人、作家、画家、演员所从事的创造，感情都是重要的、内在的推动力，只是前者在此之外更依赖于智力的投入，后者当然也需要智力的投入，但却以情感的投入为主。所以，情感就是才华，这一点对科学家和对艺术家同样适用。

其次，这种感情在现实生活中又是难以被接受，极少找到完满归宿的。因为它太浩大、太蓬勃、太专注，世人对它难免心存畏惧。在现实中，这种情感要找到一颗与之相匹的心是难的，除非这颗心有大海的容量和大海的力量。我在读从容诗作的时候，有时会想到智利女诗人米斯特拉尔。两人在情感的充溢和真挚上有着惊人的相似之处，这种多余的柔情在现实中的无法自适和由此导致的内心不安也近似。米斯特拉尔的第二本诗集就叫《柔情》，是并不令人意外的。米斯特拉尔后来成了一个杰出的教师——我不仅指她现实中的教师身份，更指她在智利民族的情感教育上所发挥的巨大作用。我以为从容的诗在情感教育上可以发挥类似的作用。如果我们那些一天到晚忙于工作、忙于挣钱、忙于陪孩子辗转于各种辅导班的母亲们，能够读一读从容的诗，一定会在自我的情感教育和孩子的情感教育上受到启发。

这种多余的柔情在从容这里造成的另一个后果，是她的佛教信仰。从容身上这种充溢的感情连诗歌这个情感之杯也盛不下，仍然随时要溢出。所以，她又另外给它找了一个容器，这个容器就是她的佛教信仰。中国是一个世俗社会，知识分子中有宗教信仰的人凤毛麟角，诗人中也不多。从容的信仰当然和她的家庭环境有关（奶奶是穆斯林，外祖是基督徒），但更多的根植于她内在的生命要求。所以，她既没有成为穆斯林，也没有成为基督徒，而成了佛教的信徒。我以为从容对佛教的信仰不是突然的大彻大悟，也不是那种万念俱灰近乎自弃的选择，当然也不是智力思辨的结果，而是她为自己满溢的感情找到的一个容器。因此，从容的信仰是活的，流光溢彩，就像绿荷衬托的一朵鲜艳欲滴的荷花，不染一尘，临风欲去，却又生机盎然。这是因为她的信仰始终为一种内在生命充满着。

二 成为世界的母亲

作为一个爱的歌者，从容写出了我们这个时代最深情、最执着同时又是最纯洁的爱情颂歌。从容的诗中，像《纪念一个寓言》《第一次见你褪去衣服后的伤疤》《我真心爱过一个人》《如果世界停止运转》《陌生人进入我的身体》《老家》《如果世界停止运转》《葬在同一个墓地》等，都可以归入我们这个时代最好的情诗。如果谁在现实生活中曾经拥有这样一份感情，我觉得真可以去殉情了——与这样的深情相比，生活中其他的一切都是垃圾。"你用嘴把食物给我／我就长出羽毛为你飞翔"（《如果世界停止运转》）。这是一种爱的能力，也是一种幸福的能力。在一些情诗中，从容表现出了她近乎男性的坚毅和决绝，真如她自己所写"穿着男人的铠甲骑马而过"（《隐秘的莲花》）。还有她的骄傲。那首《我去过的地方》以二十五行诗为最后一行的推出做尽了铺垫："你为何不低头"。从容是具定力的诗人，不低头成为她的底色。一个深情的女人，以骄傲、坚毅和决绝坚持她的爱。从容写得最好的一批情诗实际上成了关于爱情的寓言。或者说，在从容这里，爱情是被提升到命运的高度来表现的。能够这样处理爱情主题的，似乎都是女诗人，萨福、勃朗宁夫人、索德格朗、米斯特拉尔、狄金森——我们的爱情观念主要是由这些女诗人培养出来的。这个名单并不长，而此前中国诗人在这个名单中几乎是缺席的。现在这个名单中终于有了一位出色的汉语诗人。《陌生人进入我的身体》是表现两性冲突、相爱相杀的作品："陌生人进入我的身体／带着狼的气息，隐藏在人群中／／我最爱的陌生人穿透了我的身体，／咬碎我的心肺肝／像吞咽最美味的肉酱／／……／／一个陌生的狼／试图用狐狸的毛引我入洞，／／我为你建了山洞，你折断我的脚踝。"《葬在同一个墓地》则从死亡的方向呈现爱情的不朽："躺在你的身旁，腿缠绕着腿／像孩子咬住乳头／你的女孩才会在地下安睡／／我的胳膊在你的臂膀下／像天空下的云／长眠里有着深度的欢欣"。《女雕塑家》中的抒情主体通过艺术创造升华自己的情感，但难免仍有"泥比你懂我"的深沉感慨。其中有多少未被满足的感情？这是女雕塑家多余的柔情。最值得注意的是，从容的抒情主人公在爱人面前拥有的多重身份："今晚我将和你坐在摇椅上／成为你白头发的新娘／你写了云一样多的两个字／他们就给了我们天涯／我做了你的妈妈你的小姐姐。"新娘、妈妈和姐姐这个三重身份的重叠，最好地说明了从容身上那种多余的柔情。

诗探索12 理论卷 2018年 第4辑

从容也为亲人——姥姥、姥爷、父亲、叔叔、妹妹、孩子——写过很多深情动人的诗篇。《父亲》《早安》表现不同时代的父女情深，《老叔从连庆》写命途多舛的叔叔，都深切动人。《那是死亡也夺不走的花园》是对孩子的生命教育，《痴心部落》是对孩子的爱的教育。《和孩子说的话》通过孩子、父亲、母亲之间的对话，不仅把父母的爱，也把父母的生命经验和生命智慧传授给了孩子。《孩子》一诗既表现了孩子的天真可爱（"你安静地坐在我的面前／嘴里念念有词／你说你已经告诉上帝／他同意你可以不去幼儿园／并且还送给你一只／真的牧羊犬"），又表现了母亲对孩子的深情和祝福："我多么希望你永远五岁／让每个爱你的人咬上一口／你爱的就永远不会逝去"。《痛苦带领我们遇见最美的事物》处理的是一个关于失去的主题，但从容却以家庭生活（以夭折的孩子隐喻失去的事物）和身体化（以生理的痛苦隐喻失去的心理痛苦）的意象来表现这一主题。最终抒情主体通过成为这些失去的事物的母亲，与命运、与世界达成了和解："就这样，我在她们的月光中融化／就这样，融化成为了她们的母亲。"这是一个伟大的和解，出于一种伟大的、类似大地母亲的爱。这可以说是从容的多余的柔情的终极表现。从容具有这样的胸怀，仿佛整个世界成了她的孩子，而她也因这爱净化了自身，变成了世界的母亲。从容还有一首诗叫《"故宫"》，写的是一种无爱的家庭生活，笔调略带反讽，但是抒情主人公对那个她不爱的丈夫说："如果我是你的母亲／肯定会原谅你所有的毛病／你也这般孤独／你也将永久性地闭上眼／谁能听你诉说？／理解一颗珊瑚脆弱的心？"这是一种大地母亲才拥有的伟大怜悯。可以说，从容从爱情出发，经过痛苦的引领和信仰的升华，最终成了世界的母亲——一个骆一禾所谓的"无因之爱"的化身。

从容偏爱从家庭和家族生活选择诗歌题材的倾向，和多数诗人不太一样。这里涉及从容个人的心理特质，同时也和她特殊的家庭环境有关。从容的父母是优秀的电影艺术家，夫妇都热爱莎士比亚、普希金与惠特曼。外祖父是北大毕业生、基督徒，在诗人幼年时就教她读杜甫的诗，外祖母是话剧演员，曾第一个在长沙城饰演《日出》中的陈白露。奶奶是虔诚、善良的回教徒。从容在这样一个具有浓厚艺术、宗教气息的家庭中，发现了诗歌表现的丰富题材。事实上，这个家庭所经历的多舛、动荡、复杂的命运就是中国现当代史的缩影。当然，我们多数人难有这样的幸运。所以，多数诗人不得不把目光投向外部，而从容在家庭范围之内，在她的内心中就能轻松找到她的题材和主题。

从容还有一个特别的能力，就是在处理各种题材和主题的时候，笔调都特别干净。无论在处理爱情和信仰主题的时候，还是在表现有关身体、性和撒尿这类生理性行为的时候，从容都能出以同样纯洁的笔致。这种干净并不依赖于写作的技巧，而是源自一种心性的纯洁。从容有一种令人羡慕的非常单纯的心性。所以，她看世间一切的眼光也就干净、纯粹、毫无世故。这种纯洁的心性在她的笔端自然流出，笔到处无往而不干净。《父亲》写女儿对父亲身体的经验。第一节写小时候对父亲身体的好奇，"你在帘子后面洗澡／我佯装睡着，希望看见你拉开布的刹那／像一个雕塑出现在我的面前"，表现了一种孩童的无邪。第三节写到父亲死了，"你无助地躺着／男人们在一间水房里哗哗地冲洗你／我想象你的裸体／干瘪皱褶的乳头／无力的生殖器／我希望这世上没有人能看见它们"，被节制的哀痛以一种最直接、大胆的方式表达出来，亡者无助的身体被深切的感情赋予了某种神圣的性质。接下来，她写道："开往墓地的路上你身体发出的汗味／竟然和我一样／我搂着你的头／怕车颠簸了你"，这里有最令人动容的一往情深。《第一次见你褪去衣服后的疤》写爱人的身体，"亲爱的，你连屁股都是悲伤的／不能和任何人说起，如同我们的爱情／你把悲伤坐在悲伤下／板凳与棉布磨损你黑色的童年"，"亲爱的，我多么渴望／你黑色的伤疤／被我凝视时，成为我"。这里写到爱人的身体，写到屁股，但是我们只感受到满溢的柔情，而丝毫没有猥亵之感。《广场》写小时候在夜间的天安门广场撒尿的事情，"1974年，父亲领着我和妹妹／走在夜晚的天安门观礼台／我们手足无措，憋得尿急／父亲像一个军长，指着台阶：／'就在这儿了！'／我们背对城楼上伟大的目光／勇猛地蹲下身去"，显出一派童贞。最后一节写道："如果那个农民从城楼上走下来，信步广场／如果他的步伐似凯撒大帝与赵本山／我会走上前去，从后面拍拍他的肩膀／Hi，那年，我在观礼台尿尿的时候，就把你当成了我父亲的兄弟"。这里有一种伟大的平等之感。从容写这首诗的笔力，也不亚于父亲像将军一样挥手，说"就在这儿了"的那种豪迈。《陪你到老》写到做爱，依然一派无邪："还要和你无数次做爱，／直到黎明到来／直到100岁"。从容的诗真可以用孔老夫子那句老话来概括："一言以蔽之，思无邪。"

三 信仰：一种爱的修为

从爱情到无因之爱，是一个伟大的转变，在这个过程中，信仰起到了引领和升华的作用。事实上，在从容对爱情主题的抒写中，很早就有信仰维度的渗入。这个维度不仅把爱情的表现变得圣洁，而且让爱情具备了战胜时间和轮回的力量。爱情的永恒当然是一个固有的观念，但它通常也只是一个观念的存在，而从容把它变成了一种诗的体验和经验。这类诗如《北京哭了》《前世的秘密》《隐秘的莲花》等。这种爱与信仰的交响，在《隐秘的莲花》表现得最为突出，也最为美好：

> 我要让你站在高高的城堡／还要让你做一个和尚／"如如不动信众万千"／当我穿着男人的铠甲骑马而过／你就会在一瞥中深深记住／／我要在山中建一座竹桥／通向你的经堂／聆听黑白无常／羞愧于尘世的爱欲情仇／你就为我剃度／青丝入土从此清心／／我以弟子的谦恭陪你云游直到老去／你将在此生羽化成光年／／在另一个没有汗水没有泪水的世界／我会乘愿追随／在亿万朵未开的莲花中　你轻轻／／唤醒我

这是收入诗集《我真心爱过一个人，叫：》中的最新版本。这个版本与早先发布在从容自己博客上的版本相比，有多处修改[1]。第一节末行，早先的版本为"你就会深刻地记得"，新版本改为"你就会在一瞥中深深地记住"，更为自然精妙，增加的"在一瞥中"这个具体的动作，使这一行更富于画面感，而且与上一行"当我穿着男人的铠甲骑马而过"的联系更为紧密，也因此更加突出了抒情主体的假想形象，音节上也更加动听了。第二节原诗四行，新版本六行。原版四行如下：

> 我要聆听开示／在山中闭关在莲花旁静悟／羞愧于尘世的爱欲情仇／你就为我剃度青丝入土从此清心

改稿增加了"我要在山中建一座竹桥／通向你的经堂／聆听黑白无常"这样一个行为意象群，与第一节形成对称关系，使全诗的结构更加稳固，"聆听黑白无常"也比"聆听开示"更具体，更富于沧桑感和人间气息。同时删去了原版第二行的"闭关"和"在莲花旁静悟"两个直接指向修禅悟法的动作意象。这一增一减就更加清晰地呈示了抒情主体觉悟的渐进过程。"我要在山中建一座桥／通向你的经堂"，这里所呈现的空间距离，同时也就是男女主人公之间的心理距离，也是尘世与净土的距离。

———————————
① 此诗旧版详见从容新浪博客。网址：http://blog.sina.com.cn/s/blog_47365c840100l1yf.html.

·姿态与尺度·

旧版中这个距离在"在山中闭关在莲花旁静悟"这一行中被抹去了，觉悟也就成了太轻易的过程。另外，"莲花"这个意象的过早出现，也减弱了标题所揭橥的"隐秘"的分量，而且和倒数第二行的"莲花"有重影之病。第三处修改，是把"你就为我剃度青丝入土从此清心"切分成独立的两行，这一切分更加清晰地呈示了觉悟的过程，把普通的中焦镜头变为特写镜头，速度也因此减缓，音节上更加吻合修改后本节的总体节奏。从这些诗句的修改，我们可以看到从容改诗从来不是单纯技巧上的提升，而总是和情感的趋向成熟、觉悟的深入紧密联系。可以说，诗对于从容从不是一种停留于纸面的文本，而是一种修为，改诗也是一种修为的增进。

从容的一些诗表现了与信仰有关的神秘体验。《七月三十日是他的生日》写到梦与现实的彼此映证；《尼斯的石头》写神秘的预感；《催眠师让我看到了往昔》《星星研讨会》《轮回》《前尘——大理国》《告别》《为什么只有短暂的一遇》涉及轮回的体验；《无中生有》写已故亲人与生者之间的神秘感应。这类神秘的体验被诗人作为信仰的证据。但在我这样缺失信仰的人看来，这种体验可能是人类无意识的一种表现，当沉淀在无意识海洋中的古老记忆在现实中遇到类似的场景，就有可能再次被激活，从而让我们产生与前世猝然相遇的感觉。此外，语言本身就是储藏人类记忆的宝库，它也可能在某些场景的激发下自动涌现，让我们产生某些超现实的体验。

从容还有一些诗试图处理信仰与爱的关系。《焚香》写道："把自己蜷缩进经书里 / 渴望展开 / 被圣洁的目光阅读"。这几行诗以最俭省的笔墨同时表现了信仰和爱两大主题。"圣洁的目光"是信仰的目光，但它同时又是爱人的目光。这个目光所从属的主人因此具有圣者和爱者的双重身份，而这一双重身份的冲突被作者刻意隐瞒了。这几行诗在表面的平静下潜藏着或者说预示着某种心理危机。《知果》通过女修行者屏幕上的"爱人有罪"四个字，把上述爱与信仰的冲突表面化了。表面上，信仰战胜了，修行者已经习惯于她的禅修生活，"她从大悲殿出来 / 身后跟着一只猫 / 穿过光影深长的回廊"，她甚至可以修行者的身份为红尘中人解答生之疑惑，"她坐在阳光下 / 隔着寺庙的木桌 / 回答一位香客的问题"。但锁屏上的"爱人有罪"四个字一下子把我们推向她的红尘往事，推向她深锁心底、未被克服的爱的愿望。这个时候，"手机响起"，就仿佛命运的敲门声，有着非同一般的意义。《神的人》则把爱与信仰的冲突摆到了前台。女性的抒情主人公爱上了一个坚定的修道者，"他说：我不能像正常人那样爱你／我说：……／他说：我不能陪你到老／我的人生不属于我自己／我说：……"。她为此失眠，并责备上帝："人类为了接近宇宙，难道先要把一部分人训练成／外星人？"然而，上帝并不回答这样的问题，他让人自己去寻求答案。

组诗《如果我不写下来我会忘记》是从容对爱与信仰冲突这一主题的一次集中处理。类似于《神的人》那首，在组诗中，这一矛盾被具体化为一对爱人剪不断理还乱的感情纠葛。"你"是一个虔诚的佛教信仰者和修行者，"我"是一个痴心的爱人。整个组诗以"我"的独白贯穿始终，一往情深，一唱三叹，缠绵悱恻，而又义无反顾。第一首就把这场情事中无望的一面直接呈露："我一直在寻找一个人／不像人类的人。可是他却不能对我说：'亲爱的，跟我走吧！'""你"有着"最虔诚的神性与最极致的情"，这是"我"爱上"你"的原因，同时也是"你"拒绝"我"的原因。然而，"我"隐忍着"我"的爱，甚至愿意给"你"买一双鞋，送你"走向世界的尽头"。第二首把这种无望的爱转入异时空中。"你"的存在变成不确定的。"你"也许在另一个时间，也许在另一个空间，然而"你"不是有神耳通、神目通吗，"你"应该听到"我"心底的呼喊，看到"我"为"你"披头散发、满面泪水。"我"幻想自己跪在"你"的面前，听"你"为我诵经，幻想经书从"你"手上掉落，"你"重新爱上生活。真是"天涯海角寻思遍""两处茫茫皆不见"。第三首写"我"的幻象："当我说到十一／……／你走下圣坛，坐在我的车里／成为我的司机／／当我说出七／……／你用一根手指俘获我，神秘地指认／／当我说出九／……／你把手搭在我的手上：我从此交给你"。这种幻象自然是由爱的执念所引发的。第四首中，爱情似乎迎来了转机，"你"对"我"说了"宝贝"，说了"爱你"，"你枕在我的腿上像个孩子""你为我煮了第碗黑米粥"，但这些更可能仍然只是"我"心中的幻象。唯一可以肯定的是"我"的爱，"爱你，是我来到娑婆世界的理由。"第五首中，虽然仍有"你说：我穿着这件铁衣，心里还是坐着你""谁用转经筒把你转到我的身边"的幻象，但"我"已产生放下的想法，"花丛中的花瓣慢慢凋谢了，／哈罗花不要难过／跟我的爱人感情慢慢淡了，／缘分快结束了"。在这首的结尾，"我在你闭眼念经时悄悄引退"。第六首又是欲罢不能，想放而放不下，所以责怪"你"的引力太强大："你以静谧、浩瀚捕获人心／你以海草、琉璃般的视觉、波浪柔软的镣铐／让我们成为你终身的囚犯"。"你"在这里变成一个引诱者，而"我"成了"你"的无辜的受害者。值得注意的是，"我"在这一首中变成了

"我们"。诗人也许想借这个变化暗示"我"其实是女性的一个化身，那么"你"也就成为男性的化身。那么，这个爱而不得的矛盾并非一个人的特殊遭遇，而是爱本身的普遍境遇。第七首中，"我"求助菩萨。既然"我"不能依靠自己的力量解除爱的锁链，那么就求助菩萨，让菩萨帮我解除吧。"我"的初心本来如此，到最后却成了"菩萨，如果我磕十万个头，你就让我们在一起吧"。那么，此爱仍然无法战胜。"我爱你，甚至爱你的白骨"，此言一出，惊天动地，菩萨亦当心有所动。第八首继续放下的心路历程。"我"已经悟得"爱情不能让我们进入天堂/它是西班牙火腿，它是这个世界必然遭遇的一次切割"，"我"遂把房子涂成庙宇的颜色，"适合一个尼姑或一个和尚居住/你是我热爱的寂静的黄/我在这黄色的小屋超度一个有情世界的身体"。看来，"我"也走上了开悟和修行之道。这一首中出现了一个"她"，而且"她"和"你"在空间上的距离比"我"更近。看来，爱情的障碍不仅有信仰的因素，也还有其他阻碍。第九首写"我"对"你"的祝福。既放不下，又得不到，只有祝福仍是可行的事。第一节"你坐在我的对面幸福得像座莲花宝座""我将闭着眼为你沐浴"等等，仍是幻象。"我"预感到"你将和风一起吹走，将和水一起流去/你将和飞机一起飞升"，所以"我"转托于蓝天上的神，"如果你看见这位男人，请替我照顾他"。篇尾，释迦牟尼问"我""心动，还是风动""我说：一念随喜"，那似乎意味着"我"的觉悟心发生了。第十首中，"你"已经逝去，但"我"却不断在幻象和梦中见到"你"，比"你"生前任何时候都离"我"更近。"你"的死亡是象征性的，诗人用它来暗示"我"最终放下你的决心："我用力擦掉……/什么也没留下/甚至忘记拍下你的侧影"。

可见，这个组诗实际上是经过精心结构的，与其说是组诗，不如说是一首长诗。它深入细致地表现了一个深爱的女人在一场无望的爱情中的内心经历——从结缘、暗恋、欲罢不能到最终放下的过程。这个组诗所表现的感情的强度令人想起勃朗宁夫人的《葡萄牙人的十四行诗》，勃朗宁夫妇的爱情创造了奇迹，而我们的诗人虽然未能创造奇迹，但也净化、升华了自己的感情。这种深情而纯洁的爱，我相信在无数世代以后，依然能感动那些具有类似的心灵的人，而让他们的心不至感到彻底的寂寞。

四　家族史诗和心灵史诗

如果说《如果不写下来我会忘记》是从容最重要的一个组诗作品，《如梦令》则是从容迄今为止最为重要的一部长诗，前者把爱与信仰的主题在一个组诗范围内加以集中处理，后者则是诗人对其家庭和家族生活题材所做的一次性熔铸，表现出作者不凡的胆识和魄力，也展现了从容诗艺的丰富面貌。就这部长诗所反映的社会生活和时空的广度——横跨百年的时空和众多家族人物在这一时空中的不同遭际——以及心理的深度，这首长诗可谓新时期女性诗歌的扛鼎之作，也是当代诗歌在新世纪的一个重要收获。历史和命运在这部长诗里显露了其庐山真面目，从中我们似乎可以看见记忆女神和命运女神脸上的毛孔，也可以听见她们粗重的呼吸。

除了引子部分，长诗一共包含九个部分，分别以阿拉伯数字标出，其家族主要人物从1到8——姥姥（1）、姥爷（2）、奶奶（3）、妈妈（4、5、6）、妹妹（7）、"我"（8）——依次出场（第9部分可以看作谢幕部分，诗中人物全部一次登场），从而展现了中国二十世纪初到二十一世纪初百年历史的广阔画卷，也披露了诗人个人心灵成长的历史。显然，诗中的人物以女性为主体，事实上，除了姥爷，诗中主要人物都是女性，父亲仅仅作为母亲的配角出现。从这个人物表不难看出，作者对人物的选择虽然遵从了辈分和年代的顺序，但却是以人物和自己心灵成长关系的轻重来分配其在诗中位置的。也可能，作者有意在这样一部作品里表现不同身份、不同性格、不同年代的女性在风云跌宕的二十世纪的命运和遭际。那么，姥爷之所以在这里获得单独的表现，就不仅因为他独特的身份经历（北大毕业生、地下工作者、基督徒），更因其对作者心灵的重大影响。事实上，在以姥爷为表现对象的这一部分中，诗的进程完全依赖于抒情主体的内心独白，或者说，在这一部分的主人公与其说是姥爷，还不如说是抒情主人公自己。这样，这组诗的主题倾向和表现重心也就很清楚了，它是一部以女性人物为中心，表现二十世纪中国女性的外在遭际和内心经历的家族史和心灵史。归根结底，她是从容自身的心灵史，因为所有这些家族人物都是从容的眼所看到、心所感到的，她们构成了从容自身心灵成长的背景。

第一部分的出场人物是姥姥。姥姥的经历和遭际不可谓不丰富。她是第一个在长沙饰演《日出》陈白露一角的话剧演员，十八岁在上海的咖啡馆常与曹禺等戏剧界名人见面，似乎有着风光无限的前程："她用绳子将篮子顺到楼下 / 小贩们把小吃放进去 / 她以为人生就可以像这根细绳收放自如。"全面抗战爆发前夕，她在并不知情的情况下嫁给了北大毕业的地下党。即使有了孩子之后，她的心仍然牵挂着舞台："她牵着我五岁的母亲踩着香樟树影 / 一间间店铺试高跟鞋，试旗袍 / 似乎还随时准备粉墨登场"。1948年，解放军进入长沙，她的丈夫出任湖南省教育厅厅长。三十五岁，她作为四个孩子的母亲考入东北师范大学，"当年挽耳卷发、玻璃丝袜、翡翠胸针的陆家少奶奶 / '变了旧山河，换了新模样' / 穿着列宁装，扎着两根鞭子走在校园里 / 眼神如玉兰"。这是一个极具适应能力的女性。"文革"中，丈夫下放，她也可以拿着铲子，和丈夫、孙女一起去捡牛粪。晚年，"她回到南方 / 恢复了陆家少奶奶打麻将的旧式生活 / 从此只穿旗袍，一头银色小卷发 / 偶尔去看一场《日出》/ 直到弥留之际"。可见，姥姥心中一直惦记着早年辉煌的戏剧生涯，随时保持着演员的"分儿"和高贵的模样。姥姥九十五岁去世，从一个世纪初活到了另一个世纪初。

前文曾提及，表现姥爷的第二部分是抒情性的，姥爷本身的形象在这部分中并没有得到实体性的表现，或者说处于一个抒情眼光的虚影中，而这个抒情眼光反倒成了表现的主体。从容在这部分的起首便写道："我的天堂在二道阜子 / 姥爷，我的天堂只有半年。"这个充满抒情特征的语调正可以证明我的看法。第四节写道："在村子里的那条土路上 / 你提着粪筐，姥姥拿着铲子 / 我一蹦一跳 / 一起捡数不清的牛粪 / 彩色的野鸡闪着光，风在脸上闪着光，牛粪的土路闪着光"。这里最活跃、最抢镜的人物当然是那个一蹦一跳，喜悦地感受着大自然之神秘闪光的女孩。而第六节这样写："你一千度的高度近似，很多次 / 白砂糖罐里的糖蚁被你一起吃进去 / 我总是好奇，那些糖蚁跑到哪里去了 / 为什么没有从你的鼻孔、嘴巴和耳朵眼里爬出来呢 / 你看见小孩就会发出绵羊般的笑声 / 你的目光穿过我，仿佛看到所有孩子未来的杯盏 / 我最喜欢你摸着我的头：'我的可怜的孩子啊！'"这里孩子既是观察者，也是被表现者，姥爷在孩子的光芒中退到了老年的阴影中。

写奶奶的第三部分，通过生动的细节表现了普通中国女性的伟大："你是小脚，一生只穿过一种鞋，自己缝制 / 你的四寸小脚 / 从来没有走出过长春的斯大林大街 / 你每天四点起床 / 始终热爱这个世界"。她是坚韧的劳动者，无私的、毫无怨言的奉献者，一生都奉献给了家庭和孩子："你从此要为十几口人做饭 / 刚要给自己盛饭，他们已经在桌旁 / 等你盛第二碗 / 你的丈夫总是在你每次怀上孩子后就不知所终"。她是无我的，甚至名字也被人忘记了："没有人叫你的名字／'奶奶'是一种围绕我们旋转的物体：立着小脚／温暖、柔软、有白发"。然而，正是这些无名的、以一种近乎"物"的方式存在的劳动女性，以她们的劳作、坚韧和爱支撑起了大地上的生存和一切美好的事物。

母亲是第四、五、六三个部分的主角，诗人以全诗三分之一的篇幅处理母女之间爱恨交织的复杂情感，隐伏于这一情感主线之下的则是女性在社会身份和家庭身份之间的艰难挣扎。心怀明星梦的母亲因为怀上"我"而被迫中断事业，这一事实给双方都带来了长久的、难以愈合的创伤："你在天津正演着李铁梅／从凳子上跳下来却摔倒了，医生说你怀上了我／从此你的明星梦因为我幻灭成暗影／你崩溃了／／夜以继日地跳／想把肚子里的我蹦到天上去去陪月亮／但是，妈妈，我出生了"。这种情形下，母亲甚至做出了疯狂的举动："你的痛苦压迫你，而你压迫我／你用你的躯体、你的手、你的怒吼／黑暗中压在我熟睡的幼小的身体上／我拼命挣扎，在噩梦中呼救"。这样的经历像梦魇一样笼罩了女儿的一生："妈妈，几十年过去了，当我和你在一起／我仍然无法均匀地呼吸／妈妈，当时你是想和我同归于尽／还是想让我一个人离开这个世界／直到今天，你的那只手、那个身躯／仍深深卡住我三岁的身体／正在磨损着我老去的身体／直到今天，我和你同室而居／仍然感到一次次窒息"。母亲曾有众星捧月的童年，而女儿的童年却如此孤单："而我的胸前挂着月份牌，无人陪伴／有轨电车的铃声成了我唯一的朋友／我几次被蜂拥的人群挤到铁轨下"。女儿渴望拥有母亲曾有的幸福童年，"哪怕只扮演一秒钟的你"。而这一切被醉心于事业的母亲完全忽略了。母女之间的关系长期如敌国："我们之间变得像两个敌国之间的外交／／我和妹妹大学毕业后，交出了家门的钥匙／你每一次搬新家／敲门、等待，很礼貌地走进你的家／除了茶杯、碗筷，从不敢碰你的任何东西。"由此，我们回头看第五部分那句诗"但是，妈妈，我出生了"，包含了多少难以言喻的复杂情感啊。这里反映了一个尖锐的矛盾，女性在事业中得到的，可能正是她在家庭中失去的。其间孰多孰少，也只能是见仁见智的事情。如何选择，关乎每个人的天赋秉性，却永远不会有唯一的答案。尽管如此，女儿与母亲相处的时光中也有它的黄金一刻："你把我的头发剪成假小子／我和你给朝鲜电影《摘苹果的时候》配音／我们像在密闭的庙宇里，在黑暗中／自豪满足地扮演另一群人／那一刻我们的灵魂在幸福的朝鲜"，"于是我记住了你年轻银幕光影下的声音／你那么温柔／我几乎爱上你"。随着母亲的步入晚境和我的心性逐渐成熟，终于迎来了姗姗来迟的和解："'我爱你和爱你妹妹的方式不同／那个时候我还太年轻，还没有准备好做一个母亲。'／多年后，你不知所措地对我说""妹妹走后，你成为温柔的君主／你对我的那位'君王'说：我的女儿不会为任何人改变！""当我登录，发现你七十岁高龄还在为我转发邮件／想起栀子花开的十二岁，你教我洗干净一件内衣／你坐着的士，端着亲手包的饺子，敲开我的家门"。这个和解意味着母女俩心智的最终成熟，这时候终于有了女儿那一声由衷的"我爱你"："妈妈，我爱你！只是我一直需要开启时间的锁孔／时间不会和我们再见／那就让该错过的错过，该重逢的重逢／……／我让这些文字原谅了我自己，原谅了你"。

第七部分是对早逝的妹妹的悼念，既表达了对妹妹深切的怀念之情，也透露了对妹妹所代表的时代的生活方式的某种不满——在姐姐看来，也许正是这种生活方式毁掉了妹妹的健康。妹妹把"所有的美献给了陌生人与母亲"，然而陌生人回报的只是疼痛："比汉堡还要精致的层层火山岩／用硬朗裸露的姿势挑逗大海／而大海用一天亲近她，用另一天躲避她／他多像你爱过的男人／他们总是留给你一些细碎的贝壳、小石子／和比'黄金海岸'还要柔细的沙／硌疼你的眼睛"。显然，姐妹俩对待爱和生活的态度迥异，这种差异也与母亲对姐妹俩的"爱的不同方式"有关。尽管姐妹俩心性和性格各异，但并没有影响姐姐对妹妹的爱："我将在未来的哪一天遇见前世的爱人？／如果他来了，你是否也让我替你爱他？"后一行诗听来似乎不合常理，怎么叫"让我替你爱他"？也许可以这样理解，姐姐对妹妹至死没有找到真心爱人感到痛苦，所以如果姐姐遇到她的真命天子，她觉得也应该让妹妹分享她的爱情的幸福。这是至亲、至爱之人之间才会有的想法。

第八部分写叙述者自身的心路历程。"我"在十岁那年经历了人生的第一次打击，荒诞的是竟然因为"美"。这一年，"文革"已近尾声，而人们仍然紧绷着阶级斗争的思想，即使在峨眉电影制片厂这样一个本应以创造美为使命的艺术机构，美还被视为可怕的敌人："在某一刻，美就是一种罪过"。"我"的名字和邓小平的名字并列在一起，写满墙上和地上。这一羞辱的经历造成了"我"恒久的创伤。与此同时，对美的敌意并没有随着"文革"结束而销声匿迹。当"我"走上社会，美依然引起某些人尤其是某些同性的仇视："很多年／我总会成为一些女人的敌人／我不习惯女人恭维我／不习惯有人对我好，在这个世界上，我早已经／被陌生人打倒，被同学打倒，被朋友打倒／甚至被那些爱过我

诗探索12　理论卷　2018年　第4辑

的人打倒 / 我的名字仍旧被写在那些无形的墙上、地上"。"我"因此渴望逃离"这座虚妄的城","走进梦中的村庄"。"这座虚妄的城"既指实体的峨眉电影制片厂，也隐喻了更为广阔的现实。"梦中的村庄"则是语言所营构的非现实然而更加人性的世界。所谓"黑白面具后古老的语言"，"黑白面具"暗指纸上的文字，"古老的语言"则隐喻文字所创造的那个来源比现实更为古老的世界："他们复活了牛、羊、猿猴和我的祖先"。这个古老的世界是无限广阔和充满生机的，可以满足我们一切美好的愿望。而在现实中，"我"只能看到死亡："看，鸟是天空的墓碑 / 云朵是河流的墓碑 / 向日葵是太阳的墓碑 / 我和你是行走着的墓碑 / 每一天，每一天都在身上刻下明天的碑文。"也许可以说，正是小时候的创伤经历——包括从母亲那儿遭遇的和从社会生活中所领受的——让我倾向于否定实际的日常生活，而倾心于一种内在生活——梦想、想象、沉思，从而使"我"成了一个诗人。

《如梦令》这首长诗也集中展现了从容的独特诗艺。已经有批评者指出从容诗歌的戏剧性特征，这一特征在这首长诗里有更突出的表现。[①] 我愿意引申一点，从容的诗不仅是戏剧化的，而且借助了电影语言技巧，形成了独属于从容的戏剧 / 电影特征。这种戏剧 / 电影性主要表现在场景化、动作化的叙事手段，蒙太奇技巧的应用（其实蒙太奇的起源应该上溯到诗，我国古典诗歌已有极为圆熟的蒙太奇手法），对白和独白的穿插，这些戏剧 / 电影手段和诗的主观性的结合，构成了从容诗歌那种穿行主、客观之间，游刃有余、变化多端的特征。从容的这种写法避免了现代诗的过分主观性，即使在表现某些宗教神秘体验的时刻，从容的诗也表现出某种客观性，从而保持了诗的宝贵的可感性。《如梦令》正文第一节以姥姥为表现对象的部分，就比较集中地体现了从容诗歌的这些特征。姥姥的登场便极具场景化和动作性：

袁世凯登基那一年，她出生 / 穿着掐腰的旗袍和四寸的高跟鞋 / 她第一个登上长沙城的舞台出演"陈白露" / 炎炎烈日，几乎烤化人力车的顶棚 / 她一踏上剧院的门槛，跑堂的就会一溜高喊：/ "陈大小姐到！"

接下来的一小节（仅两行）加入一个旁白的声音：

> 我的姥姥，陈怡真。她是陈家的耻辱。/ 一个戏子。

这个旁白的声音，当然可以说是从属于抒情主体的，但从这个声音又分裂出不同的声音，从而使这个声音本身带上了微妙的反讽特征。"我的姥姥，陈怡真"是抒情主体从当下发出的，一个对姥姥充满敬爱、理解、同情的声音。"她是陈家的耻辱。/ 一个戏子"虽是借抒情主体今日之口说出来的，却是对当日社会和家族中的流言蜚语的引用，传达了不同时空中人们对姥姥的不同评价，一方面是钦佩、敬重乃至羡慕（来自"我"），另一方面是轻蔑、敌对和仇视（来自当日社会和家族人物）。也就是说仅这短短的两行就包含了广阔的、横跨百年的时空背景，充满了戏剧性张力，具有社会的、情感的、心理的巨大容量。这类诗句具有典型的从容特征。下一节则在场景化的表现中加入了蒙太奇和独白手段：

> 1976 年，她在成都教我朗诵毛泽东诗词 / 仿佛回到十八岁的上海 / 她与曹禺在咖啡馆相见 / 民国二十四年，立春小雨，湘江岸边 / 她终于决定出嫁。/ "如果不是小日本打到眼皮子底下，我不会结婚。"

实际上，这种出色的诗艺在这首长诗中可谓所在皆是，难一一列举。

还应提请读者注意的是这首诗的独特构思。在进入家族史的叙述之前，作者先引了一段自撰墓志铭，接着写道："死去的亲人们在夜里相聚 / 黑暗中，我又一次醒来 / 楼下客厅的餐椅在不停地挪动 / 脚步声、杯盏声传来"。全篇结束时，诗人又把我们带到一片墓地的场景中——诗人甚至把漫山的白色墓碑比作"我穿着白长衫的亲人"——在这里召唤从祖外公陈邦彦到仍然在世的妈妈的全部家族人物一一登场。生与死在这里得到了平等的对待。这固然反映了作者的佛教信仰所带来的死者和生者共存和彼此沟通的观念，更重要的却是一种从死亡反观生存的独特视角，这种从死亡开始（先行到死），经过生存的艰难搏斗，又结束于死亡的独特构思，使诗人所描绘的生存画卷带上了一种有距离感的客观视角，另有一种催人警醒的效果。

[作者单位：清华大学人文学院]

挥之不去的灵动与沉稳

——王晓波诗歌品读

铁　舞

南方有诗人，想到王晓波。

王晓波诗集《雨殇：王晓波诗歌选集》，能够同时得到洛夫、非马、叶延滨、吴思敬、商震、刘荒田、霍俊明和杨庆祥等海内外"老、中、青"诗歌名家的共同阅读推荐，绝非偶然，《雨殇》的"绽放"会是怎样的美丽？

晓波诗歌选集《雨殇》出版了，我对晓波说：读一个人的诗集，我首先做一件事：从头到尾先浏览一遍，把对我印象最深的作品先记下来。然后，我要确立再读一遍的理由。比如，这些诗歌能为我正在思考的问题有什么样的联系。接着我会再读一遍，把对我有启迪的诗篇记下来，如果有电子文本的话，我会复制粘贴，另制一本诗选。接下来我就可以细品了，这个阅读过程好处有二：一是能确保一个人的阅读自尊；二是能解决我正在思考的问题。这样的阅读容易有收获。读干晓波的诗，我就是这样做的。

《雨殇》的电子版发给我时，我正在思考朱光潜在 1942 年 3 月写的《诗论》抗战版序中的一段话，"当前，有两大问题须特别研究，一是固有的传统究竟有几分可以沿袭，一是外来的影响究竟有几分可以接受，这都是诗学者所应虚心探讨的。"这个问题好像没有过时，我同时在做"现代小品诗"的写作研究（我在学校里是做教学实验的），想努力拿出一点自己的回答。印象中王晓波的诗颇具南方人阴柔的一面，他的语言始终是清新"常绿"的，似乎很少受西方现代诗技巧的"污染"；即使写城市生活的，那些语言也是质朴无华，没有任何一点晦涩；那首重点推出的现代长诗《雨殇》，语言也是透明的，一点不复杂。由于地域的原因，读他的诗我会联想到岭南园林的方池、高碣和自然融合的青灰砖墙。在晦涩文字不可避免（一些情况下还是必要的）的今天，一个人如何守住自己心性中明亮的部分，即使在雾霾的天气里，也能保持诗歌气息的清新，这是值得学习的。

有了这两点，我就特别期许王晓波这本自选诗集能对我提供什么。先看一首《江南》。这首诗值得一品。理由是：一，它很容易使我们联想到传统，谁都会联想起"江南可采莲，莲叶何田田"的美好；二，它能引起我们进一步讨论，新诗如何能达到古诗那样的精粹的地步，我们还有多少距离。这首诗语言很清新，抓住了江南"多荷""多莲""多蜻蜓""多蝴蝶""多燕子"的特征，巧妙地归到"风筝"，全诗以"伊"为线索，写出了一曲"江南恋"。不错，我很喜欢这首诗，没有个"伊"字贯串，恐怕是失散了的珠子。但目前总体上还有些纷乱，就像一根琴弦发出的音符与琴弦长度存在比例关系一样，一首小诗意象的多少也应该有合适的比例。我和晓波是朋友，我这样去品评晓波的诗，确是有点苛刻，甚至不仁道，但我是用最高标准来要求晓波的。在新诗中能够写出与白居易《忆江南》媲美的诗，还没见到过。不过今人总要有点追慕先人心情，才好。我愿晓波能走在这条道上。

以此要求，我们再看一首《我叫你梅或者荷》，这首诗就没有意象纷乱的感觉，但这首诗很使我想起郭沫若《瓶》里的一些诗。（有时我们要超过前辈诗人真的很难。）我想起我的老师说过，好诗有两种：一种是天籁，一种是顺乎自然又独出心裁加工的作品。有时候我想，要是好不了，干脆写得"坏"一点也是一个办法，至少有自己的特点，只要经验是真切的。像"我叫你梅或者荷"这样的经验别人也是有的。要写别人没有的。《一条咳嗽的鱼》就可能是别人没有的。在这首诗里，大部分诗句平朴，但"一条咳嗽的鱼""出门佩戴口罩"这样的句子起了非常"坏"的作用，这就是独出心裁的表现。在别人都写得很好的时候，你就要写得坏一些。作者写鱼，其实不是写鱼，作者是写人，那真是一条可怜的美人鱼，作者把它安置在《我叫你梅或者荷》的后面，读者要是把它读成一首爱情诗，那真是一首"坏"到极点的爱情诗了。当然，你也可以把它读成一首写雾霾的环保诗，那就少了一点意趣。继承传统是一个双重概念，它可以悬在空中。也可以真正落地实践、讨论，求进步。这就是我为什么要就王晓波的具体诗作展开讨论的原因。也是我借着本文提出现代小品诗歌创作这一设想的原因。空喊继承，如何继承，看不见，摸不着，有什么用？我的意见必须具体诗歌具体分析，讲继承，创作者就应该从一首一首诗开始。

为什么在这里要提出一个现代小品诗的概念？这是一个艺术概念，

诗探索12

理论卷

2018年

第4辑

它强调的是作品的艺术性，一首诗如何才能进入艺术？中国古诗为什么那么讲究形式规范，就是为了确保艺术性。新诗不同，它首先确保自由，一首诗一个形式，形式的意味全靠自己来保证。我现在提出小品的概念，一是要"小"，二要经得起"品"，"小"者取"麻雀虽小，五脏俱全"的"小"的含义，要小而全，不同于现在到处流行的"微诗"（有些微诗只是像针刺麻醉的针刺一样，只是一刺而已）。

在我读过的新诗中，小品诗有三类，一类是物事型具有雕塑感的，一类是事物中不寻常关系发现型的，还有一类是空灵飞动精灵型的，形制都须小。具有雕塑感的诗，必具鲜明立体的形象，闭上眼挥之不去的，如臧克家的《老马》、徐志摩的《沙扬娜拉——赠日本女郎》，还有张烨的《求乞的女孩，阳光跪在你面前》、非马的《醉汉》。这类诗颇多，很可以作为我们学习的榜样。在《雨殇》这本诗集里也有这样的诗，如前所举的《一条咳嗽的鱼》就是，一看题目就不会忘。还有一首诗《夜读鲁迅》。作者用情感在雕塑，这首诗如果在篇幅上处理成十四行，注意诗体的外形，以及内在文脉的起承转合，就非常好了。

第二类小品诗是发现型的，就是朱光潜说的"突然见到事物中不寻常的关系，而加以惊赞"，诗人洛夫的《金龙禅寺》即是。王晓波的短诗《菩萨》也是一例：最早在微信圈里读到这首诗时，我就感觉到这首诗的特别处，母亲、念珠、菩萨，这三者之间突然被发现的关系，作者由此而惊赞，不同于其他诗篇的单纯的想象，这是建立于写实基础上的个别性的经验，没有过多的联想和抒情，在写母亲和菩萨这类题材的诗歌中，这一首是发现型的。

当然，诗就是诗，不必要有所指。这就是小品中的第三类：空灵。灵视，灵动，小品诗可以做到。如《南方》：

> 一群鱼啄着月光施施然游过
> 大海数次沉下去，又跃了
> 起来。一些话语被潮水卷起
> 一海面的悲伤和喜悦

这一首诗也许是未被人过多关注的一个诗歌小品。和《江南》一诗比较，这首《南方》的意象十分单纯，而且四句诗的起承转合，很完整。写南方可以写树，写蝴蝶，写燕子……这首诗写鱼，写海，"一些话语被潮水卷起"可谓转得出奇，"一海面的悲伤和喜悦"则合得出人意料，总体而言意味深长。这四行诗让人想起中国古诗中的绝句。中国的传统诗有二大特点：一是短小精巧，二是融入大自然。新诗中的绝句，空灵类的小品，现代山水诗人孔孚当首屈一指。他的山水灵音不该为人忘记。前辈在前，如何继承超越，是个问题。再看王晓波的一首《东篱》：

> 将南山归来满口袋的蝉鸣
> 挂在东篱。游离万物之外
> 朝阳晚霞满窗，风雨一生短
> 有谁的幸福值得采摘

这首诗写得别有意趣，我有个朋友读了连声叫绝："亏他写得出！"只是它使我太多地想到陶渊明了，怎么我们一直在总是成为先人的影子下面呢。再看一首《荡漾》：也算得是一首写生小品，荡漾的是爱意，比起《东篱》来，有所异想，奇思不够，"将南山归来满口袋的蝉鸣／挂在东篱。"这是十足的奇思，少有人想得出。这里我故意将王晓波自己的诗与自己的诗作比较：我想，这就是品读。若要和孔孚的《蛾眉的风》比："吹三千灵窍／善写狂草／／摸一下佛头／就跑"，区别在哪里呢？有的诗是具有灵视和灵动的品格，有一首《天空里拥挤的游鱼》可以和前面列举的《一条咳嗽的鱼》比较阅读，这两首都跳出了山水，却是灵视、灵动的，要是放置在孔孚诗的后面，可以说是一个发展，只是篇幅都长了一点，用简、用无不够。

朱光潜说过："我以为中国文学只有诗可以同西方抗衡，它的范围固然狭窄，它的精练隽永却往往非西方诗所可及。"他说的是旧体诗。怎样把新诗也写得像古诗那样"精练隽永"呢？且借王晓波的诗做例子，新诗要是也能做到"精练隽永"，那也一定是非西方诗所可及了，晓波和我们该做如何的努力呢！

《雨殇》是一本个人的诗歌选集，它不是专为我提出小品诗做出证明的。遍览王晓波近年写的诗，我看到了他的努力，他不是一个天马行空的才气型诗人，却是一个扎扎实实下功夫写诗的人，他的诗犹如南拳，架子小，阴柔中有巧劲，大多适合报刊所用，利于普及，我看几乎每一首都注明了发表年月，这份坚持，这份用心，不加上一点诗外经营，一般人难以做到的。王晓波是个精灵。

我从小品诗角度推介晓波的诗，是因为我觉得凭他的那份忍耐，他是可以在现代小品诗上做足功夫的。小品诗，是一个文体概念，我之所以特别强调这一点，因为我看到王晓波近年来不断在诗体上做突破，除了我列举的小品诗之外，另外他还尝试了"小说诗"这个文体，这个文体是值得尝试的。在文体理论上我们也需要深入研究，我们知道有过诗体小说、长篇叙事诗，"小说诗"的概念是否和"散文诗"的概念理解起来是否差不多呢？它的落脚点是"诗"，而不是小说，它具有小说的元素，它又为什么需要借助小说的元素呢？"诗体小说"，它的落脚点是"小说"，它借助诗的形式。文体的创造是最高的创造，所以我才在这儿饶舌。还有不得不谈的《雨殇》这一首现代长诗，诚如人们所说的"是一首忧患之诗、叩心之诗和担当之诗，写来洋洋洒洒，直抒胸臆而又不乏沉思，继承了《诗经》以降'知我者谓我心忧不知我者谓我何求'的黍离传统和问道精神。"（王夫刚）；它可能是王晓波十年创作过程中的一块里程碑，别人已评价得很高了，我就不多加赞了。我还注意到，整整有一辑是以城市为背景写乡愁的城市诗。在生态环境变化下的诗意表现以及诗体的变化，证明他不断地在探索。这是十分可喜的。当我们思考整一本《雨殇》诗集中现代性的时候，自然会想到朱光潜之另一问："外来的影响究竟有几分可以接受"。当年朱光潜指出中国诗歌的路有三条：一条是西方诗的路；一条是中国旧诗的路。还有一条，是流行民间诗歌的路。朱光潜说，其中第一条路的可能性最大。它可以教会我们一种新鲜的感触人情物态的方法，可以指示我们变化多端的技巧，可以教会我们尽量发挥语言的潜能。城市生活很可能使得各种理想中美轮美奂的诗体胀破，因为生活是"坏"的，诗不可能不"坏"。这样说来，我说的小品诗，就是一条窄路了。对照一下，王晓波走在哪一条路上，走得怎么样？这是一个悬念："煞有其事，不放不弃 / 用竹篮打水。人生 / 如那盛水的缸，何时饱满 / 或者是一列渐行渐远的火车（《悬念》）"不是吗？也许我们只能做出王晓波《艺术品》一诗里所感叹的："时光如染如雕刻，……我们都是岁月的艺术品"。

[作者为上海诗人、诗评家]

"新世纪诗歌"研究的深化与拓展

——评王士强的《消费时代的诗意与自由》

吴投文

时至今日，"新世纪诗歌"似乎已凝定为一个具有相对稳定内涵的文学史概念，相比这一概念刚刚提出时所引起的争议，研究界已经平静地接受这一概念大面积的使用，很少再质疑这一概念的有效性和合理性。究其因由，大概将近二十年的时间长度本身是一个颇有说服力的证据，更重要的还是新世纪以来，中国新诗的复杂路径和整体上的美学特征已经初步显露出来，新世纪诗歌不再是一个模糊的不可分辨的整体，而是一个在显微镜下呈现出内在纹脉的研究对象。另一方面，进入新世纪以来，新诗的现实处境实际上更为复杂，新诗的合法性问题仍然困扰着社会公众，新诗的危机似乎并没有得到根本上的缓解，而是呈现出更微妙的情形。由于消费文化的强势覆盖，新世纪的文化情境更为复杂，长期以来人们所担心的诗歌边缘化问题也表现出更复杂的情势，网络上既弥漫着对新诗近乎狂欢化的指责和亵渎，而如火如荼的诗歌活动又呈现出诗歌繁荣的某种征象。人们对新世纪诗歌的判断莫衷一是，有人断言新诗将要消亡，有人则为诗歌的繁荣景象欢欣鼓舞。从这些症候来看，新世纪诗歌是一个在两极之间游移的"问题"，站在对立的两极，人们对新诗的观察和感受是截然不同的，这说明新诗的处境仍然是晦暗的，其前景仍然是暧昧的。或者说，新诗之"新"的创造性仍然处在行进的途中，新诗之"诗"的身份验证仍然面临着人们观念上的分歧。这意味着新诗并未达到人们所期待的成熟状态，新诗的文化身份仍然处于被验证的过程。

从2016年开始，诗歌界和学术界开始以各种形式纪念新诗的百年诞辰，一时众声喧哗，热闹非常，估计将持续到2018年底才会结束。这其中实际上也反映出一个问题，何来新诗一百年？新诗的起点在哪里？看来这个问题也是模糊的。到底1916年、1917年、1918年哪个是

诗探索12　理论卷　2018年　第4辑

百年新诗的起始之年？自然各有依据和学理上的判断，而把这三年看作是中国新诗诞生的一个过程，亦未必不可。相应地，2016 年、2017 年、2018 年均可以看作是新诗百年的诞生纪念之年，同样也是一个过程。从这些活动的"文化盛宴"模式来看，对于新诗成就的世纪总结既包含着乐观的预期，也包含着反思的焦虑，实际上隐藏着评价上的分裂和矛盾。这从一个侧面反映出新诗自诞生以来的基本境遇，也联结着新世纪诗歌的复杂症结。

新世纪诗歌处于一个特殊的历史时段，新诗的"百年光华"与"百年迷局"是交错、扭结在一起的，同样折射到新世纪诗歌的基本格局中。对中国当代新诗来说，新世纪既是时间环节上的承上启下，也是历史环节上的继往开来，既包含着新诗传统的创生和继承，也包含着新诗诸多可能性的进一步探索与深化，这使新世纪诗歌受到研究界的特别关注。确实，在目前的新诗研究中，新世纪诗歌研究是一个很大的亮点，乃至呈现出扎堆的迹象，这是新诗文化逐步趋向成熟的一个表现，也表明新诗文化的实践路径在新世纪逐步呈现出清晰的趋势。这种特别关注大概既包含着文学史定位的焦虑，也包含着对新诗发展的未来预期，并由此牵连着许多相关的问题。新世纪诗歌并不是一个孤立的诗歌现象，而是一个特殊的历史与现实的交汇点，联结着新诗发展的几乎所有深层问题。这使"新世纪诗歌"作为一个话题具有纵深的讨论空间，也使相关的讨论具有隐约可见的历史维度，同时联结着新诗发展的现实境遇。从目前已有的研究来看，新世纪诗歌已成一个研究热点，相关的研究论文不断翻陈出新，新世纪诗歌的各个层面均有深度涉及，不管是现象观察，还是价值评估，都从总体上呈现出新世纪诗歌的复杂态势和基本走向。实际上，新世纪诗歌作为一个文学史概念，承载着研究者的某种特殊期待。应该说，这种期待既有新诗发展历史合理性的依据，也有奠基于新诗文化的现实需要，而且指向对新诗艺术理想形态的内在渴求。在一个世纪的这个特殊时间节点上，研究者的兴趣和激情既来源于某种历史动力，也来源于对未来的某种展望，同时也包含着"历史中间物"意识和由问题意识带来的某些困惑。

在这样的背景下来看，王士强的新世纪诗歌研究具有体系性的特征，而且带有相当强烈的个性化意识，这集中地体现在他新近出版的著作《消费时代的诗意与自由——新世纪诗歌勘察》中。王士强自 2006 年进入学界以来，一直以中国新诗研究为主业，是诗坛颇具影响力的新锐批评家。近年来，他在新世纪诗歌研究这一领域用力尤多，有一系列引人注目的成果问世。他的研究大都贴近当前诗坛的发展态势，在对新世纪诗歌的宏观描述和微观剖析中，力图呈现出新世纪诗歌的整体面貌和个体特征，深入地把握新世纪诗歌的流变历程及其内在景观，同时审视新世纪诗歌某种程度上的病症和乱象，意在为新世纪诗歌的健康发展提供某一方面的镜鉴。应该说，他的研究意图符合新世纪诗歌的实际发展状况，力戒大而化之的放空之言，把观察的视点聚焦在新世纪诗歌现场的混沌和丰富层次之中，所以，王士强的相关论著都有真实的诗歌现场感和对称于诗歌现场的理论视域。在此之前，王士强出版过一本论文集《烛火与星光》，其中也有部分篇章涉及新世纪诗歌现象，尽管还缺乏体系上的完整性，但他的学术眼光已经显露出相当敏锐的精准性。比如对二十世纪九十年代以来的当代诗歌转型，他的分析和定位就非常准确，认为新世纪以来的诗歌变化并不是凭空产生的，而是需要在一个相对较长的时段中把握新世纪诗歌的"典型性"变化，并把这些变化归结到复杂的文化情境的内在促动上来，"这种转型，其中当然也包含着对于'传统'的继承和接续，但更重要的，是对于此前规则和禁区的突破与毁坏，是以异端和叛逆姿态出现的对诗歌的新的探索。这一时期人们的物质、精神、文化发生的变化，清晰地投映在诗歌当中。"[1] 新世纪诗歌是二十世纪九十年代以来当代诗歌转型所带来的一个合乎逻辑的结果，分析这种转型的意义对于把握新世纪诗歌的内在复杂性是非常必要的。

新世纪诗歌研究在新诗研究中具有学术增长点的性质，这并不只是一个简单的研究范围扩大的问题，也包含着研究对象处于特殊历史节点的复杂性症结和丰富性内涵。我觉得，在王士强的《消费时代的诗意与自由——新世纪诗歌勘察》中，有一个显而易见的观察视野，那就是新世纪诗歌的内在复杂性及其后面隐秘的诗学路径，显示出非常敏锐的问题意识。该著一共有四辑，第一辑"现象解析"，第二辑"诗艺考辨"，第三辑"诗人评论"，第四辑"读解·札记"，四辑之间有一种内在的关联，就是以问题意识带动对新世纪诗歌复杂性的深度探究，也似乎含有回应社会公众对新诗的质疑的意味。这是王士强新世纪诗歌研究的一个显著特色，他带着自觉的问题意识去探究新世纪诗歌的内在复杂性，并从中抽绎出新世纪诗歌的基本诗学观念和主要症结。他的观点新颖，辨析深刻，既对新世纪诗歌在消费时代的弊病有非常清醒的指认，也对

---

[1]　王士强：《烛火与星光》，山东文艺出版社 2017 年版，第 91 页。

诗探索12　理论卷　2018年　第4辑

新世纪诗歌的进路有独到的认识，就此而言，《消费时代的诗意与自由——新世纪诗歌勘察》是一部了解新世纪诗坛现象、诗学理论与诗歌创作不可多得的著作。

第一辑"现象解析"带有新世纪诗歌的综论性质，涉及新世纪诗歌的一些重要问题，大致是从宏观层面观照新世纪诗歌的基本格局。在新世纪的消费文化语境下，是否存在"诗歌边缘化"的问题？对这个问题的判断，实际上关联着对新世纪诗歌的总体评价。关于诗歌的边缘化问题，洪子诚先生曾有过系统而深入的分析，他在一篇影响广泛的文章中指出，"诗歌'边缘化'自然不是什么新鲜话题，自二十世纪九十年代开始，这个判断就已经被广泛接受，成为对九十年代以来中国大陆诗歌的没有多少争议的描述。在这一概念的普遍运用中，八十年代被设定为当代诗歌的'黄金时代'，而'边缘化'进程则起始于八十年代末。在批评家的叙述中，诗歌'边缘化'主要涉及诗歌的处境，即诗歌在社会文化空间的位置问题。减缩、下降、滑落等，是使用频率颇高的、用来说明'边缘化'征象的一组富动态特征的语词。"①可见，诗歌的边缘化实际上由来已久，但在新世纪的消费文化语境下呈现出更复杂的情形，需要结合具体的文化语境进行深入的探讨。王士强在书中最先从"诗歌边缘化"谈起，恰恰是出于这一问题的重要性，也意在将问题引向深入的讨论。他对此有属于自己的思考。在他看来，"当诗歌处于中心的时候，往往是它被征用、成为工具的时候，它并不具有独立性。"②二十世纪八十年代被看作诗歌的"黄金时代"，正可作如是观。面对"诗歌边缘化"所带来的各种指责或质疑，王士强主张回到艺术本体来看这一问题，诗歌"应该与社会现实保持有距离的审视，因为它关注的不是一时一地，而是更长久、更广阔的存在。"③因此，他认为诗歌应处"边缘"的位置，但这并不意味着诗歌不重要，"诗歌的力量是无形、无穷、强大的，它是一种无能之能、无用之用，却也正是大能、大用。"④从他对新世纪诗歌的总体判断来看，他的态度是非常理性的，他的论断也是颇具说服力的。实质上，这是他对新世纪"诗歌边缘化"这一判断的反驳，里面也包含着对新世纪诗歌的总体评价。他的这一态度又牵动着他

① 洪子诚：《当代诗歌的"边缘化"问题》，《文艺研究》2007 年第 5 期。

② 王士强：《消费时代的诗意与自由——新世纪诗歌勘察》，广西师范大学出版社 2017 年版，第 4 页。

③ 王士强：《消费时代的诗意与自由——新世纪诗歌勘察》，第 4 页。

④ 王士强：《消费时代的诗意与自由——新世纪诗歌勘察》，第 5 页。

·新诗理论著作述评·

对新世纪诗歌一系列问题的回应，他对新世纪诗歌热点问题的判断与反思均与此有关。他在谈到新世纪诗歌"危机背后的繁荣与繁荣背后的危机"时，实际上是对"诗歌边缘化"问题的延伸性思考，符合新世纪诗歌多元发展的实际情形。

第二辑"诗艺考辨"和第三辑"诗人评论"重在探讨诗歌写作的内部问题，回答"何为诗"这一实质性问题，探讨新世纪诗歌的艺术取向，既有现象讨论，又有诗人个案研究。王士强在此对新世纪诗歌有一个总体性的判断，"新世纪诗歌正处于一个走向自由、多元、繁荣的上升阶段之中，基本面是好的，其活力大于危机。"[①] 在某种程度上，新世纪诗歌的活力在于无序，危机也在于无序，这就需要具体情况具体分析。先锋诗歌的无序和更新换代的加速化是新世纪诗歌的一大表征，王士强认为群体性、大规模的先锋诗歌运动已不复存在，但先锋诗歌的精神仍然存在，且更为内在和多元，也更富有创造性。新世纪的先锋诗歌呈现出更为分化的状态，往往表现为小众化、小圈子化和个体化，先锋诗歌的活力和危机都在无序之中。对于另一极的"打工诗歌"，他的评价也相当客观，既肯定"打工诗歌"的优长之处，也不忌讳"打工诗歌"的欠缺及可能存在的困境，并将问题引入对诗歌与现实关系的深入分析。不管是探讨先锋诗歌的"先锋性"，还是探讨"打工诗歌"的"现实性"，王士强的视点都落在对诗艺的考量上，既有精神层面的探讨，也有形式层面的眷顾，注重在综合性的视野中探究诗艺的复杂向度。他选取朵渔、郑小琼、谷禾、李轻松和聂权五位诗人作为个案分析，也主要在诗艺层面考辨这些诗人创作上表现出来的某些特质。

第四辑"读解·札记"聚焦文本细读，深度分析几位重要诗人的代表性作品，是在微观层面上关于单首诗歌作品的解读和品鉴，带有散点透视新世纪诗歌的性质。在诗歌研究中，作品细读看起来简单，实际上却是高难度的动作，透彻到位的作品细读是诗歌研究不可缺少的基础性工作。我注意到，王士强的诗歌研究重视作品细读，看得出他是一位有底气、有自信的研究者，这也使他的研究不高蹈、接地气，显示出真正行家的本色。他选取黄礼孩、李小洛、唐果、轩辕轼轲、刘年的代表性作品进行细读，想来是有某种考量的，这些诗人的创作风格差异甚大，但都具有先锋的底色，作品短小精悍，结实耐读，符合"新批评"文本细读的要求。从更大一点的视野来看，他的作品细读符合新世纪诗歌多

---

① 王士强：《消费时代的诗意与自由——新世纪诗歌勘察》，第 128 页。

元化的具体语境，具有艺术鉴赏上的包容性。其中李小洛的《省下我》是我非常喜爱的一首，意蕴深厚，隽永耐读。王士强把此诗的主题概括为"背对时代与抵达内心"，重在分析诗中所包含的生命内涵和刚柔相济的艺术风格，给人豁然开朗之感。

综合来看，王士强并不满足于呈现新世纪诗歌的浅表性现象，而是在问题意识的带动下深度透视新世纪诗歌的复杂景观，探求内在于新世纪诗歌中逐步显露出来的新的诗学观念。这是他在研究方式上的特别之处，也是《消费时代的诗意与自由——新世纪诗歌勘察》值得注意的一个地方。由于新世纪诗歌处于不断发展的进程中，其格局并没有完全确定下来，而是呈现出一种相对混沌的状态。王士强在该著的后记中说，"'贫乏的时代，诗歌何为？'这样的追问或许更多的并不是哲学与思想的，而是现实、实践的。实际上，每一个诗歌中人都在用自己的生命存在形式进行着不尽相同的回答。"确实如此，处于现在进行时态的新世纪诗歌在不同的研究者中存在较大的分歧。王士强的诗歌批评有内在的力度和内敛的锋芒，往往娓娓道来、绵里藏针，他对新世纪诗歌怀着谨慎的乐观，正如他自己所说，"本人对新世纪诗歌的评价不是简单的肯定或否定，而是既有肯定又有否定，肯定中有否定，否定中有肯定的，情感态度上也不是单向的乐观或悲观，就乐观而言，是谨慎的乐观，就悲观而言，是悲观中仍有'亮色'，仍然'乐观'，说到底，我还是相信诗歌是有力量的，是值得信赖的。坦白地说，我正是在上述的不断的犹疑、纠结、自我否定与自我肯定中从事自己的工作的，此前是这样，此后应该也还是会这样。"[1] 虽然就悲观而言，他痛切地指陈新世纪诗歌的弊病，有时流露出恨铁不成钢的失望，但他更关注新世纪诗歌中不断萌芽出来的艺术新质，而且力图寻求用恰切的话语方式表达出来。

作为研究对象的新世纪诗歌，落实到具有概括性的理论话语上，需要相对清晰的边界和定位，这对研究者无疑是一个挑战。正是在这里，《消费时代的诗意与自由——新世纪诗歌勘察》的理论框架与新世纪诗歌的实际情形是大致对称的，这得益于王士强对新世纪诗歌目光如炬的整体性把握。尽管理论框架往往带有后设的性质，会对研究对象产生某种程度的修剪效应，但在严谨的研究者那里，会把这种修剪效应调整为对研究对象的丰富性的洞察，达到对研究对象的深度透视而祛除对研究对象进行本质主义的理解，反而更接近研究对象的内在真实。面对纷繁

① 王士强：《消费时代的诗意与自由——新世纪诗歌勘察》，第218页。

芜杂的新世纪诗歌现象，从何处入手实际上是一个相当棘手的问题，没有敏锐的问题意识就会迷失于诗歌现象的迷宫之中，反而会导致对新世纪诗歌的价值评估偏离内在于事实中的真实尺度。王士强的优异之处在于，他的理论概括既有宏观视野的整体脉络，又有微观细察中的现场鲜活感，二者的结合又圆融于有温度的文字中，使研究的学理性体现为可感可触的正在形成中的个人化风格，这是颇为难得的。

需要注意的是，新世纪诗歌还处于一个动态发展的过程中，诗歌内部的复杂性似乎并未完全打开，新世纪诗歌的发展前景仍然有晦暗的一面，其暴露出来的问题也还没有得到充分的清理。这使新世纪诗歌研究大多局限于即时性跟踪的状态，真正有理论深度和整体性视野的研究论著还不是很多，这是新世纪诗歌需要做纵深研究的原因，也是推进新世纪诗歌研究进一步深化的动力。随着新世纪诗歌的进一步发展，研究视野也会得到进一步的敞开，我们有理由期待王士强先生不断取得新的研究成果。

[作者单位：湖南科技大学人文学院]

《洵美诗选》翻译溯源

孙继成　师文德

诗探索12 理论卷 2018年 第4辑

邵洵美（1906—1968）是中国著名的现代诗人、作家、出版家、翻译家和文学活动家，一生著述颇多，有诗歌、小说、散文、随笔等多种体例及题材。①首部邵洵美诗歌英译本"The Verse of Shao Xunmei"（《洵美诗选》）于 2016 年 6 月由美国海马出版公司顺利出版，译者是孙继成和美国专家师文德（Hal Swindall）。②本文就译者在翻译邵洵美诗歌过程中所采取的翻译策略与翻译方法展开论述，并结合译者与邵洵美诗歌的结缘过程来阐述其诗歌得以英译的历程，并为首部邵洵美诗歌英译本的出版及相关研究做些必要的补充说明。

一　邵洵美诗歌的英译策略

诗无达诂，译无定法。诗之所以难以翻译的原因，可以归纳如下：一是诗中所使用的语言本来就不同寻常，即使对于说本族语的人来讲，也是如此，比如词序的颠倒、句法的破碎、发音的变异等等；二是诗中的用词追求新奇，即使对于说本族语的人来讲也难以琢磨，尤其是诗中的那些比喻更是让人不知所指，象征主义等修辞手段也是不易明白；但这些隐喻和意象的本意，却往往是本族人所熟知的内容，用技术性的翻译术语来讲，它们就是"文化负载词"；"文化负载词"在我们翻译邵洵美的诗歌过程中是最难以处理的部分。在多数情况下，译者不得不对这些文化负载词加上注解，来补充其原文的信息；译者要想在译文中把"文化负载词"翻译好，必须要下苦功夫。

在翻译邵洵美的诗歌过程中，我们的翻译任务既容易又艰巨：说翻

---

① 邵洵美：《花一般的罪恶》，上海书店出版社 2008 年版。

② Shao Xunmei, Tran. by Jicheng Sun & Hal Swindall. The Verse of Shao Xunmei: Heaven and May (1927) and Twenty-Five Poems (1936). Paramus NJ: Homa & Sekey Books, 2016.

译邵洵美的诗歌比较容易，是因为他的诗歌深受欧洲诗人的影响，比如法国诗人波德莱尔、保尔·魏尔伦、英国诗人史文朋等，尤其是深受英国诗人史文朋的影响。当邵洵美在剑桥大学读书时，他曾撰文解释自己对欧洲诗人的继承和发展，并说明他写的诗歌与欧洲诗人之间的内在关系。所以，邵洵美在很大程度上是汲取了欧洲诗人的诗学营养，如果紧扣邵洵美的诗歌主题及其相关的欧洲象征主义和颓废主义的诗歌渊源，那么理解邵洵美的诗歌就相对容易。当然，翻译邵洵美的诗歌同时又是复杂而困难的，因为邵洵美曾声称他要在自己的诗作中创造出一种新的中国文化，并致力于把十九世纪晚期的欧洲诗歌引入中国白话自由诗坛，因此，"特定文化负载词"的翻译困难并没有彻底消失。

原则上，我们在邵洵美诗歌的英译过程中，先由孙继成完成诗歌英译的初稿，再由美国专家师文德先生对诗歌译文加以润色和提升。我们知道，诗歌英译的润色比较复杂，并不是简单的译文审校。我们在共同的研究过程中，有时候有些诗歌的译文要来来回回反复审核好多遍。我们会根据英国诗歌的特点和用词习惯，对邵洵美诗歌的诗行和诗节进行重新排列，并尽量保持其诗歌原有的风味，因为邵氏诗歌多为白话自由诗体，译成英语时的韵脚处理并不太复杂。构建诗行的韵律也不是太难，对邵洵美诗行中的押韵部分，我们有时候也只是简单地把它们译成自由诗体。我们两人合译诗歌需要对所译的每首诗每一诗行都要做到全面理解和细心把握，尤其是对诗歌的主题要多加注意。每个诗节是如何建构其主题的，每个诗行又是如何建构的？诗行中的字词又是如何排列的？有时为了定稿，我们要反反复复交换修改意见。

在作为《专家行为的诗歌翻译》（*Poetry Translating as Expert Action*）一书的序言中，弗朗西斯·R·琼斯（Francis R. Jones）明确指出，诗歌的最大不同之处就是诗行之上的诗意，也就是诗歌的字面意思是如何透露出作者的深邃情感、精神追求和哲学思考。因为翻译诗歌在很大程度上就是对原诗的一种改写，或者就像尤金·奈达所说的保持其"功能对等"。奈达的"功能对等"是与他的"形式对等"相对而言的，在奈达看来，"功能对等"就意味着把一个文本译成读者易于接受的语言，而"形式对等"则意味着保存原文的形式因素。一般说来，"功能对等"对诗歌翻译而言相对的比较容易。因此，在我们的翻译过程中，保持原诗的形式对等是我们关注的重点，因为欧洲诗人对邵洵美的影响在很大程度上会表现在诗歌的形式上，而邵洵美又想在中国文化的土壤上构建一种新的诗歌文化，把欧洲诗人的影响及其他个人的能力都集中在自己的诗作中加以表现。

二 邵洵美诗歌的英译方法

我们做过的一个较好译例就是翻译邵洵美的第一部诗集《天堂与五月》（1927年）中的第一首诗《天堂》。《天堂》（英译本，第5页）来自于史文朋的一个诗行。

啊这枯燥的天堂，

何异美丽的坟墓？

上帝！

你将一切引诱来囚在里面，

复将一切的需要关在外面：

上帝！

Alas, this barren heaven

Why is it no different from a beautiful tomb?

Lord on high!

You have lured everyone here to keep in captivity,

Shutting out all human desires:

Lord on high!

在第一行中，我们把"枯燥的"译成"barren heaven"，"枯燥"的本意亦有"枯萎"（withered）之意，我们相信邵洵美在这里试图要回应史文朋的"劳斯·维纳斯"（Laus Veneris）一诗中第一百零三诗节中的第一行"High up in barren heaven"。这是史文朋诸多质疑维多利亚时期耶和华诗篇中的一篇，也表现了史文朋对英国维多利亚时代的一种反叛，这一诗歌的主题呈现了上帝与人性之间的对抗，表达了上帝对人性的压抑，这也是史文朋诗歌中经常出现的主题。此处，我们把"上帝"译成"Lord on high"，是对汉字诗行中的"上帝"一词进行了直译。这种直译法可以使诗行变得更加有张力，更有诗意，比单纯译成god（上帝）更能表现出作者的反叛精神；在这首长诗中，邵洵美表达了自己的诗学声音，也表达了自己对人类堕落的反思。在《天堂》这首长诗中还

诗探索12 理论卷 2018年 第4辑

包含了其他几个类似的译例。总之，如何翻译"文化负载词"是一个值得反复研究的话题。

另外一个比较有趣的译例是《天堂》部分中的另一诗篇《水仙吓》（英译本，第49-50页）。这首诗共有四个诗节，它将水仙花比作堕落的女人。这首诗的主题很容易让西方读者联想到法国诗人波德莱尔的《恶之花》，会被他们看作是西方古典诗歌传统的一种回响，也是欧洲颓废主义的一种回响。因此，我们把第一首诗做了这样的翻译：

水仙吓，
你既然生在这污浊的泥里，
为什么还要有这一些的香气，
竟使过路的我也想爱你？

Ah, Narcissus!
Since you grow inside this filthy mire,
Why you still possess this certain perfume that
Attracts passerby like me to love you?

与"天堂"译诗中的处理方式相类似，我们把汉字的"污浊的泥"译成"filthy mire"；这与史文朋的"Dolores"一诗中第三诗节第五诗行"the mystical rose in the mire"相比附。这首诗也是史文朋描写坏女人的一个典型代表作，他喜欢把鲜花比作女人，诗中的后三诗节描写了诗中人对水仙花的矛盾心态：不入污泥，焉得花仙如水！最后诗中人决定放弃"拈花惹草"，各自相安为妙。

在这首诗中，邵洵美的词序使用技巧也值得读者注意。我们翻译这首诗的最大困难在于如何在英文中再现"水仙"这一诗歌意象。我们选用了"Narcissus"这个词，主要意图在于将"水仙"与希腊传说中的"Narcissus"联系起来。"Narcissus"这个词在希腊神话中暗指"贪图虚荣，内心空虚"的女人。在中国读者看来，"水仙"的字面联想含义是"水中的仙女"，是纯洁高尚的象征，但是这与西方人心目中的"lily"（百合花）形象比较类似，但是，我们选用了"Narcissus"这个词在语义上就改变了邵洵美的诗中意象，颠覆了中国传统文化中的"水仙"的意象。"水仙吓"中的"吓"这一语气词也反映了诗人对水仙花的一种既失望又感叹的矛盾心态。诗中人最后抑制了自己爱欲的泛滥：尽管水仙香气袭人，但她仍然未能俘获诗中人的心。对于女人堕落的感叹也是欧洲颓废主义诗歌的常见主题之一。因为邵洵美对欧洲诗歌中常见的意象和象征运用都十分的娴熟，所以我们在翻译水仙的时候就没有选择"lily"这个词，其用意也在于沟通邵洵美诗歌与他所喜欢的欧洲诗人之间的影响渊源。

文化负载词在诗歌翻译中要不要添加脚注？这是诗歌翻译中的一个较为古老的话题。一般来讲，在诗歌翻译中应该尽可能地避免添加脚注，以保证译文的简洁明快；但有时候在译文中添加脚注又是十分必要的。比如，我们在翻译邵洵美的长诗《花姊姊》（*Sister Hua Mulan*，英译本第二十页）一文时，在第一诗节中，该诗就出现了两个历史人物：十二世纪的南宋名将"岳飞"和公元三世纪东汉末年的名将"关公"。为了便于西方读者理解，我们就各自加了脚注，进行了补充解释。另外，对于邵洵美在其诗歌中所引用的西方典故，我们也添加了脚注加以补充。因为这些西方典故对于没受过西方教育的中国读者来讲，理解原文就有一定的困难。而一般的西方读者对回译的这些西方典故也可能存在一定的理解难度，所以我们也选择了添加脚注。比如，我们在翻译"头发"（Hair，英译本第四十六页）这首诗时，第一诗节和第二诗节中就有：

> 梅李霜特的头发吓，
> 你在明月与明月争光，
> 又一根根绕在你情人的头上。

> 法摩夫人的头发吓，
> 被无情的手剪去了一束，
> 竟是有情的手写成了不朽之作。

> Ah, Hair of Mélisande,
> Under the moonlight you are part of the moon's brightness,
> Coiling around the neck of your lover one hair after another.

> Ah, Lady Fermor's hair,
> By a merciless hand a lock has been cut,
> And turns out to be written into a masterpiece by a merciful hand.

诗探索12 理论卷 2018年 第4辑

其中提到的"梅李霜特"（Mélisande）和"法摩夫人"(Lady Fermor)，这两个人物对于一般的中外方读者而言都不太熟悉，因此我们也分别添加了脚注：前者引自二十世纪初法国著名象征主义诗艺术家阿希尔－克劳德·德彪西（Achille-Claude Debussy）的著名歌剧《佩利亚斯与梅丽桑德》（Pelléas et Mélesande）；后者引自十八世纪英国伟大的诗人、杰出的启蒙主义者亚历山大·蒲柏（Alexander Pope）的长篇讽刺诗《夺发记》（The Rape of the Lock）。对于类似的典故引用，我们认为，在译文中添加脚注是必要的。

邵洵美在自己的诗歌创作中引用西方文化典故，这是他试图把西方文化引入现代中国的一种努力，这与其他的中国白话文作家的想法基本是一致的。这些典故也包括了欧洲著名城市的引用，比如"巴黎"。留英学习期间，邵洵美自己曾在巴黎度假，熟悉巴黎诗坛和法国艺术名家。在《病愈》（Complete Recovery, 英译本第57-58页）这首诗中的第二节，他提到"巴黎"：

> 几天不见巴黎，
> 巴黎的风也已老了。
> 否则怎么竟会
> 吹到脸上粗糙不少？
>
> 巴黎我底巴黎，
> 我几时曾忘却了你，
> 我昨夜又梦见——
> 梦见你便是茶花女。

> For some days I have not seen Paris,
> Even the wind there seems old already.
> If not, why has it become so rough,
> When it blows in my face?
>
> Paris, my own Paris,
> How many times have I ever forgotten you?
> I saw you again in a dream last night—
> I dreamt you were a camellia girl.

其中的"茶花女"就令人联想起法国著名作家小仲马的名作《茶花女》(*The Lady of the Camellias*)，所以此处添加脚注很有必要。另一方面，这首诗也折射出"以花喻人"颓废主义艺术家们的常用手法。颓废主义，源自拉丁文 Decadentia，是十九世纪下半叶欧洲的资产阶级知识分子对社会不满而又无力反抗所产生的苦闷、彷徨情绪在文艺作品中的反映。先后表现在法国诗人波德莱尔和英国象征主义诗人史文朋的创作中。而《病愈》这首诗也是邵氏把西方象征主义诗歌引入自己诗歌创作中的一个例证，也是西方象征主义诗歌的东方实践。我们在翻译这首诗歌时，尽可能地忠实于原文的字词顺序，以此来展现邵洵美在白话诗歌中的这种努力——展示西方诗歌的白话诗韵，以显示与中国古典诗歌的区别。尽管邵洵美与其他作家致力于白话诗歌的创作，但他们并没有割断自己与中国古典诗歌的内在联系。这一点也正如邵洵美在英国剑桥大学留学时的混搭穿着习惯相一致——身穿中国长衫，脚蹬英国皮鞋。邵洵美的沟通中西文化的努力也展现在我们已经讨论过的《花姊姊》一诗中"花木兰"这一中国著名文化符号。另外，"死了的琵琶"(A Dead Chinese Lute)一诗也包含了中国传统的另一个重要文化符号——琵琶。

另外，我们在翻译邵洵美的诗歌过程中，还借鉴参考了邵洵美与英国唯美主义诗人埃克顿（Harold Acton）合译诗歌的一些经验。埃克顿曾与陈世骧在 1936 年合作翻译出版过一本《中国现代诗歌》(*Modern Chinese Poetry*)。同年，邵洵美也出版了自己的诗集《诗二十五首》。而埃克顿与陈世骧在他们这本《中国现代诗歌》中向世界读者展示了白话文在翻译诗歌中的运用[1]。在埃克顿的引言中，他给我们的翻译带来了很多启示！我们在翻译中借鉴了埃克顿与陈世骧关于邵洵美在《诗二十五首》中《蛇》（英译本，第 172 页）的译文，但在一些字词的选择和复杂的句式方面，我们做了一些译文改进，具体参见译文的第一诗节：

在宫殿的阶下，在庙宇的瓦上，
你垂下你最柔嫩的一段——
好像是女人半松的裤带
在等待着男性的颤抖的勇敢。

---

[1] Michelle Yeh. "On English Translation of Modern Chinese Poetry." In Translating Chinese Literature, eds. Eugene Eoyang and Lin Yao-fu. Bloomington: Indiana UP, 1995. PP.275-291.

诗探索12　理论卷　2018年　第4辑

埃克顿和陈世骧的译文（以下诗行中的黑体为笔者所加，以示区别）：

Below the stairs of the palace, on the tiles of the temple roof,

Downwards you droop your delicatest coil,

Just like a woman's girdle half-released,

That bides the trembling male's audacity.

我们的译文：

Below the steps of a palace, on the tiles of a temple roof,

You let hang the most delicate part of your body——

Just like a woman's half-loosened girdle

Awaiting the male's quivering bravery.

我们在上述译文中的最大改变是把第二行中"delicatest"一词改成了"most delicate"，因为英语中的"delicatest"不合乎语法规范，但这也许是他们故意使其陌生化而译出的诗意所在。另外，他们在第二诗行中还译出了头韵"Downwards……droop…… delicatest"，但我们对此却做了割爱，因为中国诗歌中，无论是格律诗和白话诗，都没有使用过头韵这一修辞手段。需要指出的第二点改变是，我们把他们译文第一诗行中的定冠词"the"换成了不定冠词"a"，意喻诗意的广泛性，增加诗行的更大张力。译文不同的第三点是，我们保留了原义中第二诗行中的破折号"——"，使其具有了第三行中所意喻的男性性欲联想。另外，在埃克顿的译文中，他们把名词 girdle 放在了形容词 half-released 的前面，这种把形容词放在名词后边可以增加诗行的诗意，而 released 一词也暗示了男性性欲释放的联想；但我们却用"half-loosened"一词做了替换，意喻女人的脱衣动感，并意连第四诗行所指。埃克顿选用了"bide"（等待）一词来搭配 girdle(腰带) 更具诗意，但我们用 awaiting 做了替换，意喻诗行的散文化，因为诗歌原文第三行和第四行之间并没有标点分割；但埃克顿在第三行和第四行之间添加了一个逗号，其用意不明。我们在译文中没有添加标点，使得第三行和第四行密切相连，意喻行文的散文化和白话意味。最后，我们在译文中还用"the male's quivering bravery"替代了"the trembling male's audacity"，使译文更加接近原文的字词顺序，使得诗行更富有张力。

至于诗歌翻译中的功能对等和形式对等，我们也一直在探索、在选择。整体而言，我们的译文试图使得西方读者能够感受到二十世纪三十年代的中国诗坛风格，我们的译文也力争更加准确，更易于被西方读者所接受，为其他译者提供一定的参考，也请相关研究人员批评指正。另外，我们两人合译诗歌的方式具有中西文化互补的优势，是"东学西进"过程中值得借鉴的一种范式：尽管我们在翻译过程中所使用的字典不同，参考译文不同，文化背景不同，但我们却成功合作翻译出了邵洵美的第一部诗歌英译本。尽管翻译诗歌本质上是一种孤独的探索，但我们两人的合作探讨却使之具有了一定的诗意温暖，这也使得我们长期追随邵氏诗歌的历程有了一个阶段性的成果。

三　译者与邵洵美诗歌的结缘历程

早在 1990 年，师文德在攻读博士学位时，就知道了邵洵美的存在，因为在撰写博士论文时，他对英国诗人穆尔（G. H. A. Moore，1854—1933）倍感兴趣，并对他进行了专章研究。而在师文德与美国的穆尔专家埃德温（Edwin Gilcher）先生联系时，埃德温告知师文德，在中国有一位名叫邵洵美的诗人把穆尔的短篇小说译成了中文，他收集了穆尔的所有作品版本，唯独缺少了邵洵美的这个中文版本。当时，师文德在美国并没有查到关于邵洵美的更多信息。因而，在来中国之前，师文德就对这位神秘的翻译家邵洵美先生充满了各种期待。

师文德来华教书的第一站是武汉大学，当时他在湖北省图书馆查到了邵洵美的一些出版物。当他看到奥斯卡·王尔德、穆尔、史文朋等欧洲作家的名字出现在中文书籍中时，非常惊讶与激动，他的心中闪现出邵洵美向中国读者介绍欧洲诗人穆尔等其他作家时所付出的艰辛与执着。一年之后，师文德从武汉大学转到山东大学，在这里结识了美国文学研究所的在读硕士生孙继成。当时孙继成对邵洵美也并不知晓，收到师文德老师的嘱托后，他曾在山东多处查询邵洵美的相关信息，但都没有找到更多的有用信息。后来又到北京图书馆以及北大图书馆去查相关资料，但收获依然很少。在相关信息极为匮乏的情况下，师文德搜集邵洵美资讯的工程不得不暂时搁浅。

直到后来，邵绡红女士编写邵洵美先生的系列书籍出版之后，我们才重新开启了邵洵美诗歌翻译的研究。从 2003 年到 2013 年，我们零零散散地开始了邵洵美诗歌的翻译工作；每年的夏天或冬天假期，我们常

诗探索12　理论卷　2018年　第4辑

共同探讨邵洵美的诗歌译文。2015年，我们才把大部分诗稿的译文完成，并在这年的暑假对每一首诗歌译文做了最后校对和润色。2016年，《洵美诗选》顺利地在美国海马出版公司进行了双语出版。

2016年的7月，我们在华东师范大学召开的第十四届世界短篇小说大会上对《洵美诗选》英译本作了推荐，并与众多的国外中国文学研究者的专家进行了交流和赠书，受到了与会朋友们的热烈关注。

目前，关于邵洵美的诗歌翻译与研究，我们已取得了一些阶段性的成果[①]，我们也正在继续深化邵洵美的诗歌翻译与研究。我们所做的上述工作只是希望和大家一道把被人忘记的邵先生的优美诗歌带给更多的世界读者。如切如磋，如琢如磨，愿《洵美诗选》，花香中外。

[作者单位：孙继成，山东理工大学翻译系；师文德，暨南大学英语系]

· 诗歌翻译研究 ·

[①] 1）2015年在《伦敦》杂志上发表《中国的'史文朋'：论邵洵美的人生与艺术》（China's Swinburne：the Enigma of Shao Xunmei's Life and Art, in The London Magazine, October Issue, 2015, pp.50-57.

2）2015年被《西学东渐与东学西渐》一书收录《中国的'史文朋'：论邵洵美的人生与艺术》（A Chinese Swinburne: Shao Xunmei's Life and Art, in Elisabetta Marino ed., The West in Asia and Asia in the West, McFarland & Company Publishers, 2015, pp.133-145.

3）2014年，发表《论英国诗人史文朋对邵洵美诗歌创作的影响》，《山东理工大学学报》2014年第6期，第50-54页。

4）2016年，发表《邵洵美诗歌主题探讨——兼论英语作家史文朋对邵洵美诗歌创作的影响》，《中西文化比较与翻译研究》第1辑，高等教育出版社2016年版，第171-180页。

5）Jicheng SUN & Hal Swindall. Glimpses of a Co-Translation of The Verse of Shao Xunmei [EB/OL]. http://asianreviewofbooks.com/content/glimpses-of-a-co-translation-of-the-verse-of-shao-xunmei/?from=singlemessage. 2017-10-28.

书评：《洵美诗选》英译本 [①]

杜博妮 著 孙继成 译

英译本《洵美诗选:〈天堂和五月〉(1927)和〈诗二十五首〉(1936年)》，孙继成和师文德译，美国海马图书出版公司，2016 年；本书评由译者孙继成约请杜博妮（Bonnie S McDougall）教授撰写；杜博妮博士是澳大利亚人文科学院（FAHA）院士，悉尼大学语言与文化学院荣誉副教授，英国爱丁堡大学荣誉教授。

这本出版及时的《洵美诗选》包含了邵洵美两部诗集的英文翻译，以及邵洵美自己英译的中国古代诗人杜甫、李清照、苏东坡、晏殊的四首诗歌；英译本均附有对应的中文文本。这本书共有两百页，其中还包含几幅插图、诗人简介以及译者简介。《洵美诗选》的译文本身既准确又巧妙，并且个别地方还体贴地提供了脚注，以便于读者理解原文。该译本还包括了作者邵洵美为自己《诗二十五首》所写的一篇序言。总之，这是一部了解现代诗人邵洵美的阅读指南，对目前几乎已被中国读者所忘却的现代诗人邵洵美而言，这是一部不可多得的及时译作。[②]

随着人们对"民国十年"（再加上前后几年）的重新关注，邵洵美再次被确认为中国新诗发展的重要贡献者，邵洵美的新诗主要师从英法诗人。就像另一个被国人重新发现的作者——施蛰存一样，二十世纪三十年代作为一名文坛"花花公子"的邵洵美在文坛上的声名再起，其部分原因在于他在编辑和出版工作中所做的重要贡献，而在二十世纪四十年代，邵洵美日渐贫困，少人问津，淡出世人的关注，最终于 1968 年潦倒辞世。即使在今天，我们也很难判断，对一般读者而言，究竟是他的诗歌贡献，还是他的非凡人生，引起了人们对他的关注和兴趣。

----

① 汉学家杜博妮的这篇书评发表在《中国研究书评》（China Review International, Vol. 23, No. 2, 2016）第 190—192 页。

② 关于邵洵美的传奇人生及其文学成就，读者可参见乔纳森·赫特（Jonathan Hutt）撰写的《文坛怪杰：邵洵美的颓废人生》(Monstre Sacré: The Decadent World of Sinmay Zau)，载于澳大利亚国立大学的《中国遗产》季刊第 22 期（2010 年 6 月）。

诗探索 12 理论卷 2018年 第 4 辑

谈到诗歌本身，读者将会欣赏到邵氏早期诗歌的独特性，其中包括一系列由极短的诗行和大量重复组成的长诗。邵洵美的诗歌创作形式类似于二十世纪三十年代中期诗人艾青和田间所采用的诗歌形式，而他们认为，邵氏于 1926 年初在巴黎和剑桥撰写的浪漫诗歌可能是对战时中国的激进左派作家的写作产生了重大影响。

同年的晚些时候，邵先生取道红海和印度洋返回中国，之后，他很快又转向到形式更加规范的诗歌创作中。1926 年，邵洵美在伦敦创作的《一首诗》中插入了一个英文单词"harmonize"和字母 Y（参见译本第 52 页），这是二十世纪二十年代初流行的小说家如郁达夫以及诗人郭沫若所擅长使用的现代主义写作手段。而邵先生认为，这些写作手法的使用源于自己的传统教育，他自己当时并不知晓这些早期先驱的类似创作。邵洵美在自己的诗歌中还引用了同时代外国作品中的人物，歌颂了茶花女（译本第 57 页）、断臂维纳斯（译本第 54 页）、希腊女诗人莎福（Sappho，译本第 59-60 页）和耶稣（译本第 71 页）等人物形象。

译本中所收录的另一系列诗歌，大约也创作于同一时期（1925-1926年）；诗歌中多有对（联）句或整齐的诗节，在措辞和内容中更具明显的色情意味。另外，徐志摩对邵洵美诗歌创作的影响巨大，对此读者很容易达成共识；但邵洵美本人对此却不置可否；进而，邵洵美自己把英国诗人史文朋视为自己诗歌创作的精神偶像。在这些诗中，还有一种阴暗的潜流情愫，甚至是更为明显的罪恶味道，比如，"鼻里不绝你那醒醍的香气 / 眼前总有你那血般的罪肌"（译本第 84 页）；"快将你情话一般温柔的舌儿 / 来塞满了我这好像不透气的嘴"（译本第 88 页）；"啊欲情的五月又在燃烧 / 罪恶在处女的吻中生了 / 甜蜜的泪汁总引诱着我 / 将颤抖的唇亲她的乳壕"（译本第 94 页）等，也许这些作品预测了其作者返回上海后所要面临的另一种生活方式。令人诧异的是，罗伯特·彭斯（Robert Burns）这位诚实而浪漫的英国农民诗人也出现在邵洵美的诗句中，在《我也是画家》一诗中，彭斯位列在希腊神阿波罗、希腊诗人莎福、英国诗人史文朋、济慈(Keats)、法国诗人魏尔伦（Verlaine）、贝多芬（Beethoven）、拜伦（Byron）、雪莱（Shelley）、莎士比亚、荷马和歌德（译本第 110 页）等人之中。

1936 年出版的诗集《诗二十五首》是邵先生在 1926 年至 1933 年之间所写的，其主题是邵氏自我标榜的颓废主义：宛如在开篇首作《赠一诗人》中所言，"在他眼里，我是个疯子 / 你是个搽粉点胭脂的花痴 / 但是也许有个梦后的早晨 / 枕边闻到了蔷薇的香气 / 他竟会伸进他衬褥底

里 / 抽出两册一百年前的诗本"（译本第 119 页）。一个世纪以后，这些令他同代人倍感佩服的英雄气概似乎听起来多少有些荒唐的意味。除了这些略显色情的诗外，还有一些诗作最早发表在《诗刊》上。比如写于 1933 年左右的一些诗歌，如《自然的命令》《天和地》《在紫金山》等，也表明了作者已经告别自己的青春而步入成年的世界，尽管为时不是太晚，但他再也无法以其新诗的美名而扬名于世。

对邵先生于 1936 年为自己诗集《诗二十五首》所撰写的序言，我有些不同的看法：他对一般诗歌的性质和他对自己作品的大量声明是不太可信的，他对同时代人的有些言论不会赢得他同辈人的尊重。译本中的一些诗歌译文还可进一步的润色，比如《一首小诗》中的最后一行："对你说，我在想你想得发了痴"（To tell you I am madder about you than I can say）。另外，译文中还有一些前后不太一致的瑕疵，这可能会给读者带来些许的困扰。另外，英文和中文的文本排版样式是按照先后顺序放置，而不是页面对页面的英汉对列，这可能也会给读者对读带来些许的不便。另外，在邵氏自己翻译的四首古代诗歌中，邵洵美使用的威妥玛拼音法还不太准确，四位诗人的名字拼写还有待规范，其译文的意思可以理解，但译文还可进一步完善。

邵氏的这些瑕疵，相对于他丰富多彩的诗人生活而言，都是些小小的遗憾，但这些遗憾却似乎已经背离了他的诗意追求。像许多诗人一样，邵洵美的诗作广泛发表在当时的文学杂志和休闲杂志上，诗中叙说着诗人们各自的雄心壮志和鲜有顾及的自我意识；他的创作生涯被其日常生活的现实琐事所累，无法保持长久，这就像二十世纪中国历史上一系列的历史事件一样，杂多而混乱。任何想了解中国现代诗歌的读者都会重视邵洵美诗歌的这一译本——《洵美诗选》，而邵洵美所处的民国三十年代依然是中国文学史上最为开放而最富成果的繁荣时期之一。

[著者单位：杜博妮，悉尼大学语言与文化学院；

译者单位：孙继成，山东理工大学翻译系]

Poetry Exploration

(4th Issue, Theory Volume,2018)

CONTENTS

诗歌翻译研究

// KNOW A POET

// ATTITUDE AND SCALE

// REMARK AND INTRODUCTION ON
WORKS OF POETIC THEORY

// POETRY TRANSLATION STUDIES

(Contents Translated by Lian Min)

图书在版编目（CIP）数据

诗探索·12 / 吴思敬，林莽主编. — 北京：作家出版社，
2018.12

ISBN 978-7-5212-0303-5

Ⅰ. ①诗… Ⅱ. ①吴… ②林… Ⅲ. ①诗歌—世界—
丛刊 Ⅳ. ①I106.2-55

中国版本图书馆 CIP 数据核字（2018）第 284531 号

诗探索·12

主　　编：吴思敬　林　莽
责任编辑：张　平
装帧设计：杨西霞　晋维维
出版发行：作家出版社
社　　址：北京农展馆南里 10 号　　　　邮　　编：100125
电话传真：86-10-65930756（出版发行中心及邮购部）
　　　　　86-10-65004079（总编室）
E-mail: zuojia@zuojia.net.cn
http://www.haozuojia.com（作家在线）
印　　刷：北京亚通印刷有限责任公司
成品尺寸：165×260
字　　数：426 千
印　　张：26
版　　次：2018 年 12 月第 1 版
印　　次：2018 年 12 月第 1 次印刷
ISBN 978-7-5212-0303-5
定　　价：75.00 元（全二册）

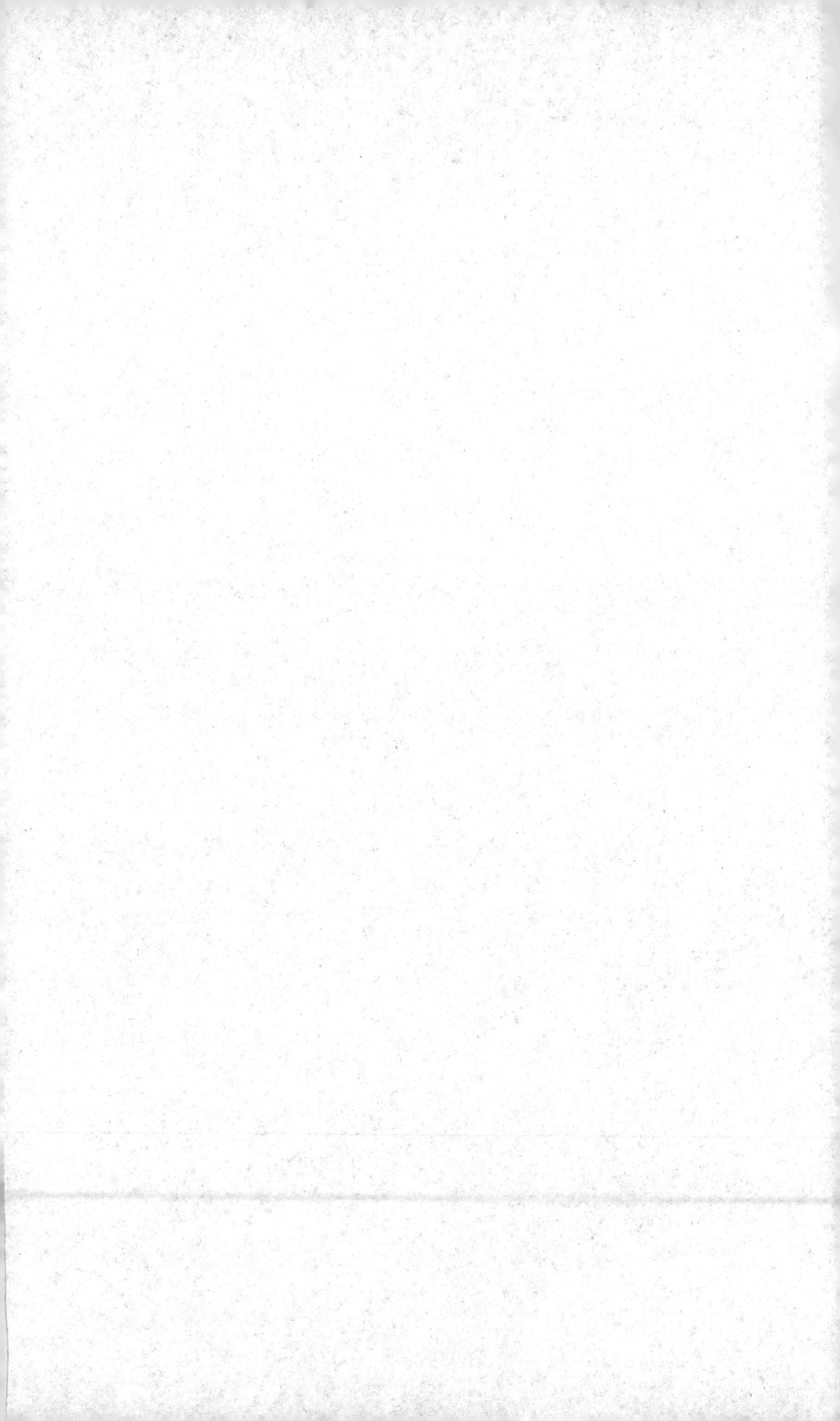

《诗探索》编辑委员会在工作中始终坚持：

　　发现和推出诗歌写作和理论研究的新人。

　　培养创作和研究兼备的复合型诗歌人才。

　　坚持高品位和探索性。

　　不断扩展《诗探索》的有效读者群。

　　办好理论研究和创作研究的诗歌研讨会和有特色的诗歌奖项。

　　为中国新诗的发展做出贡献。

诗探索 ⑫

POETRY EXPLORATION

作品卷

主编 / 林莽

2018年 第4辑

作家出版社

主　管：中国当代文学研究会

主　办：首都师范大学中国诗歌研究中心

　　　　北京大学中国诗歌研究院

《诗探索》编辑委员会

主　任：谢　冕　杨匡汉　吴思敬

委　员：王光明　刘士杰　刘福春　吴思敬　张桃洲　苏历铭

　　　　杨匡汉　陈旭光　邹　进　林　莽　谢　冕

《诗探索》出品人：北京人天书店有限公司

社　长：邹　进

《诗探索·理论卷》主编：吴思敬

通信地址：北京市西三环北路 83 号首都师范大学

　　　　　中国诗歌研究中心《诗探索·理论卷》编辑部

邮政编码：100089

电子信箱：poetry_ cn@ 163. com

特约编辑：王士强

《诗探索·作品卷》主编：林　莽

通信地址：北京市丰台区晓月中路 15 号

　　　　　《诗探索·作品卷》编辑部

邮政编码：100165

电子信箱：stshygj@ 126. com

编　辑：陈　亮　谈雅丽

目　录

诗坛峰会

诗人赵亚东

作者简介

赵亚东，1978年生于黑龙江省拜泉县。中国作家协会会员，参加《诗刊》社三十一届"青春诗会"。结业于鲁迅文学院第三十一届高研班。作品载于《诗刊》《人民文学》《青年文学》《星星》等国内期刊；作品入选《中国最佳诗歌》等多种年选及《中国诗典》《黑龙江文学大系诗歌卷》等。出版诗集《土豆灯》《虎啸苍生》《石头醒来》《东北偏北》（合集）。获"诗探索·春泥诗歌奖"、海燕诗歌奖。

诗人赵亚东

赵亚东创作年表

1995年：只身一人到哈尔滨打工，在饭店做服务员，工地力工，偶尔写下一些心灵感受的句子，都记录在烟盒纸上。

1998年：开始做家具搬运工，9月，儿子在十多平方米的出租屋里出生；11月在《北方文学》发表处女作《穿越城市》；1999年和2000年，因为繁重体力劳动导致身体每况愈下，没有写诗。

2001年：从搬运工改行去收破烂，在《北方文学》发表诗歌《路过一棵冬天的树》（外一首）；创作给儿子的第一首诗《和卓卓一起散步》等作品。

2002年：和父亲一起收破烂，下半年到北京打工，在大兴区一家塑料厂当工人，期间去过河北省雄县、霸州市等地，积累了大量素材和生活感受，分别在《北方文学》《北大荒文学》《诗林》发表组诗《雪地上的羊群》《灵魂深处的乡土》和《蚯蚓》等作品；著名诗人汤养宗为我撰写评论《不带钥匙就打开时间之门的诗人》；《2002中国最佳诗歌》收录《疼痛的乡土》。

2003年：继续北京打工，写出转型期重要作品《马蹄湾的黄昏》等作品，阅读视野打开，研读了大量国内外优秀文学作品。在《北大荒文学》发表组诗《怀念》；《北方文学》发表组诗《挣扎》；下半年返回哈尔滨，深秋时去黑河，在诗人天歌的寝室，借着手电的灯光写下给儿子的长诗《黑河信札》。

2004年：上半年无业，偶尔打零工做苦力。《青年文学》11月号发表长诗《黑河信札》；创作长诗《雪中漫步》及大型组诗《迟到的雪》等作品；《2004中国文学精选诗歌卷》收录《马蹄湾的黄昏》；患上类风湿疾病，非常痛苦。

2005年：《人民文学》发表长诗《雪中漫步》并获得全国征文二等奖；《北大荒文学》发表短篇小说《冷庄旧事》《一个人的战争》；《青海湖》发表组诗《深情雪国》；10月经诗友介绍进入报社工作，从勤杂工做起。《诗刊》发表《卡伦山村的雪》；《山西文学》发表组诗《醒悟》；《诗林》发表组诗《赵亚东专稿》并配发评论；《青海湖》发表组诗《告别》；《诗选刊》发表组诗《赵亚东的诗》；《散文诗》发表《午夜书》（六章）；著名诗人李琦、江非、宋晓杰、李青松为我撰写评论多篇。在报社成为助理编辑。

2007年：《扬子江诗刊》发表《初春的早晨》（外一首）；《青岛文学》发表组诗《午夜诗章》；《岁月》发表组诗《思想的马车》；《辽河》发表组

诗《摇曳》；《青年文学家》发表组诗《雨是公平的》（三首）；《诗歌月刊》发表《赵亚东的诗》；《扬子江诗刊》发表《八行小调》；《诗选刊》转载《思想的马车》；《文学港》发表组诗《生命中的雪》；同年还创作《万物已远》大型组诗，共计三十余首。同年加入黑龙江省作家协会；《2007中国最佳诗歌》收录《去医院看望一位老朋友》；在报社成为记者，写作大量新闻通讯和报告文学。

2008年：《诗刊》2008年2月（下半月刊）以头题显著位置发表大型组诗《万物已远》；《散文诗》分两次发表《奔跑的孩子》《西行散记》大型散文诗组章，并在新疆伊犁参加第八届中国散文诗笔会；《文学港》发表组诗《夏末之书》。

2009年：《星星》发表诗歌《迷途》；《散文诗》发表《草木之心》并入选《2009中国散文诗精选》；《诗刊》发表《红松，我最初和最后的恋人》；《岁月》发表组诗《身体里的季节》；《诗林》发表《我要去一个很远的地方》（四首）；《中国诗典》收录《马蹄湾的黄昏》；成为报社首席记者。

2010年：《诗刊》发表《一个人走在长长的巷子里》（三首）；《诗林》发表组诗《平静的辽阔》；《星星》发表散文诗组章《东北虎》并陆续写出关于东北虎的散文诗《虎啸苍生》；创作长诗《风吹巴拜布拉克》；《黑龙江文学大系诗歌卷》收录《午夜打来的电话》。

2011年：《诗刊》发表《流水中的石头是坚定的》（三首）；继续修改长篇散文诗《虎啸苍生》；成为报社采编室副主任。

2012年：《诗潮》发表组诗《走在路上的雪》；出版散文诗集《虎啸苍生》；修改长诗《风吹巴拜布拉克》；《诗刊》发表大型组诗《场院里的豆子》；《青年文摘》选摘了诗歌《温暖的事》；被评选为黑龙江出版集团优秀员工，获得破格提拔，成为报社通联部主任，同时借调到黑龙江省人大常委会工作；拿到成人高考学历，落户哈尔滨，查出患有风湿性心脏病。

2013年：《绿风》发表组诗《雨从落在地上》；在黑龙江省人大常委会继续借调。

2014年：《诗林》发表组诗《最后的仪式》；《诗歌月刊》发表组诗《被遗忘的诘问》；《岁月》发表组诗《赵亚东的诗》；《新诗》发表组诗《赵亚东的诗》；沉入对诗歌重新的思考，开始关注现实生活和人的生存状态，研习杜甫的作品；获得中国画报协会国家级编辑"金睛奖"，获得破格提拔，成为报社执行主编。创作从现实生活和人的生存状态思考中萃取而来的诗歌《二姑》《妈妈草》等大量作品，同年9月参加在福建永定土楼举行的《诗刊》社第三十一届"青春诗会"；《诗刊》发表大型组诗《风一直这样吹着》并附创作谈《抱朴守拙》；《生活报》用两个整版的篇幅刊发对我的人物专访；《2015中国诗歌精选》收录《祭外婆帖》；出版诗集《土豆灯》；入围"诗探索·华文青年诗人奖"；呼兰河读书会举办赵亚东诗歌专场朗诵会；成为报社社长助理，新闻中心主任。

2016年：进入鲁迅文学院第三十一届高研班（诗歌班）进修，创作乡村题材诗歌《清晨的散步》等作品，系统反思自己的诗歌写作，从浮躁归于沉静，回望乡村，升华内心的诗境，并写作《穿越时空的精神挚友》（文学评论）刊发在《文艺报》；《岁月》"名家有约"栏目发表组诗《在雨中哭泣的男人是可耻的》，并附录杨庆祥、张二棍等撰写的评论；《北方文学》发表长诗《风吹巴拜布拉克》《祭外婆帖》；《北方文学》发表作家梁帅对本人进行的访谈《在水深火热中返璞归真》；《海燕》发表评论《诗性的回归与人性的坚守》；《星星》发表组诗《缓慢的火焰》；《诗林》发表组诗《世界上所有的冬天》；入围"诗探索·华文青年诗人奖"；赴绥化学院阳光讲坛讲授《诗与人生》；被《海燕》杂志聘请为特邀副主编；离开报社，进入东北网络台工作，任北大荒记者站站长；创办普希金俄罗斯油画工作室；加入中国作家协会；取得在职研究生学历。

2017年：《诗刊》发表诗歌《在土楼》；《中国作家》发表长诗《晚唱》；《解放军文艺》发表组诗《战争记忆》；《诗选刊》转载长诗《世界上所有的冬天》；《汉诗》发表组诗《赵亚东的诗》；《山东文学》发表组诗《黄昏书简》；《中国诗人》发表组诗《石头的回声》并附沈壮娟教授评论《他为我们带来石头的回声》；《草堂》发表组诗《飘荡河纪事》；赴安徽桃花潭参加《诗刊》社第二十一届"青春诗会"学员举办的研讨会并发言；同年以组诗《遥远的土豆》获得"诗探索·春泥诗歌奖"；获《海燕》杂志社颁发的海燕诗歌奖；被黑龙江省艺校聘请为客座教授。

2018年：再次对自己的创作进行反思，沉入生命深处，写作《河流已经空了了》《雪的重生或宽恕》等组诗；入围"诗探索·华文青年诗人奖"；出版个人诗集《石头醒来》；与包临轩、李犁、宋晓杰、宋心海、玉上烟、陈爱忠六位老师、诗友共同出版七人合集《东北偏北》；被哈尔滨学院聘请为校外专家；被聘请为哈尔滨工程大学出版社文学出版顾问。

诗二十四首

赵亚东

和卓卓一起散步

我珍惜这漫长的阴影，下午的街道
稀疏的行人一样让我羡慕。他们在昨天
还曾哭泣，不知所措。而现在
却都拥有了一个值得奔忙的地址
卓卓，我们的手相互抓得更紧，在春天
一些河水已经开始了泛滥，更多的老鼠
掘开深处的土，也许它们感觉到了某种甜味
就像小时候，你鲜嫩的脚丫曾馋坏了邻居家的小孩儿
卓卓，我们继续，在酒店的门口
也曾路过一些安静的杂念，却又在一瞬间
被你的凝望驱逐得干干净净。路边，自行车疲惫地喘息
微风中的酒幌已厌倦了习惯性的微笑

卓卓，你指给我
那些干净的燕子，在高压线上感受远方的震颤。它们
是那样的安然，卓卓。我们的手抓得更紧
对于这漫长的阴影我们一样珍惜，你说对吗？
我们的脚下铺满了黄金，卓卓，这个充满了隐语的
下午让我感到失落，阳光透过浓密的树叶，抽打这枯瘦的
小路。卓卓，我们路过疯子的讥笑和施舍。小花猫放肆地
踩疼了昨天的葬礼，但不会有人哭泣，永远都不会
卓卓，也许就在不远的将来，将有椴木的阴影将我们亘古地包围
但你无须悲伤，也不要乞求下午的凉亭将我们收留，永远

永远都不要。就像这个贫困的下午，我们依旧如此坦然
卓卓，我们的脚下铺满了黄金，我们的手相互抓得更紧

诗探索12 作品卷 2018年 第4辑

卓卓，将有一场大雨袭来，在这阴郁的下午，也不会有雨伞
送到我们坚硬的手中。卓卓，我的儿子，你知道吗
我们就会有一场盛宴，这雨就是上帝为我们送来的酒水

卓卓，我的儿子，我请你一饮而尽。我们的脚下铺满了黄金
我们珍惜这漫长的阴影胜过我们自己

阴　影

从前我只珍惜一面镜子的反光
珍惜一朵花在暗中的祈祷。对于
那个扬长而去的人我从来不曾在意，而时光
从不随人的意志而流转。收留
阴影的人却成为另外的阴影

在这泥泞的下午，我们被这陌生的小村
暂时收留。这让我感到轻松
漫长的江堤分离了内心的狂乱和瓦砾
一个女孩在门前安静的阴影里
我们好像熟悉，好像是
她的凝望才使我的脚步变得异常慌乱

也许我从未真正的来过，也许
我一直就坐在这个冰凉的板凳上
破旧的客车，酒店里喧闹的男女
以及返程时流淌的夜晚
但愿这一切只是梦幻，因为
只有梦幻才有重新到来的可能

午　夜

我会想起一些从前的事情，想起
半山腰那冰凉的石板。水从下游漫上来

诗人赵亚东 /// 诗坛峰会

一直漫过了此刻的屋瓦。一些声音
孤单的躲起来，在墙角，一只
飞蛾的召唤也能让我感动

白天的尘埃在夜里转身，一个人
全身的血也比不上那颗醒着的露珠
这个城市轻得可以被一只蜻蜓驼向远方

是的，我必须承认，在这午夜，在这
遥远的地方，有一些想法已经变得多余
有一些故事不应该再提起，也许
仅仅是一些往事，仅仅是一块冰凉的石板
的反光，就让我们一生措手不及

迟到的雪

我们缓慢地说出，迟到的雪
它肩头的风承担了多大的重量
你将要说出灰暗的桥梁
在一个乞讨者的黄昏，具备
怎样的深度。你看不见
另外一个人，他躲在你的背影里
似乎不是为了倾听。
对于一种苦难，母亲从没有两种解释
她只是拍拍我们的肩膀
然后回头对那些雪中的草，和父亲的风声
日子从没有停止对我们的拷问
只是她从来不回答，她在另一片阴影里
把自己等待。

沈阳北站第三候车室

人群如石头
缓慢地流动
我和他们是一样的
冷漠、卑微，而对毫无色彩的生活
不掷一词
火车就要开过来了
我感到脚下的震颤
那些石头
张开了嘴，身体里的秋风
一阵紧似一阵

挥 霍

我终其一生都在做着同样一件事
那就是：挥霍
当我写下这些文字的时候
我挥霍了墨水和纸张
当阳光投奔凌乱的房间
我挥霍了玻璃的纯洁
有时候我想溜掉
可这时候我又挥霍了
街道和田畴
当我转身写下秋风和白雪
写下四季的旋转
我知道我依然在挥霍：
越来越轻的时光
和对世界深深的爱

遥远的蓝

遥远的蓝在一片流沙之中

缓慢如滑下的夏日鸟鸣的沙沙之声
曾经趁着夜色赶一趟空空如也的列车
背着空空的行囊去寻觅
这遥远的蓝和她黑色的裙裾里
漫长秋光的独舞
身披你冷静地注视和隐秘的孤独
我终于开始无限地悲伤
列车在午夜碾过你青翠的故园
只是那些卷心菜还空着心
遥远的蓝就被这永不停歇的轰鸣
淹没在一粒流沙的绝望之中

今晚的月亮

今晚的月亮
在一只乌鸦的巢里
独自孕育。野地里光斑点点
今晚的月亮
已不再是当年的月亮
那些大地上的河流
是这月亮的碎片，是尘世间
若隐若现的爱和哀愁
今晚的月亮是大地的碎片
被一片片残雪驮着，返回苍茫

午夜打来的电话

铃音总是尖锐的，与我们
的声音相比它过于强大
特别是在这样的时候
强行地证明我们的存在
可是我们在哪？
这个世界连一点声音都没有

诗探索 12　作品卷　2018年　第 4 辑

就连你预告的死亡都是平静的
裹紧的被子能隐藏多少秘密
此时此刻
我们是否可以探讨这个问题
直到你放下电话
我还心存疑虑：
那个将死之人
是离开了我们，还是
正回到我们中间

秋　日

秋日。山脚下的茅屋
空无一人，还有通往山顶的小路
也比往日清瘦了许多
如果还有露水
那一定还在草尖上悬着
就像大地上那些不灭的灯盏
就像爱人的心，那么小心地跳着
直到秋水枯时
一寸一寸地被候鸟啄伤

一只羊羔滚落下来

在乌孙山的南坡，风吹着它们雪白的脊背
和满含热泪的眼睛

只有我专心地看着它们
想呼唤它们的小名
可是还没等开口，一只羊羔
从山坡滚落下来，后面跟着它年迈的母亲

妈妈草

草在你的心窝窝里，妈妈
草还在你的骨骼里
你那么热爱草，风一吹就跳舞的草
火一烧就粉身碎骨的草

妈妈，你的一生就像这命硬的草
风一吹就翩翩起舞的草
霜一打骨头就嘎嘎作响的草

你眉骨里不服输的草
留下灰烬照样发芽的草
野火烧不尽的草，春风吹又生的草
一落泪就砸疼我们的
神秘的，妈妈草

儿　子

1998 年，你出生
在郊区的出租屋里
你先露出头，然后是肩膀
我们没有钱去医院，接生婆使劲儿
抓住你的肩膀，往出拔
我怕抓坏你的小骨头
哀求她慢点，轻点
可是这个世界充满了暴力
儿子，你第一次睁开眼睛
看到黑屋子，看到我
你没哭，很累的样子
烧热的火炕，冒着烟
烫坏了你的小身子，火泡后来发炎，感染
什么苦难也不能阻止你长大
你开始会爬，我一招呼你

诗探索 12　作品卷　2018年　第 4 辑

你就爬到我的臂弯里，躺一会儿，小嘴嘟哝着
还没有学会走路
我背着你去办暂住证、卫生证、劳务证
背着你去摆地摊
有一天，地痞收走保护费后
刚走几步，你突然大哭起来
那么悲伤

祭外婆帖

想起外婆，就想起一个光脚的老太太
就想起她干枣一样的乳房
想起那年秋天，她把我背在背上
爬三十里的山路，蹚过两条湍急的河流
再上两个陡坡
去一个叫光明的小学校

她总是埋怨，自己和自己怄气
她总是说自己的皮肤还是不够硬，说自己的骨头还是软
她的十根手指都弯曲着，裂着口，流着血
她从十五岁做别人的媳妇
一生改嫁四次，育有四子四女
她的最后一任丈夫，是一个姓吴的杀猪匠
他们生育了我的母亲，我的最小的舅舅，然后
外婆再次变成了寡妇，一个命硬的女人

她去雪地里抠冻甜菜，手指都磨烂了，淌着血
她去深山里采野菜，差点被黑熊撕烂
她就剩一把老骨头了
除了这把老骨头，她就剩一口气儿，除了这口气
她就剩下那么股子志气了。我的外婆
她除了这些就什么都没有了

她也不是一个女人了，我的外婆

诗人赵亚东 ≡ 诗坛峰会

除了户口簿上标注的性别，她已不再是一个女人了
她一直活到八十岁，我的外婆，她得过类风湿
身体佝偻着，脸都快贴到地了
她得过胃癌，胃切得就剩下一小点了
她得过肺结核，肺子像一个渔网了
她得过无数的病，她死过多少回，她明明是咽气儿了
可她还是挣扎着活过来了

她不怕死，她不敢死，她死不起
我的外婆，一直等到房前屋后的树木都长到一人高了
一直等到我十六岁了，一直等到我去外地读书了
她终于松了口气，她说这回她什么都不怕了
她平生第一次梳了头发，可是她的头发没几根儿了
她平生第一次吃了苹果，可是她的牙齿掉光了
她平生第一次穿上了的确良的白色小褂儿

我的外婆，那么平静地躺在自己烧热的火炕上
妈妈说她只是睡着了
从那时候起，我认为死神，是一个很善良的人

醒来的人

在靠窗的一面墙上
他低沉的咳嗽声让邻居感到不安
事实上，他是胆小的人
他睡过去了，佝偻着

他在睡得很深的时候
还提醒自己要谦卑，弯下腰
他的咳嗽是不可原谅的
窗台上的花已经很久没人浇水

恍惚中他知道自己犯错了
在嘈杂中保持沉默的人是可耻的

诗探索 12　作品卷　2018年　第 4 辑

他继续做梦，发烧，嘴唇上

堆积着整个时代的火泡
他更加不能原谅自己，他醒了
他看见广场上，角落里，沙发底下
连他变形的手指缝里
都挤满了人，但他一个也不认识

这茫然无措的大地

我们在起伏的山岗上奔跑
三匹红马，运回最后一车高粱
也运回一地秋霜，和草窝里空荡荡的鸟鸣

到底是什么让我们如此忐忑
还有些什么即将消失，天真的凉了
这茫然无措的大地啊
像极了一个心灰意冷的人

瓦房村的落日

瓦房村的落日
被高高的天线划开一道血红的口子

它每一次下沉
都让我想到人世的晚景
和那些刚刚
沉到地平线下的人们

它每一次彻底隐去面孔
都让我手足无措，瓦房村的落日
我从不奢望再升起

渴　望

有时候特别渴望
母亲把我叫回她的肚子里

哪怕再生下来的
是另外一个人，或者干脆
就一直躲着

来和不来，对于我
是不一样的
我宁愿永不见天日

也不愿意像现在这样
草率地奔走，常常魂不附体

清晨的散步

我在天色渐渐变亮时，去飘荡河边
散步。我知道，比我更早到这里的是
一股凛冽的寒风，撕开东边的天幕
让我能够远远地看见村庄里
那些早起的人家，正在打扫院落
去城里的马车也刚刚上路，几个年幼的孩子
纷纷跳上去。叫了一夜的黄狗
此时变得温顺，在草垛的一角
凝望着一弯新月。我珍惜这样的时辰
也将在更明亮的一天，给我的儿子写信
但是我不知道我要写些什么
我无法描述这些贫寒的人们，是怎样
守护他们隐秘的快乐。我也无法说出
在刚刚过去的夜晚，是什么力量
让我从岁月的枷锁里挣脱

这样真好

我又一次梦见你，清晨的树林里
红色的蚯蚓刚刚钻出地面
迎着光，你说它倔强的样子
像极了我。我们踏着松软的林间空地
偶尔停下来，看老迈的绵羊
如何撕下枯死的树皮
吞进它饥饿的胃，看它浑浊的眼泪
滴到我们的掌心，瞬间
就变成了石头，抑或是更坚硬的玛瑙
我们都如此疲倦，不堪一击
越用力就陷得越深
就像这树林，越怀疑我们
就包裹得越紧。
你走不动了，靠着我的肩膀
眼镜被压得弯曲，水晶的镜片脱落
这下什么都看不见了
真好。你兴奋地抱紧我
是的，我们什么都看不见了
也不需要再看见什么，这样真好

生日诗

这么多年
我一直像一棵树那样要求自己
迎风而舞。而现在
我数着年月，四十载光阴
跳进沸腾的河流
一次又一次，我坚定地认为
自己是孩子。但是，却要
用成人的方式生活
我到底在惧怕什么？从田野中
构思一座宫殿，再一点点拆毁

在钢筋水泥的丛林里，遥望
故乡的草地，祖坟旁的河流
眼睛里堆起的雪山，胸前种下的树木
午夜的群星睁开惊悸的
眼睛。没人告诉我为什么到来
忍受时间的钉脚，一针一针地扎
比如此刻，我写下这些文字
我以为可以看见更远的一些事物
比如爱，比如仇恨，比如国家
和它的领土，比如乞丐和它的空碗
我一想起这些，大雪立即
扑面而来

我们再也不用回来了

我不怕只剩下一个人
在医院长长的走廊里
没有生，也没有死
白色不锈钢手推车
刚刚把对床的病友送走
他再也不用回来了
这世界也会很快把他遗忘
也包括我。这才是幸运的
好像什么都没有发生过
他的亲人脸色苍白
一边小声地哭，一边收拾遗物
用上好的宣纸写的书法
用朱砂画的菩萨像
一只枯笔，半盒鲜红的印泥
我心疼这些东西
知道它们很快就要被丢弃
其实也没什么可惜的
人都没了
还留着这些有什么用呢

诗探索 12　作品卷　2018年　第 4 辑

扮　演

街角的小旅馆里
烟草味让人睁不开眼睛
炉子上的白铁水壶呼呼冒着热气
外来的人们凑到一起
谈论越来越多的关门的店铺
难做的小生意，可怜的薪水
留在乡下的媳妇有了别的男人
只有我什么也没有说
本来也没有什么可说的
全世界都在下雪
外面一个人也没有
这些无家可归的人假装的多么好
仿佛哪里都是家
倒在哪里都会得到一捧黄土
他们是那样轻松
一副无所谓的样子
只是不住地咳嗽
好像要把另一个自己
吐出来

风吹巴拜布拉克

一

在巴拜布拉克，风和我们一样
都是有名有姓的。当它们穿越远古的肃慎之地
当那些马的嘶鸣，牛的低唱，羊的轻诵
走过亿万斯年，走过我的祖先的亘古的乡愁
我只有虔诚地叩拜——
这流逝的山水，和我的越来越遥远的母亲

二

是的，我的母亲，我那走过百年
依然蹒跚着步履，寻找丢失的羊群和火种的母亲
她日夜守护着巴拜布拉克的贫寒与荒凉
她日夜都在给我们朗诵，用她无声的泪水
点亮巴拜布拉克那潮湿的冬天和病痛
而我们，渐行渐远的心灵，正在三千里外的平原上
接受异乡的质问和自我的解剖
与巴拜布拉克那雄浑的身躯相比
我们仅仅是尘土中的一粒，仅仅是一粒尘土

三

风还在吹，吹响千年的忧伤和她八百年的孤独
当年的马蹄声正被更大的洪流裹挟
淹没湖泊，城池和那些丢失了家园的孩子
是的。百年之中我们不仅仅弄丢了自我
是的。百年之中我们弄丢了所有的农具、家畜、泥做的房子
弄丢了水做的心和金子的未来
而风还在吹，吹散了河流、山川、虚荣的赞叹和自恋
巴拜布拉克啊，如今你是我们心头坚硬的铁
正被我们越来越冰冷的心冻伤

四

俯下身去，让自己低得不能再低
用眼睛，用鼻子，用耳朵，用身体里所有的活着的器官
用我们残存的温度，用尘世中一小撮微弱的火焰
照亮我们的巴拜布拉克，照亮她过去的落寞和明天的苍茫
还有我们的母亲，游走在丘陵与山峦间的母亲
她手持烛火，在风中一次次仰起头颅
她用单薄的河水洗净双手，用起伏的雪线刿净双足
她用漫长的一生，走过我们肤浅的想象

走过巴拜布拉克不死的山水和斑驳的心灵的划痕

五

没有人向你靠拢，向着年幼时被洗涤过的青草和溪流
一步步抵达最初的模样。我们迷失的双手
还在遥远的异乡摸索，我们困顿的双脚
正被钢筋水泥的森林缠绕。巴拜布拉克
请允许我们向你致歉，请允许我们以子孙的名义
跪拜。流泪。请允许无家可归的孩子们
把心举过头顶，把双眼睁开，把所有的爱和记忆交还给你

六

一生都在迁徙，一生都未动一寸。巴拜布拉克
移动的是天地间的生灵，而唯独你坚守
而唯独芸豆、小麦，唯独金黄的大豆和高高的白杨
唯独母亲腕上的银手镯，唯独你们的姓名
还在坚守。巴拜布拉克，你收藏寂寞，贫穷，和万物的悲伤
你还收藏黑铁的轰响和宗伦蒙古部落的箭镞
你把一万头黄牛和三千匹骏马，把醉人的酒和伤人的刀
统统地咽下，再用心血熬制成历史，成万卷书

七

松针指向上苍，喇叭花亲吻大地，母亲拥抱着我们
而你收留整个天地。巴拜布拉克——
你用鲜血养育，用泪水浇灌，用双手托捧
这微微战栗的土地，这轻轻哭泣的浪子，这慢慢回暖的人世
天空湛蓝，大地宁静。每一次在梦境中回到你的怀抱
巴拜布拉克，每一次再生，每一次呼吸，每一次行走
都默念你的名字，然后幸福地流泪，然后是一次次地俯下身去

八

我们常常发出疑问：我们是谁，我们从哪里来到哪里去
而你总是沉默。当风吹过你的脊背，当雨敲打你的面颊
巴拜布拉克——没有人比你更能忍受：时光的鞭打和经年的孤独
当大雪封山，当大雨滂沱，当万物被寒潮冻僵
你依然在燃烧，用你的骨头，用索伦部落的不可战胜的刚毅
用鲜卑，用匈奴左部，用奴儿干，用他们喷薄而出的母乳和精血
你养育我们的命，炙烤我们的苍白，驱赶我们的邪恶
巴拜布拉克，没有你就没有我，没有我们
巴拜布拉克，有了你才有明天，才有我，才有这生生不息的凡尘

九

沉沦或飞升。我们，这些浪迹天涯的你的后裔
在千年之后依然是你的子孙，依然流着你的血液，吟诵你的诗句
巴拜布拉克，没有人能将我们拆散，没有人能将我们驱赶
在通肯河干枯的河床里，在马川山藏起身躯的狼群中
在母亲银手镯的内敛的光芒下，在祖父那嘶哑的喉咙里
巴拜布拉克，你宝贵的泉水，将永远把我们滋养，召唤

十

你骨头里的金子，眼睛里的钻石，心尖上的屋宇
巴拜布拉克，你头上的王冠，脚下的厚土，掌心里的太阳
你的每一声呼唤，你的每一次低吟——
都是我们活着的见证。那殷红的屋瓦和鸣叫的雄鸡
那故园，那在你的左肩上曾经驰骋的我的祖先们
可曾听见了我们的祈祷，那在你右肩上生育的母亲
此刻，可曾回到了少女时代，可曾找到了离家时的小路

十一

最亮的星辰，来自最遥远的历史。最低的我们

来自你一千年前播下的种子。留下那么多空的城池
留下你身后的大漠，孤烟，留下西伯利亚的严寒
你独自飘零。巴拜布拉克，用赞美的词汇是虚妄的
因为你无须赞美；用廉价的叙述是徒劳的
因为没有人能讲述你过去的雄浑和挺拔
不是你今天已经老迈，而是我们过于孱弱
不是你今天已被时光掩埋，而是我们过于轻浮
巴拜布拉克，俯身向你，我们没有泪水，而只有彻骨的痛

十二

最古老的房子却不能容纳最久远的传说
最稚嫩的孩子，却在滔滔不绝地讲述你的过去
我们的身体一次次背叛心灵的森林，他在那里砍伐和杀戮
而你的子孙也同样一次次地把你遗弃
不是在纵横的沟壑里，而是在纷飞的雪中，在咆哮的世事
他们找不到自己，如同我找不到我
巴拜布拉克，当我终于从睡梦中惊醒，手执泛黄的书卷
我却再也不能面对你，我只能在原罪的阴影下，一次次地
祈求你的宽容，并在每一个起风的日子
让自己的双眼装满泪水，不是为了哭泣，而是为了清洗

十三

我们谁都无法战胜死亡，当你的子孙一代代远去
我们还在恐惧中，在无知中，寻找永生的路径
当那些天真的麋鹿，撒欢的马驹，高歌的蚂蚁，骄傲的蚯蚓
扬起相思的四蹄，饮下最后一滴抽搐的雪水
当那些不再说话的亲人迎风朗诵你的名言
当那些远去的蹄声与杀戮随风起舞，当那些飞逝的时光
砸进你凹陷的青春和凸起的城池
当我们不再在你的箴言的护佑下而独自去远行
我们是否还能回到你的眸光中沐浴母乳般的温情
巴拜布拉克，请你收留我，像当年你收留天空和大地

缘起于苦难，在诗歌中升华和超越

赵亚东

二十年前的早春，黑龙江的冰雪还没有消融，料峭的寒风让人瑟瑟发抖。怀揣同样悲苦的心情，从偏僻的农村几经辗转，乘坐破旧的汽车去往哈尔滨讨生活。此前三年，我陆续在吉林省靖宇县等地辗转打工，口袋除了空空还有无边的羞涩。在最底层，吃饱饭，睡得暖，可是不小的难题。到哈尔滨的第一份工作是拉运家具，那时我一个人就能把大衣柜扛到七楼。面对欺负、打骂、排挤，我能忍受，这只是身体的，可在内心我如此不甘，还隐隐地有表达的冲动，想用文字说出这些苦与痛。直到有一天，在道外区江边的旧书摊上，我看到了泰戈尔的《飞鸟集》，毫不犹豫地买了下来。回到远在郊区的出租屋的当晚，我如饥似渴地读起这本书来，忘记了吃饭和睡觉。从《飞鸟集》开始，我在做搬运工的间隙，开始搜寻各种文学书阅读，在烟盒、废纸等上面写诗。诗歌给了我不一样的精神世界，我从没想过诗歌会改变我的人生，像灯塔一样照亮我的路途。这一时期，我的诗歌以粗粝直观地叙写苦难为主，朴素的语调里充满着对乡间安宁生活的怀念，这些被激情烧得灼热的诗句，激荡着对命定的冲动质问。

此后，我辗转北京及河北打工，感知了人世间太多的辛酸、无奈和悲哀。生活的艰难差点吞噬了我，我甚至听到了罪与恶的喘息声。难能可贵的是，乡村和双亲给我的朴素教育，让我在相攘相轧的物欲社会中守住了自己，开始以感恩的目光打量世事，并探究着明天的路途。命运在这一时期予我眷顾，我结识了一批优秀的诗人、作家，使我的视野和胸襟内爆式提升。我陆续在《诗刊》《人民文学》《青年文学》等期刊发表作品，《和卓卓一起散步》《黑河信札》和短诗《一月的游客》《小镇》是此阶段最具代表性的作品，我就是从这时完成了人生最重要的转型。

不久，我进入了一家报社，做编务工作，从底层到报社，这不仅是一个身份的巨大转变，心态和视野也随之拓展良多。这期间，我陆续写下了《万物已远》《清水河》等大型组诗以及散文诗组章《草木之心》。其中的大型组诗《万物已远》在《诗刊》（下半月刊）2008年第2期以头题这一重要位置刊发；《草木之心》系列散文诗组章发表在《散文诗》杂志，还入选了《中国最佳散文诗》。这几组诗歌是我从浮华和喧嚣返回澄明的重要通道，也是我人生和创作的重要转折点。我在几位诗友的长期帮助下，潜心研读中外优秀诗歌，吮吸着多种诗歌营养，希尼、帕斯、博纳富瓦等世界大师以醍醐灌顶的博大、丰富赋予我离地"飞翔"的能力。我试图用诗歌解除因熟视太久而忽略的惰性，使平凡的事物回复到它新奇的初生状态；我探索处理词与物的关系，除去词语表面的灰尘，让事物完全失去了它们的外形特征，字字露出新的光芒，使经验在真与幻之间游走。

　　近几年，我继续以新闻出版工作者的身份奋战在基层，年年月月深入到生活一线，与老百姓打成一片，并牢记初心，铭记自己从何处来。还要提及的是，通过广泛阅读儒释道书籍，我具备了慈悲、清净与智慧，并通过诗歌创作，寻找自己到何处去的终极答案。在历经了喧嚣与浮华后，我坚持抱朴守拙，坚持返璞归真，在创作上力求做到：澄明，简约，深情，沉实，牢牢把握住每首诗的内核，训练自己驾驭语言的能力，控制好节奏和走向。这期间，我创作了《飘荡河》系列组诗、《晚唱》系列组诗、《世界上所有的冬天》系列组诗、《石头醒来》系列组诗和《遥远的土豆》系列组诗，分别发表在《诗探索》《中国作家》等刊物。

　　这些作品是我在精神和创作上双重返璞归真的重要尝试和努力。"我在天色渐渐变亮时/去飘荡河边散步/我知道，比我更早到这里的是/一股凛冽的寒风，撕开东边的天幕/让我能够远远地看见村庄里/那些早起的人家，正在打扫院落/去城里的马车也刚刚上路/几个年幼的孩子纷纷跳上去/叫了一夜的黄狗，此时变得温顺/在草垛一角，凝望着新月/我珍惜这样的时辰/也将在更明亮的一天/给我的儿子写信/但是我不知道我要写些什么/我无法描述这些贫寒的人们/怎样守护他们隐秘的快乐/我也无法说出/在刚刚过去的夜晚，是什么力量/让我从岁月的枷锁里，挣脱。//我必须褪尽浮华，去伪存真，真诚地写诗，写作那些沉淀在我生命里的疼痛和希望，写下岁月岩层里的火焰和温暖，写下这个尘世中凝重又美好的部分"。在《风一直这样吹着》这首诗里，我这样写道：风把山坡上的小树吹弯/如果再弯一点儿它就贴紧了脚下的尘土/和尘土里星星点点的村庄/风一直这样吹着，牙齿里的冰，嘴唇上的风霜/风也吹着我，围巾里的火焰，指缝里的苍凉/这些枯黄的草芥，这些被吹散的时光/唯有飘荡河波澜不惊，它的缓慢/暗合死神的脚步。//我力求在心灵跳动与土地搏动共振与融合的过程中，写出深沉的共同的命运——人与他生存的世界，让每一个细节，每一个意向都有呼吸，有生命，有人味，有情义。

　　万物同根，万物一体，诗歌就是一种召唤和凝结，我把心灵交还给尘土，把眼睛交还给星空，把双手交还给世界，对人世间的幸福和苦难，对草芥微尘和那些在贫寒中拼争的人民的命运感同身受，和他们一起流泪，一起倔强地扬起头：我们都喊你老于/有一次在农贸市场，我遇见你/左手一袋大米，右手一袋子卫生纸/牛仔裤裹住了你发福的中年/塑料凉鞋里，五根脚趾被水泥烧得面目全非/在建筑工地，你搅动水泥和沙子/被呼来喊去，有时还被男民工们调戏/你用铁丝绑紧裤子，用皮带勒紧胸/但是你依然要睁开一只眼睛/你还要留下一半的脑子，想儿子/他在山西读大学，他需要你的汇款单/据说他有了女朋友，这是你今年来唯一高兴的事/你的男人，醉酒，嫖娼/几顿拳脚，又把你唯一的高兴打死了/站在工地的楼顶，每次你都想跳下去/每次你都会转身，你想等儿子念完这最后一学期/你还想为自己赚够一口红松棺材的钱。我的《祭外婆贴》《妈妈草》《二姑》等诗作深接地气，我希望它们在简洁的叙事中传达出复杂的人生认知，这样的诗歌能传达出深邃而持久的力量。

这些诗歌，是我注视现实，融入当下，融入生活，与万物同悲欢的尝试和融入的过程。诗人决不可离开现实，又不能拘泥于现实，诗人可以写苦难，但是绝不能沉溺于苦难，甚至消费苦难，要在苦难着寻找温暖，在苦难中凝聚力量，呈现希望。有这样一首写老家人命运的诗：老家来人说，又有两个年轻人死了/都是癌症，都留下两个孩子/我故意装作无所谓的样子/好像和他们根本就不认识/脑海里却浮现出我们年少时/在村里奔跑的样子，迎着风/我越装作素不相识/心就越疼，我离他们越远/就越惦记他们的命运。//这种在表达上隐忍和克制，在语言上尽量简约和平实，与被抒写的现实血脉交融，朴素而深具拙气的创作尝试，让我在精神上也渐渐变得沉实，深邃，不急躁，不华丽，不功利。我知道，这条路是对的，这些诗歌是有意义的。

正是这样的"抱朴守拙"与"返璞归真"，让我在创作上有了一点点的进步。2015年，我又荣幸地入选了中国诗坛光芒闪耀的文学品牌"青春诗会"，成为东北三省当年唯一的入选者，也是黑龙江省三十多年来第四个入选者。这次入选，成为我诗歌创作之路上新的里程碑，当手捧《诗刊》社为我出版的诗集《土豆灯》，我的感恩之心，难以用语言表达。2017年，我又以组诗《遥远的土豆》幸运地获得"诗探索·中国诗歌春泥奖"和《海燕》杂志社评选的海燕诗歌奖。我知道，这都是诗歌赋予我的，我要感恩诗歌。

有了诗歌，一个普通的人就有了另一种生命，就有了另一个世界。我珍惜这样的赐予。路漫漫其修远兮，我将继续求索。用情，用心注视现实，并进行思考，写出真正的"万物一体""万物同心"的诗歌，并在诗歌中给生活以温度和希望；与此同时，我还将广泛地阅读，继续沉入火热的生活，让自己的视野更加开阔，以永恒的宇宙观写下人类的共同命运和希望，继续在语言上修炼，用最简单的诗句表达最深刻的情感，用最平实的语言构建最坚固的诗歌城堡，用最朴实的意象抒发最深沉的情绪……

缘起于苦难，超越苦难，在纷繁与浮华中返璞归真。一首好诗就是一颗跳动的心，一首好诗就是一个完整的生命，一首好诗就是一个温暖的世界，一首好诗就是全部的希望和最永恒的昭示与期待。我将继续磨诗为命，生命不息，诗索不止……

诗人王晖

作者简介

　　王晖，女，祖籍湖北，二十世纪七十年代出生于新疆石河子市。近年来作品发表于《中华文学选刊》《诗刊》《青年作家》《散文家》《西部》《延河》《边疆文学》《芳草》《文学自由谈》《小说评论》《文艺报》等刊物。现为某杂志编辑。鲁迅文学院第十五届高研班学员，系中国作协会员。

　　曾获兵团的政府文艺最高奖"绿洲文艺奖"。组诗被中国武警文学刊物《橄榄绿》评为2017年年度优秀作品。诗歌入选《中国年度优秀诗歌2016卷》《2017年中国新诗排行榜》等选本。

诗探索 12　作品卷　2018年　第 4 辑

诗人王晖

对王晖作品的短评

　　王晖不以诗人自居，却写下许多动情而动人的诗篇。真诚，质朴，细微，就像用她的一双大眼睛盯着你说话一样，柔弱中有一种一意孤行的激情和力量。抒情的暖色中引入可感的细节和场景，叙事作为一种修辞手法，有效地调校了抒情的不可抑止性，从而达到了美学的平衡和文本的完美。她为之倾注心血的"兔子诗"，接近自己最内在的声音，是"真"的投照和外化，同时也是近年来新疆诗歌一个令人惊喜的收获。

——《西部》杂志主编、诗人　沈　苇

　　王晖的诗歌中，我最看重的恰恰是拙朴。这是她的语调，她的品质，更是她的本色。一种多么丰富和厚重的拙朴，深入人性和心灵，蕴含着童真、善意、孤独、爱心、忧伤、期盼等细腻的情愫。因为拙朴，她的诗歌所散发的"泥土的气息"，所传递的"微小的信号"，顿时有了迷人的光泽和特别的味道。

——《世界文学》主编、诗人　高　兴

　　没有想到，我最开始读王晖几首以兔子为题的诗，竟然影响了之后的全部阅读。这种让人怜惜的食草小动物，平静、快速、善良……好像不知不觉中投射到了她的诗中，形成了人、兔之间的某种相认与相通。

　　她以兔子般怯怯的目光，小心翼翼地观望着这个世界，间或竖起灵敏的耳朵，又偶尔如脱兔般奔逃……从红红的眼睛深处，"铁水从眼眶夺出"……

　　与兔子相似的是，王晖的诗也是善软的，低语的、精当的。可以说，她的诗是另一种中小型的食草动物，其语言方式、叙述方式、抒情方式，不仅是平静的，也是诚恳的、真切的。

　　读诗的时候我想，没有那么多花里胡哨的手法，诗不也很耐读，很尖锐吗，就像一只没有化妆的兔子。

　　也许，这正是诗歌经验的日常本色。

——海南大学教授、诗人　徐敬亚

　　抒情的底色，叙事的节奏，苍茫幽深的题材，清晰明澈的表达，构成了一个单一生命孤绝炽烈的倾诉。

　　这是一条深埋地下的河流冲出地面的那一刻：水质清纯，源远流长。

"我用细小的时光编织朴素的生活/也用银色的缝衣针刺破自己的指尖"《西大桥记忆》中的这两句，可以代表王晖诗歌的美学指向。

——山东大学教授、诗人　北　野

诗二十首

王 晖

松拜的新娘

松拜的新娘老了
在老军垦的视线里模糊成一滴泪
五公斤水果糖迎来的娘子
是否还记得那一条睡了十五年的
开满了牡丹花的棉花被子

松拜的新娘老了
六十三公里边境线紧紧抱了她五十年
苏木拜河 沙尔套山 中亚草原
是清贫的土坯房最传奇的后花园
那湿淋淋的云常常降落伤感的雨

回老家已成了渺不可及的一种虚幻
出来时十七岁 一个年少的闺梦人
爷娘唤女的哀声远在长江边的小村庄
西北之北这个戍边的女子戍白了头发
籍贯地 有什么能经得住这么久地眺望

麦子 油菜 土豆得到了她的喂养
吃着土豆长大的儿女又降生了儿女
墙头上一只小黑鸟在喂着另一只
紫苏释放的幽香越过了边境线那边的农庄
背枪的小战士见了生人就会害羞得脸红

松拜的新娘老了 这片土地在挽留她
家门口微风中的薰衣草在虚构世间的神话

褪色的衣襟被紫色的烟云撞了满怀
那一串串的花穗结着青春的发辫
遍地的风情没有留下任何遗憾的空白

顺手捋一把　就可以缝制一个香荷包
那些河边的　井畔的　黄昏天窗下的记忆
在北方的界河边上——零落——风干
那个拉郎配年代中忧戚了一生的新娘
以不确定的火苗点燃了绵延几代人的炊烟

地下通道

一个木雕一样的女人
守护在那里
婴儿的双手攀援着她
他圆圆的小光头
焦灼地在她的衣服下寻觅

我一阶一阶落下
他从破布裹就的怀里
好奇地探出头
给了我一个婴儿的笑
羔驼般的眼睛
跳动着无邪的调皮
一盏温驯的小油灯
烫伤了我充满杂质的眼睛

新疆三月冰冷的台阶
足以让一个女人百病丛生
她年轻而憔悴
憔悴而美丽
恻隐的痛从她身上碾过

她定定地瞧她的孩子

渐渐露出散漫而满足的笑

通道四面八方
垂着八道厚重的门帘
她们倾心地相望
露宿在苦寒中

如果你是一个
正在哺乳期的女人
恰巧从这里经过
婴儿嗷嗷待哺的娇啼
会惊湿你的前襟吗

列车经过戈壁滩

列车启动了
戈壁之后还是戈壁
一场睡眠，几百里
一个梦居然没有穿越过去

快到和硕时
寸草不生的土山，隆起
在逶迤的地平线上，像飞

我的同事自言自语
这样的山有什么用
听者有意，我突然感到害臊
无用，这个词似乎和我太般配

没有万众的朝拜
没有葱茏激荡的秀色
没有海誓山盟
有的，只是别人眼里的一点可怜
和藏在自己心里不为人知的自尊

据说，这里的地貌
和某个正在战乱之中的国度一模一样
而我们的列车，行驶在宁静的大地上
呵，宁静
在失去宁静的人们那里是多么弥足珍贵
这样想着，车窗外的荒山便无比生动美好起来

我是一只灰雁

沿着和平渠散步
选我喜欢的偏僻处
那个废弃的小公园
荒芜得野趣横生
秋天的麻雀胖成了银锭子
趁寒流还没有到来
它们集结秋草间
在低矮的天空忙着收草籽

和平渠已到了枯水期
冰川悬挂在天山里冬眠了
夕阳给河道点着最后的灯盏
此时的河床躺成了一条小马路
我要下去，走到河里
这是全城最寂寞的小马路
四面八方的喧嚣找不到这里
我边走边唱，终于自由了
自由成了一条哗哗作响的河流

天空的灰雁不去管它了
它们排着队离开已多时
我注定是一只赶不上队伍的孤雁
不能落脚南方，只能留驻北地
就留在原地吧，原地供我徘徊
供我解释秋风里无边无际的愁绪

诗探索 12　作品卷　2018年　第 4 辑

找我的朋友

这个世界时常上演战争片
还有传说中硝烟弥漫的 A 片
我把双手捂住了眼睛
胆战心惊地打着预备远行的小包裹
我是一棵秋草一样颤动的女人

我常常对着虚空喊你的名字
啊，我的朋友你在哪里
这个城比早年扩张了数公里
我怎么还是有被挤压的感觉
最后连我的朋友都不见了踪影

站在城墙的废墟上找我的朋友
数以万计的车辆犁一样划开道路
车轮摩擦路面没有一丝相爱的感觉
树叶惹着尘埃唱着生命的哀歌
城东城西城南城北去哪里找我的朋友

众生之中我喊着我朋友的名字
站在一棵苹果树下我无力至极
秋意满怀，叶子说黄就黄了
蜷曲在地下如一张张揉皱的宣纸
我——拾起作为一段心酸的怀念

秋天的怀念

雁群穿越天空的激流
我接不住一根落入荒芜的轻羽
雁儿背上捆着季节的行囊
却再也驮不动人间的片言只语

一只空酒瓶躺在地下

滴酒不沾地醉倒了
它响着空谷回声
用透明的胸膛做一次
卸下灯红酒绿的深呼吸

粉盒里
落雪前苍白的秋霜
需银子去兑换
而我的一点点痛
一点点冷
一点点背面秋风的伤怀
用什么能遮住呢

黄昏的低眉

我的身体常常痛
大约是女娲造我的时候
不慎将玻璃碴混入了泥土

它们尖锐地提醒我
此生的存在

带着光的碎片
我尝到了生活的滋味

在相聚的欢乐中
它提醒我今宵的存在

在无垠的春光里
它反射泥土的光泽
让灵穿行于平庸的肉身

在暴风雨来临的深夜
它让我看到了雨后的虹

在黄昏的低眉中
它让我看到了一点一点
累积的光芒

糖

我只能将这一段
颇为辛苦的万里行程
称之为糖的奖赏

这仅有的一颗
我要享用整整一年
让我离开它已相当困难

有的时候
我在茫茫人海中剥开糖纸
悄悄地舔上一下

有的时候
我感到苦涩难耐
会就着唇边咸味的泪偷尝一口

有的时候
我会拿出那一小块虚拟的光
照一照深夜的失眠

看着它越来越小
却甜味不减
我的心陷于一种甜蜜的温柔无法自拔
失去时空错乱中那复仇的力量和快感
只剩报答

花容月貌

那些从小令和花间词里
一路凄迷的芬芳
会不会是一场生命的误会

娇柔的花蕊
或许是一把剑千古的悲鸣
为了这一次灵魂的出窍
那嫣红的花容
已按不住内心的血

它急速地奔跑
已将体温升到了云端
你，觉察到了吗
那件羞涩的绸衣
其实是此生它扩张的最大一张地图
上面布满了星空和无人觉察的眼泪

拆迁中的一棵树

一片破房子消失了
一棵大树
悲壮地站了起来
站在原地

这么多年，来来往往
我没有看到它
它也没有看到我
是什么
让我们视而不见

是捉迷藏吗
还是别的原因

诗探索12 作品卷 2018年 第4辑

让时间深处的我们
忘记彼此的存在

当一棵树
从一场悲剧中出场
仿佛一个谜底的揭开
我站在那里
不再寻找，我想我已站在
一览无余的余生里

妈妈，我的心再也不能平静了

我把一个秘密
说给年迈的母亲
在家属院林荫道上
怕她记不住
关键词我会对她耳语好几遍
每念及一遍
她的笑容
就不好意思地加深一次
那么满足
她一生的不遇
终于降临
不过在她女儿的身上

每隔一阵
辛劳的母亲
都会试探着问我讨要
那些激动人心的句子
那些朴素深情里的惊涛骇浪
是多少个不眠之夜的向往
我为此经受的巨大困境
却从来不告诉她
妈妈，我再也不能平静了

你就跟着我一起
隔着万千群山
隔着一江水
细数这世间赐予我的珍宝吧

给妈妈的一封信

妈妈，初夏已来临
离你万里之遥的北方
家属院的节节高开花了
它佩戴着世间最香艳的勋章
一路高歌冲向天空
我自愧弗如
你的女儿
从来就不是令你骄傲的节节高
我唯一的佩戴
不过一颗越来越苦涩的心
妈妈，我已跋涉半生
看见的却是越来越陡峭的下坡

在故乡，你一瘸一拐
撑着病体每天清晨
在我床边放上五朵栀子花
它坐落成夜晚的神灯
那灵魂的香气让我夜不能寐
我却笨拙地
从这灯里取不出光明
从这香里取不出慈悲的乳汁
当你一路血泊逃离死神
苍白枯涩的脸
如同凋零的栀子花
我不得不远走他乡，再一次别离

妈妈，我走遍万水千山

诗探索 12 作品卷 2018年 第 4 辑

就是为了满脸通红地
坐在古老的灶前
为你添一把芳香的松枝
那两口辛苦的大铁锅
如今还活在艰难的世上
在烈火中煅烧着漆黑的眼睛
如果不是因为胆怯
我多想伸出手
去摸一摸它坚强的眼睛
与它一起注视这低矮的
柴烟不绝的生活

姨　妈

姨妈提着铁锅耳朵
倾听我风尘仆仆的脚步
弓着龟背的姨妈八十了
她在暮年总爱凄凉地张望

老屋里缓慢挪动的姨妈
她估摸着我的到来
就会候在窗玻璃上
如果我不大口大口吃饭
筷子就虚张着落在我的头顶
她发誓要将我喂成一头小猪

她像只昏黄老灯泡照着我
从我三岁照到了我沧桑的中年
那香喷喷的家常饭伴着叮咛
那暗淡中快乐的聚合伴着忧伤

她趴在窗台上目送我离开
目光牢牢钉在我单薄的背上
晖儿，有空来姨妈这儿

你要不来，等我死了
我变成老猫趴你窗台去找你

姨妈，如果你变成了老猫
我上哪里去吃透明的红烧肉
在这个荒凉的人世间
我将比一只流浪猫更加恓惶
我将失去一盏通向光明的老灯泡

姨妈家的麻雀

还没到姨妈家
就听到那群麻雀的叽叽喳喳
多少年了，总是以主人的身份
比姨妈更早地迎接来客

它们准时来窗台领冬粮
当初个个瘦成失恋的模样
如今温饱得也开始谈婚论嫁
姨妈总是那么惯着它们

隔着窗玻璃
麻雀吃它们的小黄米
我吃我的糯米饭
姨妈看了看那些小家伙，又看看我
生怕我们都少吃了一口

姨妈，立春了
这个时节，我们湖北老家
春江水开始变暖变柔
花苞待发，春衣裁成
一到春天我就像丢了什么东西

我们俩，在边城一隅

诗探索12　作品卷　2018年　第4辑

在白天还需点着灯的老屋子
你看着我，我看着你
我已被你注视了四十年
姨妈，四十年你还没有看够吗

天黑回家千万不要弄丢了
你总要打趣我，才放我走
怎么会丢呢，姨妈
那群老麻雀都能找到你的家
我又怎会迷路，我只是惯于
在归途中莫名其妙地失一会儿神

塔城的怀抱

就要离开塔城了
离开一座清凉的城

这个有橡树的城充满情意
有我童年最喜欢的味道

它像现实的一种虚构
我愿意把家建在这样
一个充满意外的好地方

我的家，是小的 寂静的
阳台上飘着淡淡的炊烟
女儿总是用一只酒窝在等我

塔城的家，是大的 火热的
一个屋檐下常常安居着
几种语言 和一大群
爱吃包尔沙克和奶酪的孩子

珍贵的楚乎楚泉

供养万物，也供养心灵
百姓虔诚地抱着壶
让日常生活的一瓢饮
通向千年前的时光

哈萨克 俄罗斯 塔吉克
达斡尔族 锡伯族……
那么多有福的孩子
属于库鲁斯台草原
属于塔尔巴哈台群山
属于五条河流 一千口泉

那个最早的土著：旱獭
也是塔城幸福的子民
它的小日子不仅富得流油
屋顶上还时常飘荡阿肯的弹唱

兔子诗五首

站立的兔子

兔子，为了看清周边
你总是站起来
今生的最高眺望里
你看到远方了吗

你的两只小爪子
并排在起伏的胸口
山野的小哨兵
即使被关在笼中
也站成坚实的小碉堡

有时你看着我
若有所思
有时你看着一堵墙
常常失神
你直起腰杆站起来
似乎有话要对世界说

兔子，有人将自己
比喻成世间的微尘
即使一粒微尘
也想站起来
而不是在风中无奈地翻滚

兔子，我俯下身来
如同你微躯的屹立
我的视野在不断地跌落中
也在不断地返回
有朝一日，终会
渐渐升至星群升起的地方

兔子的避难所

开始喜欢这条僻巷了
菜店的老灯泡亮起的时候
我就要买菜做晚饭了
独臂的店主不知何时
将生锈的铁炉子烧得很旺
一只被收留的兔子安卧炉边

独臂男人与兔子共守菜店
一只兔子小心地客居着
来往的居民没有人发现它
兔子沾着幸福的煤灰
在角落里凝视神一样的人

日日梳洗蒙尘的兔子脸

我不用担心这只兔子了
这只兔子也不用担心我了
我无须在梦境中投下悲哀的影子
捧起白兔掉到地下的棉袍
裹住它凄凉的小身体
一针又一针，缝合无边的黑暗

一只耳朵的兔子

一只耳朵的兔子，也是兔子
一只耳朵的兔子，照样活着
它的耳朵被歹毒的铁剪子剪掉了
留在地下，从此听不见世间的喧嚣

兔子拉下另一只耳朵不停地垂泪
它没有哭声的哭着，不曾惊动一根草
拿剪子的人跑了，被天空的黑云接走了
兔子的坚强从此在断茬里缓慢地生长

放学的孩子每天都来看它
一只耳朵的兔子关在笼中，照样蹦蹦跳跳
人间的脚印它遇见的比谁都多
一只耳朵的兔子，照样兔子一样活着

这个世界什么都没有改变
兔子看见，树叶在一片片飘零
而它只不过飘零了一只耳朵
飘零了一只抹去悲伤的白手帕
它的另一只耳朵听到了命运的安排
冬天，它将离开小朋友，去遥远的农场

诗探索 12 作品卷 2018年 第 4 辑

兔 子

拔好的草不必再喂了
空空的笼子在幽暗中啜泣
我的兔子被杀了，它如此纯洁
据说，它被吊起时，曾向人呼救
起初，还天真地以为人在与它做游戏

花瓣的嘴花一样，咬不住飞来的寒光
天衣无缝的白棉袄，被刀脱掉了
一只真实的兔子，它如此迷人
留下一大片空白的档案
叼着一匹春天的草叶消失了

兔子微笑的时候散发草的香味
它的好日子太少，苦日子太多
它胆战心惊的微小呼吸中
埋伏着多少莫测的风险
它总是竖着耳朵捕捉风的声音

兔子站起来，等我回家
它闻到了我手上奶浆草的气味
它鼓手一样咚咚咚敲击地面
等我回家的鼓声多么凄切
有那么多好光景在枉然地等它

在命运的虚无缥缈间
心爱的兔子，你在哪里
春天的花开了，在为谁开
春天的草绿了，在为谁绿
我想跟你手拉着手
在月光下找一条回家的路

与兔子的缘分

众生之中我们彼此相认
隔着不知几百年的轮回
你眼里的我也许是只兔子
而我心中，你可不是只简单的兔子
我的心里泛起的是澜沧江的激流

你扑到我面前攀援在命运的缆绳上
无辜地向我预告诀别的到来
我俯下身想把你营救出来
却看见剪子张开了饥饿的嘴
在剪子还没有合上的时候
是最凄凉的好光影，兔子你知道的

我如此黯然，如此孤独
这么辽远的土地，数亿人口的国度
我的不舍竟在一只兔子身上
在地球上所有的兔子身上
莫非我从来没有好好地被人爱过
也没有好好地爱过别人
只是盲目地在荒凉的世间奔走多年

汉诗新作

新诗七家

作者简介

李庄，祖籍山东牟平，现居德州。1986年开始写作，作品见于各种文学刊物及选本。参加第十二届"青春诗会"。出版诗集《李庄的诗》，获山东第二届泰山文艺奖、2018年"中国赤子诗人奖"。

诗七首

李　庄

身体清单

身体里的碳
可以制成九千支铅笔
赠给诗人
但每根铅笔必须配一块橡皮

身体里的磷
要制成两千根火柴
全部给盲者

让他点燃血中的火焰

身体里的脂肪
还能做八块肥皂
送给妓女
请她洗净骨头去做母亲

身体里的铁
只够打一枚钢钉
留给我漂泊一世的灵魂
就钉在爱人心上

黄 花

我已记不清是 2004 年还是 2005 年夏天
去的韩国。在三八线南侧的一座桥上
我看到了那幅照片：泥土浅埋
一只钢盔生锈的弹洞中伸出一枝黄花
我已记不清摄影家和黄花的名字
记不清钢盔属于哪方部队
更无法知道钢盔被一颗什么型号的子弹
击穿。那个戴钢盔的人是谁

那枝黄花从那个人的额头里生长出来
在我的脑海中摇曳

偏 爱

必须承认
我偏爱有虫眼的瓜果蔬菜
与它们是否打药无关
我常常揣测它们的产地和经历
乡村长大的妻子说

"招虫子的果子甜

有虫眼的菜有味"

我佯装不解，又问

"那被鸟啄过的呢"

她说："更好吃"

我点点头，暗自得意

必须承认

我偏爱那些有残疾的动物和同类

我在街边对一只三条腿的狗

注目良久

我和一位有精神病的邻居

是好朋友

必须承认

上帝对我的偏爱

我的一生千疮百孔

我的灵魂是一片被蚕食的桑叶

危险品

过安检门

总有警报声响起

那是我右腿中的两块钢板

和五根螺钉引起的小小恐慌

那是 1989 年夏天留下的纪念

这种金属夹住骨头

帮我站得直一些

这种隐痛在我血肉中埋了十年

取出后竟无一丝锈迹

放在书桌上做镇纸

分量恰好

过安检门

仍有警报声响起

前后，左右，上下，脱鞋，张口

身上的确没有危险品

我微笑着对一脸诧异的安检员说
哦，忘交代了，我的脑袋里
经常出现一些金属质地的
诗句

陨石或失败之诗

"这世界值得仰望的事物
一是头顶的星空，二是心中的道德律"
每当读到康德这段话
我就无端地想：爱因斯坦飞扬的白发
多像彗星的尾巴……而霍金歪斜在
轮椅上的头颅同宇宙一样浩瀚
前日夜半，有陨石落于东南
我闻讯后驱车前往，不料
只余一深深的陨石坑满含空无的神秘
回程中我猜想陨石的偶然和必然
它有怎样的密度，体积才经得起
穿过大气层时那激烈的摩擦——不至泯灭
这是怎样的坠落？如策兰极速的语言
划过黑暗的心灵，留下喑哑的陨石坑
逼视着存在的荒芜，人的暴行
下车小便时忽然想起祖母常念叨的话
"天上一颗星，地上一个人"
于是，我轻松地评价了自己：一生
安全地跪在泥泞的地上，没有失败的资格

我必须找到那枚钉子

我是说过一枚钉子砸进我的命里
我只是说出了自己的钉子

必须承认：我尚未找到

那枚在铁锤，钉子之间无数次
转世的钉子，不锈的钉子
那枚刺穿工人脚掌，也刺穿
耶稣手掌的钉子，滴血的钉子

那枚钉子的质地是铁吗
那枚钉子是头颅锻打的吗
没有钉子的世界是否会散架，垮掉
是谁发明了钉子，制造了钉子

我不知道，但我必须找到
那枚钉子，将它钉在高处

高处是墙壁吗，是云吗
那枚钉子存在吗

我不知道，但我必须找到那枚钉子
将它钉在高于头顶的地方
即使，那枚钉子只能悬挂
破塑料袋一样的虚无

废　墟

既然一生致力于建造
——完美的废墟
那就在这盏灯下
写诗吧——窗外正好下着雪
稿纸上是洁白的雪
更洁白的雪还在内心酝酿
还在西伯利亚的高空聚集
还不凛冽还不足以使那一个一个一个一个
衣衫褴褛瘦骨嶙峋的人，那消失在时代暴风雪中
比暴风雪更寒冷更洁白的人，复活。你的骨头
还不够坚硬还不足以支撑你在自己的暴风雪中

诗探索
12
作品卷　2018年　第4辑

散步，还不够洁白还不能够与白纸成为一体
还不够破碎不够轻盈还不能够与雪共舞
所以，你必须开始独自的一生的练习
等候，那一场命中注定的亲爱的北风吧
就在这盏灯下开始，也在这盏灯下
结束。当这盏灯熄灭
你也消失
青花笔筒中的笔还立着
必有一只手伸来，将废墟里的灯点亮
雪又下了……尚未掩住那一行
足迹

作者简介

林莉，江西上饶人。曾参加诗刊社第二十四届"青春诗会"，就读鲁迅文学院第十八届中青年高级研修班。获2010年度"诗探索·华文青年诗人奖"、2014江西年度诗人奖等。出版诗集《在尘埃之上》（"21世纪文学之星丛书"2010卷）、《孤独在唱歌》。

锦瑟(组诗)

林　莉

愿　望

山色斑斓
锯木厂散落着刚锯好的
樟木、杉木
知青返城后，它日渐荒芜
世事多微凉，败落
菩萨，请保佑它

锯木工张，日工资八十
后山有地，可种各色菜蔬
偶尔出山，买米、油、衣物
此处 江湖卑小
一碗、一床、一地木屑
菩萨，请保佑它

山色斑斓
我们远道而来
在一堆木头上久坐无言
于世间活了那么久

树木有树木不可说出的孤独和苦
我们有我们不可说出的孤独和苦

菩萨，请保佑它

在低处

父亲在院子里侍弄草木
高大一点的是橙树，枝头
还挂着几个果子，黄澄澄的
矮下去的，是半开的月月红
父亲灰色毛衣和白发
在花影间晃动

这是二月的第一天
薄雪在消融
很久了……
我在院子里站着
想起一些人，他们刚刚失去了
他们的父亲
这让我有点不知所措

在低处
花朵剥离花瓣，果肉剥离果核
那是谁也无法恢复的原形

横　溪

阵雨使它充盈、饱涨
石埠上，一只旧竹篮装着
刚摘的茄子、豆角

后来，浣洗的妇人提着它们

蹚水去了对岸

我们沿溪轻快走动
偶尔手臂碰触到一起，触电般

事实上，我们在世间已分离的太久
那些久违的喜悦或绝望
皆来自前世

那一次，我们目睹
横溪不舍昼夜，自顾远去

难道，在时间的跑道上
它也是一匹不能回头的马？

果　园

一条窄窄的荒芜的小路后面
住着的那个老人
去年秋天就已经很老了

他在果树间来回走动
喷虫药、锄草、剪枝
很多年的秋天，他都在树下坐着
拿着一把旧茶壶
像那些果子，慢慢红着红着
就掉落到土里

一直要到霜降后，果园里的各种色彩
才会慢慢淡了下来

风中——
枯枝和荒草，继续交替着火把

诗探索 12　作品卷　2018年　第 4 辑

锦 瑟
——兼致友人

有人从断枝中发现新鲜
木耳、蘑菇
有人溪中拨弄
流水的琴键和消亡史
有人在街头满腹心事
提着装满白菊的花篮
有人给旧事培土锄草
有人独坐山冈乱石堆上
抽烟，发呆

这一日，仲春与暮春交替
古人、今人
各安其处，各添万古愁

唯有一只鹧鸪闲来无事
随一缕青烟去了
一个被雨淋湿的朝代

对另一背影青翠的鹧鸪
发出了隔世的急切的
哀鸣：
"玉溪生，玉溪生……"

青 衣

山谷多修竹
邻人多木讷、寡言
蜜蜂振翅声如钟声

很久了，她的怀里揣着一本

草木经书和未寄出的信札
一座内心的庙宇，是乡村式的

此后
没有见过的人不必再见
没有爱过的，也无从相爱

无论你知道与否
山坡深处
那里，有一罐蜜，始终是你的

山水课

青山埋骨
细沙藏足
流水还魂，靛如蓝

光阴虚掷弹丸
春光中多慈悲，游走着
短命鸟兽和斑驳花枝

你要做风扫空阶的修行

馈　赠

雏鸟乌溜溜的眼瞳
小路旁兜售山货的孩子

屠夫走向他的羊
天南星，在深谷自生自灭

因为爱着你
我也秘密爱着这人世的熙熙攘攘
和万物的无辜

诗探索12　作品卷　2018年　第4辑

春夜喜雨

落到石壁间的雨
又落到墙角的青苔上

经书翻到一半，邻居那个
常年坐在轮椅上的女人
燃尽了最后一点灯油
被送上了山坡

在黑暗中枯坐着
雨声，淅淅沥沥
此时，我们的听觉
绵里藏针

——雨
落到石壁间
又落到墙角的青苔上

那是时间的另一种加持

元夜，读殷七七阳春曲

雨的沙沙声
柳絮如雪的暗影和白，以及
人去不知归的空
都来自书中那个遥远的春日

坐在窗前，我读到
殷七七，尝自称七七
不知何所人，不测其年寿
我还读到
道士身份，法术
游历，醉歌道上，还有

某次相别后
空余的一节离肠
一千多年过去了
时间，也没有办法将它消除

这一夜，没有驿站、渡口
白马，骑马观灯的人
雨，从一首古诗里
慢了下来

我也缓缓合上了书卷
此刻，是一种慢
让我有了潮湿而陌生的应和

旷　野

它应该养着众多儿女
天南星、夏枯草、婆婆纳……
轻轻一喊，就有香气溢出来
它应该被雪藏于心
即使默念着，也会有神秘的喜悦

还有
花喜鹊、灰斑鸠、白头翁……
它应该是斑驳的影子
它的花、灰、白
秘密散落在每个角落里

美好的事物，因其美好而孤独
孤独的事物，因其孤独而无须应答

无　题

四月进山入寺，可见
大殿里跪满了祈愿的人

未完满的、消逝的、期望着的
不确定的事物那么多

只有一丛丛野杜鹃
在山中随意盛放

浓雾，并没能遮蔽住
它们好看的部分

风，像一个扫地僧
绕开了它

黄　昏

幕阜山麓起伏，淡淡云霞
和我们仅隔着一朵花香的距离

穿行在幕阜山深处
谈起世事变迁以及万物生
谈起曹操、败寇之心、滚滚东逝水

这些野性的、扎人的
装着消音器的

似山尖上
潜伏着的星
一抬头，就会从
我们的眼睛里弹出来

桂花镇

岁月何其缓慢
间以斑驳花树、砾石、流泉
余年，有吊诡运程及无常法则
我们安居桂花镇一隅
开一家布店
期中，桂花开如繁星
在时间的裂缝里自由暴动、起义
我们在天井中
或闻香识人
或静待秋风清扫后
薄薄的空欢喜

潜山一日

在这里，我们不姓诸葛、曹、李
不论及天地间
爆发过的离乱，不可逆转的乾坤
潜山日月可忘忧
苦槠、桢楠，同修一个
寂静的宇宙
每一次抽枝长叶，足以宽慰
糊涂人生
而鹧鸪、雀在藤蔓上
替我们先经历着荡漾
再经历着生死无别

诗探索12 作品卷 2018年 第4辑

作者简介

　　赵青，生于1968年7月，在四川泸州上小学和中学，1985年考入国防科技大学，因病退学后开始阅读文学名著。二十世纪九十年代末尝试诗歌写作，2001年首次发表诗歌作品，作品散见于《诗探索·作品卷》《诗刊》《中国诗人》，有作品入选漓江版《中国年度诗歌》、现代版《中国年度作品·诗歌》。现为河北省作家协会会员。现供职于安全环保研究院检测中心。

诗六首

赵　青

瘦西湖遇雨

　　一阵急雨敲打长廊的屋檐
　　两只水鸟匆匆飞往对岸的秋林

　　太湖石旁碧绿的斑竹
　　枝叶间流淌的莫非是泪

　　游乐场边几株苍老的桂树
　　你曾经写生的那棵依然清香怡人

　　小金山的风亭、吹台、琴室就在眼前
　　或许静一静　就会隐约传来当年的曲子

　　一对天鹅在蒲棒丛旁相互依偎
　　我伫立在望春楼　想的全都是你

高山流水

没有高山
只有小小的一泓秋塘
当我沿落满金色银杏叶的石板路
走进拙政园的涵青亭
还是想起了《高山流水》

当年
一阵急雨
让把挎包当雨伞的我们
来到这座紧靠园林南界墙的小亭
几乎跑遍了苏州城的大街小巷
才买到的琴谱
已经湿了大半
你把它小心地捧在手上
轻轻地吹着

那个阴云密布初秋的下午
两朵胭脂红色的睡莲
在雨中分外娇艳
一只淡蓝色蝴蝶
艰难地迎着风
飞往不远处的芙蓉榭
那里也许还有一只蝴蝶在等它
我忽然很想眼睛里进一粒沙
这样你就会像捧着《高山流水》一样
捧起我的脸

糖醋排骨

夏日正午
西安碑林的各个展厅
参观的团队依然络绎不绝

诗探索12 作品卷 2018年 第4辑

十几个学生
围在《玄秘塔碑》前
当讲解员说到"颜筋柳骨"
一个体态丰满的女孩儿追问道："什么？糖醋排骨？"

像她那么大时
我还不知道什么是旅游
江城的三伏天
潮湿而闷热
我和小弟整晚都睡在铺着竹席的地上
母亲常给我们摇扇到深夜

那时　肉凭票供应
食堂偶尔打牙祭的消息
会迅速传遍各家各户
记得暑假的一天
母亲匆匆赶回家
告诉我马上去大食堂排队
才十点多钟
窗口前已经站了不少人
十二点　玻璃窗一打开
隐约望见的一大盆糖醋排骨
几乎让所有孩子都伸长了脖子

大约三十年后
我才知道颜真卿、柳公权
开始领略水墨的乐趣
而在七十年代的岁月里
一碗糖醋排骨
就能让我和小弟高兴很久很久

偶尔的一阵风

离开颐和园的写秋轩

沿石阶而下　一缕淡淡清香
引我望见一棵桂花树
偶尔的一阵风过
三两朵桂花慢慢飘落

江城业余体校的大院里
也有一棵桂花树
那时的我很腼腆
顽皮的男运动员常拿我打趣
有一天正晾衣服
他们又围过来捣乱
丽丽抓起带水的橙红色运动服
舞动着"水龙"
一直把他们赶到院门之外

从那以后
我们常结伴而行
在集训一天疲惫不堪的时候
坐在桂树下读
"海内存知己，天涯若比邻"
也是在那棵树旁
她蹦蹦跳跳地告诉我
入选了地区运动会
还说回来要请我吃桂花糖
可回来的
只有她的教练
丽丽比赛时纵身跨栏被绊倒
头部着地

万寿山熙熙攘攘的游人
有人上山
也有人在下山
得知消息的那个傍晚
我不知不觉又走到桂花树下

诗探索12　作品卷　2018年　第4辑

那么多绽放的丹桂
依然还在枝头
怎么偏偏这几朵
会在偶尔的一阵风中　飘落

泼　墨

说起泼墨
在我年少的记忆里
反复出现的　却是
紫色油菜炒熟后的汤汁

十二点的下课铃
是我们奔向食堂的集结号
木制的小窗口前
会在几秒钟内排起长龙
去得稍晚一点
就买不到物美价廉的炝炒油菜
坐在我前排的一个同学
也总是吃这个菜
上课的时候
我还看见他偷偷翻看
一本不知名的画册

那天
语文老师忽然向他提问
说说朱自清《绿》的写作手法？
他回答："泼墨"
引得全班哄堂大笑
而笑得最起劲的我的唯一的连衣裙
成了他用油菜残汤学张大千大写意的
第一幅"得意之作"

摘菜　与一只虫子狭路相逢

它身着嫩黄绿色的长袍
和我无意间看到的品牌高级定制服
有相同的色调
它的嘴是鲜红色的
好像涂着厚厚的名牌口红
它从一棵西兰花里爬出来
高高地昂着头
莫非要对我发号施令

西兰花原产于地中海东部沿岸
古希腊文明也发源在那里
伊索寓言里写了那么多动物
"农夫与蛇"
"披着羊皮的狼"
"挂铃的狗"
我从第一卷读到第十卷
也没找到对这种"虫子"的描写
可它分明让我想到
一些人

如果没有与我狭路相逢
也许再过些天
这雍容华贵的寄生虫
将会在春光明媚的某个清晨
长出一双翅膀
可它一生飞来飞去
不过是
从一棵菜到另一棵菜

作者简介

　　胡杨，甘肃敦煌人。曾在《人民文学》《诗刊》等发表大量文学作品，多次入选多种选本。获《飞天》十年文学奖、甘肃黄河文学奖、敦煌文艺奖等奖项。

绿洲扎撒（组诗）

胡　杨

在风蚀地

所有的爱都不可能填补这些
天生的漏洞

风，带着风
救回
那些被雨打湿的风
被土压住的风

既是在安宁的夜晚
星光撒落
也有风
暴露狰狞的面容
这坑坑洼洼的伤痛
也会惊叫一声

在风蚀地
一个人的过去不算什么
一个人的未来
凸凹不平

青稞茶

牛粪火长久地舔着锅沿
高原的二月渐渐温暖

一个人坐着
另一个人走过来
路过的人都坐下来

烤得金黄的青稞在铁锅蹦跳
香味凝结成小小的一团
盐、花椒在水里翻腾

一碗茶在渐渐消失的夕阳中
融化了高原的夜晚

沙漠上的树

有一棵树
所有的沙子围着它

有一棵树
去年夏天的雨水
洗净它的每一片叶子

有一棵树
阳光从沙丘上跑下来
一直跑下来
像一团火
焚烧夏天

而它却像火中的凤凰
在无边的火中
绿荫婆娑

诗探索12　作品卷　2018年　第4辑

低矮的胡杨林

每一年的夏天
它都会扔掉自己的几截枝杈

每一年的夏天
它就像又活过了一回

每一年的夏天
北风夭折
西风打铁

艾草、大黄、芨芨
匍匐于地的孱弱者
剩下微弱的呼吸

身体里的野性
从一场雨水
一次次窜出

你终于是一棵胡杨树
你终于是一棵棵胡杨树
把最好的秋天
留给寂寞的沙地

雪一点一点

雪一点一点
盖住荒草
雪一点一点
盖住草垛
雪一点一点
融化在人们的脸上

帐篷里翻滚的奶茶
一点一点地冒出蒸汽
揭开门帘进来的人
裹了一身雪
把慌慌张张的山路
堵死了

大家都走出帐篷
看着天
看着白雾茫茫的远处

雪一点一点
盖住了走出帐篷的人们

厚厚的雪

那一年，去拉萨
路上的雪
都是菩萨给的

那一年，去冈仁波齐
远远地就能看见它
梦里却没有

那一年，一头栽倒
陷进厚厚的雪里

睡了长长的觉
睡梦中的冈仁波齐说
睡够了没有
赶紧起来

醒来后
还是没有回忆起冈仁波齐的面容

诗探索12　作品卷　2018年　第4辑

好在，醒过来了
厚厚的雪是菩萨给的

梅　朵

面对远处的雪山你会愣住神
夜晚，你还会听见风
掠过草尖和泉水
湿漉漉的

你说，在城市
只有一个地方像草原

废弃的旧厂房
一根铁管漏着水
周围簇拥了大片的野草
野草上开满了
鲜艳的花

梅朵常常去那里
把自己的安静
像晾衣服一样
晾在那些花草上

安南坝营地

风吹着细小的石头
风吹骆驼的鬃毛

风吹一棵幼小的裸子植物
它们的一生只有内敛的绿色
短暂的几天
野菊花就度过了雨季

像一群待嫁的新娘

这都不足称道

九只云雀飞来
叽叽喳喳地叫
站在汽车引擎盖上梳洗打扮

我们真想把这辆破旧的吉普留给它们
寄存它们的远天远地
寄存安南坝的秋天

锁阳城

这里有一丛骆驼刺所需要的水分和阳光
这里有一丛骆驼刺所需要的沙子和砾石
这里有一丛骆驼刺所需要的酷热和荒芜

这里有一丛旺盛的骆驼刺

风蚀地

风也要建造自己的房子
有风的王宫
有风的楼阁
有风的亭台
有风的茅屋

这么一大片风蚀地
能住多少风啊

诗探索 12　作品卷　2018年　第 4 辑

作者简介

牧歌，本名廖世昆，二十世纪八十年代生，壮族，广西南丹人。鲁迅文学院少数民族文学创作培训班第二十九期学员。有诗歌、散文发表于《中国文学》《青年诗人》等刊物。

十月，稻谷黄了（组诗）

牧　歌

桂西北偏北

我指的是广西
指的是广西西北部偏北一个小山坳
我的生养地麻阳村新队屯
我把地图无限放大
新队屯并没有标记
新队屯就像宇宙的尘埃被历史忽略

我想叙述的是一些故人
活着时，他们迁徙，垦荒
种谷，挑担，喂马，劈柴
在农事上倾尽一生
我不仅想叙述他们的生
还想叙述他们的死
病榻上，大外公低声呻吟
被黑夜覆盖
葬礼上大人们哭声一片
我们捏着蜡泪嬉戏玩耍
十岁那年三舅妈停丧超度
我的眼泪哗哗落下

生命的苍凉开始植入童年
今年五舅肺癌住院回家
给自己算命活不过六十五
离世那天我想起前年清明节
跟他碰杯，风湿病
把他的手脚扭曲变形
一个军人，退役后
用拐棍扶起贫病的人生

在桂西北偏北
我还想叙述更多的人
叙述他们短暂的一生
叙述他们闪光的精神
多年后，人们回顾往事
那些记忆像血液一样
在寒凉的余晖下
闪着谜一样的微光

新 队

长江不过这里，黄河不过这里
长城不过这里，大海不过这里
火车不过这里，繁华不过这里
渺小的村庄，偏离世界的中心

清晨，大舅爷推开木门打哈欠
村庄开始苏醒。外婆生火做饭
袅袅炊烟，重复着无人能解的疲惫
我和小伙伴步行四公里上小学
山路弯弯，沾满了乡亲的眼泪和汗水
平淡时光，耗尽了山里人一生的精力

老人常常讲述都安大瑶山，干旱贫瘠
种不活一季玉米，养不肥一头大猪

诗探索 12

作品卷

2018年

第 4 辑

祖辈跋山涉水来到麻阳村
种稻种果栽树养殖，安身立命
一心交给庄稼，一世忠爱一伴侣

远方，被我无数次仰望
这些年，非农户口簿伴随我四处漂泊
村庄一无所有，我已回不去故乡
我时常想起村里人，想起村上的岁月
乡亲们一半已经死去，活着的即将把我遗忘

外祖父

我时常怀念你，外祖父
你是那个从贫困中走来
又被贫困带走的时光老人
婴儿时期你被月亮看管
听不到军阀混战的炮声
你和所有命运相同的人
为黑暗啼哭，但声音太弱小
穿不透大石山区坚硬的峰丛

外祖父，怀念你
就不得不回放你的一生
你有一个饥饿的童年，怀抱
大饼一样的落日，沉默不语
你有一个贫瘠的少年
革命的火种在远方呼啸
长征的脚步在探寻光明
新颖的事物，都与你无关
你给地主做长工，吃玉米度日
种干旱的土地，砍悬崖上的柴
挑大山一样沉重的担子
单薄的身体，比马鞭还消瘦
大炼钢铁，你把好铁捐给公社

文革之殇，向你揭露善良的反面

时光在雕刻你，也在雕刻万物
历史终于忽略了你，忽略了
和你一样默默无闻的人生
你多次搬迁，试图与困境对抗
你的壮年在平凡的劳作中耗损
你的老年在重疾的纠缠下溃败
每年，你身上的草木茂盛
风在耳畔低语，我分辨不出
是你在感谢岁月的馈赠
还是控诉造物主给的时间太少

捡 骨[①]

那个刚被捡过骨头的女人
不是别人，她是我的外婆
一辈子都在劳动，割草，铲土，种植黄豆玉米
一生总是在忙碌，种菜，薅秧，收割菜花稻谷
七年前，泥土拥她入怀
她像一捆柴禾，发出暖暖的光芒

外婆命苦，菜园种满苦菜花
小时候匪兵作乱，杀人，抓丁
她和乡亲逃到山洞，杀鸡不敢出声
帮地主干活，学堂外偷听读书声
一世人只会写一个"四"字，道理懂得一箩筐

布谷鸟叫了，地里的玉米返青，田里的秧苗变绿
外婆一趟趟往地里运送农家肥，一滴滴汗水
泼在阡陌纵横的田野上，从不叫苦，从不喊累
经常哼着国歌：起来，不愿做奴隶的人们……

---

① 捡骨头，布努瑶族的风俗，亲人死后几年重新捡骨再葬，以示对故人尊重。

诗探索 12 作品卷 2018年 第4辑

把最好的稻谷交给政府，最差的留给家人

她阅尽生命的卑微和苦难
无数顽疾对她甘拜下风、俯首称臣
这个民间药师，用口水挽救家禽
用舍不得吃发霉变烂的饼干疼爱子孙
一个慈爱的女人，香如幽兰，美若荷花

这个性情温和手指粗糙的女人
生了十一个孩子，两个女儿存活
复制了她的命运，犁田，耙地，侍弄庄稼
外公走了十三年后，她也跟着走了
把八十六年的苦难时光还给了山川、明月和土地
这个爱我二十三年的女人，我错过了她的葬礼
这一生，内心充满煎熬和愧疚

碾米的人走了

深夜，鞭炮声炸响
简短，急促，清脆
宣告有人离世，这样的声音
让我不安，谭叔走了。
在九分石头一分土的前半生
他挑着玉米、大豆、红薯
走过遍地石头的喀斯特山岗
整座山谷承载他粗壮的呼吸
那时候，他年轻气盛
战天斗地，有使不完的力气
他要解决一家人的温饱
当看到日渐消瘦的亲人
他终于低头，与命运和解

土地厚实的麻阳村收留了
他的后半生，捧着金黄的稻谷

他激动啊，眼睛变得潮湿
他把日子过得风生水起
买起了碾米机为乡亲们碾米
一块毛巾搭在肩上从早忙到晚
碾房里粉末飞扬，他灰头土脸
笑起来，牙齿跟米粒一样洁白
他会织毛衣，能纳鞋垫
会唱山歌，是男人中的巾帼
他种果，养牛，牧马，伐木
年老了，还到山上开荒种地
他的儿孙们在城里居住
长草的土地，像他的愿望荒芜。
鞭炮炸响，谭叔再也回不来了
记得多年前，我回乡
看见他在山脚挖地，刈草
他声音洪亮，笑盈盈跟我叙旧
他的头发，白得像雪花
有风吹过，他四周疯长的草木
跟着我的心尖在剧烈地颤抖

三　舅

如果要把钱送给天底下
最贫穷的人，我想送给三舅
如果要把药送给天底下
最疼痛的人，我还是想送给三舅
一辈子被病痛和劳累折磨
一辈子过着凄风苦雨的日子

他经常吃去痛片
强行缓解顽固的头痛病
住着暗淡的泥瓦房
抽着大筒大筒的旱烟
咳嗽声巨大，能把我的心脏震落

诗探索12　作品卷　2018年　第4辑

年初一，他给我十元压岁钱
让我的童年变得富有
抚养三个孩子，他把希望
编进竹器，烤进烟叶，种进树里
三舅妈去世得早，他咬着牙
独自承受生命的寒霜
担子沉重如山，病痛
像火焰的舌头，消磨他的躯体
长期思念妻子，把心血熬干
三个孩子早早辍学
他的痛苦，比苦楝籽还苦
他的孤独，可以拧出血泪

瘫痪五年，瘦成一根干柴
我去看望他，他默默流泪
说不出一句完整的话
三舅离世已经十年
我常常梦见他
用当过兵的双手犁田耙地
用扛过矿的肩膀担着谷物
走在弯曲的山路上
陡峭山路，承载他坎坷的一生

十月，稻谷黄了

想起桂西北，想起麻阳村
就会想起新队屯，十月，稻谷黄了
百亩黄金包围村庄
河水丰满，流淌万顷金黄
我的父老乡亲弯腰割稻，用谷桶打米
把大把大把汗水献给田野
把一个个子女送给天命
老了，攀不动耕牛，就把自己捐给泥土

大外公的大媳妇苏美英
我的大舅妈，年轻守寡，膝下四个男孩
丈夫死的那天，风雪落满山坡
她种水稻、种玉米、种红薯，把老腰种弯
把大儿子送给铁路部门，四十六岁死于肝癌
白发送黑发，心痛到骨髓
她的骨质增生更加严重
弯腰走路要拄一根拐棍
三儿子离婚，妻离子散，又续二房
四儿子哑巴，四十岁娶了个贵州哑巴女
生了个健康的男孩。二儿子安心耕作
一辈子钟爱田地，种稻种果养鸡鸭
去年春天，大舅妈肾衰竭走了
把沉重的生活交给后代，秋天的柑子
十月的稻谷，还在地里等她去收割

十月，稻谷黄了，我的亲人越来越少
一个一个排队离开，把稻田和耕地
留给无边无际的荒草来耕耘
那些他们爱过的飞鸟、蜻蜓、青蛙
那些他们讨厌的猫头鹰、乌鸦、老鹰
在他们的墓碑前，在更加广阔的土地上
一瞬间开始鸣唱。这多灾多难的人生
生命的尊严，生灵们也不忘给予抚慰和祭奠

作者简介

郑伟，1977年3月出生，湖北荆州人，目前在企业从事人事管理工作，兼从事公益性质的翻译活动。

洞庭湖的烛光（组诗）

郑　伟

洞庭湖的烛光

洞庭湖是一个老朋友的名字
可他的样子我记不得
十六次会面都是夜晚
当车窗外黑鹳飞得无影无踪
夜幕就从它们翅间滑下
罩在他的头顶

只有几条渔船在远处停泊
几根蜡烛　火光飘摇在湖面
八百里的往事只字不提
一切都是那么安静
二十六年前的梦
在渔网里进进出出

列车里人们睡熟了
与夜和烛光融为一体
世界正在变小　小得像一枚红橘
这是最幸福的时刻
隐隐传来一个轻柔的声音
"长沙站就要到了"

内荆河：1972年的冬天

内荆河就在老屋后面
它在八十年代变成一排小水塘
水塘又改作棉花地
可在父亲的记忆里 它是跑过大帆船的
下至汉口 上通沙市
还有一年一度的龙舟竞渡 锣鼓喧天
把古往今来的忧伤 邻里间的宿怨
热热闹闹地冲走

翠鸟和喜鹊交替衔来的四季
被母亲晾在门前的篱笆上忘了收
天不亮队长就喊出工
天黑了才来河边淘米
可新月啊 像一把腰肌劳损的梳子
铲不动内荆河一尺厚的冰
母亲把苦水咽了又咽
望着黑黢黢的老屋出神

三月的歌

每朵小花都藏有一段旋律
微风轻拂
像一只手在拨弄琴弦

而三月 我的嗓音迷路了
它在田野里守候那支绿色的牧歌
是讲述百灵的翅膀把晨光驮来
鹧鸪一寸寸啄去落日的余晖
马齿苋又开始咬啮路人的眼

有时我竟怀疑自己生于一棵垂杨
要不怎的芦笛一吹

诗探索 12 作品卷 2018年 第 4 辑

雪白的思绪便缤纷飞舞了

待到傍晚　云的幕帘渐渐闭拢
牵牛花次第退出了合奏
最亮的星星暗淡成一段柔板

我挽起竹篓
去把细雨的夜曲收集
而翌日清早
却拾起一串嘈嘈切切的鸟声

一个梦：童年的回忆

在步入三十岁的前夜
繁星和流萤为我点灯
我沿着长满车前草的河岸
抵达童年
抵达久违的梦中花园

昏暗中　我看见
在野火亲吻过的堤畔
野蔷薇为回村的牛群燃起
腼腆的笑脸
黄麻一棵棵紧密簇拥
仿佛在聆听
一个惊奇而又可怖的故事
夜深人静时
每一条沟渠都会伸长触角
在黄鳝的队列经过时屏息

我看见通往集镇的小路
看见追逐影子奔跑的自己
看见瓢泼大雨的尽头
只剩半截的电影

那刻在墙上的主题歌
遗落的口琴

我看见整个夏天都在潜逃的
那群小鱼
看见奔走的炊烟和农人
看见豆荚里的晚餐
逡巡的火把
一个拜访翠鸟宅邸的夜晚

我看见秋天
一株蒲苇里的午睡
看见那一直没能触摸的
羽毛和野葡萄的颜色
看见饥饿和流泪的时刻
有人朝着天空大喊
"雁……雁
排个人字我看……看"
……

在步入三十岁的前夜
我再次步入
二十年前的门槛
步入竹园和丛林
在野兔和獾猪游戏的地方
与童年的自己捉迷藏

和你一同走到秋天

多年以后
我 这摇曳于江汉平原的
落叶乔木
将告别荒芜的等候
轻盈地 轻盈地

诗探索 12 作品卷 2018年 第4辑

用野天鹅的步法
走向你　走向秋天

一路上
我将接受月光温情地抚摩
感觉朝露挽留的温度
而我仍要继续跋涉
去依偎你温暖的臂弯
享受一个美丽的
飘着淡淡草香的季节

那时
会有一只雪白的鸥鹭
掠过苇丛　趟过深潭
匆匆赶到我的肩头歇息
一颗叹息的陨星　永远地
潜入身旁无尽的深谷
而我将始终注视着你
你　则凝望着星空
和那无法追寻的往昔

和你一同走到秋天
我金黄的叶子
如青丝飘散
但　为了你浅绿的记忆
我仍要剖开心扉
将一粒发光的种子掏出
撒向休眠的大地
然后作幸福的夭亡

朔风起时　你会看见
沿着北极星所指的方向
有一曲动人的挽歌摇落

而此刻　春寒料峭
阳光的允诺还未到来
你最初温柔的一瞥
却早早在我的枝头盛开

作者简介

范剑鸣，原名范建民，江西瑞金人。作品见于《诗刊》等刊物，获全国诗歌大赛一等奖、"井冈山文学奖"等，出版诗集《向万物致敬》《大地庄严》。

在旷野歌唱（组诗）

范剑鸣

鹧鸪声里

这声音足够建起一座村庄
一支炊烟：母亲的怀胎和分娩

这声音足够造好一座宫殿
一座高墙：女子的叹息和红叶

这声音足够填好一章新词
一种眺望：北方的天空和城阙

但这声音如此固执：它的野心
只够放下一座青山，一阵经过的脚步

潜　流

在泥滩上，它翻滚如肉体的狂欢
带着鱼虾和泡沫
浑浊的，粼粼的，身子因舒展而扭曲
释放出孩子般的歌哭——

我从没想过
湖湾里囚着这么一条小河
那些撤退的水
制造了爱，也制造了怨
我从没想过
奔腾热爱的只是奔腾，而不是到达

枳椇：一种果实

悬垂的果实，占据一个高处的位置
在鸟喙边，大气中的水分
陪衬它的甜蜜，或苦涩

字母一样的小瓶子，挂满枝头
等候拼写的
是白露和霜降——时间的赋形

山冈何其富有，而快乐
只属于清贫的年代——
那赭黄的唇印，永远沉默的智齿

在浆果的谱系里
岁月有参差，生命有相遇
星辰在大地，一样迎接遥望的日光

风抹去了一切。而一切又能重生
果实又怎能终结？但我
并不指望它能还原我的童年

——对家园的认知，我们都还未完成

在旷野歌唱

风找到了树叶，泉水找到了溪涧
因此，一段旋律找到了他

喉咙里，枝繁叶茂
根须渗入整个身子，并且穿透

——他成了一棵移动的树
一个高音，像鸟翅一样寻找远方

根须继续蔓延，勾勒盘古的身姿
打开尘世：过去的，未来的

他凿开了岁月的黑洞
找出囚禁的前身：山冈上的鹰

"用呼啸报答大地"——
就是这样，从死火山到活火山

歌声拯救了世界，他早已知道
歌声创造了他，他刚刚知道

远古的人群

他们大声呼喊，指着桥下的竹排
那些草鱼，鲤鱼，鲫鱼
在泥水中忽隐忽现
仍是年画中的样子
仍是远古陶罐中被抽象的样子——

我惊叹事物间恒久的关系
让鱼留在水中
让人群在捕获中快意地欢笑

我在喧闹中指认这一切
试图找到另一些鱼
另一种捕获——过去光锥的
一个示意图

我所知道的中阴界

一条冥界的河流
细小，荒莽——
从弟弟紧闭的眼睑渗出
这是我见过的最神秘的液体
在乡村医院
它呼应着父母的悲伤
一条即将消失的
十四岁的支流，咬住最后的山川——

多年以后，在贫瘠的坟头
我仍能看到生命的汁液
隐藏在青草的叶脉里
留恋人世——
它继续流淌，流淌
在我日渐苍老的血脉里
在亲人的噩耗里
在庄子鼓盆而歌的余音里
在福克纳《我弥留之际》的人群里——

我是否要用一生来翻译
那神秘的语词：
死无极乐，生有所望

"诗探索·春泥诗歌奖"
"诗探索·红高粱诗歌奖"
特辑

第三届 "诗探索·春泥诗歌奖"

"诗探索·春泥诗歌奖" 揭晓公告

梁久明（黑龙江）　白庆国（河北）　陈小虾（福建）获奖

　　"诗探索·春泥诗歌奖"是由《诗探索》编辑部和青岛平度市人民政府联合主办，青岛春泥诗社承办的全国性诗歌奖项。本奖的宗旨是:贯彻落实习近平总书记在文艺工作座谈会上的讲话精神，推动新时代诗歌发展，增加平度现代文化积淀，打造"春泥诗社"和"中国诗歌之乡"品牌。2018年第三届"诗探索·春泥诗歌奖"自征稿以来，一如既往得到了全国数百家报刊、网站、微信、博客等媒体的广泛传播。得到了两千六百多位诗人的倾力支持，共收到来自全国各地的参评诗歌近四万首。由国内诗歌专家组成的评委会本着严肃、公正的态度，最终评出：梁久明、白庆国、陈小虾三位诗人为本届大奖得主。

"诗探索·春泥诗歌奖" 组织委员会

主　任：谢　冕，北京大学中国新诗研究院院长、诗歌评论家
副主任：林　莽，《诗探索·作品卷》主编、诗人
委　员：谢　冕　林　莽　刘成爱　陈　亮　孙连英　王忠友
　　　　姜言博　徐俊国　高永峰

"诗探索·春泥诗歌奖" 评奖委员会

林　莽：《诗探索》作品卷主编、诗人
刘福春：四川大学教授、中国诗歌版本研究专家
蓝　野：诗刊社编辑室主任、诗人
王士强：天津社会科学院文学所研究员、评论家
张艳梅：山东理工大学文学与新闻传播学院院长、评论家
高建刚：青岛作家协会主席、青岛文学社执行主编、诗人
刘　波：三峡大学文学与传媒学院教授、评论家
杪　椤：保定市作家协会副主席、评论家
姜言博：青岛春泥诗社社长、平度市作协主席、诗人

"诗探索·春泥诗歌奖" 获奖诗人简介及授奖词

梁久明（黑龙江）

　　男，祖籍山东梁山，1963年生，黑龙江肇源人。作品发表于《诗刊》《星星》《诗探索》等刊物。入选《2012中国年度诗歌》，获2012年"诗探索·中国红高粱诗歌奖"优秀奖。著有诗集《从1963年开始》《土地上的居住》两部。现在黑龙江省肇源县一中任教。

授奖词

诗人梁久明的组诗《盛满月光的院子》如真如幻地记录了他所经历的乡村生活场景，情感丰沛、沉实，语言细腻、灵动，平静中隐含神秘或张力，向我们呈现出诗人对于现代乡村未来命运的关切和思考。鉴于此，特授予梁久明第三届"诗探索·春泥诗歌奖"。

白庆国（河北）

男，1964年3月生于河北新乐，现居新乐农村。中国作家协会会员。在《诗探索》《诗刊》《中国作家》《北京文学》《星星》等刊发表诗作数百首。有诗入选《中国年度诗歌》《中国诗歌精选》《中国年度诗歌精选》等选本。获首届《中国作家》郭沫若诗歌奖、2009年河北作协十佳优秀作品奖、河北省第十二届文艺振兴奖。出版诗集《微甜》。

授奖词

诗人白庆国的组诗《在生活中我们时常遭遇那些微小事物的体恤而不觉》从日常的乡村生活细节中出发，情感隐忍、真切，语言平稳、朴素，他将个体与乡村自然融合，呈现出他作为一位乡村之子的独特感悟。鉴于此，特授予白庆国第三届"诗探索·春泥诗歌奖"。

陈小虾（福建）

女，福建福鼎人，现居福建福鼎。福建省作家协会会员，电视台记者。2013年开始尝试诗歌写作，作品见于《人民文学》《诗刊》《诗潮》《福建文学》《北方文学》《时代文学》《福建日报》等报刊。参加《诗潮》举办的首届"新青年诗会"和鲁迅文学院海峡高研班。

授奖词

诗人陈小虾的组诗《告祖母书》源于诗人对于亲人们的爱，对于乡村生活的深切回望，情感真挚无瑕，语言简洁、机智，她用她充满个性的叙述方式，呈现出新一代年轻诗人描写乡村生活的新鲜视角。鉴于此，特授予陈小虾第三届"诗探索·春泥诗歌奖"。

获提名奖诗人名单（按姓氏笔画排名）

马　兰（河北）	纪开芹（安徽）	刘星元（山东）
陈马兴（广东）	李田田（湖南）	羌人六（四川）
金小杰（山东）	林　珊（江西）	林宗龙（福建）
胡　杨（甘肃）	赵　琳（甘肃）	殷修亮（山东）
梁书正（湖南）	敬丹樱（四川）	臧全秀（安徽）

入围诗人名单（按姓氏笔画排名）

马东旭（河南）	王冷阳（北京）	王　琪（陕西）
王文军（辽宁）	王子俊（四川）	那　萨（青海）
年微漾（福建）	孙立本（甘肃）	李欣蔓（四川）
李永普（河南）	陆支传（安徽）	麦　豆（江苏）
沙　蝎（新疆）	宋　朝（广东）	苏　南（江苏）
吴永强（山东）	严　彬（北京）	杨　康（重庆）
杨　勇（黑龙江）	张远伦（重庆）	张　琳（山西）
金　格（湖北）	罗　铖（四川）	段若兮（甘肃）
侯存丰（四川）	胡正勇（江苏）	徐　源（贵州）
梁　梓（黑龙江）	蓝　紫（广东）	熊　芳（湖南）

附：历届"诗探索·春泥诗歌奖" 获奖诗人名单

第一届：梁积林（甘肃）　　吉　尔（新疆）　　梅苔儿（湖南）
第二届：赵亚东（黑龙江）　　黄小培（河南）　　徐　晓（山东）

"诗探索·春泥诗歌奖" 获奖诗人作品选

盛满月光的院子（组诗选六）

梁久明

最后一点活

总是这样。有的人将最后一点活
扔在地里就不管了
任大雪覆盖、北风刮走
就像一篇文章
一路铺排下来
到了结尾却如此潦草

旁边的苞米地里
那些秸秆长短不一地站着
身上留有烧焦的亮黑
我还在一棵一棵地割着

然后把它们拉回村
垛在它们应该在的地方

其实，比较起所下的力气
这最后一点活真的没什么价值
而我就是喜欢
收笔的干净利落

把马牵回来

天快黑了。我去把马牵回来

一匹老马还能走出院门
走到那个草垛前面
还能站上一会
享受冬日正午短暂的太阳
而一生的累比沉还沉
它已经不能自己走回
慢慢放下身子，再慢慢放下眼睑
一匹老马走到哪就歇在了哪

把马牵回来。我已经
用筛子筛除了粗硬的谷梗
将豆饼拌进了细碎的谷草
知道它已经没有力气打滚
早准备了一把铁刷
等它回来梳理它的皮毛

我把马牵回来
干完一天中这最后的一个活计
马回到马厩，心回到了心里

稻子熟了

稻子熟了。一群麻雀
像一梭子子弹坠落田里
它们两爪攀住稻棵啄食稻穗
很少的一点吞进肚子
大部分啄落到地上
等到冬天再扒开积雪寻找

小老鼠也没闲着，一趟一趟
将稻粒搬进洞穴
收割后的稻田里总能看见
堆着稻粒的洞口
它们一向是那么粗心
储存的粮食常被人偷走
让这个冬天备受煎熬

都是一些可怜的生灵
我原谅了它们
损失的那些粮食，就当作
大地应该收回的那一部分

冬天了

冬天了。地里的活干完了
一年的劳动宣告结束
我爱扛着镐头瞎转

路上碰见几个年轻人
开车去城里喝酒
他们总是这样：没事爱往城里跑
他们是对的
一年了，该歇歇了
应该犒劳犒劳自己

我这么想着，又将镐头高高举起
在我眼里该弄的事情太多了
水泥路上拉庄稼留下的泥疙瘩
得刨下去，稻田里
那么深的车辙想弄平整

我知道不干也不会耽误什么
而我不允许潦草
就算它一开始就是这样

盛满月光的院子

推开院门，恍若突然看见
整个院子盛着满满一下子月光
看见那些家什沉在里面
挂在屋檐下的是上午用来铲地的锄头
立在墙角的是下午用来挖土的铁锹
它们没有一点疲乏的样子
个个神态安详

院子中央的压水井
墙根下的两只柳条筐
井边的洗衣盆和旁边的一块石头
都不是白天看见的模样
都像刷了很薄的银粉晾在那里
一声鸡啼是梦中的声音
狗老远就听出了我的脚步
在我进院时一声不吭

双脚试探着移动
最后停在院子中央
我不知道月光照在我身上的样子
我想，肯定跟照在家什上不同
月光透进了我的身体

我不会像那些家什
在月光移走之后
又回到原来的灰暗中

看麦子

洪水将麦子和我留在了江湾
麦垛在沙梁之上
一顶马架子在麦垛之下
刚好安放我的身体

星空在哪里看都一样纯净
在不同的地方听到的声音肯定不同
涛声、虫鸣、耗子的尖叫是熟悉的
而江湾的夜声复杂多变
陌生得让人生疑

半夜里，翻动瓢盆的声响将我弄醒
我知道那是狼
白天跟它打过照面
晚上特意给它留下了食物
狼的影子在意识里只是一闪
翻个身我又呼呼睡去
身边的猎枪一动不动
它比我睡得还死

洪水围住的沙梁上除了我
还有什么人，我只能说
剩下的人都在坟里
狼是唯一可以交流的生命
为了它，白天我多打了几条鱼
我想，假以时日
我能将它培养成一条狗
跟我一起看护麦子

诗探索 12 作品卷 2018年 第 4 辑

在生活中我们时常遭遇那些微小事物的
体恤而不觉（组诗选六）

白庆国（河北）

记　忆

当我们从垛顶
快乐地走下来以后
再也没有光顾它
王二进了城
我成了拖拉机手
每次从它旁边经过
我都忍不住看一眼
它突然矮了许多
像我父亲那次从医院走出来
顿生悲凉
我依然记得
那次有花花
她是唯一的女性
我们深陷在麦垛深处
由于深陷
无法平衡身体
深触着花花的身体
那一刻，我感到了异性的柔美
与不可言说的快意

早晨四点我一个人去田野

所有的声音都在酣睡
我一个人起床悄悄走向田野

路上一个人也没有
昨夜的灰尘落定
空气干净，我的呼吸顺畅
我要到泵房去
那里的一个螺丝松动
我要把它拧紧
赶在黎明前
天亮时还要拔水
我抄近路大步走着
扳手在右口袋里往下坠
脚下是麦地
那些经霜的麦叶已经干枯
踩上去有一种骨折的感觉
我知道它们不会被踩死
它们不是那么容易被踩死
我大踏步地踩着到机泵房去

这都是业余时间干的
如果挺费事
我就会一直干到天亮
太阳准会说
奥，原来这小子是这么干的

温　暖

早晨，父亲倒掉的炭灰是温暖的
琐碎细腻没有一粒沙子

那落在炕上的一堆花布是温暖的
母亲在不定的时间里
把它连缀起来，做成铺垫

二叔的羊毛是温暖的
我多想把手指插进去

诗探索
12
作品卷　2018年　第4辑

九点钟照在墙根的阳光是温暖的
那里蹲了一群老头

我的邻居是温暖的
早早起床，扫净了一条通往外面的路

我也是温暖的
因为他们的温暖温暖着我

羊

它就要分娩了
就在这几天
肚子大的像吃了四个西瓜

它不愿意剧烈活动
甚至不大声吃草
怕惊动了肚子里的小羊

舅舅说它怀胎已经一百五十天了
我们猜测着它肚子里究竟有几只小羊
我看见有一只小羊在踏妈妈的肚皮

它就要分娩了，要做妈妈了
这是第一次
它的心情我能体会到

它慢慢爬下
慢慢站起来
慢慢吃草
慢慢行走
这一切都是为了孩子

我一直看了它两个小时
我不知怎样才能帮助它

在生活中我们时常遭遇那些微小事物的体恤而不觉

傍晚，由于光线的原因
田野更加辽阔了
目力所及之物清晰而有序
那棵杨树的影子越拉越长
每当天晴日好之日
它就会覆盖一会那片土地
好像情感笃厚
我时常在土地上
遭遇那片影子的覆盖
一片含有体恤温暖的影子

灯燃亮以后

那个影子在我眼前消失以后
墙壁上的一盏油灯就亮了
那么小的灯头
不知何时把半个墙壁熏得黪黑
灯影里两个崎岖的头颅交谈了一会
小灯光把他们的影子印在对面的墙壁上很大，很高
但在白天，我从来没有见过他们如此高大
他们谈论的事情，我已经听了上百遍了
总是重复
就像每一个到来的春天
多一颗草叶或少一颗草叶
我在隔壁充满黑色的房间发呆
对于极度熟识的房间不需要灯光
我这样已经度过了三十个春秋
父母的交谈还在继续

他们无视我的存在
如果遇到重要事情
他们像两尊雕塑一样
不说一句话
面对灯光下的一个暗处
发呆

告祖母书（组诗选六）

陈小虾（福建）

外公与石头

"我还真拿你没办法了？"
外公硬是要和一块石头过不去

外公曾用石头雕过菩萨
"菩萨菩萨，何为放下？"
菩萨不语
他把菩萨送给出家的母亲

后来，他搭石桥，建石头房
里头住着外婆、舅舅和我的母亲

现在，他硬是要和一块大石头较劲
硬是要扛着它上山
给自己做墓地

一串珠子散落之后

匆忙抓起电话，逐一打过去：
外公、外婆、父亲、母亲、丈夫
又低头摸一摸肚里的小 baby
一一确定，在人间
我们依旧一起
串在一根绳索里
之后，才把珠子拾起
数了数，少了一颗
再一阵心慌
一边打了自己一个耳光
一边念着阿弥陀佛
相信自我惩罚
就会被赦免，被原谅
或躲过什么

稻草人

两手空空
站在故乡荒废的田地上
我失去了春天
失去了让一颗种子发芽的能力
失去了除草、施肥、捉虫、开水渠的能力
失去了等待、开花的能力
只有这一田地冬天的雪
偶尔有鸟飞过
落在我的肩膀上
它一定认为
我是一个稻草人
可我已没有麦田守望

桥

小时候。桥洞里
流水、布谷鸟
母亲在洗脏衣服
她从不让我靠近
"水中，有漩涡、暗流
不远有个潭，深不见底"
我希望把身体浸泡在溪流里

现在，当我学会游泳
当我站在十字路口、车流、人流里
溺水
突然又想起
桥洞里布谷鸟的声音

忆渔仓头之夜

往灶里添一把火
古稀之年的她
失明，但来去自如
炒豌豆，香飘屋外

后院，母狗舔着新生的孩子
一碟热豆，酒暖心肠
单身的儿子，坐到餐桌边
她拿着一根骨头
扔给母狗

黑夜自山岗上
弥漫下来
一盏二十瓦的电灯
亮在二十年前的渔仓头村

现在，这里一片芦苇
风吹过，白花飞扬

告祖母书

一

你走后，每年清明都有一场绵长的雨
老屋坍塌为平地

二

特别是大姑
和你一样有过一段不幸的婚姻
常年的争吵、冷战
让大姑的容颜更快地接近你
小姑信了基督（因为姑丈的喉癌）
二姑不停念经（她开始担心死去的光阴）

大伯挺好，说起早逝的大哥时
也已不再痛哭流涕
二伯手上长起了老人斑
他戒了酒，你的劝，他总算听了进去
四叔，你卖了的儿子
再无怨恨，倒是他
常常拿着照片说起你
你最担心的小叔
还是逃不过那个桃花劫
也罢，在现在
离婚也不是什么抬不起头的事情
只是，小妹被逼
叫一个陌生女人妈妈时
声音很小很细，一下扎疼我的心

诗探索 12 作品卷 2018年 第 4 辑

东躲西藏的大姐
在偷生了第四个女儿后
终于有了一个带把儿的
就是可怜了二哥夫妻
为了二胎，辞去大好的工作
孩子刚落地，计划生育就放宽了
现在，他们经营一家小店铺
生意不景气

三

说说我们家，几年前，搬了新居
房子很大，宽敞而舒适
而我却依旧一个人（自你走后）

十几年了，一直无法走下那段楼梯
昏暗的拐角，你躺在血泊里
为了省一盏灯
你提前走入黑夜

父亲母亲还是常年住在江苏
拥挤的出租房里。在异乡
年过半百的他们
偷偷染发，发誓
理清债务，就哪儿也不去
回老家，修老宅，种几亩田地

四

其余不说，这些都是你在人间的遗物
百年之后，我们自会相聚

『诗探索·春泥诗歌奖』获奖诗人作品选 ≡『诗探索·春泥诗歌奖』『诗探索·红高粱诗歌奖』特辑

第八届"诗探索·中国红高粱诗歌奖"

"诗探索·中国红高粱诗歌奖"公告

周 籁(江西) 梁 梓(黑龙江) 那 萨(青海)获奖

"诗探索·中国红高粱诗歌奖"是由《诗探索》编辑部、山东省高密市人民政府联合主办,高密市文化产业管理委员会承办的全国性诗歌奖项。宗旨是为了推动当代诗歌的发展,更好地传承红高粱文化精神。2018年度第八届"诗探索·中国红高粱诗歌奖"办公室共收到来自全国各地诗歌稿件二万余首,得到了近两千多位诗人的积极参与支持。由国内诗歌专家组成的评委会本着严肃、公正的态度,最终评出:周籁、梁梓、那萨三位诗人为本届大奖得主。

"诗探索·红高粱诗歌奖"组织委员会

主 任:谢 冕,评论家、北京大学中国新诗研究院院长
副主任:林 莽,诗人、《诗探索·作品卷》主编
委 员:谢 冕 林 莽 邵纯生 隋金川 陈 亮 王晓伟

"诗探索·红高粱诗歌奖"评奖委员会

主 任:谢 冕,评论家、北京大学中国新诗研究院院长
副主任:林 莽,诗人、《诗探索·作品卷》主编
评 委:宗仁发,评论家、《作家》杂志社主编
　　　　李掖平,评论家、山东师范大学博士生导师
　　　　张洪波,诗人、原时代文艺出版社总编辑

蓝　野，诗人、诗刊社编辑部主任
邵纯生，诗人、红高粱诗歌奖总策划

"诗探索·红高粱诗歌奖"获奖诗人简介及授奖词

周　簌（江西）

女，本名周娟娟，1984年生，江西崇仁县人，现居江西赣州。国家执业药师，中医师。有诗作散见《诗刊》《诗探索》《诗潮》《星星》《解放军文艺》《草堂》《扬子江》《绿风》《中国诗歌》等，入选《中国诗歌精选》《中国年度诗歌》等选本。著有《本草纲目诗101味》等。

授奖词

周簌的组诗《在我的故乡酩酊大醉》倾注了作者对于故乡迸发出的强烈归宿感，她的情感隐忍、深切，暗藏火焰，语言新鲜、凝重，如泣如诉，呈现出一种现代青年独特的返乡体验。鉴于他这组优秀的诗歌创作，特授予她第八届"诗探索·中国红高粱诗歌奖"。

梁　梓（黑龙江）

原名梁文奇，1972年生，黑龙江省青冈县兴华镇农民，现居黑龙江青冈农村。中国诗歌学会会员。2015年开始诗歌创作，有诗歌发表于《诗刊》《诗选刊》《中国诗歌》《扬子江诗刊》等。获得第五届马鞍山李白诗歌奖、诗刊社举办的多次征文奖等。

授奖词

梁梓的组诗《我的村庄，我的物语》源于作者对于乡村萌生出的朴素之爱，他的情感丰富、真挚，语言自然、蓬勃，犹如繁茂的植被，展现出一种仿佛被我们遗忘但却弥足珍贵的乡野生活。鉴于他这组优秀的诗歌创作，特授予他第八届"诗探索·中国红高粱诗歌奖"。

那　萨（青海）

原名索样，女，藏族，1977年生，青海玉树人，现居青海西宁。曾就读于鲁迅文学院少数民族高研班。系中国少数民族作家学会会员。诗歌、散文散见于诸多文学报刊，并入选多种选本。曾获蔡文姬文学奖、《贡嘎山》杂志优秀诗歌奖、唐蕃古道文学奖等。出版有诗集《一株草的加持》。

授奖词

那萨的组诗《藏地诗篇》蕴含了作者对于天地万物、日常和永恒与生俱来的敬畏和感悟，她的情感圣洁、神秘、虔诚，语言在虚实转换中不时抵达禅机，显示出一种现实与心灵交融的诗意之美。鉴于她这组优秀的诗歌创作，特授予她第八届"诗探索·中国红高粱诗歌奖"。

获提名奖诗人名单（按姓氏笔画排名）

方　楠（安徽）　　孔二春（浙江）　　石英杰（河北）

刘星元（山东）　　苏美晴（黑龙江）　　宗小白（江苏）

周园园（天津）　　夏　午（上海）　　傅　云（浙江）

入围诗人名单（按姓氏笔画排名）

三　四（北京）　　马东旭（河南）　　马　兰（河北）

马　累（山东）　　王兴伟（贵州）　　王子俊（四川）

石一鸣（贵州）　　龙红年（湖南）　　纪开芹（安徽）

江一苇（甘肃）　　年微漾（福建）　　孙立本（甘肃）

孙灵芝（北京）　　闫秀娟（陕西）　　陈德根（浙江）

李不嫁（湖南）　　李克利（山东）　　李欣蔓（四川）

芦苇岸（浙江）　　羌人六（四川）　　沙　漠（浙江）

苏建平（浙江）　　苏　龙（甘肃）　　苏　末（江苏）

余修霞（湖北）　　果玉忠（云南）　　林　珊（江西）

林火火（江苏）　　林隐君（浙江）　　林宗龙（福建）

罗鹿鸣（湖南）　　罗兴坤（山东）　　陌　邻（甘肃）

杨　强（甘肃）　　段若兮（甘肃）　　胡正勇（江苏）

姜显遵（山东）　　海饼干（安徽）　　桑　地（河南）

徐　源（贵州）　　殷修亮（山东）　　笨　水（新疆）

黄小培（河南）　　梁书正（湖南）　　维鹿延（广东）

程东斌（安徽）　　韩玉光（山西）　　微雨含烟（辽宁）

裴祯祥（陕西）　　熊　芳（湖南）　　管清志（山东）

霜　白（河北）

附：历届"诗探索·中国红高粱诗歌奖"获奖名单

第一届：

阿　华（山东）　　哑　木（贵州）　　俞昌雄（福建）

谈雅丽（湖南）　　慕　白（浙江）

第二届：

雷　霆（山西）　　李林芳（山东）　　何居华（贵州）

许　敏（安徽）　　灯　灯（浙江）

第三届：

黑　枣（福建）　　小　西（山东）　　程　川（陕西）
王　冬（山东）　　辰　水（山东）　　陈　仓（上海）

第四届：

东　篱（河北）　　高鹏程（浙江）　　刘　年（北京）
田　暖（山东）　　扎西才让（甘肃）

第五届：

邓朝晖（湖南）　　向　迅（江苏）　　离　离（甘肃）

第六届：

魔头贝贝（河南）　　吴乙一（广东）　　敬丹樱（四川）

第七届：

高若虹（北京）　　侯存丰（四川）　　张佑峰（山东）

"诗探索·红高粱诗歌奖"
获奖诗人作品

在我的故乡酩酊大醉（组诗选六）

周　籁（江西）

你在我的故乡酩酊大醉

那些熟悉的地名、村庄、田垄
河流和攀缘着茂密藤本植物的古桥
倾斜斑驳的老屋
布满苔丝的井垣
都在青铜的回音里无声崩毁
山林的风声有小漩涡
绕过你的颊额
在蒲苇丛中隐匿

你呼吸我故乡潮湿杂芜的气息
你沿着童年的荒径撞见我的老父
并紧紧拥抱
此时，我的故乡就是你的故乡
我的老父是你的老父
谁与你同享我故乡的暮晚
谁就将陪你酩酊大醉一场

野　岭

当野岭上的油桐花
以散落的簇拥的白，有如野火
白晃晃地缀在雨后辽阔的新绿里
我仍旧是一个悲观主义者
陷入了自己的不幸

灵岩寺的一名扫地僧
正在打扫石阶上的落花
他不停地扫，花不停地旋落
落花瓣瓣
皆为他半生的痴嗔怒怨
他一直扫下去
直至把这些附属之物
扫出他的心际
就可以洁净地面对佛了

而我，已经不再对谁满怀期望了
请把那朵火熄灭吧

乡　居

蔷薇花在一棵老李树上休憩
她们牵拉着
嫣粉的娇喘留在枝头
在暮春的风里缓缓积攒着倦意
阳光斡旋
一把棱镜打在夯土墙面上
不断地弥补，花影空出的幽

昔日门楣上悬贴红联：鸾凤和鸣
门外无人问落花
我也不等任何一个人

诗探索 12　作品卷　2018年　第 4 辑

人世从未荒废
我们仅存的念，从未言说
已没有什么能使我再度厌倦了
只有墓碑沉沉
尚能听见春天的哀隐

我们都是简单到美好的人

垂丝海棠的花瓣落在我的膝盖上
春天的短笛在寂静中骤然响起
柳丝抵抗着风的秘语
忍住摇摆
万物都有一颗叛乱的心

我立在江岸久久凝视零落的海棠
恰似我的一些念头
纷沓滑过江面
我们都是简单到美好的人
比如这一地嫣然
比如那一江春水东流
再比如，我的体内正落花簌簌

放牛坡

放牛坡没有一只牛
板结的牛粪窝在深草里
至竹林吹拂的风
扬起童年的赶牛鞭

那伙牛群还在茵茵绿草斜坡上喘息
山林的边陲还镶嵌着
孩童们银色的唿哨声

暮色四合
小村舍微弱地擎着仓皇的灯火
一头全村最俊的黑水牛
在狭小的山路上
拽着鼻绳一端的女孩一路小跑

局部有雪

两只寒燕斜剪着白墙
没有什么在它们的剪刀之外
除了两岸的枯蓬，坐在静水边
从上游到下游
只有寂静
柴垛静静等待灶火
黑枝丫上点点李花静静向篱笆垂询

收割后的稻茬上
尚有未融化的残雪
一头黄牛立在田垄
静静望着对岸
而此刻，莲花山上高处的修竹
垂着长长的冰挂，正砸响庙顶

我的村庄，我的物语（组诗选六）

梁　梓（黑龙江）

请原谅那些小小的芒刺

你薅掉田里的草，如果割伤了手指

请你原谅它，它并不是你天生的仇敌
如果你咬开的是一枚有虫子的沙果
请你也原谅它
它无法自己独享自己的甜蜜
它也并非别有用心，谁都没有暗施诡计

当一棵树木举着高大的伤悲
它无法产生浓荫
不开花、也不结果
请你原谅它，就像原谅一个迷路的老人

总有一些无所谓的事物在生长
如果不影响你的收成，请你原谅它
就像原谅你下巴上那些疯长的胡须

让它们长吧！让它们梳理风，让它们洗净雨
让它们给尚未绝种的昆虫最后的乐园
——最后的广场。最后的音乐厅

黄　昏

散步的空隙
夕阳已把金子涂在高大的枞树上
霜打过的叶子。闪烁着短暂的荣耀
稠密的手稿。发光的手稿
隐匿其间。麻雀部落的臣民在朗诵
它们说流利的语言，铁匠铺的语言
嘈杂的间隙——
获得巨大的安静
像河水停滞，打着小小的漩涡
黄昏总是弥漫着神秘的气息
多年后，异乡，一个破旧的朗木寺
几个沙弥大声诵《地藏经》
寺庙的犄角撑着一片金光

我想到——
如果不是有一种可以托住光的事物
天很快就会黑下来

晚　钟

黄昏是神给予我们的一个金币。

众鸟归林，好收成对它们来说也无所谓。
土拨鼠。它们大多数是隐于地平线以下，
眼含泪水的人是我们
很多时候有着相似的、被驱逐的孤独和命运，
只是它们很少说，很少向谁表达
它们从不想活着这件事儿
到底是不是一个谬误？

小心地走过草地的人，不是怕露水打湿了鞋子。
使用铁镢头，也总是不敢过于用力。
我知道我这样做毫无意义。
有多少想起家乡，就要想起教堂的人？
有没有人说起教堂的尖屋顶是一把利器？
有没有谁说得清
晚祷的钟声是一把什么样的钥匙？

这是怎样事实？所有的黄昏都像同一个。
我们的人生就像站在金币的背面。
可是我终要耗费掉我的一生呵！
寻找远山般地寻找发光的钥匙。在此之前，

要种好田园里几垄土豆，几垄芝麻，
要喂饱院里的鸡鸭，要准备好一只削好的铅笔。
要等到夜空里的猎户蓄满力量，等到小熊和大熊。
等到晚风吹来。刺玫瑰微亮的香气。

诗探索 12　作品卷　2018年　第 4 辑

松　针

枯黄，并没腐烂
保留着原来的形状。密密麻麻
遍地松针，我止住脚
松针或许并不是死掉？
树冠里有空出的间隙，明亮着
围拢着的是一些新生的松针
那些被松针围拢的明亮
它也是松树么？它在松树的时间和秩序里呀
我的身体里，也有明亮的部分
被身体和类似松树的气息用心地围拢过
只是经历过后，现在如同虚无
我知道，记忆也会最终消逝
毋庸置疑，树上的松针
有一天也会枯黄，落下来
带着它的时间

每个蘑菇，都是忽隐忽现的词

我仅仅知道力的作用是相互的
当雨点击打土地，土地就回应以蘑菇
当我们努力找蘑菇的时候
它又拼命地躲藏，以泥土和草叶伪装着自己

当我突然想写一首诗时
我却在一首诗中迷失了自己
像一个蘑菇忽隐忽现的脚踪
像一粒不确定的词

我这样说是因为去年的小河，不
是从我拥有记忆就流淌的小河呵！
今年我就看见它佝偻着身躯
看见它像仅存的眼眶

是时候要为它写一首诗了
如果我孤独或者想家
就让它的琴弦在我的心头拉上一阵

我也更担心那些透明的雨滴
还会不会变成清凉的蘑菇——油蘑、草蘑
树蘑、白蘑、花脸蘑，那些单腿走路的侠客
那些只属于它自己的小小屋檐

赞歌或五月的村庄

五月从五月中诞生，森林传达地心的美意
五月的爱必要高于五月
红松高于灌木，向日葵高于河水
祈祷声履于松涛之上，在五月
所有的枝条抽出新的书简，辨认与模糊

所有的耳朵成为虔诚的朗诵者，必要说话
必要超度。必要朗诵——五月的村庄，我的村庄
必要以北方的身份怀念南方
必要以我的向日葵的嗓音歌唱热带雨林
以北方的小麦换取南方的甘蔗
愿意以北方的矮马换取懂得藏经的野牦牛
五月。我愿所有的蛋壳终将被一个纹路所引领
新生的雏鸟，就是新生的箭镞
势必要忘却飞翔的路径；势必要感恩

有一刻，我看见擎着鸟巢的枝头
我看见它修长的而温柔的手指
如同擎着一个小小的容器
每一个都那么用心，专注，我想起诗人想起母亲
我要止住流泪，写下属于五月的诗篇

那么多杂草默默生长，不需要铭记

那么多犁铧因耗损而发着光亮
那么多蜜蜂在扇动翅膀
那么多野花如繁星升起或陨落
每一个种子，都记得它唯一的密码
每一条小径都会被秘密地抵达

在五月，我放弃对一块遗失的金属抒情
在五月我愿意做一个迷路的人

藏地诗篇（组诗选六）

那　萨（青海）

我是被时光磨损的废品

下山时，他们正好上山
我用四目巡视，他用微笑迎向
与老人们碰头、碰脸、拥抱
嘘寒问暖，母亲说
小时候我和他是认识的
帅气，灿烂
仿佛，我是被时光磨损的废品
杵在人们问安的路口
羞涩地，不知所措

一面湖水

忍住眼泪，忍住时空的错综沟壑
在历史的反复交汇中，提炼一壶酒

想象一匹骏马错失的白色湖泊
等风的人，在山脉上继续老去
想象一位圣人历经的梵音传唱
阳光叩响远方的城门，不问去处
一声银铃般的声丝穿过河谷
心声无痕，饮水的人
眼里藏着一面湖水

对　镜

"杀生者冒着下地狱的风险
成全对方还了债"

远处正在下雪

看见，吃腐肉的秃鹫很难一下飞上天
它们要踱步，有时踱步到半山腰
缩着脖子，灵魂在痉挛
蚂蚁再追赶，闪不过一个小脚掌
鸟巢再高，一落地全碎了
修佛的人惦记着酥油
光不仅是点给自己

"看到的都是自己的对镜"

看一棵树，冒着绿意
透着苍凉，像一个
从木头纹理里思考生命的人

我站在树下
看自己

诗探索 12　作品卷　2018年　第 4 辑

在庙里，打盹

路边静默的泥塔，有过雨水和阳光
路边缓慢的风，卷走了一个喇嘛
缓坡上尽是檀香

供水的小孩，玩耍的小孩
裹着湿漉的红袈裟
一群慈母般的喇嘛
拧掉了多余的水

门板上扣着空铁环
注视久远的锈迹

花瓣都在枝头
狗吠在巷子深处隐现

有人念出咒语，在耳边
擦拭梦中的灰
我在河里捞一个影子

我体内有一半嘈杂

我体内有一半嘈杂，来自尘世

晨光湿润，山尖云雾缭绕
远处的号子，按时响亮
隔壁的钻头，对准了发梢
易于被机械掏空的，除了山谷
还有被尘世滚烫的脑袋

静默的佛学院，我两手空空
喇嘛赐给我一条黄色哈达

我积攒整个午后的阳光，把
自身的贫瘠都包了起来

大雪还没降至大地

大雪还没降至大地，截取一半旧事
庙宇都坐落在山顶，送别的人像一棵棵青松
在石缝里长生不老，在石缝里迎着风雪
迷醉时，赦免人间情爱

青稞发酵，麦子在春天的眉头垂目，饮下
盛大的云朵和雷声，仰望神灵，看见雪的白
打开肉身，白莲般迎合水的激荡
重现含混的画面，预见或记忆

泪如泉涌，谁在呼喊我的乳名
一片雪花迎面而来

大雪还没降至大地

第十四位驻校诗人张二棍特辑

"张二棍诗歌创作研讨会"报道摘编

2018年7月4日上午，"首都师范大学驻校诗人张二棍诗歌创作研讨会"在北京召开。本次会议由首都师范大学中国诗歌研究中心（以下简称诗歌中心）主办。赵敏俐、吴思敬、林莽、刘福春、李少君、孙晓娅、霍俊明、徐峙、韩晋生、孔令剑、王夫刚、邰筐、王巨川、王士强、聂权、冯雷、张立群、王永、张光昕、林喜杰、陈亮、安琪、潇潇、赵青、贺颖、灯灯、彭鸣、马丽、刘能英等国内学者、诗人以及首都师范大学部分研究生出席了此次会议。

首都师范大学驻校诗人是"诗探索·华文青年诗人奖"的内容之一（包括：一个奖项；一场获奖诗人研讨会；一本获奖诗集；遴选一位驻校诗人），张二棍是第十四届"诗探索·华文青年诗人奖"得主，也是首都师范大学第十四位驻校诗人。

张二棍，本名张常春，1982年生于山西代县，系山西某地质队职工。常年跋山涉水，他是一位有厚重的生活积累，对诗歌表达方式有着深刻理解的诗人。他的诗来自生活，却不是对生活现象的照搬，深厚的人文情怀与机智灵动的构思结合在一起，使其在诗坛异军突起。他已出版诗集《旷野》，曾获《诗刊》2015年度青年诗歌奖、2016年度"诗探索·人天华文青年诗人奖"等。在张二棍即将结束在首都师范大学的驻校生活之际，诗歌中心特举办此次会议，旨在充分研究张二棍的诗歌创作，总结他的创作经验，并推动和繁荣当下的诗歌创作。

"张二棍诗歌创作研讨会" 致答辞

尊敬的各位老师，各位嘉宾：

大家好，十分感谢诸位于百忙之中，抽身来参加这次研讨会。

我不知道，一年的时光对大家意味着什么。对我个人来说，这一年，必将在我生命中烙下深深的印记。我是一个在原野和大地上奔波了很久，历经过无数山河和草木的人。我曾经在暴风雪中看见一个猎人在山路上扭断了腿，他一声声哀号，他背上的狍子也在哀嚎。我曾经在群山的顶峰与一个近乎痴傻的牧羊人喝醉了酒，听他唱歌，那天籁般的歌声至今我还记得。

我曾在草原，荒漠，废弃的村庄和坟墓边，度过很多个寒暑。这种近乎原始的生活和工作，会让一个人更加敏感，更加容易动情动心。也就是在这段漫长而几近乏味的岁月里，我在懵懂中开始了对诗歌的阅读和写作。在一篇随笔中，我曾经这样形容诗歌之于我，我说诗歌是止疼的药片，登山的拐杖。这话也许有一点矫情，可我觉得，这是一种真实的写照。

我们每个人的一生，都绝不会如表面呈现出来的这样轻松惬意或者潇洒自如。尤其对于我们这些需要不停思考的写作者而言，我们每个人几乎都在负重跋涉，带着内心的隐疾和整个世界附加给我们的那些不为人知的暗伤。

是的，对一个诗人而言，世界是不完美的，甚至是越来越残缺的。我们的生活如此广袤，纷繁，我们的一生每天都要遭遇一些卑微却温情的事和人，那些贩夫走卒，那些卖气球的，钉鞋的……他们也有他们的日常，也有尊严、爱情、纠结。那么，作为一个诗人，我们拿起了手中的笔，我们愿意在诗歌中去恢复那些本该美好的东西，比如人性，比如神性，比如坚强、宽容、救赎等这些曾经光芒万丈却在现实里逐渐暗淡的字眼。

是的，我们冥冥中与诗结缘，就注定将度过与众不同的诗人的一生。我们需要笔下的文字，给予万物更多的平等与呵护，我们要重新审视每一个生命的位置，秩序以及伦理。每一个优秀的诗人就应该是语言的清洁工，道德的维修工，情感的保安，人性的司机。我是这样想的，我也是一直这样在努力，至少我在用诗歌的方式竭力靠近，尽管前路漫漫，不可预料。

就是在我写作最重要的路口，首都师范大学诗歌中心，给予我这个无比珍贵的机会，让一个走累了、饥饿了、甚至有些厌倦了的写作者，停留了一下、驻足了一下、休养了一下，就仿佛我的驿站或者渡口。驻校诗人的一年生涯，使得我结识了更多的同道中人，我们彼此观察，审视，学习，帮扶。而这一年的光阴，因为美好而过得很快，仿佛只是一个短短的午休。

在这一年中，需要我说出感谢的人，太多。比如吴思敬先生、林莽先生等前辈，是他们让我知道白发苍苍的长者，怎样去保持自己的纯真与质朴；比如商震、李少君、孙晓娅等诸位老师，是他们用自己的言行，使我明白，半生与诗歌相伴的光阴，必将使一个写作者获得善良、厚重、慈悲，必将使我们成为我们想要成为的那个人。今天在场的诸位，感谢你们一年来的鞭策与督促，教诲和体恤，感谢你们用一年的时间，见证一个青年诗人的成长，并不断给我加油。

伴随着驻校的结束，我将重新进入一个人生的拐点，相信我的写作，也会再次启程。成为首师大的驻校诗人，是一个诗人的荣幸，更是我一生的记忆。我会怀念在这里的点点滴滴，那些在课堂的瞬间，那些在诗刊的温暖的日子，那些每一天的成长和相聚。感谢中国诗歌研究中心，感谢大家。以后，我会更加努力的，回报大家的厚爱，回报诗歌。再次感谢诸位老师，朋友。

张二棍

2018年7月4日

诗二十六首

张二棍

有间小屋

要秋阳铺开，丝绸般温存
要廊前几竿竹，栉风沐雨
要窗下一丛花，招蜂引蝶
要一个羞涩的女人
煮饭，缝补，唤我二棍
要一个胖胖的丫头
把自己弄得脏兮兮
要她爬到桑树上
看我披着暮色归来
要有间小屋
站在冬天的辽阔里
顶着厚厚的茅草
天青，地白，
要扫尽门前雪，洒下半碗米
要把烟囱修得高一点
要一群好客的麻雀
领回一个腊月赶路的穷人
要他暖一暖，再上路

哭丧人说

我曾问过他，是否只需要
一具冷冰的尸体，就能

滚出热泪？不，他微笑着说
不需要那么真实。一个优秀的
哭丧人，要有训练有素的
痛苦，哪怕面对空荡荡的棺木
也可以凭空抓出一位死者
还可以，用抑扬顿挫的哭声
还原莫须有的悲欢
就像某个人真的死了
就像某个人真的活过
他接着又说，好的哭丧人
就是，把自己无数次放倒在
棺木中。好的哭丧人，就是一次次
跪下，用膝盖磨平生死
我哭过那么多死者，每一场
都是一次荡气回肠的
练习。每一个死者，都想象成
你我，被寄走的
替身

静夜思

等着炊烟，慢慢托起
缄默的星群
有的星星，站得很高
仿佛祖宗的牌位
有一颗，很多年了
守在老地方，像娘
有那么几颗，还没等我看清
就掉在不知名的地方
像乡下那些穷亲戚
没听说怎么病
就不在了。如果你问我
哪一颗像我，我真的
不敢随手指点。小时候

诗探索 12

作品卷　2018年　第 4 辑

我太过顽劣，伤害了很多
萤火虫。以至于现在
我愧疚于，一切
微细的光

黑夜了，我们还坐在铁路桥下

幸好桥上的那些星星
我真的摘不下来
幸好你也不舍得，我爬那么高
去冒险。我们坐在地上
你一边抛着小石头
一边抛着奇怪的问题
你六岁了，怕黑，怕远方
怕火车大声地轰鸣
怕我又一个人坐着火车
去了远方。你靠得我
那么近，让我觉得
你就是，我分出来的一小块儿
最骄傲的一小块儿
别人肯定不知道，你模仿着火车
鸣笛的时候，我内心已锃亮
而辽远。我已为你，铺好铁轨
我将用一生，等你通过

六　言

因为拥有翅膀
鸟群高于大地
因为只有翅膀
白云高于群鸟
因为物我两忘
天空高于一切

因为苍天在上
我愿埋首人间

蚁

一定是蚂蚁最早发现了春天
我的儿子，一定是最早发现蚂蚁的那个人
一岁的他，还不能喊出，
一只行走在尘埃里的
卑微的名字
却敢于用单纯的惊喜
大声地命名

——咦

旷　野

五月的旷野。草木绿到
无所顾忌。飞鸟们在虚无处
放纵着翅膀。而我
一个怀揣口琴的异乡人
背着身。立在野花迷乱的山坳
暗暗地捂住，那一排焦急的琴孔
哦，一群告密者的嘴巴
我害怕。一丝丝风
漏过环扣的指间
我害怕，风随意触动某个音符
都会惊起一只灰兔的耳朵
我甚至害怕，当它无助地回过头来
却发现，我也有一双
红红的，值得怜悯的眼睛
是啊。假如它脱口喊出我的小名
我愿意，是它在荒凉中出没的
相拥而泣的亲人

诗探索12　作品卷　2018年　第4辑

我用一生，在梦里造船

这些年，我只做一个梦
在梦里，我只做一件事
造船，造船，造船

为了把这个梦，做得臻美
我一次次，大汗淋漓地
挥动着斧、锯、刨、錾
——这些尖锐之物

现在，我醒来。满面泪水
我的梦里，永远欠着
一片，苍茫而柔软的大海

在乡下，神是朴素的

在我的乡下，神仙们坐在穷人的
堂屋里，接受了粗茶淡饭。有年冬天
他们围在清冷的香案上，分食着几瓣烤红薯
而我小脚的祖母，不管他们是否乐意
就端来一盆清水，擦洗每一张瓷质的脸
然后，又为我揩净乌黑的唇角
——呃，他们像是一群比我更小
更木讷的孩子，不懂得喊甜
也不懂喊冷。在乡下
神，如此朴素

穿墙术

你有没有见过一个孩子
摁着自己的头，往墙上磕
我见过。在县医院

咚，咚，咚
他母亲说，让他磕吧
似乎墙疼了
他就不疼了
似乎疼痛，可以穿墙而过

我不知道他脑袋里装着
什么病。也不知道一面墙
吸纳了多少苦痛
才变得如此苍白
就像那个背过身去的
母亲。后来，她把孩子搂住
仿佛一面颤抖的墙
伸出了手

与己书

许多事情不会有结局了。坏人们
依然对钟声过敏，更坏的人
充耳不闻。我也怀着莫须有的罪
我要照顾好自己，用漫长的时光
抵消那一次，母亲的阵痛。你看
树叶在风中，而风
吹着吹着，就放弃了
我会对自己说
那好吧，就这样吧
我掐了掐自己的人中
是的，这世间有我
已经不能更好了

怅然书

世间辽阔。可你我再也
无法相遇了。除非你
千里迢迢来找我。除非
你还有，来看我的愿望
除非飞翔的时候，你记起我

可你那么小，就受伤了。我喂过你小米和水
我摸过你的翅膀，洒下一撮白药
你飞走的那天，我还蒙在鼓里
我永远打听不到，一只啄木鸟的
地址。可我知道，每一只啄木鸟
都和我一样，患有偏头痛
为了遇见你，我一次次在林深处走
用长喙般的指头，叩击过所有树木
并把最响的那棵，认成悬壶的郎中

不一定

我看见它的时候
它围着我的住处转来转去
寻找着那些菜叶子，和食物的碎屑
它已经不飞了，很凄凉。它的翅膀
坏了。为了活着，一只鸟不一定
非要飞。我见过很多被伤害过的
狗啊猫啊。都是这样的
拖着残躯四处
爬着，蠕动着，忍受着
不一定非要飞，非要走
甚至不一定非要呼吸，心跳
那年冬天，那个流浪汉敞开
黑乎乎的胸膛，让我摸摸他的心
还跳不跳。他说，也不一定

非要摸我的
你也可以，摸摸自己的

入林记

轻轻走动，脚下
依然传来枯枝裂开的声音
迎面的北风，心无旁骛地吹着
倾覆的鸟巢倒扣在地上
我把它翻过来，细细的茅草交织着
依稀还是唐朝的布局，里面
有让人伤感的洁净
我折身返回的时候
那丛荆棘，拽了一下我的衣服
像是无助的挽留。我记得刚刚
入林时，也有一株荆棘，企图拦住我
它们都有一张相似的
谜一样的脸
它们都长在这里
过完渴望被认识的一生

独坐书

明月高悬，一副举目无亲的样子
我把每一颗星星比喻成
缀在黑袍子上的补丁的时候，山下
村庄里的灯火越来越暗。他们劳作了
一整天，是该休息了。我背后的松林里
传出不知名的鸟叫。它们飞了一天
是该唱几句了。如果我继续
在山头上坐下去，养在山腰
帐篷里的狗，就该摸黑找上来了
想想，是该回去看看它了。它那么小
总是在黑暗中，冲着一切风吹草动

诗探索12 作品卷 2018年 第4辑

悲壮地，汪汪大叫。它还没有学会
平静。还没有学会，像我这样
看着，脚下的村庄慢慢变黑
心头，却有灯火渐暖

太阳落山了

无山可落时
就落水，落地平线
落棚户区，落垃圾堆
我还见过。它静静落在
火葬场的烟囱后面
落日真谦逊啊
它从不对你我的人间
挑三拣四

恩 光

光，像年轻的母亲一样
曾长久抚养过我们
等我们长大了
光，又替我们，安抚着母亲
光，细细数过
她的每一尾皱纹，每一根白发
这些年，我们漂泊在外
白日里，与人钩心斗角
到夜晚，独自醉生梦死
当我们还不知道，母亲病了的时候
光，已经早早趴在
低矮的窗台上
替我们看护她，照顾她
光，也曾是母亲的母亲啊
现在变成了，比我们孝顺的孩子

庭审现场

这才是招供的好时辰。独坐山顶
整个地球，像一张掉漆的老虎凳
雾气滚滚，每吸一口，都是呛人的辣椒水
我用身后的悬崖，反绑住自己
并换上一幅苍老的嗓子
历数今天所犯的罪过
一声声，越来越严厉。一声声
像不断加重的刑具……
也有另一个声音，免不了，一而再
为自己开脱，说情。并试图让
身体里的律法，一点点松动
——就这样，我一边逼供，一边喊冤
——就这样，我押送自己，也释放自己
我说，兄弟，你招了吧
我又说，呸，你看看他们……
我的陪审团，清风或明月
想要个水落石出
我的陪审团，虫豸和蚊蝇，却还在
掩盖着蛛丝马迹
……

奶奶，你叫苗什么花

我还是大字不识的时候
跟在你的身后，奶奶、奶奶
你的名字怎么写呀
你搓搓手，捡树枝在地上
画一朵什么花，擦去
又画下，一朵什么花
又擦去，很羞涩
奶奶，我还是大字不识的时候
就不知道你苗什么花

现在，我会写很多字
可你的名字，我还是写不下去
那种花，字典里以后也不会有
奶奶，那种花
已经失传了。奶奶
我也是画下，又擦去。很惭愧

消　失

从前，我愿意推着一车柴
去烧一杯水，谁劝也不听
从前，我愿意捏着一根羽毛
去寻一只鸟。谁劝也不听
现在，我一副悔不当初的样子
下午的时候，我指着自己的鼻子
"从前，你总是把狗样当成人模"
到了黄昏，我又反思了一遍
是应该弹尽去死，还是粮绝去死
现在，我愿意推翻这一切
刚刚，某人问的真好
"在指鹿为马中，马和鹿，哪个消失了"
我还没有回答，他就消失了
或者，他还没等来回答，我就消失了
也或者，我说起从前，后来我就消失了

白发如虑

流水也腐。在转过无数弯的以后
慢下来，看见了大海
而我们，而我们是穿过拦河坝的
淡水鱼群，也望着大海
在腥咸的水里，谁有什么胜算
不过是，在泥沙俱下中，一路长大

然后，静静等待一条老鲨鱼
安好它的假牙

矿工的葬礼

早就该死了
可是撑到现在，才死
腿早就被砸断了
可轮椅又让他，在尘世上
奔波了无数寒暑
老婆早嫁了，孩子在远方
已长成监狱里的愣头青
只有老母亲，一直陪着
仿佛上帝派来的天使
她越活，越年轻
在他三十岁时，洗衣服
在他四十岁时，给他喂饭
去年，还抱着哭泣的他
轻声安慰。赔偿款早就花完了
可他新添的肺病，眼疾
还得治一下
于是，她又把他
重新抚养了一遍
现在，他死了
在葬礼上
她孤独的哭着
像极了一个，嗷嗷待哺的女儿

我的侏儒兄弟

这里，是你两倍高的人间
你有多于我们的
悬崖，就有了两倍的陡峭

诗探索12　作品卷　2018年　第4辑

你有更漫长的路
要赶。兄弟，你必须
比我们，提前出发
并准备好，比我们
咽下更多的苦，接纳
更多的羞辱，与呵斥
在路上，我的侏儒兄弟
你那么小，只能背负
少得可怜的干粮
你那么小，却要流下
两倍的汗，和血

无 题

秋风吹得人间，像个刑场
秋蛉依然没心没肺地唱着
它们为自己的将死，摇旗呐喊
路过一个村庄，看见慢腾腾的人群
围着简陋的土地庙
转来转去。这秋收后的仪式呀
古朴，原始。余晖的锈色
涂抹着他们的脸庞
使穷人们，看上去又穷了一点

拆长城

把长城拆开。把城墙、门楼、瓮城，依次拆开
拆成一堆堆砖瓦，一副副榫卯，一粒粒钉子
拆出其中的铁匠，木匠，泥瓦匠
再拆。拆去他们的妻儿、老小、乡音
拆。拆去他们枯槁的一生。拆去他们身上的
血泡，鞭痕，家书。用苛捐，徭役
用另一道圣旨，拆。拆，一个朝代，接一个朝代

一个口号，接一个口号。来，把长城拆开
把宫阙拆开，把宋元明清拆开，把军阀拆开
一路拆。把大厦，把流水线，把矿井
统统拆开。拆出那些铁匠、木匠、泥瓦匠
拆出他们身体里深埋的，长城、宫阙、运河
拆出他们身体里沉睡的陵寝、兵马俑、栈道
拆出他们伤痕累累的祖先
拆出他们自己。拆出你，我
拆出我们，咬紧牙关
涕泪横流的子孙

水库的表述

一

故乡有十一座小水库
死过很多人
死在夏天的
要多一些
死的女人
要多一些

我一直认为，死于夏天的
女人，更伤心。你看，白莲一片片多美好

二

在北方的冬天
欲死于水
必先破冰
这是力气活儿

——这是一种耕田男人的笨办法

诗探索12　作品卷　2018年　第4辑

三

童年，我见过玩伴溺于水库的泥沼
水草裹着他的身体
宛如胎衣。第二日
邻村疯女，去水库看热闹
于岸边，产一女婴
脐带绕颈，死

经商量，俩童合葬
——是年，水库清淤
得鱼千斤
村人分之，大喜

四

我曾数次骑驴穿过芦苇丛

有时，是驴惊飞了水鸟
有时，是水鸟惊了驴

——但它们永不互相伤害

如同，迷路的人，不伤害
黄昏的宁静。死亡的人，不伤害
误入鱼篓的鱼

五

也死过两个水库员工
我都认识。其一青年
刚去几天就死在火中
浑身焦煳，费了公家
几斤柴油。其一老迈

水库巡逻多年，吊亡
自己的绳，无主的树

——他们都没有死于水，但他们
在水边徘徊过吗？

六

肯定有人杵在屋檐下
翻来覆去，想
夜深时，奔向水库
肯定有人在堤岸上
来来回回，走
鸡鸣前，折回村庄

肯定有许多守口如瓶的秘密
溶化在水里
肯定有许多冰
沉在湖底，终年不化

肯定有许多人
埋着头，走动在乡村里
木讷，憔悴
仿佛魂丢了，丢在哪里

七

有的人活得毫无道理
就选择了水

有的人，死得毫无道理
——可能是水，或者
水鬼，选中了她们吧

都过去了。她们的亲人
种稻，挖藕。青啊黄啊的
一方方水田，明晃晃
都是村庄的创可贴

八

这里有二十三种水鸟
它们都有乡下的名字
一白天不叫的那种
长脖子，头顶一圈儿白
可以很久的埋在水里
我们喊它，孝子

不要在黄昏时，大声喊它们
不吉利。更何况，天黑下来
只要你叫，它们就会一声声
答应你。像心疼你的人

九

有没有一种鱼
会说话
和她们，家长里短说一说
有没有一种鱼
会说我爱你。请说给
那些好看的
殉情的女人，听

十

钓鱼的时候，蚯蚓是诱饵
捕一只鸟的时候，鱼是诱饵
要想捕天边那一群鸟

拴住翅膀的这一只，就是诱饵
……
许多人活下来了
瞎眼眼六爷
老寡妇宽女
……
这些最苦的人啊

是我们活着的诱饵

"张二棍诗歌创作研讨会"发言两篇

简谈诗人张二棍诗歌的"质朴"

林　莽

　　许多人都说张二棍是一位质朴的诗人，我认为，说他质朴，只是对他诗歌表象的一种认定，也是相对于现在许多语言华而不实，形式大于内容的诗歌作品相比较后的认定。

　　现在许多诗人的作品因为自身生命体验的浅薄，以及文化经验的欠缺，诗歌作品只是徒有其表。外表形态上的故弄玄虚，词语上的小噱头，将一些活灵灵的现实用所谓的观念加以概念化，或是追逐一些所谓的社会时尚以及貌似惊世骇俗的奇异效果。殊不知，这些都是艺术追求者的穷途末路。

　　张二棍的诗不光是语言和形式上的质朴无华，更在于他力求立足于中国历史与文化的背景上，以现实生活为基点的思考与追问。

　　我们细读他的作品，我认为他的每一首诗都是触及生活现实并具有一定的文化背景感的，这一点决定了张二棍诗歌的基本品质。这也是相对于我们当代诗歌最值得提倡和最应该重点提及的。因为我们现在许多的诗人们，丢失了文化的根，因为文化背景感的缺失，他们的所谓的作品，飘忽不定，无法投射到时代的屏幕上，他们根本没有找到自我以及艺术的真谛。但读张二棍的诗，让我们知道我们生存的这个时代的人们关注与思考的方向与深度，他在努力用诗歌镌刻下生命的碑文。

　　张二棍的质朴，在于他不是玩弄文字，不刻意求新，我们从中感到的是真正的生活气息。

　　张二棍的质朴，体现在诗歌语言中绝没有随意的修饰，更没有溢美之词，他的语言是触及生活根本的，是有内在真情的。他不是试图讲出所谓的真理并以此教导他人，而是讲出自己内心的体验和认知，将真切而鲜活的生命展示给大家。

　　他的质朴，不是语言的粗鄙或口水似的浅白，而是以端正的语言，实在和具体的体验进行书写。即使是思考，路径也是清晰的，简洁之中的紧凑和有所发现的表述，让诗直抵事物的本质。

张二棍从笔名到人的本身都给人以质朴的印象，但我们读他的诗会发现，他的内心是崇高和细微的，是有同情、怜悯与伤痛的。他作为诗人内心的骄傲和自尊，体现在他每首作品的字里行间。

张二棍不仅仅是一位质朴的诗人，我们应该看到的是，他是一位在历史、文化与现实生活中不断思考，努力求索的诗人。

2018年6月30日

张二棍诗歌的智与质

孔令剑

张二棍是全国青年诗歌创作的代表诗人之一，更是山西优秀青年诗人的代表。近几年，二棍的诗歌在全国产生了具有某种广泛意义的影响，各种奖项对他的创作、作品进行了肯定，首都师范大学中国诗歌研究中心聘二棍为驻校诗人，既是肯定也是鼓励和鞭策。作为同龄人，作为诗歌写作的同路人，能来参加本次研讨会我感到十分荣幸。为了能够承受起这份荣幸，我想，我还应该代表山西文学院，因为张二棍是我们刚刚签约期满的"第五批签约作家"，还获得了"优秀签约作家"称号；同时，我也代表山西的诗人们见证一下研讨会的实况，二棍的诗歌创作和他所获得的成绩，对略显封闭、"低调""沉默"的山西一域的诗歌境况来说，具有独特的参考和启示意义。

对文学作品的言说，我想首先是不能脱离作者本身，长久以来，在评论家的评论和作家的作品之间不可避免地出现了某种程度的分裂，因此造成了评论家自说自话而作家们"暂且听之"的局部尴尬。在这之间，同样身为作家、诗人的言说就更显得可贵。参会之前，我了解了一下今天出席研讨会的人员情况，刚才在会场我也观察到，今天到会的各位老师、诗人们大部分和二棍是熟悉的，有些还有着更为深入的诗歌交情，从这个层面说，今天上午的研讨会已经成功了一大半。

回到主题，说二棍的诗歌，我想首先要面对的就是二棍的诗歌和人是一个鲜明的同在这样一个现象。所谓"人诗合一"，或者说在谈论诗人张二棍及其作品时，"诗"与"人"是要分而观之又合而观之的。在这个意义上，二棍诗歌的独特性、丰富性才能更为充分地展示。幸运的是，二棍出在了山西，我很早就和二棍建立了联系，他的作品我个人也非常喜欢。对我而言，二棍的人和诗是一个有魅力的向度，而且，最为鲜明地体现了"智"与"质"的特征。

第一个"智"是"智力"的智，"智慧"的智，这也是"智"的两个层面，有高下之分。以我个人的认知，诗歌作为一项艺术劳动，首先应该是诗人在"智力"和"智慧"上的语言行进。从一首诗的表达来说，要有新意，要有写作者个人的独特关照，能把什么纳入到诗歌写作的范围，如何处理一个选定的题材，从哪个角度和途径进入和离开等；从语言上来说，写作者要从语言的"公路"上走出个人之路，还要不走偏，要走出艺术性走出风格，没有语言上的"智力""智慧"也是不成的；当然，还包括意象的捕捉、架构，一首（组）诗歌的整体结构、安排，对现实的思索，对生命的追问……包括对诗本身的探寻等，这本身就是智力的挑战，智慧的结晶，靠蛮力、靠一厢情愿是解决不了的。

时间有限，仅举一例。《入林记》，不只是写入林，还写出林，我又看了看题目，没问题，是入林记，这时我就想到，我要问二棍的话，他会说："哎，有进就有出，反正都在林子里嘛。"这样一对比，就看出了二棍比我聪明，心胸也比我大。而且，一进一出，结构就出来了，诗分上下两段。但"入林记"写什么呢？二棍一段写鸟巢，一段写荆棘。有鸟巢，说明曾有鸟儿"入林"；鸟巢的倾覆，又说明了那些鸟儿先他而去（最起码不再以这个鸟巢为活动"中心"）。在入林时，先写了一个"入"与"出"。而且他还从"鸟巢"中看到了"唐朝的布局"。这个"唐朝的布局"让人一震，即扩大了诗中的"时空"，也意味丰富，有古今事物的不变，有社会与自然的统一，有繁盛与衰落的对比等，十分高超。下段写出林，被荆棘拽了一下衣服，接着笔锋"回想"：入林时同样有荆棘，一是与上一段建立了联结，二是又写出了一个"入"与"出"的小循环，三是，在入与出时荆棘对诗人的同质行为，而产生出诗人对荆棘的不同观照，而营建出第二段的结构之图，最终，诗人从荆棘的同一性上找到了平衡，也平稳地结束了一首诗。

这是我从这首诗中看到的，我的表述可能不是十分准确，而二棍在写这首诗时，也可能并不如我这不准确的表述所描述的如此思考如此操作，但二棍确实有"将诗意和神秘赋予身边事物"，捕捉和保留"存在的丰富细节和鲜活气息"的高超能力，如前所言，这种能力不是体力，而是"智力""智慧"，是一种"心智"在诗歌中的突出体现。

二棍不善言谈，甚至属于沉默寡言型的（喝酒和不喝酒似乎差别不大，面对男人和面对女人也基本保持一致，就我所见），但他说一句是一句，有他独特的致密性（要和我对比的话，他称得上"一句顶一万句"）。从人到诗，二棍确实有言说的大"质量"特征（相对而言）。质量本身有两层意思，一是表示重量、分量，二是有品质、有质感。这就是我要表达的第二个"质"。

这种"质"的成因，我想，首先来源于前面说到的"智"的因素，有一种表达的力量在里面，有一些描摹的线条在其中，是"骨"和"肉"的完美结合；这也是他的个人气质——沉默又幽默，在他的诗歌作品中的倾注。沉默不多言，因此二棍的诗大多是短诗，句大多是短句，短而有力，说的大概是这个意思；而幽默，本身就是高超的技巧性和艺术性的合体，尤其体验在语言上，能幽默、会幽默的人，都是高智商、高情商的人，是在肉感中呈现出质感的人。这个不多说。

在这里我想侧重说的，是二棍诗歌的"质"更多体现在他对诗歌的本质把握上。这种本质把握，不是说他把握住了诗歌的本质，而是他有从根本上考量诗歌的倾向和尺度。据我所知，二棍写诗算是"半路出家"，颇有戏剧性和宿命意味。据他片语的描述，大意是：他突然有一天想写诗了，但不知道怎么写，甚至之前都没有认真细致地观察过"诗"这个高贵的存在，然后他就到书店买了几本诗集，一边看一边写，几年时间就从地质勘探员张二棍变成了诗人张二棍。我想，张二棍的"诗歌之路"或者说"诗人之路"，期间隐含了两层意思：第一个意思是地质勘探员张二棍被"诗神"所召唤，即使不是如此被动，他后来的主动向诗歌走进也是被曾经某一刻"诗"的闪电击中过，这个我没有从二棍那里考证，这个比喻也不确切，我是说，他的诗歌之路与其说是"走向"，不如说是"回归"；第二个意思，是二棍"半路出家"就在出发点上多了一层局外人、旁观者的审视，"诗"到底是什么？他要写、能写什么样的诗？有这个审视和没有这个审视，本身就是有着"质"的差别。

话再继续往下说。那么二棍诗歌作品的"质"还体现在哪些方面？以我看到，和给我明显感受的，是对现实的"实质"把握。实质，是指某一对象或事物本身所必然固有的性质，或事物的内在含义。从事物"固有的性质""内在含义"来说，二棍并不是也不能完全把握住这个"固有的性质""内在含义"，但他从"生命"的意义上把握他的诗歌所涉及的事物，就已经构成了这种"实质"把握的要义和特征。同时，"现实性"也赋予了这种"实质"把握以落脚。二棍的诗歌不管悲凉与欢喜，都充盈着生命的气息，生活的影像，一个诗人的个体和芸芸众生、世间万物的同在，这是许多写作者所不具备和不能达到的，我想这也是二棍的诗歌之所以被大家所认可、所喜欢的独特魅力。《入林记》最终落脚荆棘"渴望被认识的一生"，《与己书》把自己安放世间，"已经不能更好了"，《太阳落山了》中，落日谦逊，"从不对你我的人间挑三拣四"，《消失》中，"说起从前，我就消失了"等，时间有限，具体的例子就不一一列举了。在座的各位老师、诗人朋友们，我们今天都是围绕二棍的诗歌展开言说，而且我相信，我们的言说都是二棍诗歌所呈现的一个部分，我们的努力合起来，才会无限地接近二棍诗歌的本来面目，我仅仅提供我的一个微小部分，言不及义之处请大家多多包涵。

再一次感谢首师大中国诗歌研究中心，给我提供了一个聆听各位老师高超见解的宝贵机会，也感谢诸位老师对二棍的关注，能给予他的创作以肯定，更重要的是能真诚指出他的不足，鼓励鞭策他取得更为远大的进步。我们的二棍，也是大家的二棍，祝福他，祝福各位老师，也祝福中国诗歌。

谢谢。

2018年7月4日

简介

孔令剑，男，1980年12月生，山西绛县人。大学本科，中共党员。曾任《山西文学》编辑，现任山西文学院副院长，兼任山西作协创作中心项目办副主任、诗歌专业委员会秘书长等职。工作之余写诗，作品散见《诗刊》《星星》《诗歌月刊》《诗林》《草堂》等刊，部分作品入选《中国新诗排行榜》《中国诗歌》《诗选刊》等选刊选本，著有个人诗集《阿基米德之点》（北岳文艺出版社）。

新诗集视点

【编者按】

诗人武兆强，有很长时间从事电影的研究和剧本的创作，但他一直关注着诗歌的写作与发展。诗集《谁替我们而生》是他近二三年的作品集合，这里发表的诗，是从本诗集中选出的作品。诗人步入老年，但诗思泉涌，不减当年风采。

他的诗有两个特点值得关注：一是所有的诗都是选材于自己的生活体验和生命感悟，内容真挚，言之有物；二是语言简朴、明朗，与诗歌的内涵融为一体，语句生动，细节处理中有诗意。

整本诗集分为五个部分，每部分各有侧重，读者可从中体会诗人近些年的心灵轨迹。

作者简介

武兆强，1943年11月生于北京，1961年高中毕业考入北京人民艺术剧院表演学员班，后留中国青年艺术剧院，"文革"后调中国艺术研究院从事电影理论研究，高级研究员。1982年出版诗合集《四月草》（北京出版社）、1990年出版《武兆强诗选》（文化艺术出版社）、2018年出版《谁替我们而生》（九州出版社）；电影《生命属于人民》《小小代校长》《甜玉米的笑声》均为编剧、制片人，先后于2003年、2010年、2011年在中央电视台电影频道播出，并合作创作电影剧本《别哭，中国的孩子》《一仆三主》及《老赵头的美食情缘》《我和我的N个妈》等长篇电视剧。

诗二十六首

武兆强

古松，古柏

颐和园后山
那些被称为老先生的古松古柏
在掉完最后一枚牙齿之后，开始掉
三百年针叶，四百年松果，五百年柏球
开始掉斑驳树荫，灰白鸟屎
掉春雨，掉冬雪
掉蝉群的低吼，日月的流光
掉树冠上摔下来的风，掉灰喜鹊和野鸽子的争吵
掉越来越薄的记忆，掉枝杈相互爱抚时的只言片语
当一切可以脱落的都已离开
最后只剩下松脂柏油
剩下它们紧紧粘在一起的理由
黄昏时偶然发现
一只叫不上名的小飞虫
正以琥珀的金黄姿态拼命想进入里边

2017 年 4 月 2 日

凉　风

闷热的夏夜，快意的凉风已无处索要
又听水声，溅开一朵清凉而芬芳的记忆

直到下半夜，松园才有一股凉风吹来
寂静更深了，窗口的灯光倦然睡去

但有一滴尚未掉下来的泪仍在燃烧
只有凉风相邀的晨光才配将它吸吮

2016 年 7 月 8 日

橘　黄

他走以后，那扇小窗
依然亮着一点橘黄色的光
不经意的回眸，恰逢
你站在檐下正向远处挥手
就在这一刻
某种深意，随着彼此的目光
已落在心上
就因了这无形无语的抚摸
多少年过去，令他不舍的
依旧是那扇风风雨雨的小窗
窗里透出的那一小片
暖暖的橘黄

2016 年 3 月 2 日

幻　听

好像有人突然在喊我
我急忙掉过头，四处寻找
可终究什么也没能找到

人群熙攘，潮水一样向前
我很想抓住声音的尾巴，让它领着我

诗探索 12　作品卷　2018年　第 4 辑

再去翻翻人世间的边边角角

但恍惚中我不敢肯定
即使有，我能抓到的
也只能是已经消失的那部分

2017 年 12 月

情感市场

三公斤快乐，几箩筐笑
手机已经下单

不知是厂家出了问题
还是邮路受阻
反正等了很久很久
速递员也没捺响门铃

鄙人去讨说法
鼻子撞上一张告示
——请原谅，笑和快乐
已经脱销多年
为配合市场所需
现打折热销：焦虑与浮躁

2017 年 1 月

母亲与香樟

一株苍老而粗大的香樟
站在我家的后窗
很多时候，我忽略了它
好像忽略了身边的一位老人

此刻，它站得很稳
只有光秃秃的枝杈卷在冷风里
像是不听使唤的胳膊随风摆动
而体内正发出阵阵轻咳

枝杈在飞舞在探寻
是啊，母亲的老病又犯了，也在轻咳
我扶起母亲，帮她把药服下
搀扶着去看一看那株我刚刚发现的香樟

"我九十六，它还没有我老呢！"
看完转过身，拐杖声又退回床边
丢下我一个人愣在原地
而突然，仿佛有一道光飞快地掠过脑海

——母亲并不傻，她并不傻呀
她知道人和树是不可比拟的
但在我看来，它们之间不是好像
而是真的存在着某种微妙的联系

风风雨雨就不用说了，更严酷
更沉重的，都已在世上深藏
母亲有多少皱纹，香樟就有多少皱褶
香樟有多少皱褶，母亲就有多少皱纹

2017 年 9 月

夜 半

就这样，遥远的事情再次醒来
翻个身，仿佛打开一册早已发黄的扉页
时间在一点点抽取夜的浓汁
让窗玻璃愈发变得薄而透明
扑到眼前的，都是远远的幻景

诗探索
12
作品卷
2018年
第
4
辑

一个孩子在奔跑，一只小狗在奔跑
它们相互追逐，彼此不分胜负
野草张扬地疯长，险些高过
紫禁城头那一抹走动着的夕阳
面对河岸，我放飞的鸽子
曾平安穿越春秋，却被一场大雪迷航
蝉在正午密集地喊叫
妈妈的蒲扇撩得我心头愈加发痒
假寐的我，一旦真的睁开眼睛
最早溜走的，还是我无忧无虑的童年

我又紧闭双眼，眼底竟呈现出
一个奇异的光斑，可能是黑夜中的时钟
睁着放大的瞳孔，当它渐渐扩散，迷蒙
或许我还能暂时躲进一小片苍老的睡梦

2017 年 9 月

夜间飞行

钢铁的翅膀，旋出虚无的弧线
于无声处，我们穿越星星的花园
一颗星在衰亡，另一颗星刚刚诞生
如同一个人在死去，另一个生命已经临盆
而中间是我们，飞行的一群人
有的脱掉鞋子，有的蒙上毛毯
暂时享受如何在天堂里安眠

下方，黑暗的深渊；上方，光明的星斗
飞吧，飞吧，向着茫茫宇宙的边缘
有人可能想告退，离不开眷恋的家园
有人则想一探究竟，甘愿一次生命的冒险
万仞之上的星辰，地上连绵的山川
如果一定让你做一次飞行中的选择

是想即刻着陆，还是一去不返？

2016 年 4 月

交　感

一匹盲马
从我掌心
一根不漏地舔走了所有干草
以无声的咀嚼
留给我唇的柔软
夜的温存

2017 年 7 月

蚕茧疑案

听说
村东榕树家的蚕
吐完丝
个个
做了白花花的茧

唯有一条
丝没吐完
茧也未作
就死了，着实
令人稀罕

查，大面积调查
县里还来了人
一时间
沸沸扬扬的东村

乡亲们口口疯传

推开一圈人
榕树说：别查了
死就死在
丝
没能吐完

怎么会呢
咋还
丝没吐完
一干众人
摸到蚕房查看

门一推
霎时翠光耀眼
只见好端端
一枚翠生生的茧
亮在白花花中间

细瞧
那枚翠茧
乃一片桑叶轻裹
轻裹
说不清的一桩疑案

榕树摇头
众乡亲迷惑
春蚕到死丝方尽
何以愿未了
魂却断

2016 年 8 月

隔空相望

隔空相望
我还能认出照片中小时候的我
一脸稚气、明媚，有些无畏
我坚信许多人小时候都是这个样子
初生牛犊不怕虎，还在眼神里一闪一闪
但现在他从照片望向我，先是
一愣，继而眼神有些慌乱
满脸都是陌生、疑惑、茫然
如果此刻它像画皮那样飘然而至
一定会把我当成隔壁的老爷爷
且拉起我的手，问长问短
幸好，它只能一动不动待在里边
永远也不会知道我们之间
存在如此深刻而又说不清的关联
不然，说不定它会夜半惊呼
"我怎么变成了这个熊样子"
幸好，它只是快门下一个稍纵即逝的影子
而隔空相望，彼此却也相安无事

2017 年 7 月

石片、水漂和涟漪

孩提时代的石片，被我打成
水漂，打成一蹦一跳
口衔水珠，又口衔水珠的燕子
美妙又轻捷，只有到了最后的最后
毫无力气了，才悄然隐去
一圈一圈的涟漪似乎放大了视野

之后的多少年里，那枚小小的石片
再也没有离开过我，上班路上

诗探索 12　作品卷　2018年　第 4 辑

我会停下自行车，一试身手——
不过，这个简单的动作已不再纯粹
悄悄的，被我在心里夹杂了一些私货
用涟漪的大小，对应命运如何

第一圈，被我命名为爱情
第二圈，被我视为事业
第三圈，被我称为生活；以此类推
还有身体、财运以及出入是否平安等等
这徒劳的游戏竟构成了一种诱惑
一玩就是几十年

恍　惚

在我心里
挥之不去……一个身影
在走动，挪挪停停
书柜里
摆放的文字沉默不语
他低头收拾着什么
或许是散乱的日子
或许是过往的思绪

他打开一本书
文字迅速飞去
倾听一辆褪了色的火车
正隆隆开走
透过仅存的窗玻璃
他望向天空
掠过云片的一只鸟
以鸣叫嘲笑他在此滞留

他把目光
直愣愣转向一把转椅

转椅开始转动

且越转越快

他感到一阵头昏目眩

一时间天旋地转

弄不清这只是一种幻象

还是他自己已经坐在上面

2016 年 8 月

芭　蕉

那株芭蕉，最近

一直在倾听远方的雨声

空气里藏着一种过分潮湿的暧昧

时而趋近，时而迅速荡开

黑伞巨大，而它屏气凝神

甚至不惜暂时停下自己的心跳

唉，这可怜的芭蕉，一定是

错把雨声

当成了自己的心跳

2017 年 8 月

丝瓜瓤子

用丝瓜瓤子刷碗

应该是早年间的事了

可我的喜好偏偏有些固执

在这件小事上不惜开开生活的倒车

三年前从一个推车小贩手里

我购得他剩下的全部：三条

从此开启我们家丝瓜瓤子的时代

不消说，泡沫的塑料的统统被贬

只认丝瓜瓤子——噢，对了

我知道瓢子瓢子的叫法有些不雅
但这与它有何相干？何况
它只负责实用、耐用、去垢性强
只负责和它的伙计们协调一致
多么杂乱无章，丝网何等密布
其实那恰恰是它的章法严谨
丝是丝，网是网，孔是孔
待清水穿过该是多么轻柔
碗筷遇见它又是多么亲近
当我拿起它满身的水珠还没干
透过无数个眼睛我看到家乡正细雨蒙蒙
看到农家小院的绿意又深了一层
那垂挂在青瓦白墙屋檐下的丝瓜
垂在动与静之间，雨与雾之间
像从老天爷脸上刚刚长出的胡须
这时，母亲的声音就会沿着丝蔓传过来
声声入耳：你在城里也种些丝瓜吧
有关剖瓜取瓢的事却只字未提

2017 年 2 月

葫 芦

闷葫芦，不说话
可孙悟空喜欢它，还有
济公大人，就连那位
一路绝尘直向佛国的圣者
从中也倾出清泉一脉
一路向西开出一路荒漠莲花

庭院前后，百姓们点豆种瓜
却也少不了让这青藤漫卷吉果高挂
不管你将其置于何处，是卧是立
它不装药，只装话

你瞧它腰身微匝秘语深藏
多像隐于郊野的一位君子

2016 年 6 月

向上，向下

地铁的旋梯载着我
向上，向下；无数张陌生的脸庞
扑面而来，然后滑过
就像一条条交错而行的鱼，只是
浓烈的汗味代替了臆想的腥气
时常拥塞在一个个出口入口
而人的漩涡只夹裹着喧声的泡沫

生活，总是这样川流不息

某日，满载的旋梯依旧在爬行
我突然发现身旁竟然空出一个位置
但眼前仿佛仍有一个身影在晃动
它去哪儿了？莫非误入死海，或是
搁浅于某个夏日海滩？思绪尚未收拢
另一双大脚已经蹬将上来
一瞥间，恍如昨日见到过的那双鳍

向上，向下，川流不息

一只被放逐的鸟

你在他心中挥之不去，仅此
他深感自我鄙夷，但实属无奈
他必须老老实实加以承认。那么自诩
已经放下的你，是否逍遥自在无所萦怀
当你把那只陪伴多年的鸟

诗探索 12　作品卷　2018年　第 4 辑

刻意放逐，是否再也不会想到
此刻它正躲在街边的哪一个露椅下
避雨？它衔着冰凉的羽毛惊魂未定
微弱的心跳足以把整个世界振聋
谁知道天黑之前的命运，能否找到
一个稍许温暖稍许柔软的地方
落脚？焦躁不安的寻觅，是否会正巧
瞥见你的灯光，饱含往昔的一片深情
歪着头，一边琢磨一边流下哀伤的泪水
这一切……这一切自然与你无关
这一切……这一切自然都是它自己的事
这一切……这一切自然全看它的命了
在这漆黑的雨夜，一个打更人
正从街头悄悄走过，他的脚无意间触到
一个扑棱棱的小东西正躲入一片草丛
但他，还是径直走进了更深的夜

2016 年 6 月

两棵树

你们没有口舌
洞悉人间的秘密
又默守秘密
根须在地下纠缠
那是属于你们的秘密

当年的人们已天各一方
你们仍坚守一起
多么令人羡慕
缠绕着大地无尽的深度
同时拥有开放的天空

2016 年 2 月 23 日

老了，老了

老了，老了
能吃就是幸福
能喝就是幸福
（包括貌美如水的酒）

老了，老了
能走就是幸福
有牙就是幸福
（包括假牙）

老了，老了
敢于表达就是幸福
敢于歌哭就是幸福
（包括当着儿女）

老了，老了
能会会朋友，聊聊就是幸福
能发发微信，问候就是幸福
（包括失联的人）

老了，老了
不图圆满，放下就是幸福
不计得失，给予就是幸福
（包括爱）

老了，老了
还能倾听内心的高山流水就是幸福
还能弹奏体内的清风明月就是幸福
（包括一草一木，万念万物）

2017 年 3 月

诗探索 12　作品卷　2018年　第 4 辑

妈的话

——我是你妈
你是我儿子
我给你钱，你就应该接着

说这话时
妈就坐在靠窗户的那个沙发上
口齿清楚，语气肯定

当时，我正端着一碗粥
把粥放到茶几上
装作没有听见

——听见没有
我说这钱你就应该接着
妈真的有些生气了

我愣住，不知道怎么接茬
更不知道我的体温
是否也有如此的温度

后来，妈去世了
离说这话
不过也就短短三个月

燃火的最后一刻
我呆呆地蹲在墙角
这话，又一次向我缓缓飘来

我听到内心的泪水
把时光淹没，遥远的夕阳
飘浮在泪水之上

那是妈妈的光照
她知道我此刻很冷，不让我
用哽咽承接她的任何一句话语

2018 年 4 月

祝　福

一只野鸽子是孤独的
两只，也一样，或许更加孤独
即使在风雨交加之夜，也无法靠近

抖落昨夜风雨，各自觅食
在枝杈间翩翩起舞，交交叉叉
偶尔相视一瞥

高一只，低一只
比翼齐飞那该是多大的梦想
天空都无法容纳

只有咕咕、咕咕的叫声
从体内涌出，那是它们悲哀的联系，细如
游丝，却负载着一腔孤独和孤独的祝福

2016 年 9 月

献给斯蒂芬·霍金

一个人
被折磨到这个程度
每个时辰抵抗到这个程度
一个人
伟大到这个程度

诗探索 12　作品卷　2018年　第 4 辑

优雅到这个程度
一个人
思想凌厉到这个程度
肉体被腌制到这个程度
是的，这苍穹之子
如今的确应该被他一直深情注目的
苍穹所庇护：他被神明接走了
哦，时间的暖流，黑洞的光芒
那空空的轮椅，一个真正的王

2018 年 4 月

塞纳河

美得
窒息，美得
几乎要把整个巴黎，美得
都快勒死了

那缠绕于美人脖颈上的一匹纱巾
那垂挂在红腮的一行热泪

2016 年 3 月

猛虎令

谁在别墅养下一群猛虎
摄像头日夜监控
准备给射杀选取一个最佳角度
其中一只发现了个中祸心
它佯装不知，于草坪中央
旋转着以阵阵低吼发出警告
只见颤抖的树叶纷纷坠地
显示这黑色领地已然易主

小心，尾巴上的花纹不是描摹
小心，嘴巴上的胡须不是装饰
凡此种种，都是天赐威仪
只有天光方可轻轻触动

2018 年 3 月

我只想做一个从众的人

你从哪里来
他从哪里来
我就从哪里来

你来了做什么
他来了做什么
我来了也做什么

你往哪里去
他往哪里去
我便往哪里去

不需要特立独行
人的意愿，其实
差异很小

何况这世界
有多少聪明头脑
还怕它不能完好

大地——花开
星空——妖娆
我只想做一个从众的人

2018 年 4 月

诗探索 12　作品卷　2018年　第 4 辑

新译界

诗人杰克·吉尔伯特

诗探索12 作品卷 2018年 第4辑

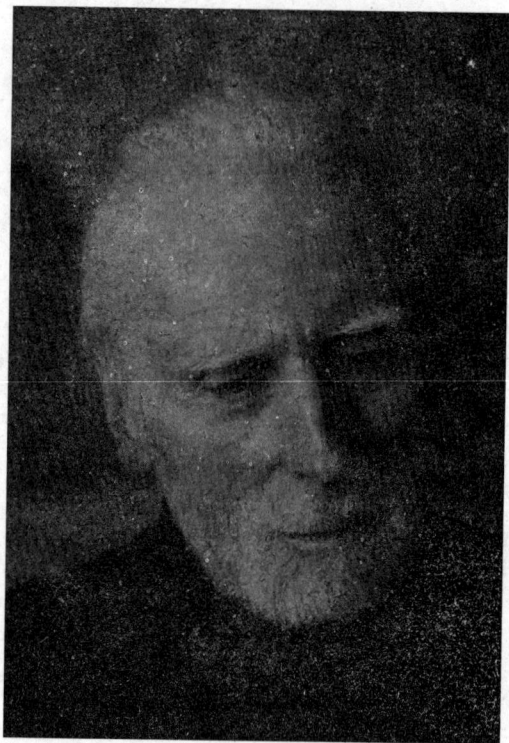

诗人杰克·吉尔伯特

　　杰克·吉尔伯特（Jack Gilbert，1925—2012），一生过着漫游和隐居的生活。1925年生于匹兹堡，十岁丧父，开始谋生，高中辍学，挣钱养家；阴差阳错被录取到匹兹堡大学，开始写诗。1947年大学毕业后开始浪迹天涯：先在巴黎，后到意大利，遇到意大利女孩吉安娜·乔尔美蒂(Gianna Gelmetti），他生命中的第一场伟大爱情，但由于女方家庭反对而失败。于是回到美国旧金山，正式开始了他的诗人生涯或者说隐居生活。吉尔伯特在旧金山一住十年（1956—1965），经历了"垮掉的一代"和嬉皮士运动。其间参加了杰克·斯帕舍的"诗歌魔术"写作小组，与金斯堡等人做了朋友，留下了丰富的浪漫史。

1962年，吉尔伯特的处女诗集《危险观察》（*Views of Jeopardy*）出版，转年获耶鲁青年诗人奖，并获普利策奖提名。1964年，获古根海姆奖金，与女诗人琳达·格雷格（Linda Gregg, 1942—）去了希腊，六年逍遥而拮据的生活后回到旧金山，两人劳燕分飞。旋即与日本小女生、雕刻家野上美智子（Michiko Nogami, 1946—1982）结婚，任教于日本立教大学，1975年开始环游各国。1982年，第二本诗集《独石》（*Monolithos*）出版，获美国诗歌评论奖，再普利策奖提名。同年美智子病逝，吉尔伯特两年后出版了献给她的一本纪念册《美智子我爱》（*Kochan*），收入九首诗作。

第三本诗集《大火》(*The Great Fires : Poems 1982—1992*)于1994年出版，获雷曼文学奖。2005年，第四本诗集《拒绝天堂》（*Refusing Heaven*）出版，获美国国家书评奖。2006年出版《越界：诗选》（*Transgressions : Selected Poems*），和另一本小册子《艰难的天堂：匹兹堡诗章》（*Tough Heaven: Poems of Pittsburgh*）。2009年，出版诗集《独一无二的舞蹈》（*The Dance Most of All: Poems*）。因此，在美国，如今不断有人呼吁"重估""抢救"已经垂垂老矣的、隐居于北汉普顿的吉尔伯特。吉尔伯特的诗全集已于2012年出版。

吉尔伯特的诗，主要依靠"具体坚实的细节"或"实实在在的名词"，用笔偏疏偏碎，语言突兀。内容上大多是由自身生活经历而来的洞察和认识，知与理解，甚至他的爱情诗也往往是关于爱情或婚姻的洞察。他的诗经常美得让人揪心。几十年来，吉尔伯特的诗歌让许多人着迷。有评论说："对吉尔伯特的着迷，说到底，是对他的诗歌魅力的回应，但也反映出一种完全不考虑其文学命运和名声等惯例的人生的神秘之处。"

（柳向阳　译）

杰克·吉尔伯特诗歌十九首

婚　姻

从葬礼回来，我在房间里
四处爬着，痛哭着，
寻找妻子的头发。
两个月里，从下水道，
从真空吸尘器，从冰箱下面，
从衣柜里的衣服上。
但其他日本女人来过以后，
再没有办法确定哪些是她的，
于是我罢了手。一年后，
移种美智子的鳄梨树时，我找到了
一根长长的黑发缠在泥土里。

订　婚

你听见自己走在雪地上。
你听见鸟的缺席。
一种寂静如此完整，你听见
自己内心的低语。孤独
清晨复清晨，而夜晚
更孤独。他们说我们生而孤独，
孤独地活孤独地死。但他们错了。
我们因时间、运气或不幸
而抵达孤独。当我敲开
那根冻结在木堆中的圆木，
它发出完美的天籁之音，
纯然地传过整个山谷，

诗探索 12 作品卷 2018年 第 4 辑

像一只乌鸦不期然的啼叫
在黎明前更黑暗的尽头
将我从人生中途唤醒。
黑白的我，匹配着这淡漠的
冬日的风景。我想到月亮
片刻后就要出来，从这些
黯淡的松树间，寻找白色。

被遗忘的巴黎旅馆

上帝馈赠万物，又一一收回。
多么对等的一桩交易。像是
一时间的青春欢畅。我们被允许
亲近女人的心，进入
她们的身体，让我们感觉
不再孤单。我们被允许
拥有浪漫的爱情，还有它的慷慨
和两年的半衰期。当然应该悲叹
为我们当年在这儿时
那些曾经的巴黎的小旅馆。往事不再，
我曾经每天清晨将巴黎圣母院俯视，
我曾经每夜静听钟声。
威尼斯已经物是人非。最好的希腊岛屿
已加速沉没。但正是拥有，
而非保留，才值得珍爱。
金斯堡有一天下午来到我屋子里
说他准备放弃诗歌
因为诗歌说谎，语言失真。
我赞同，但问他我们还有什么
即使只能表达到这个程度。
我们抬头看星星，而它们
并不在那儿。我们看到的回忆
是它们曾经的样子，很久以前。
而那样也已经绰绰有余。

野地冬夜

今夜我正在取水
猝不及防，当看到月亮
在我桶里，醉心于
那些中国诗人
和他们无瑕的痛苦。

人迹罕至的山谷

你能理解如此长久的孤单吗？
你会在夜半时候到外面
把一只桶下到井里
这样你就能感觉到下面有什么东西
在绳子的另一端使劲拉

穿过那座岛回家

黑暗中穿过平原走回家。
而琳达在哭泣。又一次到了
我抱怨、她痛苦、月亮
不再升起的地步。我们各自为战，
但我在雨中大叫，
而她哭泣，像一只受伤的动物，
知道无处可依。很难理解
我们当初怎么被爱带到了这里。

一年后
——致琳达·格雷格

从这个距离看，他们站在海边
微不足道。她在抽泣，身着
一袭白裙，而婚姻几乎结束，

诗探索12 作品卷 2018年 第4辑

在八年之后。周围是岛屿浅平
无人居住的一侧。海水碧蓝
在清晨的空气里。当初来的时候
不知道会如此结局，只有他们
两人和寂静。一种纯粹看似美丽
对人们来说太难。

所有地方，永永远远

让他满意的是别墅就在被大太阳
剥落得光秃秃的山顶上。周围
是一千堵坍塌的石头墙。他高兴地得知
这房子是国王的电报员建造的。
"在远方写作"。他把门一直关着
用一大坨搭扣和铰链。里面的杂草
有齐胸高，环绕着茂盛的玫瑰丛
和两棵李子树。走过去，宽楼梯
向上通到漂亮的露台和带高窗的
精致的房子。他清理了后面庭院里
大部分地方。他们就在那里
度过了他们的完美时光，在一棚
患病的葡萄藤和盛开的茉莉花下。有
微弱的水声从上面的水池传来，池边
是一棵石榴树，挂着夸张的果实。
十二年的空置让水槽里积满了树叶，
如今已不再堵塞。
他在合适的时间来到了合适的地方。
蓝色爱琴海在下面远处，轮船在更远处
缓缓驶出。鸽群在头顶上空翱翔，没有含义。
他和他的日本太太从后门出来，沿溪而上，
石头挨石头，两边的灌木
飞蛾累累。他们出现在巨大的悬铃木下。
那儿有一条泥泞小路，通向一座女修道院。

她说再见，他开始往下走，去山脚下
那个村庄，在那儿弄到他们一星期的食物。
头顶上天空寥廓。他们两人都不知道
她即将离世。他想起他们在一起的十一年，
意识到他们用尽了那段特别的时间
在宇宙中所有地方，永永远远。

野上美智子(1946—1982)

因为她永远不在了，她就会
更清晰吗？因为她是淡淡蜂蜜的颜色，
她的洁白就会更白吗？
一缕孤烟，让天空更加有形。
一个过世的女人充满整个世界。
美智子说："你送给我的玫瑰，它们
花瓣凋落的声音让我一直醒着。"

爱过之后

他凝神于音乐，眼睛闭着。
倾听钢琴像一个人穿行
在林间，思想依随于感觉。
乐队在树林上方，而心在树下，
一级接一级。音乐有时变得急促，
但总是归于平静，像那个人
回忆着，期待着。这是我们自身之一物，
却常常被忽略。莫名地有一种快乐
在丧失中。在渴望中。痛苦
正这样或那样地离去。永不再来。
永不再次凝聚成形。又一次永不。
缓慢。并非不充分。几乎离去。
寂静中一种蜂鸣之美。
那曾经存在的。曾经拥有的。还有那个人

诗探索 12　作品卷　2018年　第 4 辑

他知道他的一切都即将结束。

正在发生的，与它周围发生的一切无关

十一年的爱情栩栩如生，
因为它已结束。此刻希腊历历在目
因为我住在曼哈顿或新英格兰。
如果正在发生的，是正在出现的事物周遭
所进行的一部分，那就不可能
知道真正发生的是什么。如果爱
是激情的一部分，是美食
或地中海别墅的一部分，那就不清楚
爱是什么。当我和那个日本人
一起在山中行走，开始
听到水声，他说，"瀑布声
是什么样的？""寂静，"他最后告诉我。
那种静我没有注意到，直到水倾泻而下的
声音，使我听了许久的寂静
变得明显。我问自己：
女人的声音是什么样的？该用什么词语来称呼
让我那么长久地在其中追寻的
那种静的东西？深入欢乐雪崩的内部，
那东西在黑暗的更深处，还要更深地
在床上——我们迷失之处。更深，更深地
下到一个女人的心脏屏住呼吸之处，
那身体里遥远的某物正在那儿
变成我们无以名之的某物。

南　方

在那些沿河的小城里
漫长的日子一天天并无新事发生。
夏日一周周似乎永恒停滞，

而漫长的婚姻也是如此。
生活中只有急事，出生，
或寻钓刺激。然后一只船
驶出迷雾。或许有个清晨
小心地绕过转角
在雨中，驶过松林和灌木，
一个芬芳的夜晚到来。
辉煌地，明光幻彩。两天后
它走了，留下醒觉的怒火。

好　意

结婚就像某个人
把婴儿向上扔。
婴儿快活，他们扔
更高。向天花板。
它震动了松弛的灯泡，
灯泡熄灭
当婴儿开始下落。

我们该唱什么样的歌曲

当我们冲它挥手，头顶上
那只巨大的起重机就转过来，放下
它沉重的爪，尽它所能
温顺地等待，等我们扣上
那些三平方英寸的铁板。
带走这沉闷不堪的
现实，当我们再次挥手。
我们给这些取什么样的名字？
给它的噪音配什么样的歌曲？
耶和华的另一张面孔是什么模样？
这个神按照他的形象创造了

诗探索 12　作品卷　2018年　第 4 辑

蛞蝓和雪貂，蛆和鲨鱼。
给这些配什么样的颂歌？
是否是那然而之歌，
或者是我们的内心帝国之歌？我们
把语言作为我们的心智，但我们
可是那只死去的鲸鱼，气势恢宏地下沉
许多年，才抵达我们的内心深处？

一个事实

那女人不单单是一件乐事，
也不单单是一个难题。她是新月
让那绝对拥有一个形体，
让他滑行在神秘之上，无论
多么短暂，她的莅临光芒闪耀
在平凡和壮丽之上。像匹兹堡的夜晚
夏雨落在枫树和悬铃木上之后
空荡荡的街道上的气息。
又像汽车在一道刺眼的光亮里
突然穿行两个街区之外。
他的希腊牧羊小屋四周的石头，
和空旷田野里走动的驴子，意义何在。
他在强烈的阳光里穿过岛屿，
在黑暗中回来，一边想着那女人。
关于她的事实在继续，爱或不爱。

希腊冬天的快乐①

世界超出我们，即使我们拥有它。
它广阔无边，我们在里面向它攀登。

---

① 亨利·莱曼解释：我们身在世界之中但我们又向它攀登——向我们理想中的世界攀登。即我们所渴望的总是超过我们拥有的。

一个只有风知道的地方，那个
月亮的王国，它呼吸一次
是一千年。我们的灵魂和身体温柔地
拥抱在一起，像查尔斯·兰姆
和他的姐姐又一次走向精神病院。
手牵手，泪水在他们脸上，他提着
她的手提箱。一次次打击在我们心上
当我们在洪流中搜寻立足处，
试图抓住不会被拉垮的东西。
一次次辜负了我们。我们小心退回，
不明白自己正去往何处。
一直记得元素周期表在半个世纪里
如何与证据不符。
直到他们理解了同位素是什么。

只在弹奏时，音乐才在钢琴中

我们与世界并非一体。我们并不是
我们身体的复杂性，也不是夏日的空气
在那棵大枫树里无目的地游荡。
我们是风在枝叶间穿行时
制造的一种形状。我们不是火
更不是木，而是二者结合
所产生的热。我们当然不是湖
也不是湖里的鱼，而是被它们所愉悦的
某物，我们是那寂静
当浩大的地中海正午甚至削弱了
坍塌的农舍边昆虫的鸣叫。我们变得清晰
当管弦乐队开始演奏，但还不是
弦或管的一部分。像歌曲
并不是歌者，它只在歌唱中存在。
上帝并不住在教堂的钟里面，
只在那儿短暂停驻。我们也是转瞬即逝，
与它一样。一生中轻易地幸福混合着

痛苦和丧失。总在试图命名和追随
我们胸中扬帆的进取心。
现实不是我们所结合的那种感觉。而是
走上泥泞的小路、穿过酷热
和高远的天空，以及无尽延伸的大海。
他继续走，经过修道院到旧别墅，
他将和她坐在那儿的露台上，偎依着。
在宁静中。宁静是那儿的音乐，
是寂静和无风的区别。

拒绝天堂

这些身着黑衣、在麻省冬天望早弥撒的老年妇女，
是他的一个难题。他能从她们的眼睛辨认出
她们已经看到基督。她们使
他的存在之核及其周围的透明
显得不足，仿佛他需要许多横梁
承起他无法使用的灵魂。但他选择
与主作对。他将不放弃他的生活。
不放弃他的童年，和那九十二座
跨越他青年时两条河流的桥梁。还有
沿岸的工厂，他曾在那儿工作，
并长成一个年轻人。工厂已被侵蚀，又
被太阳和锈迹侵蚀。但他需要它们
作为衡量，哪怕它们消失不见。
镀银已经脱落，露出下面的黄铜，
这样对它更适合。他将度量这些
凭着夜雨后水泥边道的气息。
他像一只旧渡船被拖到河滩上，
一个家在它破碎的恢宏之中，带着巨大的横柱
和托梁。像一片失控的林海。
一颗搁浅的心。一凉锅的溶解之物。

余音萦绕

那是在教堂的耳堂，石头间的
冬天，昏暗的灯光照着琳达，
那时她说，听。听这儿，她说。
他把耳朵贴到那扇巨大的门上，
果然有精灵在里面唱歌。后来他到处
寻找。在马德里，夜雨中他听到有钟声
在某处响起。小心翼翼地穿过
杂乱的巷子，他离得愈近，那声音
愈低沉有力。在广场不远处，充溢了
他整个人，而他转过身去。不需要
看到那只钟，他想。他正试图发现的
不是那只钟，而是遗失在我们
身体里的天使。"思"构成的音乐。
他渴望知道他听到了什么，而不是离得更近。

（柳向阳　译）

译者简介

柳向阳，诗人，诗歌译者。河南上蔡人，毕业于上海财经大学国际贸易专业。著有诗歌研究论文《论奥古斯丁时间观与罗伯特·潘·沃伦的诗歌创作》，翻译美国诗人杰克·吉尔伯特诗集《拒绝天堂》《诗全集》，露易丝·格丽克诗合集二册《月光的合金》《直到世界反映了灵魂最深层的需要》，加里·斯奈德诗集《砌石与寒山诗》《山巅之险》及丹麦当代诗人亨里克·诺德布兰德的诗选。

杰克·吉尔伯特对心的渴望

马西亚·曼托（Marcia Menter）文　柳向阳　译

　　人类确乎知道（生命是有限的），当然，这种知识是我们拥有的最好的也是最坏的知识。正如诗人吉尔伯特在一次访谈中所说："我们属于世界上仅有的知道春天正在到来的生命。"超过我们大多数人，吉尔伯特努力让自己对生命保持清醒，而不仅对鸟鸣。他说：

他想要
这一切。床下那个神志清醒的女人
和那只老鼠——正在舔食她为他放在
她门牙上的花生酱。加尔各答的乞丐们
蒙住他们孩子的眼睛，当某处有富人……

——《倔强颂歌》

　　如果这是我能想到其他任何一个诗人，那么，老鼠和花生酱和加尔各答的乞丐等看起来会是故弄玄虚。但吉尔伯特不是这样。他赢得了这一类修辞的权利。他曾生活在贫瘠之地，甘于贫穷和孤独，像一个神秘主义者，带着倾听他的"有意识的心"的强烈目标——那颗心知道我们处于死亡的危险之中。
　　更进一步，他写出许多诗作，比如那首《婚姻》：

从葬礼回来，我在房间里
四处爬着，痛哭着，
寻找妻子的头发。
两个月里，从下水道，
从真空吸尘器，从冰箱下面，
从衣柜里的衣服上。
但其他日本女人来过以后，
再没有办法确定哪些是她的，
于是我罢了手。一年后，
移种美智子的鳄梨树时，我找到了
一根长长的黑发缠在泥土里。

美智子就是野上美智子，与吉尔伯特结婚十一年后，1982年因癌症过世，时年三十六岁。这首诗是十一行……长长的黑发这个意象展现了一个美丽的日本女人，也让我们感到一些颤抖。美智子就在这儿！美智子被葬了！语调如此微弱而克制，以至这首诗的雅致几乎被忽略。

对于我，吉尔伯特的诗值得好好熟悉，因为他有能力处理那种让成年男人爬遍房间的悲伤——而且因为他能朴素而完整地呈现出来，让我感到一种惊叹。他曾说："我已经拥有我想要的一切。"他的意思也包括这种让人断肠的痛苦。他的诗作有力量将读者震醒——这也是诗歌的一个大目标。

吉尔伯特值得醒目地出现于任何二十世纪的诗选中。但他缺席于我书架上的这些诗选，据我所知，他缺席于大多数诗选。他可能是美国文学中最伟大的缺席诗人。艾丽丝·奎因，在做《纽约客》诗歌编辑时，发表了吉尔伯特的七首诗作——一个可观的数量——在他的第四本诗集出版前几个月里，2007年又发表两首。我敢打赌她向他约了后两首；我认为吉尔伯特不会寄上诗作，哪怕他知道自己有好机会进入那个坚不可摧的名人堡垒。1965年以来，他不曾在《诗歌》发表一首诗。他的四本诗集，只有后两本，《大火》（1994）和《拒绝天堂》（2005）可以在亚马逊买到。前两本诗集，《危险观察》（1962）和《独石》（1982）只有几本可以在阿里布瑞斯图书馆网买到，价格昂贵。所以当英国血斧出版社2006年在英国出版《罪过：诗选》时，真是一件庆贺的事，因为这本书包括了来自四本书的诗作，分别为十一首、二十九首、五十八首、五十六首……

吉尔伯特在三十七岁时成了名人，被诗歌体制内的大佬们称赞不已。他催眠了朗诵会上的大量听众。"名声很好玩，但并不来劲。"吉尔伯特说，"我喜欢被人注意和称赞，甚至喜欢宴会。但他们并没有我想要的任何东西。六个月之后，我就感到厌烦了。"于是拔寨离去，和琳达·格雷格一起去了希腊的一系列岛屿——虽然他们八年的恋爱后来熄灭了。"杰克确实认为他的生命比他的诗歌重要，"格雷格在2005年一篇《诗人与作家》的文章里写道，"他写诗是为了吃他自己的生命。"

这实在是吉尔伯特的句子，一种经常在他的诗作中起作用的观念。"得以长久的，是灵魂所吃的，"他在《精神与灵魂》一诗中说。"我渴望/我正在变成的样子，"他在《带来众神》一诗中写道。

吉尔伯特诗中到处是做饭和吃的意象，以及对精神生命的表达。在《简历》一诗中，他描述希腊山上的复活节宴：

复活节在山上。山羊吊起来烧烤

加上柠檬、胡椒和百里香。那个美国人劈开

最后的肉块，从脊背上扯下

剩下的一撮。油涂上了胳膊肘，

他脸上抹脏了但心里开了花。

接着又写他回到住处"就着煤油灯在冷水里洗，快乐/而孤单。"
这里的描写把孤独和圣餐，食物和饮酒作为一体。但孤独也带来了（这
首诗最后一行）"那么多的伤害历历在目。"

吉尔伯特没有整年寻找希腊人佐巴（1964年影片）……他追求的是
当下时刻，正如任何配得上法袍的佛教徒会告诉你的，这，是最难去体
验的事。

诗集《独石》中一首七行诗，《瓜达拉哈拉猎象》描写墨西哥一家
破旧的夜总会表演：

在瓜达拉哈拉猎象

萨拉佩酒店的歌舞表演一点钟结束。灯光

熄灭，强壮的女孩像锡蛾般到来。

小心翼翼地跟我们跳舞，为八分钱。

此刻那个年老的男歌手终于以它坚硬的

墨西哥音乐，开始了该死的三点钟节目。

女孩们旁边小间里沉睡。

这是哪里？凭基督之名，这是哪里？

这是英国血斧出版社选本中来自墨西哥的唯一一首。我估计它唤回
了诗人生命中更早的时光，很可能是他在加利福尼亚的那些年月。像他
关于曾住过的地方——巴黎、意大利、希腊、丹麦和日本——的许多诗
作一样，这首诗调动物理细节来创造一种气氛，强化的，几乎是超现实
的，大致介于这个地方的现实和对它的幻想之间。这个超现实的空间，
外在于我们日常的生活经历和我们通常的舒适区域，也许能够让我们瞥
见更大的真实——我们生活的引擎。吉尔伯特没有解释诗题中"大象"
的意义，但我打赌是房间里的大象——就在我们面前的庞然大物，我们
能够看清它，只要我们能给予适当的注意力。拘泥于大象之名从未给他
带来公正。但他在那儿，如你的心跳一样在场……

吉尔伯特在匹兹堡长大，那时它还是钢城，工业化美国的象征，如
今基本上消失殆尽了：

汽车般大小的炽热钢锭

从泰坦式的钢厂滚滚而出，红色的炉渣在黑暗中

脱去更明亮的金属。下方的莫农加西拉河，
夜的光辉在它的腹部。寂静，除了
机器在我们更深处叮叮哐哐。

——《度量老虎》

是的，这首诗的标题指向布莱克，另一个创造了个人神话来表达其想象、有神秘倾向的诗人。但布莱克的钢厂是撒旦式的……而吉尔伯特的钢厂，近两百年后，是泰坦式的，是诗人灵魂的熔炉……

吉尔伯特十岁时，父亲从一家地下酒吧的窗口跌落而亡，母亲必须养活四个孩子（同母异父），所以他经常自己管自己。但他记忆的是一种幻想：

男孩放学回家，发现一百盏灯
填满了房子。灯到处都是而且都亮着，
尽管夏季的光从漂亮窗户透进来。
每张桌上两三盏灯……都燃烧着
通亮，直到警察到来把它们取走。
太多的光在他内心持续了很久。

——《中午举着火炬》

那天的灯火辉煌，他说，"于他的心成了一个基准，"他以此来测量他居住之地的光。我没有概念这首诗中的事件是否真实地发生过，或为什么发生，但我感觉它是真实的，是吉尔伯特运用记忆的典型方式：作为一种联系生命中每个有意识时刻的方式，将他的生命与读者相联系的方式。

吉尔伯特从未忘记他儿时熟悉的匹兹堡已经消逝。而这是那些大象中的一只：我们都成长于如今已消逝之地。我们甚至不怀念它。但从前，比如说布莱克时代，世界变化非常缓慢……当吉尔伯特说他曾经居住过的巴黎已经消逝，他并非是对自己的青春进行罗曼蒂克，而是陈述一个平淡的事实：

那些曾经的巴黎的小旅馆。往事不再，
我曾经每天清晨将巴黎圣母院俯视，
我曾经每夜静听钟声。
威尼斯已经物是人非。最好的希腊岛屿
已加速沉没。但正是拥有，

诗探索 12 作品卷 2018年 第4辑

而非保留，才值得珍爱。

——《被遗忘的巴黎旅馆》

是拥有，而非保留。吉尔伯特知道我们无法保留任何事物，因为我们的个体记忆辜负了我们，因为我们的集体记忆很快就遗失。他意识清醒地知道诗歌的意义——对他的生命和他的劳作——必须保存关于永久丧失之物的某些脆弱的联系。在《试图让某些东西留下》一诗中，他记起与一个已婚丹麦女人（安娜）的爱恋。他喜欢陪安娜的婴儿玩耍，将他往空中抛，逗他笑；每次抛之前，都在婴儿耳边说"匹兹堡"，

> 这样她儿子在整个一生中都会无法解释的
> 感到高兴，当任何人说起那座衰败的
> 美国钢城。几乎每次都会记起
> 已经遗忘但也许重要的一些东西。

——《试图让某些东西留下》

吉尔伯特努力让自己在他自己的生活中在场，为了存在，为了见证一个正在消逝的世界。是关于存在的这种难以置信的紧迫感，给他的记忆赋予了这种重量和在场。吉尔伯特的诗，每一首都像是一段激情对话的线头，从整体上阅读会力量倍增。如果从将这个血斧出版社选本从头读到尾，他的记忆也就成了你的记忆。我们一次次看到琳达·格雷格在那个希腊岛屿上，一袭白衣衬着大海的碧蓝无垠……

一种世界

> 事物是它们自身。浪是水，石块
> 是石头。她手臂的气味。寂静。暴风。
> 又是长久的沉默。井。兔子。热。
> 乳头和修长的大腿。她厚重明亮的长发。
> 跌宕的水闪耀着，当她在太阳下洗她的身体。
> "在洁白中完美。"光每天傍晚消逝
> 像某种伟大的意义。葡萄在窗外。
> 琳达说话越来越少。走到大海里
> 当她睡眠。站在到我嘴巴的冷水里
> 刚刚清晨之前。天晚时琳达一直在说
> 我们现在应该吃饭，要不太暗了没法洗盘子。

后来她安静地出去，尖叫着从海里跑入
凤里。进来。点亮灯。

　　吉尔伯特对成功或失败没有兴趣，只关注于体验的纯粹。一段爱事
结束，一位妻子过世，痛苦之事和快乐之事发生，留心观察的眼睛质朴
地看待这些，如其所是……他有一首诗，《失败与飞行》开篇写道："
每个人都忘记了伊卡洛斯也飞行。/同样，当爱情到了尽头……"然后
琳达出现了——没有写名字，但我们知道是她：

　　每天下午我凝望着她游泳归来
　　走过遍布石头的灼热旷野，
　　海的光在她身后，寥廓的天空
　　在海的另一侧。我们吃午饭时
　　听她讲话。他们怎么能说
　　婚姻失败了？

　　甚至到现在，吉尔伯特也说琳达格雷格"是他在这世界上最重要的
人。"他们的恋爱仍然给予他营养。在还在吃它。
　　血斧出版社选本在封底荐语中说吉尔伯特是"一个完全的局外人，
公然挑衅地不合时尚。"这无疑是一种文雅的说法，意思是他对于当代
诗歌没有用处……吉尔伯特有其遵循的规则：（1）体验他的心；（2）
将它写到纸上。其他规则他毫无兴趣。这就是为什么把吉尔伯特称作局
外人是言不及义。他是一个局外人，正如一个禅师是一样。他知道大多
数人占据一个狭窄的现实角落，而如果我们寻求，更多的现实是对我们
敞开的，如果确乎去寻求，将会有一条路径来呈现它自己。吉尔伯特的
路径是制作诗作。如果诗是成功的，它们将让诗人和读者感受到那种更
广阔的现实。
　　吉尔伯特对措辞关注得不能再少了。他的诗一直无韵，通常是短
诗。读者会禁不住地大声读起来。生涯早期他发现了对他起作用的途
径：肌肉和节奏，但不是严格的韵律。他对诗行有极好的感觉。他不求
廉价的跨行技巧，而是信赖他的耳朵和诗作的音乐来决定每行的长度。
　　吉尔伯特经常用一种方言叙述技巧，其中一个意象抵制或补充另一
个。经常是一个抽象意念随之以具象的描述。有时他走入完全的禅宗心
印模式：

　　我们与世界并非一体。我们并不是
　　我们身体的复杂性，也不是夏日的空气

诗探索 12 作品卷 2018年 第 4 辑

在那棵大枫树里无目的地游荡。
我们是风在枝叶间穿行时
制造的一种形状……

——《只在弹奏时，音乐才在钢琴中》

……神出现在吉尔伯特的许多诗作里，还有天使、魔鬼，他和他们
搏斗。但这些都与组织化的宗教无关……有一首诗中，吉尔伯特甚至这
样写魔鬼："我相信他爱我们逆着/他的意志。"

如果能说吉尔伯特实践任何宗教的话，那就是爱与性的宗教，这对
他是神圣的。在一首写他的初爱——吉安娜乔尔美蒂的瑰丽的诗作中，
他把自己比作为贝亚特丽齐跳舞的但丁：

当他跳起与贝亚特丽齐的初次相遇，
他还是一个青年，他的身体还没有实在的语言，
他的心一点儿也不懂得是什么
萌生了。爱像久旱后夏日的一场雨，
像红尾鹰的一声清唳，像天使
把牙齿沉入我们的喉咙。而他只有
初学者的舞步来讲述他内心的光辉。

——《跳舞的但丁》

他后来还有一首诗《莱波雷诺说起唐·乔万尼》，吉尔伯特把自己
比作莫扎特的伟大的引诱者和阿西尼的圣·弗朗西斯：

他说这世界因她们而改变。
她们的肉体展开而他穿过、到达
肉体之外的某物。听一个声音，他说。
一种原始的电波在她们的核心。
成长和褪色，仿佛它来自月亮。

他的诗作中有相当数量的爱事，但从没老式直白的性爱……吉尔伯
特一生各个时期的多首诗作中，把自己描写成俄耳甫斯。他关于美智子
的悲伤之余模糊了生与死的界线，以语言捕捉他们的婚姻，在纸上栩栩
如生：

一个小小的他

和一个更小的长长黑发的她，
如此幸福相伴，正开始那次
向她死亡之地的旅行，留下他
凝望着她的背：她正转过身
凝望着一棵小树。

——《远望当思》

在吉尔伯特的诗中，一切皆逝。一切仍在。